女孩之城

City of Girls

Elizabeth Gilbert

伊莉莎白・吉兒伯特 ———著

楊沐希 ———譯

媒體書評與各方推薦

完美……這本書讓我成為專心致志的翻頁者，充滿了現實和幸福的強烈信息。

——《出版者週刊》，星級書評

閱讀《女孩之城》是件非常幸福的事，這要歸功於它的活潑人物、生動對話、歡鬧的故事情節、寫實的情色和性愛場面，充滿懸念和敏銳的事實。

——《書目雜誌》，星級書評

令人愉快……棒極了的人物，華麗的服裝，詼諧的俏皮話，令人信服的戰時氣氛，以及對性的出色描寫……再也不會錯過她的精彩小說了。

——《科克斯書評》，星級書評

吉兒伯特在迷人的一九四〇年代帶我們到紐約，那裡的性生活很充實，是個歌舞女郎找樂子的時代。

——Oprah.com書評

吉兒伯特的小說，尤其是它處理了女性在模範家庭形象破裂時所採取的不尋常路線，非常眞實……《女孩之城》描述一九四〇年代光彩奪目的紐約劇院世界裡，關於年輕女性在享樂中面臨的困境和經歷。

——《*Vulture*》雜誌

吉兒伯特的新書是文壇的一大盛事。這本小說講述一個在一九四〇年代紐約劇院世界中發生，有關性、醜聞和愛情的故事。實在讓人期待。

——LitHub網站

《女孩之城》是個華麗又淒美的故事，講述我們該如何獲得眞正想要的生活。

——Bookbub網站

《享受吧！一個人的旅行》作者新作。一部探討一九四〇年代女性對於性和沉淪愛慾的作品。

——Cosmopolitan.com網站

有令人難忘的角色。

——BuzzFeed News

獻給瑪格麗特・寇帝（Margaret Cordi）——
作為我的眼、我的耳，我摯愛的朋友。

蠢事難免，但帶著熱情去傻。

——西多妮・加布里埃爾・柯萊特（Sidonie-Gabrielle Colette）

紐約市，二〇一〇年四月

那天我收到他女兒捎來的信。

安潔拉。

雖然這幾年間，我多次想起安潔拉，但這是我們第三次互動。

第一次聯絡，我替她訂製婚紗，那是一九七一年的事。

第二次是一九七七年，她寫信告訴我，她父親過世了。

現在，她寫信通知我，她的母親也過世了。我不確定安潔拉期待我有什麼反應，她也許以爲這個消息會讓我震驚。儘管如此，我覺得她沒有惡意，安潔拉不是那種人。她是好人。更重要的是，她是個有意思的人。

不過，我倒是挺詫異她母親撐了這麼久，我以爲那女人老早死了。天曉得，其他人都死光了。（其實我不該詫異別人長壽，因爲我不也是跟藤壺一樣緊巴著小船的船底嗎？整個紐約市不可能只剩我這個老太婆還蹣跚前進，不肯放棄生命或房產吧？）

不過，衝擊我最甚的卻是安潔拉來信的最後一句話。

安潔拉寫道：「薇薇安，既然母親過世了，我在想妳現在是否不用顧忌太多，可以告訴我，妳對我父親來說，到底是什麼？」

哎呀，這個。

我對她父親來說到底是什麼？

這個問題只有他能回答。既然他選擇不跟女兒討論我，那我也實在沒有立場告訴安潔拉我對他來說到底算什麼。

我就只能告訴她，她父親在我心裡占據何等分量。

1

時值一九四〇年夏天，我十九歲，涉世未深，父母送我去和佩佩姑姑一起住，她是紐約一間劇團的老闆。

瓦薩學院前陣子才把我退學，因爲我都沒去上課，導致大一每一場考試成績都慘不忍睹。我沒有我的成績看起來那麼蠢，但顯然不讀書，課業是不會有起色的。現在回想起來，我也說不清楚該去上課的時候我都在幹嘛，但我很了解我自己，我想我應該滿腦子都在想該怎麼打扮吧。（我只記得那年我在嘗試「反向髮捲」，這是一種髮型技巧，對我來說非常重要，很有挑戰性，也很不像瓦薩學生會做的事。）

雖然瓦薩有很多地方，但我一直沒有找到我的歸屬。學校裡有各種不同的女孩與團體，但她們都沒有引起我的好奇，我也不覺得自己的任何特質能反映在這些地方。那年瓦薩有一群政治革命分子，穿著黑長褲，討論她們對國際間互相煽風點火的看法，我對此興趣缺缺。（到現在也是，不過我注意到她們的黑長褲，挺時髦的，眞妙，但口袋一裝東西就毀了。）瓦薩裡還有不少女孩是大膽的學術探險家，注定要成爲醫生或律師，那時女人還沒開始擔任這些工作呢。我該對她們感興趣，但我沒有。（一個原因是我沒辦法分辨她們誰是誰。她們都穿同樣看不出身形的羊毛裙，像是用舊毛衣改造成的，這畫面實在讓我提不起勁。）

瓦薩並不是完全沒有光鮮亮麗的族群。有些多愁善感、眼神天眞無邪的中世紀愛好者長得挺漂亮的，還有幾個留著一頭自視甚高長髮的文藝女孩，以及側面看起來像義大利靈緹犬的上流名媛，但我沒有跟她們做朋友。也許是因爲我覺得在這間學校裡，每個人都比我聰明。（這不是年輕人的胡思亂想，我到現在還是覺得那裡的人都比我聰明。）

說眞的，除了實踐沒人費心跟我解釋的天命外，我實在不懂我在這裡幹嘛。從我很小的時候，大人就說我會來唸瓦薩學院，但沒有人解釋過原因。這一切是為什麼？我到底該從這裡得到什麼？我爲何要住在這狹小擁擠的宿舍，室友還是未來會成爲嚴肅社會改革派的人？

反正呢，我那時已經覺得學夠了。我在紐約州特洛伊的艾瑪·薇勒女子學校已經讀了好幾年的書，老師清一色都是七姊妹學院畢業生[1]，難道這樣還不夠嗎？我從十二歲就開始唸寄宿學校，也許我覺得我已經服刑期滿。一個人要讀多少書，才能證明自己會讀書？我是這樣想的

1 七姊妹學院是由美國東北部七所私立女子文理學院組成，其中兩間後來改制為男女合校，瓦薩學院就是其中之一。

啦，我已經知道法蘭克王國的查理曼是誰，所以別再來煩我了。

而且，我在瓦薩注定完蛋的大一生活開始不久後，就在波啓浦夕這邊發現了一間酒吧，該處提供深夜廉價啤酒與現場表演的爵士音樂。我找到方法可以溜出校園，光顧這間酒吧（我熟練的逃脫計畫包含沒上鎖的廁所窗戶，以及事先藏好的腳踏車，相信我，我是舍監的剋星），因此我實在沒辦法一早就吸收什麼拉丁文的變位，因爲我通常都處於宿醉狀態。

還有別的障礙。

好比說，我還有一堆菸要抽。

簡而言之，我忙得很。

最終，在瓦薩學院三百六十二名聰慧用功的年輕女性裡，我的成績排行第三百六十一名，這個事實讓父親非常驚恐，他說：「老天啊，最後一名幹什麼去了？」（後來才曉得，她得了小兒麻痺，可憐的傢伙。）所以瓦薩請我回家（這很合理），順帶客氣地要我不用回學校了。

母親不曉得該拿我怎麼辦才好。就算是狀況最好的時候，我們的關係也不是太親密。她很會騎馬，但我不是馬，也對馬不感興趣，所以我們基本上沒有什麼可以聊天的話題。我現在又讓她顏面盡失，她看到我就受不了。母親跟我是天差地遠，她在瓦薩學院表現得非常好，感謝喔，媽。（一九一五年入學，主修歷史與法文。）她所有的豐功偉業（以及每年可觀的捐款）都穩固了我在那神聖殿堂裡的一席之地，結果呢？瞧瞧我。她只要在我們家走廊遇到我，就會跟職業外交官一樣向我點點頭——不失禮貌，但相當冰冷。

父親也不曉得該拿我怎麼辦，雖然他忙著經營赤鐵礦礦場，其實不太在乎他這麻煩的女兒。我讓他失望了，是沒錯啦，但他有更憂心的事。他是實業家，更是孤立主義者，歐洲戰爭的升溫讓他擔心起生意的未來。所以我猜他的注意力都在工作上。

至於我哥華特，他在普林斯頓大學搞得有聲有色，除了不贊同我這不負責任的行爲，基本上不太在乎我。華特這輩子沒有做過任何不負責任的事。他在寄宿學校受人敬重，連他的同學都叫他「大使先生」，這可不是我掰的。他研讀的是工程學，因爲他想幫世人建造基礎建設。（讓我罪加一等吧，相較之下，我甚至連「基礎建設」這四個字代表什麼意義都不懂。）雖然我跟華特年齡相仿，只差兩歲，但我們從小就沒有玩在一起。哥哥在九歲的時候就放下了幼稚的一切，而我也名列其中。我已經不是他生命的一部分了，我清楚得很。

我的朋友也都繼續著他們的人生。他們去唸大學、工作、結婚、變成大人，這些事我一點興趣都沒有，也完全不能理解。所以沒有人在乎我，也沒有人能夠娛樂我。我無聊死了。我的無聊跟餓到胃痛一樣。六月的頭兩個禮拜，我每天對著車庫牆壁打網球，同時用口哨反覆地吹〈棕色小壺〉，直到父母最後受不了我，把我打包送去找我在紐約的姑姑，說實在的，這不是他們的問題。

當然，他們也許擔心紐約會把我變成共產主義者或毒蟲，但什麼都強過聽你女兒用網球打牆壁直到天荒地老吧。

所以，安潔拉，我就是這樣來到紐約的，這就是一切的起點。

他們讓我搭火車去紐約，那是一列很棒的火車——帝國州際特快車，直接從尤提卡出發。閃亮亮的金屬色車廂，運送素行不良女兒的專車。我客氣地向父母道別，然後將行李交給戴著紅帽的工作人員，這讓我感覺自己像什麼大人物。我全程坐在餐車座位，啜飲麥芽奶、吃糖漬梨、抽菸、看雜誌。我知道我被掃地出門，但還是……很有格調！

安潔拉，那年代的火車眞是太棒了。

我發誓我會盡量在這封信裡不要一直提當年的事物有多好。我年輕時，最討厭聽老人叨唸貴古賤今的話。（誰在乎？誰在乎你的黃金年代，你這滿口瘋話的臭老羊！）我也向妳保證，我注意到一九四〇年代，很多東西比不上現在。好比說腋下止汗劑和冷氣，所以每個人都臭得要命，特別是夏天，況且，咱們那年代還有希特勒呢。不過，火車無疑是過去比較好。妳什麼時候搭火車可以抽菸，還有麥芽奶可以喝？

我搭車時，穿的是一襲精神抖擻的藍色嫘縈洋裝，上頭有雲雀印花，領口是一圈黃色蕾絲花邊，不是很貼身的窄裙，兩邊還有深深的口袋。我對這件洋裝印象深刻，我從來不會忘記任何人的打扮，而且，這件衣服是我自己做的。我可是下了一番苦心呢。到小腿中段的裙襬具有撩人效果，同時又方便行動。我記得我在洋裝上多縫了墊肩，想要看起來像瓊．克勞馥[2]，但我不確定效果如何。加上鐘形帽及跟母親借來的素面藍色手提包（裡頭只有化妝品和香菸，沒別的東西），我看起來不像電影明星，反而更符合我的身分——要去拜訪親戚的十九歲處女。

跟隨這位十九歲處女前往紐約的是兩只大皮箱，其中一個都是我的衣服，一件一件整齊疊好，還用棉紙隔開；另一箱則是布料、花邊及縫紉用具，這樣我才能做更多衣服。與我同行的還有擺在堅固木條箱裡的縫紉機，這是一台沉重不便移動的巨獸，但它是我美麗又瘋狂的拜把姊妹，沒有它，我會死。

所以縫紉機跟我一起走。

縫紉機及其之後所帶來的一切，全部都要感謝我的莫里斯奶奶，所以咱們暫且聊聊她吧。

安潔拉，看到「奶奶」這種字眼，也許妳會想到和藹可親的白髮老太太，但我奶奶可不是這樣。我的奶奶雖上了年紀，但她身材高䠷，充滿熱情，風情萬種，有一頭染成紅褐色的頭髮，帶著香水的氣味與八卦度過人生，她的打扮就如馬戲團表演。

她是這個世界上最多采多姿的人，真的，她身上顏色超多。奶奶會穿各種色彩豐富的拷花絲絨禮服，她跟其他缺乏想像力的普羅大眾不一樣，她不稱這些顏色爲粉紅色、酒紅色或藍色，她反而說那是「玫瑰餘燼」、「哥多華[3]」及「德拉羅比亞[4]」。她耳朵上打了洞，那年代受人尊敬的女性是不會穿耳洞的，她有好幾個鋪著軟墊的珠寶盒，裡面有無數便宜或昂貴的項鍊、手鍊與耳環。她有一身兜風靚裝，喜歡下午開車去郊區兜風。她的帽子都太大了，所以進劇院，帽子還有自己專屬的座位。她喜歡小貓咪及郵購化妝品；她最喜歡小報上的聳動命案報導；她以撰寫浪漫詩文著名。不過，最重要的是，我的奶奶喜歡看戲。每一齣來城裡表演的戲她都去看了，她也喜歡看電影。通常我都是她的伴兒，因爲我們品味相當。（我跟莫里斯奶奶

2 瓊·克勞馥（Joan Crawford, 1904—1977），生於美國德克薩斯州，第十八屆的奧斯卡影后。一九九九年，美國電影學會評選她為百年來最偉大的女演員第十名。

3 哥多華（Cordovan）有著皮革鑽石之美稱，也可以來形容顏色，尤其是皮革色澤，通常色澤偏勃艮第酒的濃郁色彩或深玫瑰色。其名來自西班牙哥多華城市。

4 德拉羅比亞（Della Robbia），近似於陶藝中使用的澄淨中藍色。文藝復興時期，義大利陶藝家羅比亞的工作室常將這種特殊的藍色釉料用在作品底色及其他細節之上，故得此名。

都喜歡這種故事：身穿輕薄禮服的無辜女子遭到戴著邪惡帽子的男人擄走，而挺著下巴的男人會把她們救回來。）

沒錯，我愛奶奶。

不過，其他家人可不是這樣。除了我以外，奶奶讓其他人都很不自在，特別是她的媳婦（也就是我母親），母親不是輕浮的人，每次看到奶奶就面露難色，有一次還說奶奶是「情緒說來就來的永恆少女」。

當然，不用說，以撰寫浪漫詩文出名的人並不是母親。

教我縫紉的人是莫里斯奶奶。

我的奶奶是了不起的裁縫師。（她奶奶教她的，她奶奶靠著一雙巧手與針線活，只花了一代的時間，就從威爾斯移民女傭躋身為美國上流社會的淑女。）我的奶奶希望我也成為了不起的裁縫師，所以，如果我們沒有一起在電影院吃太妃糖，或沒有互讀雜誌上白人奴隸制的文章，那麼，我們就是在搞針線活。這是一項嚴肅的事業，莫里斯奶奶對我的要求相當嚴格。她會在一件衣服上縫十針，然後逼我縫剩下十針，如果我縫的地方沒有跟她的一樣好，她就會扯掉我縫的線，要我再縫一次。她帶著我處理各種難以駕馭的質料，好比說網布或蕾絲，直到天底下再也沒有什麼古怪料子難得倒我。還有結構！還有墊肩！還有裁縫製衣！十二歲時，我已經可以極度靈巧地打造束腰了（有鯨魚骨的那種），雖然一九一〇年後，除了莫里斯奶奶外，已經沒有人需要鯨魚骨束腰了。

雖然她在縫紉機上要求很多，她的規矩卻沒有讓我焦躁。她的批評嚴厲卻不刺痛。我對製衣深深著迷，什麼都想學，我知道她只是想打磨我的才華。

她不常讚美，但她的讚賞滋養了我的手指，我變得更靈巧。

十三歲時，莫里斯奶奶買了縫紉機給我，這台縫紉機有一天會陪我搭火車前往紐約。那是一台光亮的黑色勝家二〇一型縫紉機，馬力超強（連皮革都能車，我可以用這台縫紉機替跑車訂製真皮椅套）。直到今天，我都沒有收過更棒的禮物。我帶這台勝家跟我一起去寄宿學校，這讓我在養尊處優的女孩間呼風喚雨，她們都想穿漂亮的衣服，卻不見得能自己做出好看的衣服。我什麼都能縫（此話不假）的風聲一傳出去，艾瑪・薇勒裡的其他女孩通通跑來敲我的門，求我替她們把腰身放寬、修改接縫，或把她們姊姊上一季的正式洋裝改得合身點。那些年，我把縫紉機當機關槍在用，非常值得。我開始受人歡迎，真的，在寄宿學校這點最重要，但在寄宿學校之外的世界也是吧。

我應該提一下，奶奶之所以教我裁縫的另一個原因，是我的身形很怪。我從小就又高又瘦。青少年時期來了又去，我只有抽高。這麼多年來，我的胸部完全沒有長進，只有軀幹不斷拉長。我的四肢跟樹枝一樣纖細，商店裡賣的衣服穿起來都不合身，所以自己做衣服總是比較適合的。而莫里斯奶奶，願她安息，她教會我展現自己身高優勢的打扮方式，而不是讓我看起來像在踩高蹺。

這話聽起來好像我不滿自己的外表一樣，並沒有。我只是在陳述身形的事實，我又高又瘦，僅此而已。如果我的口氣聽起來像是醜小鴨要到大城市才發現自己其實是天鵝——別擔心，這個故事不是那樣。

安潔拉，我一直都很漂亮。

而且，我清楚得很。

說真的，當我喝著麥芽奶、吃起糖漬梨時，就是我的美貌讓帝國特快車上的一位帥哥直盯著我看。

他終於走過來，問能不能替我點菸。我同意，而他坐了下來，開始對我阿諛奉承。他的關注讓我受寵若驚，但我不曉得要怎麼回應他的調情。於是，面對他的攻勢，我反而望向窗戶，假裝深思熟慮起來。我微微皺眉，希望能夠看起來嚴肅又帶著戲劇張力，但我大概看起來像是一臉困惑，還近視看不清楚吧。

現場氣氛比文字讀起來還要尷尬，只不過，我在列車車窗上的倒影讓我分心，我因此忙了好一會兒。（安潔拉，原諒我，但被自己的外表迷住就是年輕漂亮女孩的特權之一啊。）原來我對這位帥氣陌生人的興趣遠不及我的眉型。我不只對自己高超的修眉技術感興趣（當然這個話題相當吸引我），那年夏天我也在學挑眉，只挑一邊，就跟《亂世佳人》裡的費雯・麗一樣。練習挑眉需要專注，我相信妳能想像。所以妳明白，在我望著自己倒影的時候，時間在不知不覺間一閃而逝。

我再次抬頭時，我們已經駛進中央車站，嶄新的人生就要開始，而那位帥氣男子早就消失無蹤。

但，安潔拉，別擔心，之後還會有很多帥氣男子出現。

噢！我該跟妳說一聲（免得妳好奇），在那輛列車載著我前往紐約的前一年，莫里斯奶奶就過世了。她在一九三九年八月離開，就是我前往瓦薩學院讀書的前幾個禮拜。她的辭世並不讓人訝異，她的身體已經衰弱了好幾年，但失去她（我最好的朋友、我的導師、我的閨蜜）讓我痛徹心扉。

安潔拉，妳知道嗎？那股撕心裂肺的感覺可能就是我大一表現這麼差的原因。也許我不是那麼糟的學生，也許我只是哀傷而已。

在我向妳寫到這裡的時候，我才發現有這個可能。

噢，老天。

有時，某些事要花好長的時間才想得通哪。

2

總之，我安然抵達紐約，這位姑娘像剛孵化的雛鳥，嫩到頭髮上還有蛋黃呢。

佩佩姑姑應該會來中央車站接我。今天一早我搭上從尤提卡出發的火車時，我的父母只說了這麼一句，但他們沒有提任何具體的計畫。我不知道該去哪裡等她。而且，如果遇到什麼緊急狀況，我沒有姑姑的電話號碼，也沒有她的地址。如果我落單，我該去哪裡找她？我只有一句「去中央車站找妳姑姑」，僅此而已。

哎呀，中央車站還眞大啊，跟名字聽起來的感覺一樣，但這裡也是找不到人的好地方，所以我到之後，果不其然找不到佩佩姑姑。我帶著一堆行李，在月台上駐足許久，車站到處都是人，卻沒有人看起來像佩佩。

這不是因爲我不認得姑姑的長相，雖然她與我父親的關係不是非常緊密，但我之前見過她幾次。（這話好像講得太客氣了。父親不喜歡他的妹妹佩佩，也不喜歡他老媽。吃飯時只要佩佩的名字出現，父親就會不屑地說：「一定很爽吧，環遊世界，活在幻想的世界裡，一擲千金，紙醉金迷！」而我心想：聽起來還不錯啊……）

我小時候，佩佩有幾年回來跟我們一起過聖誕節，但次數不多，因爲她總跟她的劇團一起到處演出。我對佩佩印象最深的一次在我十一歲，我陪父親去紐約市進行生意上的冒險。佩佩帶我去中央公園溜冰，還帶我去看聖誕老人。（雖然我們都覺得我當時已經長大，不適合看聖誕老人了，但我才不可能錯過呢。看到他的時候，我心裡還是興奮不已。）中午，我們一起去吃北歐式的冷菜自助餐。那天是我生命裡非常愉快的日子。我與父親沒有在城裡過夜，因爲他不喜歡也信不過紐約，但我向妳保證，那天根本閃閃發光。我覺得姑姑眞是太棒了，她把我當人看，不是把我當小孩，這對不想被人當小孩的十一歲小孩來說就是全世界了啊。

前陣子，佩佩姑姑來我的家鄉克林頓參加她母親，也就是莫里斯奶奶的葬禮。儀式開始時，她坐在我身邊，用她那隻能幹的大手握著我的手。這個舉動撫慰了我，卻也讓我訝異（妳也許會很詫異，我們家人不牽手的）。葬禮過後，佩佩用伐木工人般的力氣擁抱我，我融化在她的懷抱之中，淚如雨下。她聞起來有薰衣草香皂、香菸及琴酒的味道。我緊抱著她，像是悲傷的小無尾熊，但葬禮之後，我沒有時間與她多相處。她必須立刻動身離開，因爲她要回紐約製作劇目。她失去了她的母親，而我在她懷裡崩潰、取暖的行為讓我覺得丟臉。畢竟，我和她根本不熟。

⁂

這時，我十九歲，初到紐約，而接下來的一切道盡我對佩佩姑姑的認識：

我知道佩佩擁有一間名為「百合劇場」的表演空間，就在曼哈頓中城某處。

我知道經營劇團並不是她人生規劃中的職業，而是因緣際會的發展。

我知道佩佩曾經受訓成為紅十字會的護理師，很有趣吧，然後，她在一次世界大戰時曾駐點在法國。

我也知道，在那過程中，佩佩發現，相較於照料受傷士兵的傷口，她更會組織節目娛樂他們。她發現自己有本事在戰地醫院與軍營中迅速安排成本低廉、盛大又誇張的娛樂活動。戰爭的確相當可怕，但戰爭會替每個人帶來學習的機會，而這場戰爭教會了佩佩姑姑如何籌辦表演。

我知道大戰結束後，佩佩在倫敦待了好一陣子，在那邊的劇場工作。她在西區製作諷刺時事的滑稽劇碼時邂逅了她未來的丈夫比利・布威爾，他是一名瀟灑的美國軍官，也決定在戰後待在倫敦，投身戲劇產業。比利和佩佩一樣，出身世家。莫里斯奶奶說布威爾家族「有錢到令人作嘔」。（多年來，我一直在想這句話，奶奶崇敬財富，但多少才會「令人作嘔」？有天我終於問她這個問題，她卻說：「親愛的，他們住在紐波特。」彷彿這樣就解釋了一切。）不過比利・布威爾跟佩佩一樣，都迴避家族培育的階級身分。相較於光鮮亮麗卻壓抑的上流社交場合，他更喜歡靠自己努力贏得掌聲的表演世界。而且，他是個花花公子。莫里斯奶奶說他喜歡「找樂子」，這是委婉表示他喜歡「花天酒地、追著女人跑」的意思。

比利與佩佩結婚後才回到美國。他們一起打造了一個巡迴演出的劇團。一九二〇年代大部分時間，他們帶著一小群演員全國上下巡迴演出。比利撰寫娛樂戲碼的劇本，還領銜主演，佩佩負責製作、導演。他們沒有什麼雄心壯志，只是玩得很開心，不想面對較爲一般的成人責任而已。不過，儘管他們努力「不想成功」，成功卻還是偶然逮到了他們，捕獲了他們。

一九三〇年，經濟大蕭條的情況加劇，全美開始顫抖害怕時，姑姑與姑丈不小心打造出暢銷劇作。比利寫了一齣名爲《她的歡樂情事》的戲，實在太歡樂、太好笑了，觀眾非常買單。《她的歡樂情事》是歌舞鬧劇，英國貴族血統女繼承人愛上美國花花公子（這角色自然由比利·布威爾本人飾演）。這部戲跟他們端出來的其他作品一樣輕鬆，有點混亂，卻亂得相當成功。橫跨全美想要尋求歡笑的礦工、農夫通通掏出口袋裡最後一點零錢來看，簡單無腦的喜劇創造了獲利票房。這齣戲愈來愈賣座，在地區報紙上得到不少好評，一九三一年，比利與佩佩將這齣戲帶到紐約，在百老匯知名劇院演了整整一年。

一九三二年，米高梅公司製作了電影版的《她的歡樂情事》，編劇是比利，但不是由他主演。（男主角是威廉·鮑威爾。比利發現編劇的生活比演員輕鬆，編劇可以按照自己的步調工作，不用看觀眾的臉色，也不用聽導演頤指氣使。）《她的歡樂情事》成功衍生出一系列有利可圖的續集電影（《她的歡樂離婚》、《她的歡樂寶寶》、《她的歡樂冒險》），好萊塢那幾年製作的速度有如機器攪拌填充的香腸。整個《歡樂》系列替比利與佩佩帶來鉅額財富，但也讓他們的婚姻亮起紅燈。比利愛上好萊塢，再也沒有回來。至於佩佩，她決定收掉巡迴劇團，用她那一半《歡樂》的版稅在紐約市區買下一間殘破的老舊劇場，也就是百合劇場。

這一切差不多是一九三五年的事。

比利與佩佩沒有正式離婚，他們之間似乎沒有什麼恩怨情仇，但一九三五年後，說他們是「夫妻」好像也不太適合。他們沒有住在一起或一起工作，且在佩佩的堅持下，他們的經濟是獨立的，這意謂那些白花花的紐波特資金現在不會流到姑姑手上了。

（莫里斯奶奶不懂佩佩怎麼願意放棄比利的財產，她明顯失望地說：「恐怕佩佩就是不在乎錢。」）奶奶懷疑佩佩跟比利沒有正式離婚，是因爲他們太「波希米亞」，根本不想管這種事。或者，也許他們還愛著彼此。只不過，他們的愛要成功，需要丈夫與妻子之間隔著一整塊大陸的距離。（奶奶說：「別笑，許多婚姻加上距離才美好。」）

我只知道比利姑丈在我小時候完全缺席，一開始是因爲他在巡迴表演，後來他定居在加州。我和他實在不熟，根本沒見過他。對我來說，比利・布威爾是一則由報導與照片譜成的神話。而那些報導與照片也太璀璨了！莫里斯奶奶常帶著我看比利在好萊塢八卦雜誌上的照片，或讀沃爾特・溫切爾[5]、盧愛拉・帕森斯[6]筆下提到他的八卦專欄。有一次，我們欣喜若狂，發現他是珍妮特・麥唐娜[7]與金・雷蒙德[8]的婚禮嘉賓！《綜藝》雜誌上有他在婚宴上的照片，他

5 沃爾特・溫切爾（Walter Winchell, 1897—1972），是美國報紙八卦專欄作家和廣播新聞評論員。

6 盧愛拉・帕森斯（Louella Parsons, 1881—1972），美國第一位電影專欄作家和編劇。巔峰時期，她的專欄出現在全球四百份報紙中，讀者高達兩千萬人。

7 珍妮特・麥唐娜（Jeanette Anna MacDonald, 1903—1965），美國歌手和女演員，一九二〇年進入百老匯當合唱團員，成為當時歌舞劇和輕歌劇的明星。

8 金・雷蒙德（Gene Raymond, 1908—1998），美國電影、電視劇，和舞台劇演員。

就站在身著淺粉紅色婚紗、星光熠熠的珍妮特身後。照片裡的比利正與琴吉．羅傑斯[9]及其當時的夫婿路．艾爾斯[10]聊天。奶奶指著比利，說：「他在這兒，跟往常一樣，一路征服全美。妳看琴吉對他笑的樣子！如果我是路．艾爾斯，我可會緊盯著我老婆！」

我拿著奶奶那鑲著寶石的放大鏡仔細看著照片，我看到身穿燕尾服的帥氣金髮男子，他的手輕放在琴吉的前臂上，而她的確對他散發著愉快的光采。他看起來反倒比身邊簇擁他的電影明星更像電影明星。

想到這個人娶了我的佩佩姑姑，更是讓我驚豔不已。

佩佩的確很棒，但她感覺好平庸。

他到底看上她哪一點？

❧

我到處都找不到佩佩。

過了好長一段時間後，我終於放棄在列車月台見面的希望。我把行李塞給一位戴著紅帽的工作人員，開始在中央車站裡熙攘往來的人潮中亂走，想在人群中尋找姑姑。妳也許覺得我一個人在紐約，毫無計畫，沒人陪伴，應該會更焦慮一點，但不曉得爲什麼，我相當平靜。我相信一切問題最後都會迎刃而解。（也許這就是特權階級的特徵，某些出身良好世家的年輕女孩無法想像也許不會有人立刻來拯救她們。）

終於，我放棄亂走，坐在車站大廳一處顯眼的長椅上，等待救兵出現。

啊，看哪，人這不就來了嗎？

我的救兵是一位髮色銀白的矮個子女人，她穿了一襲「穩重」的灰色套裝，接近我的方式就跟聖伯納犬走向癱倒的滑雪人士一樣——用謹慎、專注、嚴肅的態度解救生命。

「穩重」其實不足以用來形容這位小姐所穿的衣服。那是一件雙排釦外套，方方正正像塊煤渣磚，這種衣服是故意用來欺騙世人，讓人以爲女人沒胸沒腰沒屁股。看起來像英國舶來品，眞夠醜的。這位小姐還穿著笨重的低跟黑色牛津鞋，戴了綠色的老式水煮羊毛帽，像是管理孤兒院的女性會喜歡的款式。我在寄宿學校看多了她這種人：她看起來像是晚餐喝阿華田的老處女，還會用鹽水漱口。

她從頭到尾都很素，但她的樸素卻是**故意**的。

這尊阿姨帶著明確的使命感向我走來，她皺起眉頭，懷裡抱著一個帶著花飾的巨大銀色相框，眞夠尷尬了。她看了看捧著的照片，然後又望向我。

「妳是薇薇安・莫里斯嗎？」她問。她清脆的口音透露，從英國進口的可不只她的雙排鈕釦外套。

9　琴吉・羅傑斯（Ginger Rogers, 1911—1995），美國電影、舞台劇演員。一九四〇年因電影《女人萬歲》獲奧斯卡最佳女主角獎。一九九九年獲選美國電影學會百年來最偉大的女演員第十四名。

10　路・艾爾斯（Lew Ayres, 1908—1996），美國電影演員。

我說我是。

「妳長大了。」她說。

我一臉不解，我認識這女人嗎？我小時候見過她嗎？

這位陌生人注意到我的困惑，讓我看她手中的裱框照片。不懂，那是我們家四年前拍的全家福，是在不錯的照相館拍的，母親決定我們要去拍照，她說：「就這麼一次，留下正式的紀錄。」畫面上是我的父母，忍受技工替我們拍照。還有一臉若有所思的哥哥華特，他一隻手搭在母親肩膀上。以及身材瘦長、看起來較爲年幼的我。那天我穿了一件水手服，我穿起來顯得太幼稚。

「我是奧莉・湯普森。」女人如是說，聽得出來她經常宣佈事宜。「我是妳姑姑的祕書。她不能過來。今天劇場有緊急狀況，一場小火災。她請我來接妳。讓妳久等，我向妳致歉。我幾個小時前就到了，但我只能靠這張照片找妳，妳看得出來，我花了不少時間才鎖定妳。」

我那時覺得好笑，現在寫到這裡，我也想笑。想到這位看起來堅毅不拔的中年女子抱著一大幅全家福在中央車站亂走，尤其照片活脫像是從哪個有錢人家牆上拔下來的（其實也是），然後望著每張臉，想要比對出四年前照片裡的小女孩……這畫面對我來說實在太好笑了。我怎麼會沒注意到她？

奧莉・湯普森似乎不覺得好笑。

我馬上就發現這是她的特色。

「去拿妳的行李，我們坐計程車回百合劇場。晚上的表演已經開始了，快快快，別在那胡搞瞎搞了。」她說。

我乖乖跟在她身後，好像小鴨跟母鴨。

我沒有胡搞瞎搞。

我心想：「一場小火災？」但我沒有勇氣多問。

3

安潔拉，一個人這輩子只會初到紐約一次，這可是件大事。

也許妳不覺得這很浪漫，因爲妳生在紐約。也許妳覺得我們這璀璨的城市理所當然。也許妳對紐約的愛遠超過我，妳對這個城市有外人難以理解的愛。能在這裡長大，妳無疑相當幸運。不過，妳不會有搬來這裡的經驗，爲此，我替妳覺得惋惜，妳錯過了一生一次的美好。

一九四〇年的紐約！

再也不會有另一個一模一樣的紐約了。我可不是看不起一九四〇年之前或之後的紐約，它們都有其重要性，但這個城市在每個初來乍到年輕人眼裡總會重獲新生。所以，這座城市，這個地方，在我眼中剛打造出來的版本，以後將不復存在。這個版本的紐約會永遠保存在我的記憶裡，如同嵌進紙鎮裡的蘭花。這樣的紐約永遠是我最完美的紐約。

妳可以擁有妳完美的紐約，其他人也能擁有屬於他們的版本，但這些紐約都不是我的紐約。

從中央車站驅車前往百合劇場的路程並不遠，我們只不過是穿過市區而已，但計程車帶我們前往曼哈頓的核心地帶，這也是初體驗紐約肌理的最佳方式。到了紐約，我興奮不已，我想把所有美景盡收眼底，但我還記得禮貌，所以我努力想與奧莉聊天。奧莉呢？她似乎不是那種想以話語填補空間的人，她古怪的回答只會讓我想問更多問題，而我感覺她並不想進一步討論這些問題。

「妳替我姑姑工作多久啦？」我問她。

「自從摩西包尿布的時候。」

我思索了一下這個回答，又問：「妳在劇場的工作是什麼？」

「有東西掉下來，我得接住，不然東西會在地上砸爛。」

我們靜靜坐在車裡，我細細品味**這一句話**。

再試一次。「今晚劇場演什麼戲？」

「音樂劇，叫作《與母生活》。」

「噢！我聽過。」

「不，妳沒有，妳聽過的是《與父生活》。那是去年百老匯的戲。我們的是《與母生活》，而且是音樂劇。」

我心想：**這樣合法**嗎？可以隨便改百老匯大戲的劇名，就改一個字而已，然後當作自己的戲？（在一九四〇年，且在百合劇場，這個問題的答案是：當然可以。）

我問：「但如果人家以爲那是《與父生活》，不小心買了你們的票怎麼辦？」

奧莉不帶感情地說：「會啊，那眞是太不幸了。」

我覺得自己幼稚愚蠢又討人厭，所以我不再開口。剩下的路程，我只有望向窗外。沿途經過的紐約實在很有意思。四面八方都是璀璨。曼哈頓中城的未央夏夜，天底下最美莫過於此。剛下過雨，天色紫藍浮誇。我望向鏡面材質的摩天大樓、霓虹燈招牌以及未乾街道的光彩。人行道上有人或跑或跳或漫步或跌跤。經過時代廣場，人工燈光的岩漿從白炙新聞及廣告中流瀉出來。騎樓、租用舞伴舞廳、電影皇宮、咖啡小館及劇場擄獲了我的目光。

我們轉進四十一街，就在第八、第九大道中間的區域。當時這裡不是什麼美麗的街道，現在也不是。主要都是面向四十、四十二街建築的後門防火通道。而在這不怎麼討喜的街廓中央就是百合劇場，佩佩姑姑的劇場，亮到不行的告示牌上寫著「與母生活」。

直到今天，畫面依舊如新。百合劇場是一大團東西，我現在曉得那些裝飾是新藝術風格，但我那時只覺得堅固耐用。老天啊，光是那座大廳延伸出來的空間就足以讓人曉得自己走進了不起的地方。看起來莊嚴黑暗，很多木造裝飾，雕刻的天花板框飾，血紅色的瓷磚，還有老舊的第凡內燈。牆上滿是被菸草燻黃的畫作，一群袒胸露乳的林中仙子與多位羊男一起跑跳，其中一位仙子感覺好像不小心就要懷孕了呢。其他壁畫則是小腿健壯的男子與海怪搏鬥，但看起來不暴力，反而很情慾。（妳懂我的意思，人家會覺得肌肉男並不想贏得這場爭鬥。）還有別的壁畫，林中仙子拚命跑出樹叢，胸部挺在前面，而水中仙子則在旁邊河中朝著彼此裸露的軀體歡樂潑水。每根柱子上都爬滿了葡萄與紫藤的藤蔓雕刻（當然還有百合花！），很有妓院效果。我喜歡。

「我直接帶妳去看表演。」奧莉看看錶，說：「快結束了，眞是謝天謝地。」

她推開厚重的門，直接進入劇場。我必須遺憾地說，奧莉·湯普森進入她的工作場所時，顯露出的是一股什麼都不想碰的氣息，但我目眩神迷。劇場內部實在挺驚人的，根本是閃閃發光的巨大褪色珠寶盒。我仔細瀏覽，歪斜的舞台、不是很好的視線、厚重的赤紅色簾幕、擁擠的樂池、鍍金過頭的天花板，還有散發著惡意的閃亮水晶燈。看著它，人們一定會想：「那個如果掉下來怎麼辦……？」

一切都壯麗，一切都頹敗。百合劇場讓我想起莫里斯奶奶，不只是因爲奶奶會喜歡這種俗麗的老劇場，更是因爲我的奶奶看起來很像這個地方——上了年紀、浮誇、驕傲得不得了，還用過時的天鵝絨華麗盛裝打扮自己。

明明還有很多座位可以坐，但我們站在後面的牆邊。事實上，舞台上的人幾乎比觀眾還要多。這點不只我注意到，奧莉從口袋裡抽出一個小本子，點了點人頭，將人數寫進去，然後嘆了口氣。

至於台上到底在幹嘛？實在令人眼花撩亂。顯然已經演到尾聲了，因爲台上有超多動作。舞台後方是十幾位跳大腿舞的舞者，有男有女，他們將腿踢向滿是飛塵的空中，臉上還掛著近乎瘋狂的笑容。舞台中央，俊俏的年輕男子與活潑的年輕女子正在用生命跳踢踏舞，還扯著嗓子唱著現在一切都會沒事了，我的寶貝，因爲我們相愛！舞台左邊有一群歌舞女郎，她們的動作與服裝遊走在道德允許的邊緣，但無論劇情是什麼，她們對劇情的貢獻似乎不太明確。她們的任務就是張開雙臂站在那裡，緩緩轉身，讓觀眾可以三百六十度零死角隨意欣賞她們亞馬遜女戰士般的身材。舞台另一邊，打扮成流浪漢的男人手中拋接起好幾個保齡球瓶。

就算是尾聲，這個尾聲也演太久了。樂團演奏得更大聲，跳大腿舞的繼續踢腿，幸福但上氣不接下氣的愛侶實在無法相信自己的人生即將有多美好，歌舞女郎緩緩展示身材，流浪漢汗流浹背，用力丟擲，忽然間，所有的樂器同時發出巨響，然後是聚光燈掃過，每個人同時將雙手舉在空中，結束了！

掌聲。

沒有如雷貫耳，比較像是下小雨的掌聲。

奧莉沒有鼓掌。我客氣地拍手，雖然我在觀眾席後方的掌聲聽起來有點寂寞。掌聲沒有維持太久，演員不作聲離開舞台，這不是好事。觀眾也盡責地經過我們身邊離開，他們好像下班要回家的工人，他們也的確是啦。

「妳覺得他們喜歡嗎？」我問奧莉。

「誰？」

「觀眾。」

「觀眾？」奧莉眨了眨眼睛，彷彿她從來沒有思考過觀眾對表演會有什麼看法一樣。她思索一番，然後說：「薇薇安，妳要知道，我們的觀眾抵達百合時不會滿心雀躍，離開時也不會滿心歡喜。」

從她的口氣聽來，她似乎贊成這種狀況，或至少接受了。

「走。」她說：「妳姑姑在後台。」

⁂

於是我們前進後台，直接走進每一場表演過後混亂忙亂喧亂的後台。大家都有動作，大家都在喊叫，大家都在抽菸，大家都在寬衣。舞者相互點菸，歌舞女郎摘下頭飾。幾個身穿工作服的男人把道具收起來，他們收道具的方式看起來一滴汗也不會流。很多拉開嗓門卻老油條的笑聲，但這不是因爲有什麼好笑的事情，而是因爲這些人是表演者，他們一向如此。

我的佩佩姑姑在那裡，又高又壯，手裡握著寫字夾。她花白的栗色頭髮剪成了有欠考慮的短髮，她看起來像愛蓮諾．羅斯福[11]，但下巴線條好看多了。佩佩穿了一件鮭魚色斜紋布長裙，搭配看起來像是男人穿的牛津襯衫。她也穿了藍色的及膝襪與卡其色的莫卡辛鞋。如果這身搭配聽起來很不時尚，那妳就猜對了，在那個年代不時尚，現在也不時尚，在太陽爆炸之前，這種打扮都與時尚碰不著邊。鮭魚色的斜紋布長裙、藍色牛津襯衫、及膝襪和莫卡辛鞋，通通穿在身上，任誰都不好看。

她正與戲裡的兩名美豔歌舞女郎交談，使她的外型更顯邋遢單調。舞台妝讓兩位歌舞女郎美若天仙，她們盤起的頭髮閃著光澤，戲服外頭披著粉紅色的絲質化妝袍，我從來沒有看過這麼性感的女體。其中一位女郎是金髮，事實上應該是**白金色**的頭髮，她的身材讓珍．哈露[12]都絕望咬牙。旁邊撩人的棕髮女子，我剛剛在座位後面的時候就注意到她的美貌。（注意到她的美貌，這件事眞的沒什麼，因爲就算是在**火星上**的火星人都會注意到。）

「小薇！」佩佩大喊，她的笑容點亮了我的世界。「小鬼頭，妳辦到了！」

小鬼頭！

從來沒有人叫過我小鬼頭，不曉得什麼原因，這個稱號讓我想要奔向她的懷抱，大哭起來。聽到她說「妳辦到了」更是充滿鼓勵，明明我什麼事都沒有完成啊！說實話，我辦到的只有一開始被學校退學，然後被父母趕出來，最後在中央車站迷路而已。不過，她看到我的歡快神情眞是貼心。我覺得自己好受歡迎，不只受歡迎，而且有人**想要**我。

「妳已經見過咱們常駐的動物管理員奧莉了。」佩佩說：「這位是葛拉蒂絲，我們的舞蹈組長——」

白金頭髮的女孩笑了笑，對著我吹破她的口香糖泡泡，說：「妳好嗎？」

「——這位是西莉亞·雷，咱們的歌舞女郎。」

西莉亞伸出她纖纖玉手，用低沉的聲音說：「幸會，很高興認識妳。」

西莉亞的聲音讓人不敢置信，那不只是渾厚的紐約口音，而是深沉渾厚的沙啞。這位歌舞女郎有黑手黨老大的聲音。

「妳吃了嗎？」佩佩問我：「餓嗎？」

「不餓，我覺得我**不餓**，但我還沒吃晚餐。」我說。

「那出門吃飯吧。咱們喝點酒，敘敘舊。」

奧莉打斷我們：「佩佩，薇薇安的行李還沒拿上樓，東西還在大廳。她長途奔波，會想休息一下。而且我們要把注意事項發給演員。」

「那些男孩可以幫忙把她的東西拿上去。」佩佩說：「她看起來一點也不累。演員不需要注意事項啦。」

「演員怎麼會不需要注意事項！」

「那可以明天再弄。」佩佩的回答很含糊，似乎完全無法滿足奧莉。「我現在不想聊公事，我想大吃一頓，而且我口乾舌燥有夠渴。我們出去吃飯嘛，好不好？」

---

11 愛蓮諾·羅斯福（Anna Eleanor Roosevelt, 1884—1962），美國政治人物，第三十二任美國總統羅斯福之妻，前美國第一夫人。二戰後她出任美國首任駐聯合國大使，並主導起草了聯合國的《世界人權宣言》，同時也是女性主義者。

12 珍·哈露（Jean Harlow, 1911—1937），活躍於三〇年代的美國著名女演員，世人公認的性感女神。

到了這個時候，佩佩聽起來像是在哀求奧莉的首肯。

「佩佩，今晚不行。」奧莉斬釘截鐵地說：「今天大家都累了。這女孩需要休息，安頓一下。珀娜黛留了肉餅在樓上，我可以做點三明治。」

佩佩看起來有點喪氣，但下一分鐘立刻又歡快起來。

「那好，上樓！」她說：「來，小薇，咱們走！」

姑姑有個特點，我後來才慢慢了解，當她說「咱們走！」的時候，她指的是在場所有聽得到這句話的人都受邀一起走。佩佩總是集體行動，而她也不挑身邊有哪些人。

所以，這就是爲什麼那天晚上在樓上，也就是百合劇場的起居空間裡，聚在一起的不只我、佩佩姑姑、她祕書奧莉，還有歌舞女郎葛拉蒂絲、西莉亞，最後一秒加入的還有一個神經兮兮的男孩，他當時正朝後門走去，結果被佩佩攔住。我認得他是表演裡的舞者。等到我拉近距離，才發現他看起來不過十四歲，而且確實一副很需要大吃一頓的樣子。

「羅蘭，上來吃飯。」佩佩說。

他猶豫了一下。「啊，佩佩，不用啦。」

「別擔心，甜心，咱們有很多東西可以吃。珀娜黛做了一堆肉餅，大家都有得吃。」

當奧莉看起來彷彿要抗議的時候，佩佩制止她。「噢，奧莉，別跟老師一樣。我可以跟羅蘭分。他需要增重，我需要減肥，一加一減剛剛好。而且咱們已經開始賺錢了。我們能多餵幾張嘴。」

一群人前往劇院後方，那邊寬寬的階梯帶領我們來到百合的二樓。上樓途中，我實在忍不住盯著那兩位歌舞女郎，西莉亞與葛拉蒂絲。我從來沒有看過這麼美的人。讀寄宿學校的時候，我認識幾個話劇社的女孩，但完全不一樣。艾瑪・薇勒學校裡的話劇社女孩是那種從來不洗頭，永遠穿著黑色連身韻律服的女孩，而且她們每個人都覺得自己是希臘神話中的厲婦美狄亞。眞是受不了她們。不過，葛拉蒂絲和西莉亞，她們不一樣，根本是不同的**生物**。她們的美貌、口音、妝容、絲布裹住的搖擺俏臀，通通吸引著我。至於羅蘭，他行動的姿態也跟她們一樣。他也是液體般搖曳的生物。而且他們講話超快！他們聊八卦都用簡稱加密，好像什麼亮眼的碎紙片，太迷人了。

「她不就靠外表過關的！」葛拉蒂絲提到某個女孩。

「什麼外表？」羅蘭說：「只有腿而已。」

「哎喲，那還不夠嗎？」葛拉蒂絲說。

「**也許**再撐一季吧。」西莉亞說。

「她那個男朋友也沒有加分效果。」

「**那個蠢蛋**！」

「只會在那邊喝香檳。」

「她該跟他說清楚、講明白！」

「他才不想聽咧！」

「女生當電影院帶位員是能當多久？」

「不過是戴著那枚漂亮的大鑽戒到處走喔。」

「她該仔細考慮一下。」

「她該找個奶油雞蛋人[13]。」

他們到底在講什麼人啦？他們是在建議什麼樣的人生啊？這個在樓梯上被人指指點點的可憐女孩是誰？她只是電影院帶位員，如果她不開始仔細考慮一下，她要怎麼更上一層樓？給她鑽戒的人是誰？那人喝的香檳是誰付的錢？這些我都想知道，要緊得很！還有，奶油雞蛋人到底是什麼？

我從來沒像這次一樣這麼想知道故事結局，而這個故事卻連劇情都沒有，只有幾個不知名的人物、隱晦的瘋狂行徑，還有看似潛伏的危機。我的心臟興奮加速，如果妳跟我一樣，是個膚淺輕浮的十九歲女孩，腦子裡從來沒有正經的想法，那妳也會覺得興奮期待。

我們抵達幽暗的樓上平台，佩佩打開門鎖，讓大家進去。

「小鬼頭，歡迎回家。」佩佩說。

佩佩姑姑世界裡的「家」包含百合劇場的三樓與四樓，這裡是起居空間。我後來才知道，二樓是辦公室。一樓當然就是劇院，前面已經跟妳說過了。不過，三、四樓是家，我們現在到家了。

我立刻看出佩佩沒有室內設計的才華。她的品味（如果這也能叫品味的話）是沉重、過時的古董，不成套的椅子，還有很多看起來擺錯位置的東西。我看到佩佩與我父母一樣，牆上都掛了幾幅看起來陰鬱黑暗的畫作（無疑是從同樣的親戚那邊繼承而來），全部都是褪色的馬匹以及嚴肅的貴格教會成員肖像。很多看起來眼熟的老舊銀器與瓷器散落在各處，好比說燭台和茶具，有些看起來挺值錢的，但誰曉得呢？這些東西看起來都沒有使用，也沒有人關愛。（不過每個檯面上都有菸灰缸，看起來就有使用且受到關愛了。）

我不想說這地方像個雜物間，不髒，只是**沒整理**。我看了一眼正式的飯廳，或該說，那裡原本應該是某人家裡正式的飯廳，中央擺了一張乒乓球桌；更妙的是，上方居然是一盞低低的水晶吊燈，這樣肯定很難打球吧。

我們抵達寬敞的客廳，空間大到足以塞滿家具還能容納一台演奏鋼琴，鋼琴唐突地塞在牆邊。

「瓶瓶罐罐部門，有誰需要什麼嗎？」佩佩前往角落的吧檯。「馬丁尼嗎？誰要？大家都要嗎？」

大家異口同聲的回答似乎是在說：**對，大家都要！**

呃，好啦，幾乎是每個人都要。奧莉拒絕，佩佩倒酒的時候，她還對佩佩皺起眉頭。感覺奧莉似乎是在計算雞尾酒花費，精細到小數點——她可能眞的在算。

姑姑稀鬆平常地把馬丁尼遞給我，彷彿我們很常一起小酌一樣。太歡樂了，我覺得自己好像是大人。爸媽會喝酒（他們當然會喝酒，他們是來自歐洲的盎格魯撒克遜新教白人），但他們不會跟我一起喝。我必須偷偷喝。現在看起來，偷偷喝酒的日子已經過去了。

乾杯！

「我帶妳去妳的房間。」奧莉說。

---

13 奶油雞蛋人（butter-and-egg man），指的是來大城市揮霍的土財主。

佩佩的祕書帶我穿過彎來拐去的走廊，打開一扇門。她說：「這是妳比利姑丈的住所，佩佩要妳暫時住在這裡。」

我好訝異。「比利姑丈在這裡還有地方住？」

奧莉嘆了口氣。「這顯示了妳姑姑對她老公還有感情，所以幫他留了房間，他如果來紐約就有地方落腳。」

我覺得奧莉說「還有感情」的口氣聽起來很像人家說「還長疹子」一樣討厭，這應該不是我的幻覺。

哎呀呀，佩佩姑姑，謝謝了，因爲比利的房間非常豪華。這裡不像其他空間堆滿了東西，完全沒有，不，這裡很有**格調**。小小的客廳裡有壁爐，黑色亮漆高級辦公桌，桌上有台打字機。然後是臥房，窗戶正對四十一街。一張漂亮的大床，以深色木頭與金屬製成。地上有一張乾淨無瑕的白地毯。我從來沒有踩過白地毯。臥室進去是一間寬大的更衣室，牆上有一面巨大的金屬鏡子，以及裡頭空蕩蕩的亮面衣櫥。更衣室角落是一個小洗臉台。整個地方乾淨整潔。

「不幸的是妳沒有獨立的衛浴。」奧莉一邊說，身穿工作服的男人提著我的皮箱及縫紉機進入更衣室。「走廊盡頭有共用的浴室。西莉亞現在住在劇場，妳要跟她一起用。赫伯先生和班傑明住在另一側，他們有自己的浴室。」

我不曉得赫伯先生和班傑明是誰，但我猜我很快就會知道了。

「奧莉，比利不會來住嗎？」

「我覺得不會。」

「妳很確定嗎？如果他有需要這間套房，我當然可以住在別的地方。我只是想說，我不需要這麼高級的房間……」

我騙人。我徹頭徹尾需要也想要這間小套房，我已經幻想自己霸占所有地方。我決定了，這裡就是我成爲了不起大人物的地方。

「薇薇安，妳姑丈已經四年沒有來過紐約了。」奧莉說著，用她那雙眼睛望著我，她的眼神令人不安，彷彿能看穿妳的心思一樣。「我相信妳在這裡可以住得很安穩。」

噢，眞是太美妙了！

我打開一些必需品，用水洗把臉，補點妝，梳梳頭髮，然後回到擁擠、塞滿東西的偌大客廳閒談之中。回到佩佩那新奇又吵雜的世界。

奧莉前往廚房，端出一小盤肉餅，底下鋪著看起來不太新鮮的生菜。跟她之前料想的一樣，根本沒有足夠的食物讓屋內所有人吃。不過，沒多久，她又端著冷肉和麵包出現，還變出半副雞骨架、醃黃瓜，以及冷掉的中國菜。我注意到有人開了窗戶、打開小電扇，但實在沒辦法替夏夜高溫帶來一絲涼意。

「小朋友你們吃吧。」佩佩說：「盡量吃。」

葛拉蒂絲與羅蘭像農場工人一樣不客氣地吃了起來。我拿了點炒什錦。西莉亞什麼也沒吃，只是靜靜坐在沙發上，握著馬丁尼酒杯與香菸，我從來沒有見過這麼神氣的畫面。

「今晚表演開場如何？」奧莉問：「我只有看到尾聲。」

「哎喲，達不到《李爾王》的標準啦，但只差一點。」佩佩說。

奧莉眉頭陷得更深了。「爲什麼？怎麼了？」

「沒有爲什麼。」佩佩說：「就是一場不怎麼樣的演出，但也不用爲此失眠。這齣戲本來就不怎麼樣，觀眾不會因此傷心，他們還走得出劇場。總之呢，下禮拜就要換戲了，所以沒差。」

「那傍晚場的票房呢？」

「這種事還是少聊一點比較好。」佩佩說。

「但，佩佩，數字是多少？」

「奧莉，不想知道答案就不要問。」

「這個，我**必**須知道。我們不可能一直有今晚的人潮。」

「噢，妳說他們是人潮，我喜歡！今晚開場實際的觀眾人數是四十七人。」

「佩佩！這樣**不夠**！」

「奧莉，別哀哀叫。還記得嗎？夏天生意本來就比較差。總之呢，能有多少觀眾就是多少。如果我們想吸引大群觀眾，咱們辦啥劇場，去搞棒球賽就好。不然我們可以投資冷氣啊。咱們現在把目光放在下禮拜開始準備的南太平洋戲啦。明早舞者就可以開始排練，禮拜二之前能排好。」

「明早不行。」奧莉說：「我已經把舞台租給兒童舞蹈班了。」

「眞有妳的。老姑娘，還是一樣善用資源。那明天下午吧。」

「明天下午也不行。我把場地借給游泳班了。」

這話讓佩佩措手不及。「**游泳班**？再說一次？」

「那是市政府提供的課程，他們會教附近的孩子游泳。」

「**游泳**？奧莉，他們會放水淹我們的舞台嗎？」

「當然不會，那叫乾泳。不用水就能教學。」

「妳是在說，他們把游泳當理論課程在教？」

「差不多吧，只教基本概念。他們會用椅子。市政府出錢。」

「奧莉，這樣吧。不如妳來告訴葛拉蒂絲，我們的舞台什麼時候沒有租給兒童舞蹈班、乾泳班，她什麼時候可以把人找來，開始排南太平洋的舞？」

「禮拜一下午。」奧莉說。

「葛拉蒂絲，禮拜一下午！」佩佩對著歌舞女郎大喊。「聽見沒？禮拜一下午妳能把人都找來嗎？」

「反正我不喜歡早上排練。」葛拉蒂絲如是說，但我不太確定這是確切的回答。

「應該不難啦，小葛。」佩佩說：「反正那只是臨時拼湊出來的輕鬆表演劇。跟妳平常一樣，湊點東西出來就好。」

「我想演南太平洋的戲！」羅蘭說。

「大家都想演南太平洋的戲。」佩佩說：「小薇，這些孩子就愛演那些海外的異國風情劇碼。他們喜歡那些服裝。光是今年，我們就演過印度劇、中國女僕故事、西班牙舞者故事。我們去年搞了個愛斯基摩人的愛情故事，但不怎麼樣，至少服裝就不太討喜。妳知道，要穿皮草，實在太厚重了。歌也不是寫得很好。我們最後不斷拿『叮』和『冰』押韻，叮得我頭都痛了。」

「羅蘭，你可以演南太平洋戲的草裙舞女郎！」葛拉蒂絲歡笑起來。

「我相信我夠漂亮！」他擺起姿勢。

「你肯定夠漂亮。」葛拉蒂絲說：「而且你好嬌小，哪天你就會飄走了。我要記得，在舞台上不要跟你站在一起，不然我看起來跟牛一樣又高又壯。」

「葛拉蒂絲，那是因爲妳最近胖了。」奧莉觀察入微。「妳要注意飲食，不然妳很快就沒戲服可以穿了。」

「吃什麼跟身材無關！」葛拉蒂絲抗議，她又拿起一塊肉餅。「我在雜誌上看到的，重點在於喝多少咖啡。」

「妳是喝太多酒了。」羅蘭高聲地說：「妳一下就醉了！」

「我的確一下就醉！」葛拉蒂絲說：「這是眾所皆知的事，但我必須告訴你，我如果不是一下就醉，我的性生活就不會這麼豐富了！」

葛拉蒂絲又對另外那個歌舞女郎說：「西莉亞，借一下口紅。」西莉亞默默從絲袍口袋裡掏出口紅，遞了過去。葛拉蒂絲塗上我看過最紅的口紅，然後用力吻在羅蘭的雙頰上，留下大大鮮豔的唇印。

「好了，羅蘭，你現在是這裡最美的妞兒了！」

羅蘭似乎不介意這種玩笑。他的臉像陶瓷娃娃，就我的專業目光看來，他會用鑷子修眉毛。我很詫異他甚至不想假裝陽剛。他講話的時候會跟年輕女孩一樣揮動雙手，他甚至沒把臉上的唇膏擦掉！彷彿他就想要看起來像女孩一樣！（安潔拉，請原諒涉世未深的我，但我當時並沒有認識很多同性戀。男同性戀啦，至於女同性戀我可是見過的。畢竟我在瓦薩學院待了一年，我沒那麼遲鈍。）

佩佩把注意力移到我身上來。「好啦！薇薇安·露意絲·莫里斯！到了紐約，妳現在想做些什麼呢？」

做些什麼？我想做這個！我想跟歌舞女郎一起喝馬丁尼，聽百老匯業界情報，偷聽像女孩的男孩說的八卦！我想聽其他人豐富的性生活！

但我不能說這些話，所以我世故地說：「我想到處看看！認識這裡！」

現在大家都望著我，是在等我進一步解釋嗎？解釋什麼？

「我目前的障礙是我在紐約還搞不清楚東南西北。」我說，口氣聽起來很遜。

佩佩姑姑從桌上拿了一張餐巾紙，回應這愚蠢的話。她在上面草草畫出曼哈頓的地圖。安潔拉，眞希望我記得留下那張地圖，我沒見過如此迷人的紐約地圖。跟扭曲胡蘿蔔一樣的島，中央大大的長方形是中央公園，扭曲的波浪是哈德遜河和東河，島嶼下方的金錢符號象徵了華爾街，音符畫在島嶼上方，這裡是哈林區。中間還有一顆閃亮的星星，這是我們的所在位置，時代廣場，世界的中心！賓果！

「好了。」她說：「現在妳搞得清楚東南西北了。小鬼頭，在紐約是不可能迷路的。只要記得街名就好，都是數字，再簡單不過。記住，曼哈頓是座島，大家會忘記這點。東南西北隨便走，一定會碰到河。如果碰到河，轉身折回來就是了。妳會搞清楚方向的。比妳蠢的人都摸透這個城市了。」

「就連葛拉蒂絲對紐約都有透徹的理解。」羅蘭說。

「陽光男孩，講話小心點。」葛拉蒂絲說：「我是**土生土長**的紐約人。」

「謝謝！」我把餐巾紙放進口袋。「如果妳在劇場有什麼需要，我很樂意幫忙。」

「妳想幫忙？」佩佩似乎很訝異我這麼說，顯然她對我沒有什麼期望。老天，我爸媽都跟她說了些什麼啊？「妳可以在辦公室幫奧莉，如果妳對那種辦公室的行政事務感興趣的話。」

這提議讓奧莉臉色發白，恐怕我也是吧。我不想幫奧莉做事，她也不想要我幫忙。

「或是，妳可以在售票亭工作。」佩佩繼續說：「妳可以賣票。妳沒有音樂天分吧？妳有，我會很訝異。咱們家族的人都沒有音樂天分。」

「我會裁縫。」我說。

我一定是說得很小聲，因爲大家似乎都沒有聽到我講的話。

奧莉說：「佩佩，妳爲什麼不幫薇薇安去凱瑟琳・吉布斯學校註冊？她可以在那邊學習打字。」

佩佩、葛拉蒂絲、西莉亞都同聲哀號。

「奧莉一直想叫咱們這些女孩去讀凱瑟琳・吉布斯學校，這樣我們才會打字。」葛拉蒂絲解釋。她誇張驚駭地聳聳肩，彷彿學習打字跟在戰俘營炸石頭一樣可怕。

「凱瑟琳・吉布斯學校畢業生都是找得到工作的年輕女孩。」奧莉說：「年輕女孩應該要有能力謀職。」

「我不會打字，但我會謀職！」葛拉蒂絲說：「見鬼的，我已經有工作了！妳給我的工作！」

奧莉說：「葛拉蒂絲，歌舞女郎不算正經的工作。歌舞女郎也許算是暫時擁有工作，但這根本是兩回事。妳的工作不穩定。相較之下，祕書到哪兒都找得到工作。」

「我不只是歌舞女郎。」葛拉蒂絲驕傲又惱怒地說：「我是舞蹈組長，組長到哪兒都找得到工作。反正如果我缺錢，我就找人嫁了。」

「小鬼頭，千萬別學打字。」佩佩對我說：「如果妳會打字，也絕對不要讓別人知道妳會，不然妳只有一輩子打字的份了。速記也千萬別學，學了就死定了。他們只要一給妳速記本，妳這輩子就再也甩不掉它了。」

忽然間，對面的尤物開口，這是我們上樓後她首度講話。西莉亞問：「妳說妳會裁縫？」

又是那個低沉沙啞的嗓音，讓我猝不及防。而且，她現在正看著我，讓我有些生畏。我不想一直用「悶燒」這種字眼來形容西莉亞，但我實在詞窮，就算她不想，她看起來還是悶燒地性感。她用那悶燒的雙眼看著我，讓我渾身不自在，於是我點點頭，朝著比較安全的方向，也就是佩佩，說：「對，我會裁縫。莫里斯奶奶教我的。」

「妳會縫什麼？」西莉亞問。

「呃，這件洋裝是我做的。」

葛拉蒂絲尖聲地說：「**這妳做的？**」

葛拉蒂絲和羅蘭都跑過來，就跟其他女孩發現我會自己做衣服一樣。不一會兒，他們就開始翻看我的衣服，就跟兩隻俊美的小猴子一樣。

「這妳做的？」葛拉蒂絲說。

「連**花邊**也是？」羅蘭問。

我想說：「這沒什麼！」因爲，說眞的，相較我的手藝，這件連身洋裝雖然看起來精巧，但眞的沒什麼。不過，我不想聽起來太驕傲，所以我說：「我穿的衣服都是我自己做的。」

西莉亞再次從對面開口：「妳會做舞台服裝嗎？」

「應該可以。要看是哪種服裝，但我相信我做得出來。」

歌舞女郎起身，問：「這種妳會做嗎？」她讓衣袍落在地上，露出裡面的服裝。

（我知道「讓衣袍落在地上」這種字眼也太誇張了，但西莉亞不是其他那些好好把衣服脫下來的普通女人，她總會讓衣服**掉在地上**。）

她身材超好，至於她的服裝，倒是挺普通的，就是金屬光澤的兩件式短小服裝，有點像泳衣。這種服裝適合在十五公尺外欣賞，近看就沒什麼。那是一件緊身高腰短褲，上頭用金屬圓片裝飾，胸罩則是各種珠子和羽毛的結合。她穿起來很好看，但這是因爲她就算穿病人袍也很美。老實說，這身打扮可以再合身一點。肩帶看起來不對勁。

「這我可以做。」我說：「珠子可能要花點時間，但那只是額外的細活而已。其他就滿簡單的。」然後，我閃過一個念頭，彷彿夜空裡的信號彈。「對了，如果你們有劇裝設計主任，也許我可以跟她一起工作？我可以當她的助理！」

大家哄堂大笑。

「**劇裝設計主任**！」葛拉蒂絲說：「妳以爲這裡是哪？派拉蒙的片場嗎？妳以爲伊迪絲．海德[14]躲在我們地下室嗎？」

「這些女孩要負責張羅她們自己的服裝。」佩佩解釋道：「如果我們的衣櫥裡沒有適合的，通常都沒有，她們就得自己去找。她們得自己花錢，但狀況一直如此。西莉亞，妳的衣服哪兒來的？」

「我從一個女孩那邊買的。妳知道摩洛哥夜總會的愛芙琳吧？她結婚搬去德州了。她給我一大箱衣服。我眞幸運。」

「眞的，妳眞幸運。」羅蘭不屑地說：「到現在還沒得淋病。」

「噢，羅蘭，別這樣。」葛拉蒂絲說：「愛芙琳人很好，你只是嫉妒她嫁給**牛仔**。」

「薇薇安，如果妳能幫這些孩子製作服裝，我想大家都會很感謝妳。」佩佩說。

「妳可以幫我做南太平洋的服裝嗎？」葛拉蒂絲問我。「好比說夏威夷草裙？」

這根本是在問大廚會不會做麥片粥。

「當然。」我說。「明天就可以給妳。」

「妳可以幫我**做**草裙嗎？」羅蘭問。

「我沒有預算做新服裝。」奧莉警告道。「我們還沒討論過這個。」

「噢，奧莉。」佩佩嘆了口氣。「妳根本是牧師娘，管這麼多。讓這些孩子開心點吧。」

我忍不住發現當我們開始談縫紉時，西莉亞的目光始終停留在我身上。她一直看著我，讓我覺得驚恐又受寵若驚。

「妳知道嗎？」她仔細望著我之後，說：「妳很漂亮。」

好，老實說，一般人不會這麼久才發現這點，但誰能怪西莉亞？她有那張臉蛋及那副身材，現在才注意到我已經算不錯了。

「說眞的。」她露出今晚第一個微笑。「妳跟我看起來很像。」

安潔拉，讓我澄清一下：絕無此事。

西莉亞·雷是女神，我只是少女，但乍看之下，我明白她的意思，我們都高個、深髮，皮膚細白，還有眼距稍寬的咖啡色雙眼。如果人家不覺得我們是姊妹，好歹也會以爲我們是表姊妹或堂姊妹，但絕對不會是雙胞胎。我們的身材完全沒有共通點，她是蜜桃，我是竹竿。不過，我還是受寵若驚。直到今天，我相信西莉亞·雷會注意到我的原因正是因爲我們看起來有這麼**一點點**像，就是這一點點吸引了她的注意力。對西莉亞這麼虛榮的人來說，看著我，彷彿就像望著（遠方模糊的）鏡子，而只要是鏡子，她都喜歡。

「妳跟我應該偶爾打扮得一模一樣，去城裡玩。」西莉亞如是說，她那低沉的布朗克斯口

14 伊迪絲·海德（Edith Head, 1897—1981），好萊塢傳奇劇裝設計師，曾入圍奧斯卡金像獎三十五次，其中贏得八次電影最佳服裝設計獎。

音好像貓咪的呼嚕。「我們會惹上不小的麻煩。」

呃，我實在不曉得該怎麼回答。我只是坐在那裡，跟艾瑪．薇勒女子學校的女學生一樣張著大嘴，是說我也沒有脫離這個身分太久啦。

至於佩佩姑姑，請記住，她是我的**合法監護人**，她聽到這不太正經的邀請後，只有說：「嘿，妞兒，這主意聽起來不錯。」

佩佩前往吧檯，打算再調一輪馬丁尼，但這時，奧莉打住一切。百合劇場令人畏懼的祕書起身，拍拍手宣佈：「好了！如果佩佩熬夜，她早上就什麼都做不了了！」

「奧莉，討厭耶，我要戳妳眼睛！」佩佩說。

「佩佩，睡覺了。」沉著的奧莉這麼說，還把腰帶往下拉來強調。「**現在**就上床。」

大家互道晚安鳥獸散。

我走回我的套房（**我的套房！**），繼續整理行李，但我實在沒辦法專心。我興奮歡喜。我把洋裝一一掛進衣櫥時，佩佩過來看我。

「妳在這裡還舒適嗎？」她問，目光環視比利完美的套房。

「我很喜歡這裡，太棒了。」

「對。比利不會接受次等的東西。」

「佩佩，我可以問妳一個問題嗎？」

「當然。」

「火災是怎麼回事？」

「小鬼頭，什麼火災？」

「奧莉說今天劇場有一起小火災。不曉得狀況怎麼樣。」

「噢，那個啊！只是建築後面某些老舊物品起火了。我在消防隊有朋友，所以沒事。老天，那是今天的事嗎？眞是的，我已經忘記了。」佩佩揉揉眼睛。「噢，好啦，小鬼頭。妳很快就會明白百合劇場的生活只不過是一場又一場的小火災。現在睡覺吧，不然奧莉會報警把妳抓走。」

於是我乖乖上床，這是我第一次在紐約市過夜，也是第一次睡在男人的床上（但肯定不會是最後一次）。

我不記得是誰收拾晚餐的殘局。

大概是奧莉吧。

4

搬來紐約兩個禮拜，我的人生徹底改變。這些改變包括但不僅限於，失去我的貞操，這是一個莫名好笑的故事，安潔拉，如果妳稍微有點耐心，我等等會跟妳分享。

因爲，我現在要說，百合劇場完全不像我過往待過的任何世界。一切都是活生生的光鮮亮麗、咬牙切齒、混亂不堪、充滿樂趣；換句話說，這個世界裡的成人還跟小孩一樣。家人與學校逼迫我到現在的規矩與規定通通沒了，在百合劇場（除了備受煎熬的奧莉以外），沒有人企圖跟上體面生活的正常節奏，飲酒作樂是常態，吃飯時間不太一定，大家都睡到中午。沒有人會在特定時間開始工作，但他們也因此沒有結束工作的一刻。計畫隨時改變，人來來往往，沒有正式的介紹，也不會特意餞別，所謂的責任歸屬總是很模糊。

我頭暈眼花但詫異地了解，再也不會有什麼威嚴人士監控我的行動了。我不用向任何人報備，其他人對我也沒有任何期待。我如果要幫忙做服裝，我可以做，但這不算正式的工作。沒有宵禁，晚上不用在床上點名。再也沒有舍監，再也沒有母親。

我**自由**了。

當然，據說佩佩姑姑要替我負責。她是我眞正的家人，算是我父母交付責任的對象，但這麼說好了，她不會過度保護我。事實上，佩佩姑姑是我遇見的第一個自由思想家，她認爲人應該替自己的生活做決定，妳能想像這麼荒謬的事情嗎？

佩佩的世界充滿混亂，卻偏偏行得通。雖然沒有秩序，但她還能在劇場一天上演兩檔戲，傍晚場（五點開始，吸引婦女與孩童），晚場（八點開始，口味較重，針對長者或男性觀眾）。週日和週三會有下午場。星期六中午，附近孩子可以來看免費的魔術表演。白天的時候，奧莉會把空間租給附近鄰居使用，我是覺得，沒有人因爲乾泳課而發大財啦。

我們的觀眾來自附近鄰居，那時，這裡**眞的是**社區，主要是愛爾蘭人和義大利人，偶爾出現篤信天主教的東歐人，以及爲數不少的猶太家庭。劇場周邊的四層樓房舍裡擠滿了剛搬來的移民，所謂的「擠滿」，是指一間公寓裡塞了幾十個人。因此，佩佩爲了配合這些剛開始學英語的人，將台詞設計得非常簡單。簡單的台詞表演者也比較好記，畢竟他們也不是受過專業訓練的演員。

我們的表演不會吸引觀光客、評論家，或所謂的「戲迷」。我們提供專屬工人階級的工人階級娛樂，就這樣而已。佩佩很堅持，她要我們別騙自己，我們能提供的就是這種表演。（「我寧可好好搞一場歌舞雜劇，也不要弄三流的莎劇。」她是這麼說的。）沒錯，百合劇場裡完全沒有什麼百老匯演出的習俗。我們不會有紐約外城市的試演，或盛大華麗的開幕夜派對。我們不像大多數百老匯劇院，八月不營業。（我們的客人八月不休假，所以我們也不休。）我們甚至禮拜一也營業，比較像是所謂的「不打烊劇場」，日復一日，餘興節目持續上演，全年無休。只要我們的票價跟附近電影院差不多（以及遊樂場和非法賭博，這是我們賺附近鄰居手裡鈔票的最大競爭者），我們的座位就不會太空。

百合不是賣弄性感風騷的劇場，但我們很多歌舞女郎與舞者都是從那個世界來的（而他們也驕傲地證實這點，只能祝福他們）。我們也不算雜耍表演，因爲在歷史上，那個年代的雜耍表演已經快陣亡了。不過，我們幾乎算是雜耍，因爲我們有誇張、冒冒失失的橋段。事實上，說我們的表演是戲劇反而有點誇張了。說它們是輕鬆表演劇倒挺適合，拼拼湊湊的故事不外乎是給愛侶重聚、歌舞女郎秀大腿的機會。（反正我們能說的故事有限，百合劇場只有三個背景幕。這代表我們所有的表演只能在十九世紀城市街角、典雅上流社會客廳或遠洋郵輪上演。）

每隔幾週，佩佩會換劇，但基本上都差不多，讓人印象不深。（妳說什麼？妳從來沒有聽過《氣得跳腳》這齣戲？這是兩個街頭頑童戀愛的故事。妳當然不可能聽過！這齣戲在百合只演了兩週，然後馬上換檔，換上了類似的故事，劇名爲《誤上賊船》。這齣戲當然靠的是遠洋郵輪的布景。）

「如果我能改善配方，我就會改。」佩佩有次告訴我：「但這配方行得通啊。」

成功的配方，仔細來說，就是：

用近似於愛情故事的橋段取悅觀眾一小陣子（或至少讓他們分心，不能超過四十五分鐘！）。愛情故事的主角必須是討喜的年輕男女，能夠跳踢踏舞，還能唱歌。之後，突如其來的反派出現，分開他們，這個反派通常是銀行家，有時是黑社會（同樣的概念，只是服裝不同），反派咬牙切齒想摧毀這對愛侶。大胸脯的放蕩女子會看上男主角，但男主角心底只有他的天命眞女。帥氣鄉下青年也許會想跟女主角求婚，讓她遠離她的眞命天子。作爲讓人鬆口氣的喜劇橋段，醉醺醺的流浪漢會上台，他的鬍碴是用烤焦的軟木塞畫上去的。一場戲至少會有一首夢幻情歌，通常會壓「月亮」跟「姑娘」這種韻。而最後一定會有大腿舞。鼓掌，謝幕，晚場再來一遍。

劇場評論家很棒，完全沒有注意到我們的存在，也許這樣對大家都好。

我聽起來像是在批評百合劇場的作品，並沒有，我很愛這些表演。我願意付出一切，換得一張再次坐進那破爛劇場、欣賞那些表演的門票。在我心裡，任何表演都比不上這些簡單、熱情的輕鬆表演劇。這些戲碼讓我開心。它們本來就是設計讓人開心，又不用觀眾多花心思了解到底在演什麼的東西。佩佩在戰時替失去手腳或因芥子毒氣灼傷喉嚨的士兵製作歡快的歌舞表演，她那時學到的是「有時人需要想想別的東西」。

我們的工作就是給他們這些「別的東西」。

⁂

至於卡司，我們的表演總是需要八名舞者，四男四女，還要四名歌舞女郎，因爲觀眾會期待她們的出現。觀眾來百合是來看歌舞女郎的。如果妳好奇「舞者」和「歌舞女郎」差在哪裡，答案是身高。歌舞女郎至少要有一百七十八公分，這還沒有算進高跟鞋與羽毛頭飾的高度。而且歌舞女郎應該要比一般的舞者更美豔動人。

爲了繼續搞亂妳，有時歌舞女郎可以跳舞（好比說葛拉蒂絲，她也是我們的舞蹈組長），但舞者無法成為歌舞女郎，因為她們不夠高或不夠美，永遠辦不到。再多的化妝及加墊都無法讓身高一般、長相一般的舞者，晉升為身材勻稱、面容姣好亞馬遜女戰士般俊美的世紀中紐約歌舞女郎。

百合劇場在很多表演者往上爬的途中網羅他們，不少在百合起家的女孩後來前往無線電城音樂廳或鑽石馬蹄俱樂部，有些人甚至當上主角。不過，我們更常網羅到走下坡的舞者。（看到上了年紀的火箭女郎成員，為了低成本、小製作的《誤上賊船》裡動作必須整齊劃一的舞團來試鏡時，就會覺得她好勇敢，讓人感觸良多。）

不過我們也有一小群固定班底，在百合劇場掏不出多少錢的觀眾面前持續一齣齣的表演。葛拉蒂絲是劇團固定成員，她發明了一種名為「巴狗巴狗」的舞蹈，觀眾愛死了，所以每場表演裡都會出現。觀眾怎麼可能不愛呢？因為舞台上的所有女孩都能隨意加入這甩動她們全身各種部位的舞蹈。

「巴狗巴狗！」觀眾會在安可時大喊，女孩就會配合他們。有時我們會看到附近的孩子在人行道上一路巴狗巴狗去上學。

就說這是我們的文化遺產吧。

我很想告訴妳佩佩的小劇場是怎麼賺錢的，但事實是我不知道。（可能跟表演產業怎麼發一筆小財的老笑話有關——先丟一筆大錢進去。）我們的門票從來沒有售罄過，票價也非常低廉。而且，雖然百合劇場非常了不起，但她就是一個中看不中用的資產，**非常花錢**。她會漏水，會嘎吱作響。她的電線跟愛迪生本人一樣老，她的管線相當神祕，她的油漆到處脫落，屋頂只能保證晴天不漏水，僅此而已。佩佩姑姑在這殘破老舊劇場投入的錢，跟女繼承人寵溺鴉片上癮的愛人不相上下，就是個絕望無用的無底洞。

至於奧莉，她的工作就是想辦法止住流出去的錢，同樣也是無底洞般的絕望工作。（我到現在還記憶猶新，每次她發現有人熱水開太久，就會扯開喉嚨喊：「這裡不是法國酒店！」）

奧莉看起來永遠都很累，這也情有可原，畢竟自從一九一七年她認識佩佩之後，就是整個團隊裡唯一負責任的大人。沒多久，我就發現奧莉說她「自從摩西包尿布的時候」就替佩佩工作，這話可不是在開玩笑。奧莉跟佩佩一樣，戰時都是紅十字會的護理師，只不過她在英國受訓。這兩個女人在法國戰場上認識，戰爭結束後，奧莉決定放棄護理師志向，追隨新朋友加入劇場表演的行列，擔任我姑姑飽受折磨卻值得信賴的祕書。

在百合劇場，經常可以看到奧莉邁著步子經過，發號施令與規定，糾正別人。她臉上總會掛著緊繃、勞心勞力的盡責牧羊犬神情，她要管的是一群毫無紀律的綿羊。她有各種規矩：不准在劇場飲食（「老鼠不該比觀眾多！」），每次排練要**速戰速決**，「訪客的訪客」不能在劇場過夜，沒有票根不能退票。以及，必須先把錢拿去繳稅。

佩佩尊重祕書的這些規矩，但她以相當含混的方式遵守。她尊重這些規矩，如同某個失去信仰的人，貌似還遵守基本的教會規範。換句話說，她尊重奧莉的規矩，卻不會實際遵守。

我們其他人有樣學樣，這代表雖然我們偶爾會裝裝樣子，但沒有人實際遵守奧莉的規矩。所以奧莉永遠都很累，而我們還是保持小孩的樣子。

佩佩與奧莉住在百合劇場的四樓，各自占據一間被公共區域隔開的套房。四樓還有很多空房，我剛搬進去的時候都沒有使用。（一開始是原屋主讓情婦住的，佩佩對我解釋：「現在留給臨時需要的漂泊者或各式各樣的巡迴表演者。」）

但我住的三樓才是好玩的地方，大鋼琴的所在位置，通常上面會擺著好幾只半滿的雞尾酒酒杯，以及半滿的菸灰缸。（有時佩佩經過鋼琴旁邊，會把人家沒喝完的酒喝掉，她說這叫「額外吃紅」。）三樓是大家吃喝、抽菸、吵架、工作、生活的地方。這裡才是百合劇場眞正的辦公室。

一起住在三樓的還有一位赫伯先生。介紹的時候，他們說赫伯先生是我們的「編劇」。他負責打造出表演基本的故事線，會編笑話和搞笑段子，他也是舞台經理。同時，我聽說，他還是百合劇場的新聞公關。

「新聞公關到底是幹嘛的？」我有次問他。

「我要是知道就好囉。」他回答。

更有趣的是，他是佩佩的老朋友，資格慘遭吊銷的律師。他之所以失去律師資格是因爲他盜用了客戶一大筆錢。佩佩沒有怪他，因爲那時他又破戒酗酒了。「不能怪酗酒的人」是佩佩的哲學。（「每個人都有弱點」，這是她的另一句格言，她對脆弱、失敗的人總會給他們第二次、第三次、第四次機會。）有時缺人手的時候，我們沒有好演員可以用，赫伯先生就會上場飾演喝醉的流浪漢，演出效果之自然，令人心碎。

不過，赫伯先生很好笑。他的幽默是乾乾的黑色幽默，但他眞的很好笑。早上起床吃早餐的時候，我會看到赫伯先生穿著寬鬆的西裝褲和汗衫出現在廚房。他一邊喝他的低咖啡因即溶咖啡，搭配一片看起來哀傷孤單的鬆餅。他會嘆口氣，對著筆記本皺起眉頭，想要擠出下一場表演的新笑話及台詞。我每天早上都會燦爛開朗地跟他打招呼，只是爲了聽聽他憂鬱的回覆，而且他的回應每天不一樣。

「赫伯先生，早安！」我說。

「安不安有待商榷。」他說。

或是：「赫伯先生，早安！」

「我不是百分之百同意。」

或是：「赫伯先生，早安！」

「我不懂妳的論點是什麼。」

或是：「赫伯先生，早安！」

「我覺得我沒辦法面對這個場合。」

還有我最喜歡的，「赫伯先生，早安！」

「噢，妳現在也開始反諷了是不是？」

另一位住在三樓的房客是帥氣的年輕黑人班傑明．威爾森，他負責百合劇場的音樂創作、譜曲及鋼琴演奏。班傑明文靜優雅，總是穿著最好看的西裝。我常發現他坐在鋼琴旁邊，要麼就彈點接下來戲碼的輕快音樂，要麼自娛自樂地彈起爵士樂。有時，他會彈讚美詩，但都是在他以爲別人沒在聽的時候。

班傑明的父親是哈林區受人崇敬的牧師，母親則是一百三十二街女子學校的校長。換句話說，他是哈林區的貴族。他從小爲接掌教會做打算，結果卻爲了表演的世界拋下那份天職。因爲他有罪，所以家人不要他了。我後來發現，這是百合劇場員工的統一規格。這麼說來，佩佩收了很多難民。

班傑明跟舞者羅蘭不一樣，他才華洋溢，在百合劇場這種不入流的小地方眞是委屈他了。不過佩佩提供他免費食宿，他的工作也很輕鬆，所以他留了下來。

我搬進來時，百合劇院還有另一個住客，我把她留到最後介紹，因爲她對我最爲重要。這個人就是歌舞女郎西莉亞，我的女神。

奧莉告訴我，西莉亞只是暫時住在這裡，等到她把事情「搞定」爲止。她之所以需要棲身之所，是因爲她被排演俱樂部趕出來了，這個俱樂部是位於西五十三街的一間知名便宜飯店，很多百老匯舞者與演員都曾住過那裡。她會被趕出來是因爲她房裡有男人，還被人發現。所以佩佩讓西莉亞暫住百合劇場。

我隱約覺得奧莉不贊成這個主意，但話又說回來，佩佩免費提供給別人的東西，奧莉大多都不贊成。這不算是什麼多慷慨的忙啦，西莉亞在走廊盡頭的小房間跟比利姑丈這間從來沒有住過的豪華套房完全不能比。西莉亞的棲身之所不過是個有張小床的雜物間，地上只有一點空間可以讓她擺衣服，僅此而已。房間有窗戶，但窗戶正對又熱又臭的暗巷。西莉亞的房間沒有地毯，沒有洗臉台，沒有鏡子，沒有衣櫥，顯然也沒有一張漂亮的大床；這些，我都有。

這一切大概就解釋了爲什麼西莉亞在我入住百合劇場的第二天，就搬進我的房間。她連問都沒有問，絲毫不用討論，事情就這樣在我最沒有準備的時刻發生了。我到紐約市的第二天，就在午夜到凌晨之間的暗黑時刻，西莉亞跌跌撞撞走進我房間，用力撞了我肩膀一下，我因此醒來，她則醉醺醺地說了一個字：

「閃。」

於是我閃，我移到床的另一邊去，而她搖搖晃晃爬上我的床，強行徵召我的枕頭，用她完美的身軀捲走我的整床被毯，不一會兒，她就無意識地睡去。

這還眞讓人小鹿亂撞啊！

我太興奮了，事實上，我下半夜都睡不著。我不敢動。首先，我沒了枕頭，然後，我現在貼著牆壁，所以不是很舒服。不過，最嚴肅的問題在於，一名打扮得好好的酒醉歌舞女郎倒在妳床上，妳到底該怎麼辦？不知道。所以我靜靜躺在原位，動都不敢動，聽著她沉重的呼吸，嗅聞她髮絲上的菸味與香水味，擔心天亮後，我們會進入某種不可避免的尷尬狀態。

差不多七點的時候，西莉亞自己醒來，因爲這時的陽光已經刺眼到躲都躲不掉。她頹廢地打了呵欠，伸了大大的懶腰，霸占更多床鋪的位置。她的妝沒有卸，還穿著昨晚那件暴露的晚禮服。她眞是美豔，看起來像是墜落人間的天使，直接從天界夜總會的地洞降臨人間。

「嘿，小薇。」她一邊說，一邊眨眨眼睛適應陽光。「謝謝妳讓我睡妳的床。我那張爛床眞是要命，再也受不了了。」

直到這一刻，我都不太確定西莉亞知道我叫什麼名字，所以當她親切喚我小名的時候，我實在太開心了。

「沒關係的。」我說：「妳隨時可以來這邊過夜。」

「真的嗎？」她說：「太棒了。我今天就把東西搬過來。」

哎呀，我猜我就這樣有個室友了。（不過我是覺得沒差啦。她選擇了我，讓我覺得很光榮。）我希望這神奇、充滿異國情調的一刻可以延續到天長地久，所以我貿然攀談起來，說：「那個，妳昨晚去哪啦？」

我在乎這件事讓她覺得很訝異。

「摩洛哥夜總會。」她說：「我還看到約翰・洛克斐勒[15]。」

「**真的**？」

「他很煩。他想找我跳舞，但我是跟別人去的。」

「妳跟誰去？」

「不重要的人，只是兩個不肯帶我回家見媽媽的傢伙。」

「什麼樣的人？」

西莉亞躺回床上，點起香菸，跟我說起她昨晚是怎麼過的。她解釋道，她一開始跟兩個假裝是黑社會的猶太男孩出去，但他們遇到了真正的猶太黑社會分子，所以冒牌貨只能夾著尾巴逃走，她最後跟一個男人去布魯克林，而他出錢讓她搭禮車回來。我對所有的細節著迷不已。我們在床上又躺了一個小時，她用她那令人難忘的低沉嗓音講述紐約歌舞女郎西莉亞・雷的夜生活。

---

15 約翰・洛克斐勒（John D.Rockefeller，1839—1937），美國實業家、慈善家，因革新石油工業和塑造慈善事業現代化而聞名。是歷史上第一位億萬富豪與全球首富。

我把她所說的一切當泉水般通通喝下肚。

第二天，西莉亞把她所有的東西都搬進我的套房。她一條一條的化妝油彩跟一罐一罐的冷霜霸占了房間所有平面。伊麗莎白雅頓的瓶子在比利姑丈典雅的辦公桌上與她的赫蓮娜粉盒搶地盤。她長長的髮絲點綴了我的洗臉台。胸罩、網襪、吊帶和束腰立刻在我的地板上糾纏不清。（她有好多內衣！我發誓，西莉亞・雷有辦法讓睡衣繁殖。）跟小老鼠一樣藏在我床下的是她用過、有汗的止汗墊。每次踩到她的鑷子，它們都會扎我一下。

她霸氣得理所當然。她用我的毛巾擦口紅，穿我的針織衫也不問一聲。我的枕頭套上都是西莉亞睫毛膏的痕跡，床單上常染了她橘色的舞台粉底。而這女孩什麼東西都能拿來當菸灰缸，包含有一次我在浴缸裡的時候，浴缸也被她當成菸灰缸。

神奇的是，我一點也不在乎這些。相反的，我完全不希望她走。如果我在瓦薩學院的室友這麼有趣，說不定我就會繼續學業了。在我心底，西莉亞・雷就是完美，她是紐約的蒸餾產物，世故也神祕的閃亮聚合物。爲了接近她，我可以忍受任何骯髒與混亂。

總之呢，我們的生活方式似乎完美地各取所需，我需要接近她的光鮮亮麗，她則需要接近我的洗臉台。

我從來沒有問過佩佩姑姑這樣好不好，讓西莉亞跟我一起住進比利姑丈的房間，或是，這位歌舞女郎看起來是要在百合劇場待上一輩子了。我現在回想起來，這好像很不禮貌。至少要跟主人解釋一下這個安排，這似乎才是最基本的禮貌，但我當時只在乎自己，根本不會去管什麼禮貌不禮貌的，西莉亞當然也是如此。所以我們愛怎樣就怎樣，完全沒有多想。

而且呢，我其實不太在乎西莉亞把套房搞得一團糟，因為我曉得佩佩姑姑的女傭珀娜黛終究會整理。珀娜黛是個沉默寡言、效率極高的人，她一個禮拜來劇場六天，替每個人整理。她會整理我們的廚房、浴室，替地板上蠟，替我們煮晚餐（有時我們吃，有時我們不吃，有時我們會忽然邀請十個人來吃）。她也會買生活雜物，幾乎每天都找水電工，大概還做了其他一萬件沒有人會感謝她的事情。除了那一切，現在她也要整理我跟西莉亞・雷的殘局，這實在很不公平。

我有次聽到奧莉跟一位客人說：「珀娜黛當然是愛爾蘭人，但她沒有**那麼**愛爾蘭。所以我們繼續用她。」

安潔拉，那個年代人都是這樣講話的。

不幸的是，我對珀娜黛的印象就到此為止了。

我對珀娜黛印象不深的原因是因為那個年代我根本不會注意女傭。妳看得出來，我很習慣她們的存在，她們對我來說是隱形的。我期待人家服務我。為什麼？我怎麼會這麼乳臭未乾？這麼冒昧專橫？

因為我家**有錢**。

我行文至此都沒提到這件事，所以讓我一次把話說清楚，安潔拉，我家有錢，我是被寵壞的女孩。沒錯，我在經濟大蕭條時期長大，但在我家，危機感並沒有非常迫切。美金貶值時，我們家從三個女傭、兩個廚子、一個保姆、一個園丁、一名正職司機，縮編成兩個女傭、一個廚子跟一名兼職司機。所以，這麼說好了，大蕭條並沒有嚴重影響到我們的生計。

而且，我唸的是學費昂貴的寄宿學校，因此沒有遇過跟我不一樣的人。我以為每個人家裡客廳都會有大台的真空管收音機。我以為每個人都有小馬。我以為每個男人都是共和黨黨員，而世界上的女人只有兩種，一種唸瓦薩，另一種唸麻州的史密斯學院。（母親唸瓦薩，佩佩姑姑唸史密斯，她只唸了一年，然後就輟學加入紅十字會。我是不懂這兩間學校有什麼差別，但就我母親的說法，我想應該天差地遠。）

我當然覺得每個人都有女傭。我這輩子，類似珀娜黛的人總會照顧我的一切需求。我把髒盤子留在桌上，自然有人過來收拾。每天有人幫我整理床鋪，濕浴巾會神奇地換成乾的，亂扔在地上的鞋子會在我不注意的時候排列整齊。我的生命井然有序，內褲永遠乾淨，這一切的背後是了不起的宇宙力量，就跟地心引力一樣持續存在，肉眼看不見。而且對我來說，這也跟地心引力一樣無聊。

也許，這樣妳就不會訝異，在我搬進百合劇場後，我一次也沒有幫忙整理過環境，就算是在佩佩慷慨借給我的套房裡也沒有。我從沒想過我該幫忙。我也沒有想過，我不該因為我喜歡，就把歌舞女郎當寵物養在房裡。

我完全不能理解為什麼沒有人阻止過我。

安潔拉，妳偶爾會遇到我這種年紀的人，童年經歷過大蕭條的悲慘（妳父親就是這種人），但因為他們身邊的人也過得不好，這些人小時候以為他們的貧窮就是常態。妳常常會聽到這種人說：「我甚至不知道我很窮！」

安潔拉，我則恰恰相反，我是不知道我很有錢。

5

不到一個禮拜的時間，我跟西莉亞就發展出我們的小小例行公事。每晚下戲後，她會穿上晚禮服（這種衣服通常在別的領域基本上只能算是內衣），前往鬧區縱情聲色尋歡去。同一時間，我跟佩佩姑姑好好坐下來吃一頓宵夜時段的晚餐，聽聽收音機，縫縫衣服，看看電影，或直接上床睡覺，並幻想我在別的地方做更令人興奮的事情。

大半夜的，我會感覺到有人戳我肩膀，熟悉的命令會出現，於是我閃去一邊，而西莉亞會倒在床上，吞噬我的床鋪、床單與枕頭。有時，她會立刻睡死；有時，她會醉醺醺地聊起天來，然後話講一半睡著；有時，我醒過來，會發現她睡覺時握著我的手。

早上的時候，我們會賴在床上，她會告訴我她昨晚跟誰出去。有人帶她去哈林區跳舞，有人帶她去看午夜場電影，有人帶她去派拉蒙酒店前排看吉恩・克魯帕[16]搖擺樂團的演出，有人介紹她認識法國藝人莫里斯・雪佛萊[17]。男人出錢請她吃焗龍蝦和熱烤阿拉斯加蛋白霜。（爲

16　吉恩・克魯帕（Gene Krupa, 1909—1973），美國爵士鼓手、樂隊指揮、演員和作曲家，以其精力充沛的風格和表演技巧而聞名。被現代鼓手雜誌評為「現代音樂套鼓創立之父」。

17　莫里斯・雪佛萊（Maurice Chevalier, 1888—1972），法國演員、音樂歌手、娛樂演員，在法國和美國進行表演。一九五九年獲得奧斯卡榮譽獎。

了焗龍蝦和熱烤阿拉斯加蛋白霜，天底下沒有什麼事是西莉亞不肯做的，也沒什麼她還沒做過的。）她講這些男人的口氣彷彿他們對她來說什麼也不是，但他們也的確對她來說什麼也不是。只要他們付了錢，她經常想不起來他們的名字。她利用這些男人的方式跟她用我的乳液、褲襪一樣——隨隨便便毫不在乎。

「女孩的機會要自己打造。」她當時是這麼說的。

至於她的背景，我很快就明白了她的故事。

西莉亞出生於布朗克斯，受洗的名字是瑪莉亞·特瑞莎·班奈范蒂。從名字看不出來，她其實是義大利人，或至少她父親是義大利人。她從他身上繼承到一頭閃亮的黑色秀髮，以及出眾的深色雙眸。她從波蘭籍的母親身上繼承到吹彈可破的白皙皮膚和身高。

她受了剛好一年的中學教育，十四歲時離開學校，因爲她跟朋友的父親有一段不光彩的情事。（「情事」也許不太適合用來形容十四歲女孩與四十歲男人之間的性關係，但西莉亞是這麼說的。）她的「情事」讓她被家人趕出來，她也因此懷孕。她那位紳士般的對象優雅地「花錢讓她把孩子打掉」，就此解決這件事。墮胎後，她的情人不願意繼續與她交往，所以他回去替妻子與家庭付出，拋下瑪莉亞·特瑞莎·班奈范蒂一個人，想辦法靠自己的力量在世界上存活下來。

她在烘焙工廠工作了一陣子，老闆給她一份工作，還給她地方住，條件是要經常替老闆「ＪＯ」，我之前沒有聽過這個用法，但西莉亞向我解釋，「ＪＯ」就是打手槍。（安潔拉，每次聽到別人說過往是多純眞的年代，我都會想起這個畫面。我想像十四歲的瑪莉亞·特瑞莎·班奈范蒂，剛墮胎，沒地方待，爲了保住工作及棲身之所，不得不替烘焙工廠的老闆手淫。**對，各位，這就是所謂的純真年代。**）

年紀輕輕的瑪莉亞・特瑞莎很快就發現在出租舞伴的舞廳跳舞，賺的錢比替變態烘焙晚餐麵包捲還多。她把名字改成西莉亞・雷，搬去與幾個舞者住在一起，開始了她的演藝生涯，這也就是以「個人成長」之名，將她的美貌進一步展露給世人欣賞。她一開始是在第七大道的蜜月巷舞廳跳舞擔任出租舞伴，讓男人對她毛手毛腳，對著她冒汗，還讓他們在她懷裡哭著說自己有多寂寞，這樣一個禮拜可以賺五十美金，加上很多額外的「禮物」。

十六歲時，她參加紐約州小姐選美，卻輸給一個在舞台上穿泳裝演奏顫音琴的女孩。她也擔任攝影師模特兒，賣的東西從狗食到抗眞菌乳霜都有。有時兼職藝術家的模特兒，給藝術學校或畫家出賣幾個小時一絲不掛的肉體。她還沒滿二十歲，已經跟一名薩克斯風樂手結婚了，她在俄羅斯茶室擔任過一陣子的衣帽管理員，他們就是那時邂逅的。與薩克斯風樂手的婚姻永遠不會成功，西莉亞也不例外，在大家還沒注意到前，她就離婚了。

離婚後，她跟一位女性友人一起搬去加州，想要成爲電影明星。她替自己搞到幾次試鏡機會，但最後都沒有得到有台詞的角色。（「我曾在凶案電影中扮演一個死掉的女孩，這樣就賺了二十五塊。」她得意地說起我從來沒聽過的電影名稱。）幾年後，西莉亞離開洛杉磯，她發現「每個街角都有四個身材比我好的女孩，還沒有布朗克斯口音」。

西莉亞從好萊塢回來後，她在鸛鳥俱樂部擔任歌舞女郎。就是那時，她認識了佩佩的舞蹈組長葛拉蒂絲，組長正在替百合劇場招募人才。等到一九四〇年，我來到劇場時，西莉亞已經替佩佩姑姑工作快兩年了，這是她這輩子最穩定、維持最久的工作。百合劇場不是什麼光鮮亮麗的場合，顯然不是鸛鳥俱樂部，但西莉亞覺得這份工作很輕鬆，薪水很穩定，而且，老闆是女人，這代表她不用在上班時間躲「油光滿面老闆的毛手毛腳」。而且，她十點就下班，這意謂一旦她在百合舞台上的舞跳完了，她就可以去城裡跳舞跳到天亮，她通常會去鸛鳥俱樂部，但她不是去服務客人，她是去找樂子的。

妳倒是告訴我，一個聲稱自己才十九歲的人，怎麼會有這麼豐富的生命歷練？

我開心也訝異地發現，我跟西莉亞成了朋友。

當然，某種程度上來說，西莉亞喜歡我是因為我是她的女傭。就算是那個時候，我也知道她把我當傭人看，但我沒關係。（如果妳了解年輕女孩之間的友誼，妳就會知道一段關係中總會有人扮演傭人的角色。）西莉亞要求某種程度的認真伺候，腳痠的時候期待我替她捏小腿，或把她的頭髮梳得又油又亮。她會說「噢，小薇，我又沒香菸了」，清楚我會跑出門替她買菸。（她會一邊把香菸放進口袋，一邊說：「小薇，妳最棒了。」然後不拿菸錢出來。）

對，她愛慕虛榮，虛榮到我的虛榮相較之下都顯幼稚。沒錯，我沒看過誰跟西莉亞．雷一樣，能夠如此沉浸在自己的鏡中倒影裡。她可以站在自己倒影的榮光之中超久，可以說她為自己的美貌瘋狂。我知道這話聽起來很誇張，但我說的是真的。我向妳發誓，她有次站在鏡子前面兩個小時，為了斟酌她是該把頭霜往上推還是往下推，才不會有雙下巴。

但她也有幼稚可愛的一面。早上的時候，西莉亞特別親切。她在我床上醒來，宿醉又疲憊，她只是個想找人取暖、聊聊八卦的單純小孩。她會跟我分享她夢想中的人生，也就是她那一個又一個浩瀚但沒有聚焦的美夢。她的志向就我聽來完全沒道理，因為背後沒有任何計畫。她的心思直接飛往名氣與財富，除了繼續保持這身美貌，期待世界最終將會賜福給她之外，她其實沒有任何實質的地圖可以指點方向。

這根本不算什麼計畫，但，老實說，已經比沒有計畫的我來得強了。

❧

我很快樂。

我成了百合劇場的劇裝設計主任，但這是因為沒有人阻止我用這個頭銜，而且別人也都不想要這份工作。

說實在的，我的工作量非常大，歌舞女郎與舞者總是需要新衣服，而他們通常無法從百合劇場的服裝間裡找衣服來穿（那裡是個潮濕悲慘的地方，還有一堆蜘蛛，充滿遠比建築本身還要老舊堅硬的服裝）。這些女孩也永遠口袋空空，所以我學會就地取材，學會如何在時裝區撿便宜，或去（更便宜的）果園街。更棒的是，我學會如何在第九大道的二手服飾店裡尋寶，然後改造這些衣服。事實證明，我特別會改老舊俗豔的衣服，將其變成華麗動人的服飾。

我最喜歡的服飾店叫作「勞斯基的二手針線百貨」，就在第九大道及四十三街的街角。勞斯基一家是東歐猶太人，早在移民來美國前，先在法國的蕾絲工廠待了幾年。來到美國後，他們在下東區安身立命，開始用手推車賣些衣服。他們後來搬到地獄廚房，開始收購販售二手舞台服飾。現在他們在中城有一座三層樓的百貨，整個地方滿滿都是寶。他們不只經手劇場、舞蹈、歌劇世界的二手服飾，也會販售老舊的婚紗，以及偶爾出現的時尚訂製服，可能是從上東區地產拍賣上弄來的。

這個地方令我流連忘返。

有次，我在勞斯基百貨替西莉亞買了一件誇張的紫色愛德華風格洋裝。我從來沒看過這麼居家的醜衣服，第一次給西莉亞看的時候，她整個人嚇到後退。不過，我裁去袖子，在背後加上深V開口，降低領口，再配上寬寬的黑色緞腰帶，我就把這件上古巨獸洋裝改成一件晚禮服，而我的朋友看起來就像百萬富翁的情婦。當西莉亞穿著那件禮服現身時，在場每個女人都羨慕驚呼，而這一切只花了兩塊美金！

其他女孩看到我幫西莉亞做的衣服後，紛紛要我替她們打造出特別的服裝。因此，就跟在寄宿學校的時候一樣，可靠的勝家裁縫機替我打開受歡迎的入口。百合劇場的女孩一直把需要修改的衣服拿給我，好比說沒了拉鍊的裙子，或沒了裙子的拉鍊，然後問我能不能修改。（我記得葛拉蒂絲有次對我說：「小薇！我需要新的打扮，我看起來活脫像人家的伯伯！」）

也許這話聽起來像是我成了童話故事裡的悲慘收養小妹，一直工作，一直織布，而其他漂亮女孩通通跑去舞會，但妳必須知道這點，我很感恩身處於這些歌舞女郎之中。這麼說好了，這場交易對我的好處遠大過她們的利益。聽她們聊八卦是一種教育，我這輩子只渴望這種教育。而且因為總是有人需要我的縫紉才華，這些歌舞女郎開始會聚在我與馬力強大的裁縫機旁邊。沒多久，我的套房就成了大家聚會的地點，當然只限女性。（這跟我的房間比較豪華脫不了關係，地下室那生霉的老舊更衣室根本沒得比，而且，我的房間距離廚房也比較近。）

在我住進百合不到兩個禮拜的某一天，幾個女孩窩在我房裡，一邊抽菸，一邊看我縫紉。那天我替歌舞女郎珍妮做簡單的小斗篷，她來自布魯克林，是個活潑歡快、門牙有縫的可愛女孩，人見人愛。她晚上要去約會，而她抱怨起如果變冷，她沒衣服可以罩在洋裝外頭。我說我可以做點好東西給她，於是我開工了。這種工作實在不費力，但珍妮會永遠喜歡我。

如同那句老話所說：「就跟其他稀鬆平常的日子一樣。」而就是在這種日子裡，這群歌舞女郎發現我還是處女。

那天下午，這個話題出現，因爲這些女孩在聊性，基本上她們沒有在講衣服、金錢、哪裡好吃、如何成爲電影明星、如何嫁給電影明星、該不該拔智齒（她們聲稱瑪琳・黛德麗[18]有拔，所以才會有那麼誇張的顴骨）之外，她們就是在聊性。

舞蹈組長葛拉蒂絲坐在地上，旁邊是西莉亞的髒衣服，另一邊是西莉亞本人，她突然問我有沒有男朋友。她是這麼說的：「妳有固定交往的對象嗎？」

好，這個問題值得紀念，因爲這是這些女孩裡第一次有人問候起我的生活。（不消說，我與她們之間的迷戀不是雙向的。）沒辦法提供更讓人期待的答案，我著實遺憾。

「沒有，我沒有男朋友。」我說。

葛拉蒂絲警覺起來。

「但妳很漂亮。」她說：「妳在老家一定有男人。男生一定會追求妳吧！」

我解釋起我這輩子都唸女子學校，所以我沒有多少機會認識男生。

「但妳做過吧？」珍妮直接進入正題。「妳越界過？」

「沒有。」我說。

「妳一次也沒有越界過？」葛拉蒂絲睜大眼睛不敢置信地問：「也沒有不小心做過？」

「也沒有不小心做過。」我這麼說，心裡懷疑起「那檔事」是能怎樣不小心？

---

18 瑪琳・黛德麗（Marlene Dietrich, 1901—1992），德國演員兼歌手。一九三〇年她憑藉在《藍天使》（*Der blaue Engel*）中的表演贏得國際聲譽，與派拉蒙電影公司簽約進軍好萊塢，以其個人魅力及「異國美貌」大獲成功，成為當時收入最高的女演員之一。

（安潔拉，別擔心，我現在知道了。只要養成習慣，不小心做愛非常容易。之後，我人生裡有多次不小心做的「那檔事」，相信我，但那時，我還沒有那麼世故。）

「妳上教堂嗎？」珍妮問，彷彿這是我到了十九歲還是處女的唯一可能原因。「妳是要留著嗎？」

「不！我沒有要留，我只是沒有機會用。」

她們現在都很關切我，看我的表情彷彿我不能自己過馬路一樣。

「但妳肯定玩過。」西莉亞說。

「妳跟人親熱過，對吧？」珍妮說：「一定有親熱過吧！」

「算是吧。」我說。

這是老實的答案，至此，我的性經驗非常單薄。在艾瑪．薇勒女子學校的舞會上，有些時候，他們會用巴士送有一天我們該嫁的男孩來舞會，我讓一個來自康乃狄克州霍奇科斯學校的男孩在跳舞時摸我的胸部。（或該說，讓他努力尋找我的胸部，他花了點時間解開這個謎。）說我讓他摸我的胸部聽起來有點太大方了，比較正確的說法是他直接一把抓過來，而我沒有阻止他。一是我不想失禮，二是我發現這種經驗很有趣。我希望他繼續，但舞會結束了，在一切能夠繼續發展之前，男孩一一走上巴士，回去霍奇科斯學校。

我也在波啓浦夕的酒吧裡跟男人接吻過，就是在我逃離瓦薩舍監、騎腳踏車去城裡的其中一個夜晚。我們當時正在聊爵士樂（應該說是他在聊，我聽他聊，因爲跟男人聊爵士樂就是這樣），然後，下一秒，哇！他忽然把我壓到牆壁上，開始用他硬邦邦的那裡頂我的屁股。他把我吻到我的大腿充滿慾望，開始顫抖，但當他把手伸向我的大腿之間時，我停了下來，從他的掌控中逃脫。那晚，我帶著心神不寧的顫抖心情騎腳踏車回學校，既擔心又期待他尾隨我回來。

我想繼續，我又不想繼續。

這是女孩生命裡熟悉的老戲碼。

我的性愛履歷裡還有什麼？我小時候的好朋友貝蒂，我們一起拙劣練習過所謂的「浪漫接吻」，但我們也練習了「生小孩」，就是把枕頭塞進衣服裡，看起來像懷孕一樣，而相較於浪漫接吻，生小孩看起來還比較像回事。

有次，媽媽的婦科醫生替我檢查陰道，因爲我媽擔心我在十四歲時還沒有來月經。那個男人在母親的監控下，伸手在那兒戳了幾下，然後說我要多吃點肝臟。這絕對不是什麼充滿情趣的經驗。

而且，在十到十八歲之間，我愛上我哥華特的朋友，大概有幾百次吧。擁有一個帥氣、受歡迎哥哥的好處就是，他身邊總會有帥氣、受歡迎的朋友。不過，華特的朋友都被他催眠了，他永遠是每個團體裡的領袖，也是鎮上最討人喜歡的男孩，因此這些朋友都不會注意到附近還有其他人在場。

我並沒有懵懂無知。我有時會碰觸自己，體驗觸電與內疚的感覺，但我曉得這跟性交是不一樣的。（這麼說好了，我取悅自己的方式基本上就跟乾泳課差不多。）而我也曉得基本的性知識，這是來自瓦薩「衛生學」這門必修課。這堂課什麼都教了，卻什麼也沒教。（除了展示子宮和睪丸的示意圖外，老師還鄭重警告我們用「來舒」清潔劑灌洗來避孕，既過時也不安全，因此我的腦袋裡就有了那種畫面帶來的陰影，這種陰影讓當時的我不安，現在也是。）

「哎喲，那妳什麼時候要越界？」珍妮問：「妳不年輕了！」

「妳不希望的是，妳遇見一個帥哥，妳很喜歡他，然後妳必須告訴他這個壞消息——妳還是處女！」葛拉蒂絲說。

「對，很多男生不喜歡這樣。」西莉亞說。

「沒錯，他們不想承擔這種責任。」葛拉蒂絲說：「而妳不會希望妳的第一次是跟妳喜歡的人。」

「對啊，如果出錯怎麼辦？」珍妮說。

「會出什麼錯？」我問。

「什麼都有可能會出錯！」葛拉蒂絲說：「妳不曉得自己在幹嘛，妳會看起來跟白癡一樣！而且如果會痛，妳不會希望在妳喜歡的人懷裡哭哭啼啼！」

這句話完全與我這輩子所有接受的性教育知識背道而馳。我跟同學總以爲男人比較喜歡處女。我們的教育教導我們要把貞操留給不只是喜歡，而是心愛的對象。我們的教育告訴我們，最理想的狀況是妳這輩子只跟一個人上床，而這個人就是妳的丈夫，妳在艾瑪・薇勒女子舞會上認識的男孩。

但這些資訊都不對！這些女孩有不一樣的看法，她們懂得很多。而且，我忽然覺得焦慮，我好老！老天啊，我已經十九歲了，我這段時間都在幹嘛？我已經來紐約整整兩個禮拜了，我到底在等什麼？

「很難嗎？」我問：「我是說，第一次？」

「噢，老天，不難。小薇，別緊張。」葛拉蒂絲說：「那是天底下最簡單的事情。事實上，妳什麼都不用做。男人會幫妳搞定，但妳至少必須先開始。」

「對，她必須開始。」珍妮果斷地說。

但西莉亞用擔憂的神情望著我。

「小薇，妳想保持處女之身嗎？」她問，用她那雙讓人心神不寧的美麗雙眸望著我。她也許等於問我：「妳想繼續當個純眞的孩子，容忍這群世故成熟女人覺得妳很可悲嗎？」不過這個問題背後的意圖是貼心的，我覺得她是在替我著想，確定我不是被迫做這件事。

但問題是，我忽然再也不想保持處女之身了，多一天也不行。

「我不想。我要開始。」我說。

「親愛的，咱們樂意幫忙。」珍妮說。

「妳現在生理期嗎？」葛拉蒂絲問。

「沒有。」

「那咱們可以立刻開始。我們認識誰啊……」葛拉蒂絲思索起來。

「一定要是好人。」珍妮說：「體貼的人。」

「貨眞價實的紳士。」葛拉蒂絲說。

「不能是蠢蛋。」珍妮說。

「會做預防措施的人。」葛拉蒂絲說。

「不能對她粗暴的人。」珍妮說。

西莉亞說：「我知道是誰了。」

就這樣，她們的計畫成形。

⁂

哈洛德・凱勒格醫生住在格拉梅西公園旁邊的優美連棟房舍之中。因爲今天是週六，他的夫人出城了。（凱勒格太太每個禮拜六都會搭火車去康乃狄克州的丹伯里探望母親。）於是我的破處行動預訂在不怎麼浪漫的週六早上十點舉行。

凱勒格醫生夫婦是附近社區受人尊敬的成員。他們很像我父母會往來的人。也就是這個原因，西莉亞覺得他適合我，因爲我們來自同一個社會階級。凱勒格家還有兩個在哥倫比亞大學學醫的兒子。凱勒格醫生是大都會俱樂部的會員。在他的閒暇時光裡，他喜歡賞鳥、集郵，與歌舞女郎上床。

但凱勒格醫生對人很挑。他這種有聲望的人跟漂亮女生出去一定會讓她跟船首人像一樣顯眼（會被人注意到），他不能冒這個險，所以一般都是歌舞女郎去他家找他，通常趁他太太出門的週六早上。他會讓她們從傭人的出入口進屋，請她們喝香檳，然後在他家隱密的客房娛樂她們。凱勒格醫生會給這些女孩錢，感謝她們付出時間跑這一趟，然後送客。午餐前，一切就會結束了，因爲他下午還要看診。

百合劇場的女孩都認識凱勒格醫生。她們輪流去找他，就看這週六早上誰宿醉程度最低，或誰已經「口袋空空」，下禮拜需要一點零用錢過活。

當這些女孩告訴我給錢的事時，我詫異地問：「妳們是在說，凱勒格醫生花錢跟妳們上床？」

葛拉蒂絲不敢置信地望著我，說：「哎喲，小薇，不然呢？難道我們要給他錢嗎？」

好，安潔拉，聽著，我知道出賣肉體向男人換取金錢的女人叫什麼。事實上，她們的名字可多著呢。不過，我在一九四〇年認識的這些歌舞女郎都不以那種人自居，就算她們會主動提供性服務向男人換取金錢。她們絕對不是妓女，她們是**歌舞女郎**。她們對這個頭銜充滿驕傲，努力贏得這個頭銜，而她們也只會回應這個頭銜。狀況很簡單，歌舞女郎賺不到多少錢，而每個人都得想辦法在世界上生存下去（**鞋子很貴的，好嗎？**），所以這些女孩發展出一套另類賺錢方式，私底下賺點現金，而世界上的每一位凱勒格醫生就是這套系統的其中一部分。

現在回想起來，我甚至不確定凱勒格醫生是不是把這些女孩當作妓女。他更可能稱她們為他的「女朋友」，哪怕是帶著一點幻想的色彩，這種稱呼也肯定會讓他自我感覺良好一點。換句話說，雖然用性關係換錢整件事物證確鑿（而且她們確實用性關係換錢，這點別誤會了），在場卻沒有人涉入**賣淫**的行爲。這只是適合每位關係人的**另類安排**而已。妳知道，正所謂各盡所能、各取所需。

安潔拉，我很高興能跟妳把這件事情講清楚。

我最不希望產生什麼誤會了。

⁂

「好，小薇，妳要知道的是他這個人非常無聊。」珍妮說：「如果妳覺得無聊，妳不要以爲每次上床都這麼無聊。」

「但他是醫生。」西莉亞說：「他會好好照顧我們的小薇，這才是最重要的。」

（**我們的小薇！還有什麼更溫暖人心的稱呼嗎？我是她們的小薇！**）

現在是星期六早上，我們四個坐在第三大道與第十八街街角的廉價簡餐店，就在轉角建築的陰影下，我們等著十點的到來。這些女孩已經帶我看過凱勒格醫生的房子怎麼走，以及我該怎麼從位在街角的後門進去。現在我們喝著咖啡，吃著鬆餅，幾個女孩正提醒我最後的注意事項，眞是令人興奮。現在眞的很早，週末耶，三個歌舞女郎一大早起床，神氣活現，誰也不想錯過這次經驗。

「小薇，他會有安全措施。」葛拉蒂絲說：「他每次都會用，所以妳不用擔心。」

「用安全措施的感覺沒那麼好。」珍妮說：「但是少不了。」

我從來沒有聽過「安全措施」這種字眼，但我從對話脈絡裡聽出來大概是種護套還是橡膠之類的東西，我想起我在瓦薩那年上過的衛教內容。（我還拿過，那東西在女孩之間傳閱，彷彿是遭到肢解、毫無生氣的癩蛤蟆一樣。）如果「安全措施」代表的是別的意思，那我猜我應該很快就會知道了，所以我沒有問。

「之後我們會給妳一個帽帽。」葛拉蒂絲說：「我們都有用帽帽。」

（我也不曉得那是什麼，後來才知道那就是衛生學老師所謂的「子宮帽」。）

「我沒有用帽帽了！」珍妮說：「我奶奶發現我的帽帽！她問我那是什麼，我說那是用來擦高級珠寶用的。所以她拿走了。」

「擦高級珠寶？」葛拉蒂絲驚呼。

「哎喲，葛拉蒂絲，我總得說什麼吧！」

「但我不懂妳要怎麼拿帽帽來擦珠寶！」葛拉蒂絲繼續這個話題。

「我也不知道！要問我奶奶，她現在就是這麼用的！」

「唔，那妳現在用什麼來避孕？」葛拉蒂絲問。

「哎喲，老天，現在沒有用……因爲我奶奶把我的帽帽放在她的首飾盒裡。」

「珍妮！」西莉亞和葛拉蒂絲異口同聲尖叫起來。

「我知道、我知道，但我會小心的。」

「妳才不會！」葛拉蒂絲說：「妳一點都不小心！小薇，別跟笨蛋珍妮一樣。妳必須好好考慮這些問題！」

西莉亞伸手進包包裡，把一個包在牛皮紙裡的東西交給我。我打開來，發現是一塊小小的毛巾布擦手巾，摺得整整齊齊，沒用過。商店的定價標籤還在上頭。

「這送妳。」西莉亞說：「這條毛巾在妳流血的時候用。」

「西莉亞，謝謝妳。」

她聳聳肩，把目光移開，我很訝異地發現她臉紅了。她說：「有時候第一次會流血，妳會想擦一擦。」

「對，別用凱勒格太太的上好毛巾。」葛拉蒂絲說。

「對，別碰凱勒格太太的任何東西！」珍妮說。

「除了她老公！」葛拉蒂絲尖聲地說，所有的女孩都笑了起來。

「噢！小薇，十點了。」西莉亞說：「妳該過去了。」

我想要起身，但忽然覺得頭暈腦脹，一屁股跌回小餐館的包廂座位上。我的雙腿整個無力。我沒想過我會緊張，但我的身體似乎有不同的意見。

「小薇，妳還好嗎？」西莉亞問：「妳確定妳要這麼做嗎？」

「我想做。」我說：「我確定我想這麼做。」

「我的建議是妳不要想太多，我從來不會想太多。」葛拉蒂絲說。

這話聽起來很睿智，所以我做了幾個深呼吸，就像母親教我在騎馬跳欄前做的動作，然後起身朝出口前進。

「各位，晚點見啦。」我用有點誇張的歡快開朗口氣說話。

「我們就在這裡等妳！」葛拉蒂絲說。

「應該不會太久啦！」珍妮說。

6

凱勒格醫生就在他連棟排屋的後門等我。我才剛敲門，門就開了，他連忙要我進去。

「歡迎、歡迎。」他說，然後環視屋外，確定沒有鄰居看見。「親愛的，咱們把門關上吧。」

他是個身高一般般的男人，相貌平凡，頭髮顏色普通，身穿一襲西裝，就是他那種社經地位的中年人會穿的西裝。（如果我聽起來像完全忘了他的樣子，那是因爲我眞的完全忘了他的樣子。他那種人，就算妳站在他面前，直直盯著他的臉，妳都記不住他的長相。）

「薇薇安。」他向我握手。「謝謝妳今天過來。咱們上樓就位吧。」

他的口氣聽起來就跟他一樣，是個醫生。他的口氣很像我在克林頓的小兒科醫生，我彷彿是來看耳朵發炎的。這一切讓我覺得很放心，但也很蠢。我感覺到笑意從胸口冒上來，但我強忍住。

我們穿過他家，他家整理得很好，也很優雅，但讓人毫無印象。附近幾條街上的一百間房子很可能都是同樣裝潢。我只記得沙發的絲質椅墊鋪了白色的花邊飾墊。他帶我直接前往客房，小桌上已經擺了兩杯香檳，窗簾是拉下來的，我猜這樣我們就能假裝現在不是早上十點。他在身後帶上門。

「薇薇安，妳上床，自在點。」他說著，遞給我一杯香檳。

我拘謹地坐在床沿。我有點預期他會去洗手，然後帶著聽診器過來，但他只從角落拖了把木頭椅子，坐在我正對面。他用手肘撐在膝蓋上，整個人靠向前，姿勢就是一副醫生問診的樣子。

「好，薇薇安，我們的朋友葛拉蒂絲說，妳還是處女。」

「沒錯，醫生。」我說。

「不用叫我醫生。我們是朋友，妳可以叫我哈洛德。」

「噢，謝謝你，哈洛德。」我說。

安潔拉，從這一刻起，我覺得情況變得很好笑。無論我之前有多緊張，至此通通煙消雲散了，只剩誇張好笑。因爲我在這包裹著薄荷綠醋纖拼布床單的床鋪上，用那種聲音說：「噢，謝謝你，哈洛德。」整個場景荒謬到不行（我想不起來凱勒格醫生的長相，但我卻忘不了他那醜得要死的床單）。他穿著西裝，我穿著毛茛黃的嫘縈小洋裝，如果凱勒格醫生在我們見面前不相信我是處女，現在光靠這件小小的黃色洋裝應該就能說服他。

一切都非常荒謬。他習慣的是歌舞女郎，現在卻要應付我。

「好，葛拉蒂絲跟我說，妳希望妳的貞操……」他尋找起適合的字眼。「……抹消？」

「沒錯，哈洛德。」我說。「我希望它不復存在。」

（時至今日，我都深信這是我這輩子第一次故意講出這麼好笑的話，而且講這話時，我一臉正經，這讓我更是得意到不行。不復存在！太厲害了我。）

他只是點點頭，這位醫生沒什麼幽默感。

「不如妳脫衣服吧。」他說：「我也脫衣服，這樣我們就可以開始了。」

我不確定我是不是該把衣服脫到一絲不掛。通常在醫生診間，我會保留我的「小褲褲」，我媽都這樣稱呼我的內褲。（但我現在為什麼會想到我媽？）話又說回來，通常在醫生的診間裡，我又不是要跟醫生發生性關係。我倉促決定要脫個精光，不希望看起來像個端莊的傻瓜。我躺在令人作嘔的醋纖床單上，赤裸到不行。雙手緊貼在身體兩側，雙腿夾得緊緊的。妳知道，就跟誘惑男人的妖女一樣。

凱勒格醫生脫到剩汗衫和四角褲。這不公平吧。爲什麼他還能穿衣服，我就得脫到精光？

「好，現在麻煩妳稍微往旁邊挪兩公分，留點空間給我……」他說：「這樣就對了……就這樣……現在咱們好好看看妳。」

他躺在我身邊，用手撐著頭，好好看看我。我並沒有如妳想像得那麼討厭這一刻。我是個虛榮的年輕女孩，內心認爲自己就是應該受人注視。就外表來說，我最大的擔憂就是我的胸部，或該說，我所缺乏的胸部。不過呢，這對於熟悉另一種等級身材的凱勒格醫生來說似乎卻不成問題。事實上，他對於眼前看到的一切似乎還挺滿意的。

「還沒有男人碰觸過的處女乳房！」他讚嘆。

（我心想，呃，我應該不會這麼說，但也許是還沒有接受成年男人摸過的乳房吧。）

「薇薇安，我手有點冰，請見諒。」他說：「但我要開始摸妳了。」

他果然盡責地開始摸我。先摸左邊乳房，然後是右邊，再換左邊，之後是右邊。他的手的確滿冰的，但馬上就暖和起來。一開始我有點驚慌，所以我緊閉雙眼，但過段時間後，我覺得，嗯，好像有點意思！咱們繼續！

到了中間，感覺變得很不錯。這時我決定睜開眼睛，因爲我什麼都不想錯過。我猜我想看著自己的身體遭到蹂躪。（啊，年輕人就是自以爲是。）我低頭看著自己的身體，欣賞起纖細的腰身及髖骨的曲線。我出門前跟西莉亞借剃刀，把腿毛刮了一番，我的腿在幽暗的光線下看起來美麗光滑。我的胸部在他的掌下看起來相當可人。

男人的手！撫摸我光溜溜的乳房！妳瞧瞧？

我偷望了一眼醫生的臉，很滿意我看到的神情，他一臉漲紅，專注到有點皺眉。他用鼻子急促呼吸，我想這是好預兆，我成功引起他的「性」趣了。愛撫的感覺眞的很好。我喜歡他撫摸我乳房的效果，我的皮膚變成粉紅色，還暖呼呼的。

「我現在要含一下妳的乳房。」他說：「這是標準程序。」

我希望他不要講話。他一開口就像在解釋什麼步驟。我幻想性愛已經很多年了，但在這些幻想裡，我的情人都不會像登門看診的醫生一樣。

他靠上來，如他承諾的，含起了我的乳房，我覺得我喜歡這種感覺，我是說，在他不再解釋之後。事實上，我從來沒有過這麼酥麻的經驗。我再次閉上雙眼，我想靜靜躺好，滿心期待他繼續提供這歡愉的服務，歡愉卻忽然停下，因爲他又開始說話了。

「薇薇安，我們要按部就班、謹愼行事。」他說。

老天啊，他的口氣聽起來彷彿是要替我量肛溫，我小時候量過，現在一點也不想回想起那種經驗。

「薇薇安，還是妳要速戰速決？」他問。

「不好意思，什麼意思？」我問。

「這個嘛，我猜跟男人第一次性交，妳應該會緊張。也許妳會希望一切快點結束，這樣不舒服的感覺就會快點過去？還是妳希望我慢慢來，教妳一點技巧？好比說，凱勒格太太喜歡的一些小把戲？」

噢，親愛的上帝啊，我現在最不想學的就是凱勒格太太喜歡的小把戲！但我實在不曉得該怎麼回答，所以我傻傻地望著他。

「我中午要開始看診。」他說，口氣一點也不誘人。我的沉默似乎讓他惱怒。他繼續說：「但我們還有時間可以來點前戲，妳覺得這樣好嗎？但咱們得快點決定。」

這種問題該怎麼回答？我怎麼曉得我要他怎麼做？來點前戲可能代表很多意義。我繼續瞪著他。

「小鴨鴨害怕了。」他的態度柔軟了起來。

這自視甚高的口氣讓我想殺人滅口。

「我不怕。」我說，這是眞的。我不怕，只是搞不清楚狀況。我的期待是今天來這裡遭到蹂躪，結果呢？這一切也太折騰人了。我們要在每個環節都停下來討論嗎？

「我的小鴨鴨，沒關係。」他說：「我之前碰過。妳很害羞，對吧？讓我帶妳繼續吧？」

他伸手到我的私處。他用手掌碰觸我的外陰部。他的手掌攤平，很像妳餵小馬吃方糖時，會把手掌攤平那樣，因爲妳不希望馬咬到妳。他開始用掌心搓揉我的陰部。感覺沒有那麼糟，事實上，感覺一點都不糟。我再次閉上雙眼，嘆讚這微弱但神奇的衝腦酥麻感受。

「凱勒格太太喜歡我這樣。」他說，我歡愉的感覺再次被中斷，因爲我想起了凱勒格太太與她的花邊飾墊。「她喜歡我朝這個方向轉……然後再朝這裡轉……」

我現在清楚明白，問題在於他一直講話。

我猶豫起該怎麼讓凱勒格先生閉嘴。我實在不能請他在自己家裡閉嘴，特別是他不辭辛苦幫我突破我的處女膜。我是一個家教很好的年輕淑女，習慣順從權威男性的命令，如果我直接說「可不可以請你閉上嘴巴」，肯定很不像我。

我忽然想到，也許我可以請他吻我，這樣就能讓他閉嘴。應該可以，這樣他的嘴巴就有事做。不過，這樣我就得跟他接吻了，我不確定我想吻他。我實在不曉得哪樣比較糟：閉嘴加接吻，還是不接吻，但一直聽他叨叨唸？

「妳的小貓貓喜歡被人摸嗎？」他問，同時他加重力道撫摸我的陰部。「妳的小貓貓會**打呼嚕嗎？**」

「哈洛德。」我說：「不曉得可不可以請你吻我？」

也許我對凱勒格醫生不公平。

他是個好人，他只是想幫忙，不想讓我緊張。我相信他不想傷害我。也許在這個當下，他腦袋裡想著希波克拉底誓詞：**首先，不能傷害對方**什麼的。

或者，也許他不是這麼好的人。我根本不可能知道，因爲我這輩子再也沒有見過他。咱們別把他當成故事裡的英雄！也許他根本不是想幫我，他只是想趁老婆出城拜訪母親時，在自家客房享受奪走已發育成熟、尷尬年輕處女貞操的快感而已。

這個狀況顯然讓他非常興奮，我馬上就發現了，那時他離開我身邊，在勃起的陰莖上套上「安全措施」。這是我第一次看男人勃起，這是值得升起旗幟的時刻，但我沒有看得很清楚啦。一部分是因爲當事陰莖被他的手及保險套遮住，但主要是因爲他立刻爬到我身上。

「薇薇安，我決定我還是快點進去，這樣對妳比較好。以妳的情況來說，我想妳完全不要動比較好。抓緊了，我現在要穿刺妳了。」

語畢，他就進來了。

呃，好，來吧。

沒有我想像中那麼痛，這是好消息。壞消息是，進入沒有我想像中那麼愉悅。當他親吻我的胸部、搓揉我下面的時候，我期待性交會是同樣的感覺再加強，但卻不然。事實上，我先前感受到的任何愉悅，現在都伴隨他的進入而消散，取而代之的是一種用力且妨礙的感覺。他在我體內只是帶來一種明確的**存在感**，我沒辦法分辨感覺是好還是不好，反倒是讓我想起生理痛。**眞是太怪了**。

他一邊呻吟，一邊挺進，同時，他還咬著牙說：「我發現凱勒格太太喜歡——」

但我始終不曉得凱勒格太太在交媾時有什麼癖好，因爲凱勒格先生一開口，我又吻起他來。我發現接吻可以打斷他的話。而且，在我被破處的同時，我也有事做了。如我先前所言，我這輩子沒有多少接吻的機會，但我猜得挺精準的，這種技能就是邊做邊學，眞的，我已經盡力了。在他忙著進入我的時候，實在很難吻住嘴巴，不過我的獎勵很誘人，我**眞的**再也不想聽到他講話。

然而，最後一刻，他還是擠出一句話。

他把臉抽開，喊出：「美得冒泡！」接著他弓起背來，用力抖了一下身子，然後就結束了。

他起身去另一個房間，我想應該是去清洗吧。之後，他回來，在我身邊躺了一下。他緊抱著我，說：「小鴨鴨，小鴨鴨，眞是好乖的小鴨鴨。別哭，小鴨鴨。」

我沒哭，我一點都不想哭，但他完全沒注意到。

沒多久，他再次起身，問他是否能夠檢查一下床單上有沒有血，因爲他忘記鋪墊子。

「我們不希望凱勒格太太看到痕跡。」他說：「我事前忘了準備。我通常都很仔細的。這意謂我沒想到這點，我平常不是這樣的。」

「噢。」我伸手去拿我的包包，很高興終於有事做了。「我帶了毛巾！」

但床上沒有痕跡，完全沒有血。（我猜從小騎馬，該破的已經破了。感謝囉，老媽！）讓我鬆口氣的是，我其實沒有太痛。

「好了，薇薇安。」他說：「妳接下來兩天不要泡澡，不然容易感染。清理可以，用水潑一潑就好，不要泡水。如果有什麼分泌物或不舒服，葛拉蒂絲或西莉亞可以教妳怎麼用醋水灌洗。不過，妳是個強壯健康的大女孩，我想妳應該不會怎麼樣。妳今天表現很好，我覺得很驕傲。」

我有點期待他會給我一根棒棒糖。

穿衣服的時候，凱勒格醫生聊起天氣很好，我有沒有注意到上個月格拉梅西公園的牡丹花？我告訴他，沒有，我上個月還沒有來到紐約。他說，好吧，那我明年一定要看一看，因爲妳知道，花期非常短，然後就沒了。（也許看起來他像是在評論我「短暫的花期」，但咱們別對凱勒格醫生的詩情畫意抱太多期待。我覺得他眞的只是喜歡牡丹花而已。）

「小鴨鴨，我送妳出去吧。」他一邊說，一邊帶我下樓，穿過到處都是花邊飾墊的客廳，朝後門前進。我們經過廚房時，他從餐桌上拿起一個信封交給我。

「這代表我的感謝之情。」他說。

我曉得這是錢，但我實在不能收。

「噢，不，哈洛德，我不能收。」我說。

「噢，妳必須收下。」

「不，我不行。」我說：「我怎麼能呢？」

「噢，但我堅持。」

「噢，但我**堅持不收**。」

我必須告訴妳，我之所以不收不是因爲我不希望自己被人當成妓女。（別把我想得這麼清高！）主要的原因是根深蒂固的社會階級禮儀。是這樣的，我的父母每個禮拜會給我零用錢，佩佩姑姑每週三會交給我，所以我眞的不需要凱勒格醫生的錢。而且，內在嚴苛的道德之聲告訴我，我並沒有努力賺取這份報酬。我對性了解甚少，但我猜想我沒有替這位先生提供多少樂趣。一個女孩，躺在床上，雙手緊貼大腿兩側，唯一的動作就是在你開口時，攻擊你的嘴巴，她在床上根本很掃興吧？如果我要用性得到金錢，那我希望我有付出足夠的努力，才值得收這個錢。

「薇薇安，我命令妳收下。」他說。

「哈洛德，我拒絕。」

「薇薇安，我必須堅持，妳不要再鬧了。」他微微皺眉，用力將信封塞給我，這一刻成爲我在哈洛德·凱勒格醫生手裡最危險或情緒最激動的一刻。

「好吧。」我只能接下錢。

（我了不起的祖先啊，你們覺得如何？第一次性交就有錢賺！）

「妳是可愛的年輕女孩。」他說：「還有，別擔心，妳的胸部還有時間發育。」

「謝謝你喲，哈洛德。」我說。

「每天喝兩百四十毫升白脫牛奶，應該會有幫助。」

「謝謝，我會喝的。」我才不會一天喝什麼兩百四十毫升的白脫牛奶呢。

我正要出去，忽然間很好奇。

「哈洛德。」我說：「可以請教你是哪一科的醫生嗎？」

我以爲他應該是婦科或小兒科醫生。我猜應該是小兒科，只是想確認我猜的對不對。

「親愛的女孩，我是獸醫。」他說：「好，請替我向葛拉蒂絲、西莉亞打聲招呼，明年春天記得欣賞那些牡丹！」

我沿著街道跑下來，笑到一個不行。

我跑進簡餐店，女孩們還在等我。不等她們開口，我就高聲地說：「獸醫？妳們送我去找獸醫？」

「怎麼樣？」葛拉蒂絲問：「痛嗎？」

「他是獸醫！妳們說他是**醫生**！」

「凱勒格醫生是醫生。」珍妮說：「醫生兩個字寫在他的名字裡啊。」

「感覺妳們是要送我去結紮一樣！」

我鑽進西莉亞身旁的包廂座位，碰撞她溫暖的身體讓我鬆了口氣。我的身體是一場狂亂的笑料。我開始從頭到腳顫抖起來。我覺得瘋狂失常。我覺得我的生命好像爆炸了一樣。我被興奮、激動、尷尬與驕傲沖昏頭，感覺好錯亂，但也棒透了。後座力相當驚人，遠超過性行爲本身。我不敢相信我剛剛做了什麼。我今天早上的莽撞（跟陌生男子上床！）似乎是從別人身上得到的，但我從來沒有用這麼眞實的態度面對自己過。

環視桌邊這幾位歌舞女郎，我忽然好感激她們，淚水差點奪眶而出。有這些女孩眞是太棒了。我的朋友！我在世界上交往最久的朋友！我在世界上交往最久的朋友跟我只認識兩個禮拜，除了珍妮，我們兩天前才認識！我好愛她們！她們等我回來！她們在乎我！

「但感覺如何？」葛拉蒂絲問。

「還可以，還可以。」

我面前有一盤之前沒吃完的冷鬆餅，現在飢腸轆轆的我展開攻勢，手段可謂暴力。我的手在顫抖。我的天啊，我沒有這麼餓過。我的飢餓沒有盡頭。我加了更多楓糖漿在鬆餅上，通通掃進嘴裡。

「但他一直講他老婆！」我邊吃邊說。

「啊，對！」珍妮說：「他最糟糕了！」

「他超煩的。」葛拉蒂絲說：「但他不是壞人，這才是重點。」

「痛嗎？」西莉亞問。

「妳知道嗎？不痛耶。」我說：「毛巾也沒派上用場！」

「眞幸運。」西莉亞說：「妳眞幸運。」

「我不會說有多好玩啦。」我說：「但我不能說不好玩。我只是很慶幸結束了。我猜還有很多可怕的方式可以失去貞操。」

「可怕多了。」珍妮說：「相信我，我都試過了。」

「小薇，妳讓我覺得驕傲。」葛拉蒂絲說：「從今天起，妳是女人了。」

她舉起咖啡杯，我用水杯向她乾杯。這一刻，當舞蹈組長葛拉蒂絲與我乾杯時，這是我這輩子覺得最完整、最滿意的入會儀式。

「他給你多少？」珍妮問。

「噢！」我說：「差點忘了。」

我伸手去包包裡拿出信封。

「給妳開。」我用顫抖的手把信封交給西莉亞。她立刻撕開信封，專業地點了點鈔票，然後宣佈：「五十塊！」

「五十塊！」珍妮尖聲地說：「他平常只給二十！」

「我們該怎麼花？」葛拉蒂絲問。

「我們要花在特別的地方。」珍妮說。我忽然覺得鬆了口氣，她們覺得這些錢是「我們的」，而不是「我的」。如果這樣說得通的話，這種說法將傷風敗俗的行爲擴散出去，同時，也增加了一點姊妹情誼。

「我想去康尼島。」西莉亞說。

「沒時間啦。」葛拉蒂絲說：「我們四點要回劇場。」

「有時間。」西莉亞說：「我們快去快回。吃吃熱狗、看看海，然後就直接回家。我們可以坐計程車。反正咱們有得是錢，對吧？」

於是我們搭車去康尼島，車窗搖下來，一路抽菸、歡笑、講八卦。這是至今最溫暖的一個夏日。天空明亮清朗，西莉亞與葛拉蒂絲在後座一左一右包夾我，珍妮則在副駕駛座與司機聊天，司機先生不敢相信自己運氣這麼好，竟然載到一整車美女。

「各位小姐身材也太好了。」他說。

「你不要在那邊吃我們豆腐啦，先生。」珍妮嘴上這樣說，但我感覺得出來她喜歡這樣。

「妳不覺得對凱勒格太太很愧疚嗎？」我問葛拉蒂絲，忽然有點擔心自己今天的行為。

「我是說，因爲跟她老公上床？我**該**覺得愧疚嗎？」

「哎喲，對於這種事，妳不能**太**有良心啦！」她說：「不然妳就會一直擔心下去了！」

恐怕，我們在道德方面的掙扎頂多就是這樣了。結案。

「下次我想找別人。」我說：「妳們覺得我找得到別人嗎？」

「簡單得很。」西莉亞說。

康尼島陽光燦爛，華麗俗氣，充滿樂趣。木板路上擠滿大吼大叫的家庭、年輕情侶，還有麻煩的小鬼，他們的行爲鮮活演出我內心的狂喜。我們看著怪胎秀的招牌，我們跑下沙灘，把腳泡在水裡。我們吃著糖漬蘋果和甜蜜檸檬冰。我們跟大力士拍照。我們買了塡充動物玩偶、風景明信片與紀念品化妝鏡。我替西莉亞買了縫著貝殼的藤編小包，我替其他女孩買了太陽眼鏡，我出錢，大家一起坐計程車回中城，最後，凱勒格醫生的錢還剩九塊。

「妳還有錢可以吃頓牛排當晚餐！」珍妮說。

我們回到百合劇場時差點趕不上傍晚場。奧莉急瘋了，歌舞女郎怎麼能錯過開幕，她一邊到處打轉，一邊喋喋不休，責怪大家動作慢。不過，三個女孩跑進更衣室，似乎不一會兒就出來，身上滿是圓形亮片、鴕鳥羽毛，華麗美豔。

佩佩姑姑當然也在場，她有點心不在焉地問我今天是不是很開心。

「當然開心！」我說。

「好。」她說：「妳該開心，妳還年輕。」

西莉亞上台前，捏了捏我的手。我拉住她的手臂，靠向美麗的她。

「西莉亞！」我低聲地說：「真不敢相信從今天起，我不再是處女了！」

「妳不會想念過去的。」她說。

而妳知道嗎？

她說得對極了。

7

於是一切就這樣開始了。

現在我已經「入會」，我想要一直體驗性，而紐約的一切感覺起來都跟性有關。就我看來，我有很多進度要趕。我浪費這麼多年人生，無聊又乏味，現在我不願繼續無聊乏味下去，一個小時也不行！

而且我還有這麼多要學！我要西莉亞把她知道的一切通通告訴我，男人、性、紐約，還有**生活**，她也樂意協助。從這一刻起，我再也不是西莉亞的女傭了（或該說至少不只是女傭），我是她的夥伴。半夜回家的不再是在城裡瘋狂作樂喝得醉醺醺的西莉亞，而是在城裡瘋狂作樂喝得醉醺醺的我們倆。

那年夏天，我們用鑷子與鶴嘴鋤到處挖找麻煩，我們找麻煩完全不麻煩。如果妳是大城市裡一個想找麻煩的漂亮女孩，眞的，一點都不難。不過，如果妳們是**兩個**漂亮女孩想找麻煩，那麻煩會在每個街角埋伏等著妳們，反正我們要的就是這樣。爲了玩得盡興，我跟西莉亞好像發瘋一樣投入。我們的胃口永無止境，我們的目標不只男人和男孩，還有美食、雞尾酒、胡亂跳舞，以及現場音樂演奏，讓妳想要抽更多的菸，笑到仰頭還停不下來。

有時，其他舞者或歌舞女郎會在剛開始與我們一起行動，但她們根本追不上我與西莉亞。如果我們其中一人落後，另一個人就會加快腳步。我覺得我們會看著彼此，看對方接下來想幹嘛，因爲我們對於下一步，除了想找樂子外，通常都沒什麼**想法**。我相信推著我們上路的是我們對無趣與乏味的恐懼。一天彷彿有一百個小時，而我們要充充實實，不然我們會無聊至死。

基本上我們那個夏天的行爲就是**狂躁暴跳**，我們一點也不累，時至今日，這種態度還是震驚了我的想像。

⁂

安潔拉，當我回想起一九四〇年的夏天，我想像我跟西莉亞·雷是兩顆充滿情慾的深色墨滴，遨遊在紐約市的霓虹燈與陰影之中，一直尋找刺激，永不停留。我現在試著回想細節，感覺那段時光只像一個漫長、炎熱、汗流浹背的夜晚。

劇場一下戲，我們就會換上最輕薄的晚禮服，我們會連忙跑進城裡，全力奔馳在急不可待的街頭，彷彿我們已經錯過什麼重要、生機蓬勃的活動了，**沒有我們，他們怎麼可以偷跑**？我們會先去圖特斯·沙爾餐廳、摩洛哥夜總會或鸛鳥俱樂部揭開一晚的序幕，但在凌晨時分，誰也不知道我們最後會在哪裡。如果中城感覺太熟悉、太無趣，我跟西莉亞就會跳上地鐵A線，前往哈林區，聽貝西伯爵表演，或去紅公雞喝酒。不然就是發現我們身處麗池酒店，跟一群耶魯男孩卿卿我我，或去下城的韋伯斯特廳跟社會主義者一起跳舞。規則似乎就是，跳到倒下，然後繼續跳下去。

我們移動的速度太快了！有時，我覺得我像是被紐約拖著跑，紐約狂野的聲光酒色是條狂野的大河，緊緊把我往河底拉。有時，感覺我們把紐約拖在身後，因爲我們不管去哪裡，都會有人追著我們跑。在這些輕浮率性的夜晚，我們要麼就是跟西莉亞之前認識的男人見面，不然就是沿途邂逅新的人，或兩者同時進行。我會連續親吻三個帥哥，或與同一位帥哥接吻三次，有時實在記不得到底發生了什麼事。

要找到男人從來就不難。

西莉亞·雷走進酒店的台步前所未見，這點具有加分效果。她會先把她的輝煌燦爛扔進門，如同士兵先把手榴彈扔進機關槍槍手的巢穴裡一樣，然後她才跟著自己的美貌登場，評估造成多少傷害。她要做的只是露臉，然後她會吸引空間裡每一絲情慾能量。她會一臉無趣地從容漫步，過程中吸乾每位女士的男朋友與丈夫，她的征服得來全不費工夫。

男人看西莉亞·雷的眼神彷彿她是一盒好傢伙爆米花，他們等不及要打開包裝，挖出裡面附贈的玩具。

結果呢？她看他們的眼神卻把他們當牆壁木板。

這只讓他們更爲她瘋狂。

「寶貝，讓我看看妳的笑容。」一位勇者曾隔著舞池對她大喊。

而西莉亞卻低聲地說：「先讓我看你的遊艇。」然後一臉無聊地轉向。

既然我在她身邊，既然我現在看起來很像她（至少是在昏暗的燈光下有點像啦，因爲我不但跟西莉亞一樣高，膚色一樣，而且現在穿著像她一樣的緊身禮服，頭髮也梳成同樣髮型，還模仿她走路的樣子，把胸部墊得稍微跟她的一樣高挺），效果是雙倍的。

安潔拉，我不想吹牛，但我們的確是一對勢不可擋的美人。

事實上，我想吹牛，讓老女人享受一下自己的榮光吧：我們**美極了**。我們光是經過，就足以讓整桌男人體驗一場毒打。

「來點清涼飲料吧。」西莉亞對著吧檯開口，但沒有對著特定對象說，下一秒就會有五個男人拿雞尾酒過來，三杯請她，我有兩杯。十分鐘後，這些飲料就消失了。

我們到底從哪來的**能量**？

噢，對，我想起來了，這是青春的能量。我們是能量渦輪機。早上永遠都很累，這是當然的。宿醉對人不留情，但如果我白天需要小睡片刻，可以趁排練或開演後，在劇場後方的一堆老舊布簾裡躺一下。十分鐘的小睡，我就重新充電，準備好在掌聲謝幕後再次進攻紐約。

十九歲，可以這樣生活（或跟西莉亞一樣，假裝十九歲）。

有天晚上，我們醉醺醺、歪七扭八地走在街上時，聽到一位老太太說：「這些女孩走在路上會惹麻煩。」她說得對極了。不過，她不明白的是，我們就是想惹麻煩。

噢，我們那充滿青春的慾求！

噢，青春盲目多汁的渴望，最後就會帶領我們跳下懸崖，或困進死巷裡，自作自受哪。

⁂

我不能說我在一九四〇年的夏天變成性愛高手，但我會說我熟練了不少。

噢，不，我還是不在行。

所謂對性「在行」，就女人來說，意謂學習享受甚至主導性行為，直到自己高潮，這需要時間、耐心及體貼的情人。我還需要一點時間才會發展到那麼成熟的境界。現在，這只是高速進行的數字遊戲。（我跟西莉亞不喜歡在一個地方或在一個男人身上耗太久，免得錯過城市另一端更好、更有趣的人事物。）

我對激情的渴望以及對性的好奇，讓我在那年夏天不只永不滿足，同時還很容易「性奮」。現在回想起來，我發現我的確很容易性奮。就連最無害、跟性完全無關的東西都能讓我性奮。看著黑暗中城小巷裡的霓虹燈，我性奮了。在萊星頓酒店的夏威夷廳裡喝椰子殼雞尾酒，我性奮了。人家給我不知名夜店的後台通行證或前排表演席座位，我性奮了。我對所有能夠演奏樂器的人性奮，能夠神氣十足跳舞的人也讓我性奮。有車的人讓我上車，我也會性奮。在酒吧裡，端著兩杯高球雞尾酒走過來的男人也讓我性奮。他說：「我多點了一杯酒。小姐，妳可以幫我喝嗎？」

哎呀，當然可以，我非常樂意，先生。

在那方面，我實在熱心助人啊！

要辯解一下，那年夏天，我跟西莉亞並沒有跟我們碰到的每一個男人發生關係。

但多數人都有。

我跟西莉亞問的問題從來就不是「我們要跟誰做愛」，這似乎不重要，而是「我們要在哪裡做」？

答案：找得到地方，哪裡都可以。

我們在豪華酒店套房，由前來紐約的生意人出錢。不過，東城裡小小的夜店廚房也可以（那時已經打烊），或是我們有時深夜會登上渡輪，周遭水上的燈火搖曳模糊。還有計程車後座、（我知道聽起來很不舒服，相信我，真的很不舒服，但也辦得到。）電影院、百合劇場地下更衣室、鑽石馬蹄鐵俱樂部的地下更衣室、麥迪遜廣場花園的地下更衣室、老鼠在我們腳邊肆虐的布萊恩公園，還有在中城招計程車街角旁邊的悶熱暗巷裡、在帕克大樓頂樓，以及在華爾街的辦公室裡，只有夜班清潔工聽得到我們。

醉醺醺、眼神渙散、血液很鹹、不假思索，彷彿沒有重量……那年夏天，我跟西莉亞在紐約彷彿電流。與其說走，我們根本是搭火箭。沒有焦點，只有一直尋找**活動**。我們什麼都沒錯過，但我們也錯過了一切。舉例來說，我們看著喬．路易斯[19]跟對手練習拳擊，我們聽比莉．哈樂黛[20]演唱，但我完全不記得這兩個場景的任何細節。我們的故事讓我們分心，完全沒有辦法留意眼前的這些美景。（好比說，看比莉・哈樂黛表演那天，我剛好生理期，我不高興，因爲我喜歡的男孩跟另一個女孩走了。這就是我對比莉・哈樂黛表演的心得。）

我跟西莉亞喝太多，然後我們會遇到另一群也喝太多的年輕人，而我們兩方人馬碰撞在一起，之後的行爲就是妳想像的那樣。我們會跟在別的酒吧認識的男孩一起上酒吧，在新的酒吧與新邂逅的對象調情。我們會引發爭端衝突，有人會開始動手動腳，這時西莉亞會選幾個倖存的贏家，讓他們帶我們去下一間酒吧，同樣的狀況會再次上演。我們會從這場單身派對跳到下一場單身派對，從這個男人懷裡跳到下一個男人懷裡。我們甚至曾在用餐時交換伴侶。

那晚，西莉亞對我說：「這男的給妳。」就當著這個讓她覺得無聊的男人面講：「我要去洗手間。妳幫他暖暖身子。」

「但他是妳的伴！」我一邊說，男人卻乖乖朝我過來。「妳是我朋友啊！」

「噢，小薇。」她用充滿愛憐的口氣說：「妳不可能因爲搶了我的男人，就失去我這個朋友！」

❧

19 約瑟夫・路易斯・巴羅（Joseph Louis Barrow, 1914—1981），小名喬・路易斯（Joe Louis），綽號「褐色轟炸機」，是美國職業重量級拳擊手，維持拳王頭銜超過十一年，並成功衛冕頭銜二十五次之多。

20 比莉・哈樂黛（Billie Holiday, 1915—1959），美國爵士歌手及作曲家，綽號「黛夫人」，是一個開創性的爵士樂及流行歌手。

那年夏天，我跟家裡沒有多少聯繫。

我最不希望他們發現我都在忙什麼。

母親每週給我寫信，隨信附上的是我的零用錢，告訴我家裡基本的狀況。父親打高爾夫球時弄傷了肩膀。哥哥威脅下學期要從普林斯頓輟學，加入海軍，他想報效國家。母親又在什麼網球錦標賽裡擊敗了哪個對手。於是，我每個禮拜寫一張卡片給父母，告訴他們同樣了無新意又沒什麼內容的事情——我過得很好，我在劇場工作很認眞，紐約市很美，謝謝你們的零用錢。我偶爾會提到一點無害的細節，好比說：「那天我跟佩佩姑姑在尼克博克酒店享用了美味的午餐。」

我自然不會向父母提到最近我的朋友歌舞女郎西莉亞帶我去看醫生，弄了一個非法的帽帽。（非法，因爲那時法律不允許醫生替未婚女性裝子宮帽，所以有人脈廣的朋友很棒！西莉亞的醫生是個沉默寡言的俄羅斯女人，不會東問西問。她眼睛都沒眨就替我裝好了。）

我也沒跟父母提我差點得了淋病（事實證明，那只是輕微的骨盆腔發炎，謝天謝地，但那禮拜眞是痛苦也提心吊膽，直到完全康復）。我也沒有提我差點懷孕了（但危機也自行解除，謝天謝地）。我也沒有提我現在會經常與小名爲「小肋排」的凱文・歐蘇利文上床，他在地獄廚房搞非法賭博事業。（我當然也跟其他男人往來，沒什麼特別的，但沒有人的小名像小肋排這麼特別。）

我也沒提我現在都會隨身攜帶避孕用品，因爲我不想進一步體驗淋病警報，女孩還是小心爲上。我也沒有告訴父母，我這些男性友人通常都會幫我弄到這些避孕用品，眞是紳士的幫忙啊。（因爲，母親，妳知道的，在紐約只有男人才能買避孕用品！）

不，這些我都沒有告訴她。

我反而跟她說，尼克博克的檸檬比目魚眞是太美味了。

這是實話，這眞的是實話。

同一時間，我與西莉亞夜復一夜持續轉動，持續遇上各種大大小小的麻煩。酒水讓我們瘋狂、慵懶。我們忘卻時間的流逝、雞尾酒的數量或男伴的名字。我們喝琴費士喝到忘記怎麼走路。我們玩得又瘋又野，忘了要顧好自己的安全，而其他人，通常是陌生人，就必須來照顧我們。（我記得有天晚上，有位好心男士只想把我們安然送回劇場，結果西莉亞喊著說：「不用你來教我們這些女孩怎麼生活！」）

我與西莉亞衝撞世界的方式總帶著危險的成分。對於可能發生的一切，我們讓自己保持開放的態度，所以什麼事都可能發生。通常，也的確會出事。

妳看，是這樣的，西莉亞會讓男人乖順聽話，臣服在她腳下，直到忽然間，他們不再乖順聽話。她會讓他們在我們面前排排站好，準備好服務我們的每一個願望。他們是好男孩，有時，他們會保持好男孩形象，但也可能在轉瞬間，這些男孩就沒那麼好了，打破男性慾望或憤怒的界線，然後就回不去了。超越那條線之後，西莉亞對男人的效果就是把他們變成野蠻人。上一秒，大家還在歡笑、調情，嬉嬉鬧鬧玩著欲擒故縱的遊戲；下一秒，整個空間的能量都走了調，現在剩下的不只是性，而是暴力動粗的凶兆。

一旦氣氛走了調，就停不下來了。

之後就是動手動腳。

這種事第一次發生的時候，西莉亞提早一點點注意到了，她連忙支開我。我們那晚在比特摩酒店的總統套房，娛樂我們的是稍早在華道夫酒店舞會廳認識的三個男人。這三位先生有著大把鈔票，顯然不是做什麼正直生意的。（要我猜，我會猜他們是搞敲詐勒索的。）一開始，他們不斷伺候西莉亞，百依百順，感謝她注意到他們，爲了讓美女及她的朋友開心，他們還緊張得冒汗呢。**兩位小姐還要再一瓶香檳嗎？兩位小姐還要再點些蟹腳送到房裡去嗎？兩位小姐想看看比特摩酒店的總統套房嗎？兩位小姐要不要聽廣播？**

我還是這種遊戲的新手，看著這些惡棍對我們低聲下氣，感覺實在很有趣。我們的能量震懾住他們了。我想嘲笑他們，嘲笑他們的軟弱，**男人也太好控制了！**

但，就在我們進入總統套房之後沒多久，氣氛就不一樣了，兩個男人忽然從沙發上包夾西莉亞，他們不再低聲下氣，不再軟弱。這跟他們在做什麼沒有關係，只是氣氛忽然轉變，我嚇到了。他們的神情也不一樣了，我不喜歡這樣。第三名男人正在打量我，他看起來不再只是想要親熱調情而已。房內的轉變我只能這樣形容：風和日麗，妳野餐得很開心，忽然間，龍捲風襲來。氣壓低到不行，天色轉黑，鳥兒靜默，一切就是衝著妳來的。

此時此刻，西莉亞開口：「小薇。去樓下幫我買菸。」

「現在？」我問。

「去。」她說：「別回來。」

我朝房門走去，第三個男人正朝我走來，我羞愧地關上房門，把我的朋友一個人留在裡面。我走是因爲她要我走，但我還是感覺很糟。無論那些男人即將在裡面做什麼，西莉亞都只能一人承受。她要我離開，要麼是因爲她不希望讓我看到他們對她做什麼，要麼就是因爲她不希望我也遭受同樣的對待。不管怎麼樣，被人那樣趕出來都讓我覺得自己像個孩子。我害怕那些男人，同時也替西莉亞擔心，我覺得自己被排擠了。我不喜歡這樣。我在大廳來回踱步了一個小時，心想我該不該去通知飯店經理，但我能跟他說什麼？

西莉亞終於下來了，這次沒有稍早熱切護送我們上樓的三個男人。

她看到我在大廳，便走過來，說：「哎，這樣結束一晚真是不討喜。」

「妳沒事吧？」我問。

「沒事，我好得很。」她一邊說，一邊拉拉洋裝。「我看起來沒事吧？」

她看起來依舊美豔動人，只不過她的左眼有一圈瘀青。

「就跟愛情的青春美夢一樣。」我說。

她發現我在看她腫脹的眼睛，說：「小薇，別聲張。葛拉蒂絲會搞定的，她最會遮這個了。有計程車嗎？如果計程車肯來，我就上車。」

我招來計程車，回家路上，我們一語不發。

ൠ

那天晚上的狀況有讓西莉亞留下創傷嗎？

妳會這麼想，對吧？

但，安潔拉，我羞於承認我不知道這個問題的答案。我沒有跟她討論過這件事。我顯然沒有在我朋友身上看到任何創傷的跡象，但話說回來，我可能沒有認眞尋找過。我也不曉得該找什麼。也許我只是希望，只要我們永遠不提，這醜惡的事件就會自行消失（如同眼周的瘀青一樣）。也許我以爲西莉亞習慣這種事情了，畢竟她的出身並不好。（上帝救救我們吧，也許她眞的習慣了。）

那天在計程車上，我有太多問題可以問西莉亞（第一個問題就是「妳真的沒事嗎」），但我沒問，我也沒有感謝她讓我從暴行中全身而退。需要人家拯救讓我覺得很尷尬，她覺得我比她脆弱、天眞，這也讓我很覺得丟臉。直到那天晚上，我都騙自己說我跟西莉亞．雷能夠平起平坐，只是兩個同樣世故、同樣大膽的女人，征服紐約找樂子。不過，顯然這不是事實。我只是把偶爾踩踏危險當作娛樂，西莉亞卻很清楚這些危險。她懂一些事，黑暗的事，我不了解，而她卻不希望我認識。

安潔拉，現在回想起來，我驚覺這種暴行在當時非常普遍，而且不只發生在西莉亞身上，我也遇到過。（舉例來說，我當時怎麼都不好奇爲什麼葛拉蒂絲這麼會遮瘀青的眼睛？）我猜我們的態度是：噢，哎呀，男人就是這樣啊！不過，妳必須了解，這麼黑暗的主題一直要到好久以後才會引發大眾的討論，因此，我們也不會私底下討論這種事情。所以我沒有問西莉亞那晚發生了什麼事，她也沒有跟我說。我們就把那件事拋諸腦後。

隔天晚上，不敢相信，我們又去城裡尋找刺激了，只不過有個小小的改變，那就是，從今以後，我發誓，無論發生什麼事，我都不會先跑。我不允許自己被人再度支開。無論西莉亞做什麼，我都要跟著做。無論西莉亞遭到何種對待，我也必須默默承受。

我告訴自己，這是因為我不是孩子了。而這種話，只有孩子才會說。

8

對了，戰爭馬上要開打了。

其實已經開戰了，而且戰況激烈。戰場遠在歐洲，當然，但美國國內正在熱切討論我們是否應該參戰。

我當然不會參與這種討論。不過，討論卻在我身邊進行。

也許妳會認爲我應該早點注意到戰爭的發生，但說眞的，這個話題還沒有進入到我的意識範圍。妳必須原諒我這麼遲鈍，要在一九四〇年的夏天無視箭在弦上的全面大戰實在不簡單，但我就是辦到了。（我必須替自己辯護，我的同事與朋友也都沒有注意到。我沒看過西莉亞、葛拉蒂絲或珍妮討論起美國的備戰，或我們是否愈來愈需要《兩洋海軍法案》。）至少可以說，我不熱中政治。我完全不知道羅斯福的內閣裡有誰，卻知道演員克拉克・蓋博[21]第二任妻子的全名，她是一位離婚經驗豐富的德州名媛，叫作芮亞・法蘭克林・潘蘭提斯・盧卡斯・藍恩・蓋博，這饒舌的名字顯然我到斷氣那天都不會忘。

一九四〇年五月，德國進軍荷蘭與比利時，但那時我在瓦薩學院的考試搞砸了，所以我的心思沒有注意到世界局勢。（我倒是記得父親說，一切的風波會在夏天結束時畫上句點，因爲

21 克拉克・蓋博（William Clark Gable, 1901—1960），美國國寶級電影男演員，綽號「電影皇帝」，《亂世佳人》的主演。一九九九年，美國電影學會選其為百年來最偉大的男演員第七名。

法國軍隊很快就會把德軍推回家。我當時覺得他說得應該沒錯，因爲他似乎看了很多報紙。）

我在一九四〇年六月中搬到紐約，這時德軍入侵巴黎。（老爸的理論崩塌了。）但當時我的生活充滿太多刺激，實在沒時間注意後續消息。相較於馬奇諾防線，我對哈林區、格林威治村所發生的一切更有興趣。八月，納粹空軍開始空襲英國時，我正經歷懷孕警報及淋病威脅，所以我也沒有注意到相關的消息。

他們說，歷史有其脈動。不過，我多數時候都聽不見，就算它已經在我這遲鈍的耳朵裡雷聲大作，我也充耳不聞。

如果我聰明一點，注意一點，我也許就會發現，美國終究會被捲進這場大火之中。我也許會更留意我哥想要加入海軍的消息。我也許會擔心這樣的決定對華特的未來、對我們每個人的未來，會造成何種改變。而我也許也會注意到，當我每晚在紐約走跳時，跟我一起玩耍的一些年輕人，當美國必然加入戰局後，這些男孩正巧都是最適合上前線的年紀。如果我那時曉得我現在知道的一切——這些俊美的年輕人會在歐洲或南太平洋的煉獄裡失去生命，那我也許就會多跟他們上床。

我的口氣聽起來像在開玩笑，但我沒有。

我希望我能跟這些男孩多做一點什麼。（我當然不確定我哪來的時間，但我一定會爲了這些孩子，在忙碌的時程表裡多擠出一點時間，畢竟他們很快就會遍體鱗傷，甚至死亡。）

安潔拉，我只希望我當時知道接下來會發生什麼事。

我眞的這麼想。

❧

不過，其他人還是有在注意。奧莉特別關心來自她家鄉英國的消息，她很焦慮，但話又說回來，她對一切事物都充滿焦慮，所以她的焦慮沒有造成什麼效果。每天早上，她坐在她的腰子雞蛋早餐前面，讀著任何她能弄到的報紙。她讀《紐約時報》、《巴隆週刊》、《先驅論壇報》（雖然他們的立場比較傾向共和黨），當她買得到英國報紙的時候，她也會看。就連佩佩姑姑（她平常只看《紐約郵報》的棒球報導）也跟著憂心忡忡地追蹤起戰爭的新聞來了。她已經目睹過一場世界戰爭，她不願看到第二場。佩佩對歐洲一直有忠誠的深刻情感。

那年夏天，佩佩與奧莉一直堅信美國應該加入戰場，應該要有人幫忙英國，拯救法國！總統正在想辦法得到國會的支持，採取行動，佩佩與奧莉全面支持他。

佩佩背叛了自己的出身與階級，一直都很喜歡羅斯福，我第一次聽說的時候還嚇了一跳。父親**討厭**羅斯福，他是強烈的孤立主義分子。他支持飛行員林白那種不參戰的態度，這就是老爸。我猜我所有的親戚都討厭羅斯福。不過，我們畢竟是在紐約，這裡的人想法大概不太一樣吧。

我記得有天吃早餐、看報紙的時候，聽到佩佩高喊：「我已經受夠納粹了！」她氣呼呼搥了桌子一拳。「眞是夠了！有人該阻止他們了！我們到底在等什麼？」

我從來沒有聽過佩佩對任何事不高興，所以這個畫面一直留在我的腦海裡。她的反應稍微穿破了我只在乎自己的小泡泡，讓我想到：**哎喲，如果連佩佩都動怒了，那事情一定真的很糟**

糕！

是說，我不太確定她希望我能對納粹造成什麼影響啦。

事實在於，我對這場遙遠、令人不快的戰爭會帶來什麼實質影響沒有多少了解，一直要到一九四〇年九月，我才會有感覺。

那就是愛德娜與亞瑟・華生夫妻搬進百合劇場的時候。

9

安潔拉，我必須假設妳從來沒有聽說過愛德娜・帕克・華生這號人物。

妳年紀大概太小，沒聽說過她了不起的劇場生涯。而且，她在倫敦的知名度遠超過紐約。

話是這麼說，我卻在見她之前就聽過她的名號，但這是因爲她嫁給了亞瑟・華生這位帥氣的英國演員，他在最近上演的英國戰爭電影《正午之門》裡飾演令人醉心的小夥子。我在雜誌上看過他們的照片，所以我知道愛德娜。對，這樣算是大不敬，居然透過愛德娜的丈夫才知道她，她明明就是這段婚姻關係裡比較會演戲的一方；而且，她也是比較好的那一方。不過，事情就是這樣，他是長得比較好看的那一方，而在膚淺的世界裡，長得好看代表了一切。

如果愛德娜拍過電影就好了。也許她就能在她的時代裡得到更多名氣，也許現在還會有人記得她，就跟貝蒂・戴維斯[22]或費雯・麗一樣，她們跟她是同一個等級的。不過，愛德娜拒絕在鏡頭前演戲。她不是沒有機會，好萊塢多次上門邀約，但她就是可以拒絕每一位大牌製作人。愛德娜甚至不肯錄廣播劇，她認爲人聲轉錄之後會失去生命力與神聖性。

愛德娜・帕克・華生是個徹頭徹尾的舞台劇演員，舞台劇演員的問題在於，他們離開舞台後，就不會有人記得他們了。如果妳沒看過舞台上的愛德娜，那妳就沒有辦法理解她的能量與感染力。

她是蕭伯納最喜歡的女演員，這樣解釋有幫助嗎？他曾說過，她演的聖女貞德是終極的版本。他是這樣寫她的：「那張充滿光輝的臉蛋從其盔甲中探看出來。就算只是爲了欣賞她的容顏，任誰都肯伴她殺上戰場。」

不，就算這樣也無法說明她是個什麼樣的人。

抱歉了，蕭伯納先生，我還是用自己的話來介紹她好了。

❧

我在一九四〇年九月的第三個禮拜認識愛德娜與亞瑟・華生。

他們就跟百合劇場其他許多來來去去的訪客一樣，不期造訪。他們的緊急到來造成不小的混亂，遠超過我們平常的混亂程度。

愛德娜是佩佩的老朋友。大戰時，她們在法國認識，之後成爲朋友，但已經多年未見。就

22 貝蒂・戴維斯（Bette Davis, 1908—1989），美國電影、電視和戲劇女演員，兩度榮獲奧斯卡最佳女主角獎。

在一九四〇年的夏末，華生夫妻來到紐約市，愛德娜要來跟阿弗瑞．倫特[23]排戲，但在大家記住任何一句台詞前，製作經費就人間蒸發，所以這個計畫很早就結束了。不過，華生夫婦還來不及啓程回英國，德軍就開始轟炸英國。就在德軍空襲的頭幾個禮拜裡，華生夫妻位於倫敦的連棟住宅慘遭炸毀，什麼都沒了。

「顯然是碎成火柴棒了。」佩佩是這麼說的。

所以現在愛德娜與亞瑟被困在紐約。他們待在雪莉尼德蘭酒店，難民住這邊算很不錯了，但他們都沒有工作，實在無法繼續待下去。他們是困在美國的失業藝術家，無家可歸，也沒有安全的交通工具可以回到飽受蹂躪的家鄉。

佩佩透過劇場界的風聲得知他們的苦境，當然，她告訴華生夫妻可以來百合劇場住。她承諾只要有需要，他們可以一直待在這裡。她還說，如果他們需要收入，不介意降低價碼，那她也可以安插他們進來表演。

華生夫婦怎能拒絕？他們還能去哪？

所以他們搬進劇場，而這也是這場戰爭首度在我面前直接露臉。

秋季第一個清冷的午後，華生夫婦來到劇場。

當時我站在劇場外面，跟佩佩交談，他們的車就開過來了。我那時剛去勞斯基的店採購回來，抱著一袋克里諾林裙架，這樣我才能替舞者修理「芭蕾舞裙」。（我們策劃的戲碼叫作《男孩，放膽高飛》，劇情講述一位美麗年輕的芭蕾舞女伶拯救街頭頑童免於犯罪生活的故事。我的任務是把百合劇場這群健壯的舞者改造成優雅的首席芭蕾舞女伶。服裝我是盡力了，但舞者一直扯破裙子，我猜是因爲跳太多「巴狗巴狗」了。現在是維修時間。）

華生夫妻抵達時，造成一陣小小的混亂，因爲他們行李太多了。跟在他們計程車後的是另外兩輛車，車裡塞滿他們的皮箱與包裹。我就站在人行道上，看著愛德娜・帕克・華生有如下禮車一樣走出計程車。她嬌小苗條，胸部玲瓏精巧，我這輩子還沒見過這麼有格調的打扮。她穿了一件孔雀藍的嗶嘰外套，正面是兩排金色鈕釦，高高的領子上還有一條裝飾的金邊。下半身是剪裁合身的深灰色長褲，褲腳有點喇叭，雙腳踩著黑色亮面翼紋牛津鞋，看起來像男人的鞋子，但這雙鞋有嬌小優雅的女性鞋跟。她戴了玳瑁墨鏡，深色短捲髮閃亮柔順。她搽了紅色的口紅，完美的正紅色，沒有其他彩妝。黑色貝雷帽斜斜戴在頭上，展露出瀟灑的從容氣質。她看起來像是從世上最時髦軍隊裡走出來的嬌小軍官，從這天起，我的時尚感再也不同以往。

在我見到愛德娜前，我一直以爲紐約歌舞女郎的閃亮外表就是時尚的尖端，但忽然間，相較於眼前這位身著俐落小外套、完美剪裁長褲、看似男鞋但其實是女鞋的嬌小女子，我這整個夏天所崇拜的一切，看起來都低俗浮誇。

這是我首度認識眞正的時尚。一點都不誇張，從今以後的人生裡，我都把愛德娜・帕克・華生當成時尚偶像。

23 阿弗瑞・戴維斯・倫特（Alfred Davis Lunt Jr., 1892—1977），美國舞台劇導演、演員，是二十世紀百老匯的重要男明星之一。

佩佩跑向愛德娜，給了她一個大大的擁抱。

「愛德娜！」她驚呼，讓這位老朋友轉了一圈。「皇家劇場的露水居然光臨咱們簡陋的海岸！」

「親愛的佩佩！」愛德娜高聲地說：「妳都沒變！」她從佩佩的懷抱裡退開，仔細看著劇場。「佩佩，但這是妳的？這整棟建築？」

「不幸的是，整棟都是我的。」佩佩說：「妳有意願出手嗎？」

「親愛的，我名下一毛錢也沒有，不然我一定買，太迷人了。看看妳，妳已經是劇團經理了！妳這個劇場巨擘！它的外觀讓我想起哈克尼劇院，太棒了。我看得出來妳爲什麼會買下這裡。」

「對，當然，我不得不買。」佩佩說：「不然我就能衣食無虞，安享晚年，但這樣對誰都沒好處。好啦，愛德娜，別再說我這蠢兮兮的劇場了。妳家還有英國發生的一切，我眞是受不了了！」

「親愛的佩佩。」愛德娜用手掌溫柔捧著姑姑的臉頰。「可怕歸可怕，但我和亞瑟都還活著啊。現在，幸虧有妳，咱們還有棲身之所，相較於其他人，咱們多幸運？」

「亞瑟呢？」佩佩說：「等不及要見他了。」

我已經看到他了。

亞瑟．華生一臉電影明星樣，帥氣，黑髮，下巴突出，這一刻，他正對計程車司機微笑，過分熱情地握著對方的手。他體格不錯，肩膀寬厚，看起來比在電影銀幕上還要高，這對演員來說挺不尋常的。他叼著一根雪茄，不知為何看起來像道具。我從來沒有近距離欣賞過這麼帥氣的男人，但他俊俏的外表卻帶有一絲虛假的氣質。舉例來說，一縷瀟灑捲髮落在他的一眼前方，如果沒有那麼刻意，看起來會迷人許多。（安潔拉，瀟灑不該看起來這麼刻意。）我最好的形容就是，他看起來就像演員，像花錢雇來的演員，專門飾演帥氣、身材好的男人，負責跟計程車司機握手。

亞瑟大步朝我們走來，他向佩佩握手，力道就如同他跟司機握手一樣大力。

「布威爾太太。」他說：「提供地方給我們住，妳眞是太好了！」

「亞瑟，榮幸。」佩佩說：「我只是很欣賞你的夫人。」

「我也欣賞她！」亞瑟歡快地說，然後緊緊抱住愛德娜，看起來好像會痛，但她只是喜孜孜地笑了笑。

「這位是我姪女，薇薇安。」佩佩說：「她整個夏天都在我這邊，從無到有，學習經營劇場。」

「姪女！」愛德娜說，彷彿她這幾年聽說了不少我的豐功偉業一樣。她分別吻了吻我的兩側臉頰，還散發出梔子花的幽香。「但，看看妳，薇薇安！生得就是個美人胚子！請告訴我，妳不想成為女演員，沒有要在劇場裡浪費人生，但妳顯然美到可以駕馭舞台。」

她的笑容太眞誠，太溫暖，不像演藝圈的人。她稱讚我的時候全神貫注，我立刻為她神魂顛倒。

「不。」我說：「我不是演員，但我很喜歡跟姑姑一起住在劇場。」

「親愛的，妳當然喜歡。妳姑姑那麼棒。」

亞瑟打斷我們，伸手緊緊握住我的手。「薇薇安，太高興見到妳了！」他說：「妳說妳當演員多久了？」

我比較沒有爲他神魂顛倒。

「噢，我不是演——」我正要說，但愛德娜勾住我的手臂，在我耳邊低語，彷彿我們是閨蜜一樣。「薇薇安，沒事的，亞瑟有時注意力不是很集中，但他最後會明白的。」

「咱們去我的露台上喝點小酒吧！」佩佩說：「不過我忘記買有露台的房子了，所以咱們只能在劇場樓上的破爛小客廳喝酒，我們可以假裝是在露台小酌！」

「太棒了，佩佩。」愛德娜說：「我眞是想死妳了！」

❧

幾杯馬丁尼下肚，感覺我好像認識愛德娜．帕克．華生一輩子了。

我沒見過這麼溫暖的存在，能夠點亮整個空間。她有點像是精靈女王，有那張光彩小臉，還有閃爍的灰色雙眼。她完全不符合她的外表。她白皙，但一點也不柔弱嬌貴；她精緻，肩膀窄小，身形纖細，但她看起來一點也不脆弱。她的笑聲熱切爽朗，她的腳步輕快強健，足以掩飾她的嬌小與蒼白。

我猜妳可以說她是個堅強的流浪兒。

很難明確指出她美麗的來源，她的五官並不完美，不像我這個夏天廝混的眾多女孩。她的臉很圓，沒有當時流行的誇張顴骨。她也不年輕了，至少年逾半百，但她毫不掩飾。從遠方根本看不出她的年齡（我後來才知道，她四十歲時還演茱麗葉，輕鬆瞞過觀眾），但只要仔細看，就會發現她眼周的皮膚佈滿崩裂的細紋，她的下巴線條也有點鬆。她那頭時髦的短髮裡有幾絲白髮。不過，她的精神非常青春。這麼說好了，說她五十歲也會有人不相信就是了。也許年紀對她來說不重要，所以她不會爲此焦慮。許多上了年紀的女演員的問題在於，她們不想讓自然老化稱心如意，但自然老化並沒有對愛德娜狹怨報復，她也沒有不滿變老。

她最自然的天賦是她的溫暖。她看到的都只有美好，這點讓人想要接近她，想要沉醉在她的好心情裡。就連平常板著臉的奧莉，看到愛德娜都罕見露出歡快的神情。她們如老友般擁抱，她們也的確是認識多年的朋友。我那晚才知道，愛德娜、佩佩與奧莉都是在法國戰場上認識的，那時，愛德娜是一間英國巡迴演出劇團的演員，專門替受傷的士兵進行勞軍節目，而我的佩佩姑姑跟奧莉幫忙製作。

「在地球上某個地方，」愛德娜說：「有一張照片，我們三個人在戰地救護車裡面，我願意放棄一切，再看那張照片一眼。我們多年輕哪！我們還穿著那醜得要命的工作連身裙，連腰身都沒有。」

「我記得那張照片。」奧莉說：「我們滿身是泥。」

「奧莉，我們一直滿身是泥。」愛德娜說：「那是戰場啊。我永遠也忘不了那裡的濕氣與寒冷。妳們還記得我必須用磚粉加豬油來化妝嗎？要在軍人面前表演，我好緊張。他們傷勢慘重。當我問『我該怎麼在這些重傷的可憐男孩面前表演』的時候，佩佩，妳記得妳是怎麼說的嗎？」

「我親愛的愛德娜，謝天謝地。」佩佩說：「我這輩子說了什麼我通通不記得。」

「哎，好，那我來喚醒妳的記憶。妳說，『愛德娜，唱大聲一點，跳用力一點，直直望著他們的雙眼。別用妳的憐憫可憐這些勇敢的男孩。』於是我就這麼做，我唱得更大聲，跳得更賣力，直直望著他們的雙眼。我沒有用我的憐憫可憐這些勇敢的男孩。老天，但也太痛苦了。」

「妳的確相當賣力。」奧莉讚賞地說。

「奧莉，妳們護理師才辛苦呢。」愛德娜說：「我記得很多護理師都腹瀉、凍瘡，但妳們只說：『至少我們沒有感染的刀傷，姑娘們，抬頭挺胸！』妳們眞是英雄，特別是奧莉妳。任何緊急狀況都難不了妳，眞的，我永遠難忘。」

奧莉收到這樣的讚美，臉上忽然出現難得一見的開朗神情。我的老天啊，我相信那是快樂。

「愛德娜替軍人演了一點莎劇。」佩佩告訴我：「我記得我當時覺得那是個爛主意。我覺得莎士比亞會讓他們無聊到流淚，但他們很喜歡。」

「他們喜歡是因爲他們已經很久沒有看過漂亮的英國小姑娘了。」愛德娜說：「在我演出奧菲莉亞後，我記得有個男人大喊：『這比上酒家還讚。』至今我沒聽過更棒的評語了。佩佩，那齣戲妳也有演，妳演我的哈姆雷特。那條緊身褲很適合妳。」

「我沒有演哈姆雷特，我只是上去背台詞而已。」佩佩說：「愛德娜，我一直都不會演戲，而且我討厭死《哈姆雷特》了。哪個版本的《哈姆雷特》不會讓妳想跑回家，把頭放進烤箱裡烤一烤？每個版本都一樣。」

「噢，我覺得我們的《哈姆雷特》很不錯啊。」愛德娜說。

「因爲縮減過了。」佩佩說：「莎士比亞他本人就該精簡一點。」

「但我記得妳的確飾演了歡樂的哈姆雷特。」愛德娜說：「也許是世上最歡樂的哈姆雷特。」

「但《哈姆雷特》不該歡樂！」亞瑟・華生一臉不解地說。

氣氛凝滯，感覺尷尬。我很快就會了解，亞瑟・華生講話經常造成這種效果。他光是開口，就能讓最歡快的對話戛然而止。

我們都望向愛德娜，看她對丈夫愚蠢的評論能夠如何反應，但她只是充滿愛意地對他笑了笑。「沒錯，亞瑟。大家都覺得《哈姆雷特》不該歡樂，但佩佩把她天生的輕快帶進角色裡，演活了整個故事。」

「噢！」他說：「那她真不錯！雖然我不曉得莎士比亞先生本人會怎麼想。」

佩佩出場拯救囉，她轉換話題：「如果莎士比亞先生曉得我居然能夠跟愛德娜這麼棒的演員同台，他一定在墳墓裡打滾。」然後，她轉頭對我說：「小鬼頭，妳必須知道，愛德娜是她那個年代最了不起的女演員。」

愛德娜笑了笑，說：「噢，佩佩，別再強調我的**年紀**了！」

「愛德娜，我相信她的意思是，妳是妳那個**世代**最了不起的女演員，她不是在強調妳的**年紀**。」亞瑟糾正道。

「親愛的，謝謝你的澄清。」愛德娜對她丈夫說，聽起來一點不耐與反諷都沒有，然後又說：「佩佩，謝謝**妳的**美言。」

佩佩繼續說：「薇薇安，愛德娜是妳見過最了不起的莎劇女演員。她本領絕佳，打從襁褓時期就是這樣。他們說她十四行詩可以倒背如流，那時她還不會順著唸呢。」

亞瑟咕噥著說：「順著唸比較簡單吧。」

愛德娜沒搭理亞瑟，真是謝天謝地，她說：「謝謝，佩佩。妳對我一直都很好。」

「妳在這裡，我們該找點事給妳做。」佩佩拍了拍大腿強調。「我很樂意讓妳加入我們三流的演出，但那也太委屈妳了。」

「親愛的佩佩，一點也不委屈。我在及膝的泥巴裡演過奧菲莉亞呢。」

「噢，但愛德娜，妳沒看過咱們的表演！咱們的表演會讓妳想念泥巴的。而且，我沒辦法開好價碼給妳，顯然是無法符合妳的身價。」

「怎樣都比我們在英國賺得多，前提是如果我們回得了英國啊。」

「我只是希望妳能在比較有聲望的紐約劇場演出。」佩佩說：「謠傳紐約有很多劇場。我自己是沒進去過啦，但我知道它們存在。」

「我知道，但這一季已經晚了。」愛德娜說：「九月中，所有的劇碼已經選好角了。而且，親愛的，妳要知道，我在這裡不怎麼有名。只要琳．芳登[24]和埃瑟爾．巴里摩爾[25]存在，我就永遠得不到紐約最棒的角色。不過，我在這裡的時候，還是很想工作，我知道亞瑟也想工作。佩佩，我很多元的，這妳很清楚。我可以扮演年輕一點的女人，只要燈光打得對，把我安插在後面就行了。我可以扮演猶太人、吉普賽人或法國人。不然，小男孩也可以。見鬼了，必要的時候，我跟亞瑟可以在大廳賣花生，我們可以清菸灰缸，我們只希望能夠賺到足以生活的錢就好。」

「愛德娜，等等。」亞瑟嚴肅地表示：「我覺得我不太想清菸灰缸耶。」

這天晚上，愛德娜看了傍晚場及晚場的《男孩，放膽高飛》。她看咱們這小小戲碼的歡快神情有如十二歲的農家小孩第一次看戲一樣。

「噢，但這太歡樂了！」她對我驚呼，此時演員謝幕完成，離開舞台。「薇薇安，妳知道，我就是在這種劇場起步的。我父母是演員，我就在這種地方長大。我在舞台側邊出生，五分鐘後便看了第一場表演。」

愛德娜堅持要去後台見所有的演員與舞者，一一恭賀。有些人聽說過她，但多數沒有。對他們大部分的人來說，她只是一個稱讚他們的好人，這對他們來說已經夠了。大家湊到她身邊，沉醉在她的目光之中。

我走到西莉亞身邊，說：「那是愛德娜・帕克・華生。」

「是喔？」西莉亞不以為意地說。

「她是知名英國女演員，嫁給亞瑟・華生。」

「《正午之門》的亞瑟・華生？」

「對！他們現在住在這裡。他們在倫敦的房子被空襲炸毀。」

「但亞瑟・華生很年輕耶。」西莉亞盯著愛德娜看，說：「他怎麼能娶她？」

「我不知道，但她很不簡單。」我說。

「是喔。」西莉亞不太相信的樣子。「咱們今晚去哪？」

這是自從認識西莉亞以來，我第一次不太想出門。我覺得我寧可多花點時間在愛德娜身邊，就算只有一晚也好。

24　琳・芳登（Lynn Fontanne, 1887—1983），來自英國的美國劇場天后，擅長上流社會喜劇。

25　埃瑟爾・巴里摩爾（Ethel Barrymore, 1879—1959），美國舞台、影視及廣播女演員，出身於巴里摩爾演員世家，一九四四年憑藉出演《寂寞芳心》獲得第十七屆奧斯卡最佳女配角獎。

「我要妳見見她。」我說：「她很有名，我想知道她是怎麼打扮的。」所以我帶西莉亞過去，得意地把她介紹給愛德娜。

妳永遠不會知道一般女性在認識歌舞女郎時會有什麼反應。全身舞台裝的歌舞女郎就是會讓其他女性看起來自慚形穢。妳必須擁有足夠的自信才能站在豔光四射的歌舞女郎身邊，不會退縮，不會怨恨，不會默默消失。

但，愛德娜個子小歸小，她卻有這種自信。

我介紹她們認識時，愛德娜對西莉亞高聲說道：「妳太棒了！看看妳身材眞高䠷！還有那張臉！我親愛的，妳可以成爲女神遊樂廳的主角！」

「那是巴黎的劇場。」我對西莉亞說，謝天謝地她沒注意到我自以爲是的口氣，讚美完全讓她分了心。

「西莉亞，妳是哪裡人？」愛德娜問，她好奇歪起頭，注意力的聚光燈完全打在我朋友身上。

「我是這裡人，紐約人。」西莉亞說。

（彷彿她那口音還能來自別處一樣。）

「我今晚注意到妳雖然身高這麼高，但跳起舞來還是靈活優美。妳學過芭蕾舞嗎？妳的身段看起來像是受過良好訓練。」

「沒。」西莉亞此時臉上泛起開心的光采。

「妳會演戲嗎？攝影機一定愛死妳了。妳看起來就像電影明星。」

「演一點。」然後又說：「我還沒有很出名。」（對一個在三流電影裡演屍體的人來說，這話挺奸詐的。）

「哎，如果有天理的話，妳馬上就要出名了。繼續加油，親愛的。妳選對了領域，妳這張臉能夠稱霸妳的時代。」

為了要博得人家的感情，稱讚別人，不難。難的是如何稱讚得恰到好處。大家都說西莉亞很美，但沒有人說過，她的身段像受過良好訓練的芭蕾舞女伶。沒有人說過，她的臉能夠稱霸她的時代。

「妳們知道，我剛想起一件事。」愛德娜說：「一切都太令人興奮了，所以我還沒整理行李。不曉得妳們是否有時間幫我？」

「當然！」西莉亞熱情地說，她看起來好像回到十三歲一樣。

我驚訝地發現，在這一刻，女神也成了女傭。

❧

我們抵達四樓套房，愛德娜與她的丈夫現在住在這裡，我們看到一山的皮箱、包裹及帽子收納盒全擺在客廳地上，根本是行李山崩。

「噢，眞是的。」愛德娜說：「看起來眞的很多，對不對？我實在不想麻煩兩位，但咱們開始吧？」

我呢？我迫不及待了，我多想看看她的衣服啊。我覺得她的衣服應該都很美，結果也的確如此。替愛德娜整理行李是一堂裁縫天才班。我馬上注意到，她的衣服井然有序，還有特定風格，我會說這種風格叫作「《小公子》遇見法國沙龍女主人」。

她顯然有很多外套，看來這是她衣著美學的必要物件。這些各色各樣的外套都有同樣的主題——合身、活潑，帶有一點軍裝色彩。有些是波斯羊毛製成，有些加上緞面細節。有些看起來像正式的馬術外套，但大多比較輕鬆。這些外套都有不同設計的金色鈕釦，內裡採珠光絲料。

她看見我在找外套的標籤，告訴我：「這是特別訂製的。倫敦有個印度裁縫，這幾年下來，他摸熟了我的品味。他喜歡替我打造新外套，我喜歡買他做的外套。」

還有那些褲子，好多好多褲子。有又長又寬的褲子，大多是窄褲，看起來像是在腳踝高度。（「我學跳舞的時候習慣穿這些褲子。」她對著褲管較短的款式說：「巴黎的舞者都會穿這種褲子，老天，她們看起來還真時尚。我之前都說那些女孩是『纖細腳踝軍團』。」）

褲子對我來說真是一項啓發。我一直相信女人穿褲子不好看，直到我發現愛德娜穿得很好看。就算是葛麗泰．嘉寶[26]或凱瑟琳．赫本[27]都無法說服我女人穿褲子可以看起來有女人味也具有魅力，但看著愛德娜的衣服，我忽然明白褲裝就是女人可以看起來有女人味也具有魅力的唯一方式。

「我平常就喜歡穿褲子。」她解釋道：「我個子小，但我步子大。我需要自由活動。多年前，一位報紙記者說我具有『撩動人心的男孩氣質』，這是我最喜歡的描述，還是男人說的。有什麼能比撩動人心的男孩氣質更棒？」

西莉亞臉上浮現不解的神情，但我完全明白愛德娜的意思，也喜歡這種想法。

我們開始整理愛德娜放襯衫的皮箱。好多襯衫都有古怪的胸花裝飾或縐褶。我發現，這些對於細節的專注就是一個女人穿西裝，看起來還像女人的原因。有一件絲綢縐衫是最柔美的粉紅色，光是碰觸它都讓我渴望得心痛。然後，我拿起另一件高級絲綢做的優雅象牙白襯衫，脖子處有小小的珍珠鈕釦，還有微乎其微的袖子。

「多了不起的上衣啊！」我說。

「薇薇安，謝謝妳注意到。妳眼光很好。這件襯衫來自可可・香奈兒，她送我的，妳能想像可可把衣服免費送給別人嗎？她那天一定人不舒服，也許是吃壞肚子了吧。」

我跟西莉亞露出詫異的神情，我高聲地說：「妳認識可可・香奈兒？」

「親愛的，沒有人認識可可。她不會允許的。不過，我可以說我們認識。多年前我在巴黎演戲，住在伏爾泰濱河路的時候認識她的。那時我還在學法文，法文對於女演員很有幫助，因為法文可以教妳怎麼使用嘴巴的肌肉。」

哇，我沒聽過這麼成熟的文字組合。

「但她是怎樣的人？」

「可可是怎樣的人？」愛德娜停頓了一下，閉上雙眼，彷彿是在尋找正確的字眼。她睜開眼睛，笑了笑，說：「可可・香奈兒是才華絕佳、滿懷抱負、心靈手巧、不討人愛、認眞得跟鰻魚一樣的女人。相較於墨索里尼或希特勒，我還比較怕她掌控世界。不，我只是在開玩笑，她是很好的人。當可可開始說妳是她朋友的時候，妳才要當心，但她這個人比我說的有趣多了。兩位，妳們覺得這頂帽子怎麼樣？」

26 葛麗泰・嘉寶（Greta Garbo, 1905—1990），瑞典國寶級電影女演員，奧斯卡終身成就獎得主，好萊塢星光大道入選者。一九九九年，美國電影學會評其為百年來最偉大的女演員第五名。二〇一二年瑞典國家銀行發行的新版紙幣上，嘉寶成為紙幣上的人物。

27 凱瑟琳・赫本（Katharine Hepburn, 1907—2003），美國國寶級電影女演員，是至今唯一四度摘下奧斯卡影后的演員，在美國電影學會的史上最偉大女演員名單上高踞榜首。

她從盒子裡拿出一頂洪堡紳士帽，這很像男人戴的帽子，但不見得如此。這頂帽子很柔軟，還是李子紫紅色，上頭有一根紅色羽毛裝飾。她戴上帽子，露出燦爛的微笑。

「妳戴這帽子很好看。」我說：「但這帽子完全不像我現在看得到的帽子。」

「謝謝。」愛德娜說：「我無法忍受現在流行的帽子。我受不了帽子只是用一堆頭飾替代簡單線條。洪堡紳士帽可以給妳完美的線條，前提是這頂帽子必須是替妳量身訂做的。不對的帽子會讓我覺得火大壓抑。而天底下有太多錯誤的帽子了。不過，哎呀，我猜一般的帽商也是要生存嘛！」

「我喜歡這個。」西莉亞抽出一條長長的黃色絲巾，順手就纏在頭上。

「幹得好，西莉亞！」愛德娜說：「隨手把絲巾包在頭上還能包得這麼好看，眞是不簡單。妳眞幸運！如果我這樣做，看起來會像是翹辮子的聖人。妳喜歡嗎？可以給妳。」

「天啊，謝了！」西莉亞如是說，然後在愛德娜的房裡打轉，尋找鏡子。

「兩位，我眞不懂我一開始到底爲什麼要買那條絲巾。我猜我是在黃絲巾流行那年買的。聽好，這裡有個教訓！親愛的，所謂的時尚就是無論別人怎麼說，妳都不見得要跟隨。記住，沒有一種時尚是強制的，如果妳一口氣穿戴了太多當下的時尚，妳看起來會很焦躁不安。巴黎是很美好，但我們不能因爲巴黎是巴黎，所以跟隨巴黎，是吧？」

我們不能因為巴黎是巴黎，所以跟隨巴黎！

只要我還有一口氣在，就絕對不會忘記這句話，這顯然比邱吉爾的任何演說都更震撼我。

我跟西莉亞忙著打開一箱擺滿沐浴、美容用品的箱子，這些**盥洗用品**讓我們心醉神迷。康乃馨香味的沐浴油、薰衣草酒精消毒液，放在抽屜與櫥櫃的芳香球，好多魅惑人心的玻璃瓶乳液，上頭有法文說明。眞是太**令人陶醉**了。我們過分的熱情應該會讓我覺得不好意思，但愛德娜彷彿也很享受我們歡欣的尖叫與驚喜。事實上，她似乎跟我們一樣開心。我有個瘋狂的念頭，也許她眞的喜歡我們。當時我覺得這件事很有趣，現在想起來也還是很有意思。上了年紀的女人不見得都會喜歡跟漂亮的年輕女孩玩在一起，理由淺顯易見，但愛德娜不是那種人。

「兩位，我可以看妳們玩上好幾個小時！」她說。

老天，我們眞的玩得很開心。我從來沒有看過這種服裝收藏。愛德娜有一個手提袋，裡面全是手套，每雙手套都充滿愛意地包在絲綢之中。

「千萬別買品質不好的手套。」愛德娜指點我們。「那不是該省錢的地方。買手套的時候，妳一定要問自己，如果這雙手套在計程車上掉了一隻，妳會不會**心疼**。如果不會，那就別買。妳只能買掉了一隻會心碎的美麗手套。」

❦

愛德娜的丈夫一度晃了進來，相較於這些充滿異國情調的服裝，他（帥歸帥）對我們來說無關緊要。她吻了吻他的臉頰，趕他出去，說：「亞瑟，這裡還沒有可以容納男人的空間。去哪裡喝點小酒，娛樂一下，等到這兩個可愛的女孩結束，我答應你，會留空間給你還有你那可憐的小行李袋。」

他有些惱怒，但還是乖乖出去了。

他離開後，西莉亞說：「欸，但他還眞帥，對吧！」

我以爲愛德娜會有遭到冒犯的感覺，但她大笑起來。「沒錯，他的確就是妳說的**帥哥**。老實說吧，我從沒看過這麼帥的男人。我們已經結婚快十年了，到現在還是覺得他很順眼。」

「但他好年輕啊。」

我真想踢西莉亞一腳，她也太沒禮貌了，不過愛德娜似乎也沒放在心上。「沒錯，親愛的西莉亞，他很年輕，比我年輕多了。我猜他算我其中一個偉大成就吧！」

「妳不擔心嗎？」西莉亞繼續問：「外面一定有很多年輕花瓶想跟他在一起。」

「親愛的，我不擔心花瓶，花瓶易碎。」

「噢！」西莉亞臉上閃過類似敬畏的神情。

「當妳找到自己作為女人的成功時，妳就可以幹點好玩的事情，好比說嫁給一個年紀輕輕的帥哥。把這當成妳努力工作的獎勵吧。我剛認識亞瑟的時候，他只是個男孩，他是我演易卜生劇作劇院的布景木匠。那齣戲是《人民公敵》，我扮演史塔克曼太太，噢，真是無聊的角色。不過，認識亞瑟讓我演那齣戲時歡快了不少，而他之後持續取悅我。兩位姑娘，我很喜歡他。當然，他是我第三任丈夫，沒有人的首任丈夫長得跟亞瑟一樣。我的第一任丈夫是一位公務員，他在床上的表現也跟公務員一樣。第二任丈夫是劇場導演，我再也不會犯同樣的錯了。然後就是親愛的亞瑟，帥氣又自在。這是我晚年的小小欣慰吧。我太喜歡他了，還冠上他的姓氏，雖然我的劇場朋友都警告我別這麼做，因為我已經很有名氣。妳們知道，我從來沒有冠其他丈夫的姓氏。不過愛德娜．帕克．華生聽起來挺響亮的，不是嗎？那妳呢？西莉亞，妳有丈夫嗎？」

我很想說：愛德娜，她睡過的丈夫可多著呢，但只有一個是她自己的丈夫。

「有啊。」西莉亞說：「我結過一次婚，他是薩克斯風樂手。」

「噢，老天，所以我們可以說那段婚姻並沒有長久？」

「沒錯，妳猜中了，女士。」西莉亞在脖子上用手拉了一道，我猜是在宣示愛情的死亡。

「那妳呢？薇薇安？結婚了？訂婚了？」

「沒有。」我說。

「有什麼特別的對象嗎？」

「沒有特別的對象。」我說，我說「特別」二字的口氣讓愛德娜大笑出來。

「啊，但妳有對象，我看得出來。」

「她有很多對象。」西莉亞說，我忍不住微笑。

「薇薇安，幹得好。」愛德娜又看了我一眼。「妳眞是讓我覺得愈來愈有趣！」

⁂

之後，大概已經過了午夜吧，佩佩進來看我們。她拿著睡前酒，坐進沙發椅，開心地看著我跟西莉亞繼續整理愛德娜的行李。

「眞是的，愛德娜。妳的衣服也太多了。」佩佩說。

「佩佩，這裡只有一小部分而已。妳眞該看看我老家的衣櫥。」她停頓了一下，又說：「噢，討厭，我又忘了我家什麼都沒了。我猜這就是我對這場戰爭的貢獻吧。我猜赫爾曼・戈林認爲摧毀我三十年來的服裝收藏能夠讓世界上的雅利安人種過得更安全。我是不懂這怎麼說得過去啦，但反正這哀傷的行爲已經造成了。」

我好驚訝她居然能夠以如此輕鬆的態度看待遭到摧毀的家園。佩佩顯然也是，她說：「愛德娜，我必須說，我本來以爲這件事對妳的打擊會更大一點。」

「噢，佩佩，我在妳眼裡只有這點能耐嗎？還是妳忘了我的適應力有多強？過我這種東拼西湊的生活本來就不能爲身外物多愁善感。」

佩佩笑了笑，對我說：「演藝圈人士。」然後搖搖頭，這是圈內人的敬佩。

西莉亞抽出一件優雅、裙襬及地、高領、縐綢的黑色長袖禮服，還別了一個有點歪的小小珍珠別針在中央。

「這看起來不錯。」西莉亞說。

「妳是這麼想的，是吧？」愛德娜拿起這件洋裝。「但我對這件洋裝愛恨交加。黑色可以是最精明的顏色，但也可以是最寒酸的顏色，要看衣服的線條。我只穿過這件衣服一次，我覺得自己好像希臘寡婦。但我喜歡珍珠的細節，所以我留著這件衣服。」

我用崇敬的態度走向那件衣服，問：「可以讓我看看嗎？」

愛德娜把洋裝交給我，我把衣服放在沙發上，到處摸索，了解衣服的材質。

「問題不在於顏色。」我開始診斷：「問題在於袖子。袖子的質料比上半身還要厚重，妳看得出來嗎？這件洋裝應該要用雪紡袖子，或根本不要袖子，這樣妳穿比較好看，因爲妳很嬌小。」

愛德娜仔細看了看洋裝，又訝異地望向我。

「薇薇安，我覺得妳講到重點了。」

「如果妳信得過我，我可以幫妳修改。」

「咱們的小薇縫紉技術一流！」西莉亞驕傲地說。

「沒錯。」佩佩說：「薇薇安是我們的服裝專家。」

「演出的服裝都是她做的。」西莉亞說：「今晚大家穿的芭蕾舞裙就是她做的。」

「眞的嗎？」愛德娜實在不該出現這麼驚豔的神情。（安潔拉，妳的貓都會做澎澎裙。）

「所以妳不只美，還有才華囉？眞難想像！大家都說上帝不會給人兩手好處！」

我聳聳肩。「我只知道我能改這件衣服，同時也可以改短一點。如果裙襬落在腳踝會比較好看。」

「哎呀，顯然妳比我更懂服裝啊。」愛德娜說：「因爲我已經準備好要把這件可憐的老洋裝扔進垃圾桶了。結果呢？我卻在這裡，對妳高談闊論了一整晚什麼時尚、品味的。我眞該聽妳上課才是。告訴我，親愛的，妳是在哪學習製衣的？」

我實在難以想像愛德娜·帕克·華生這種身分的人願意聽十九歲女孩談她的奶奶，一講還是好幾個小時，但事情就這麼發生了，她也耐著性子容忍。更了不起的是，她還停下來思索每一句話。

在我自言自語的某個當兒，西莉亞走了。我要到天亮才見得到她，她會跟平常一樣在那時段醉醺醺又跌跌撞撞回房。佩佩也告退了，因爲奧莉清脆的敲門聲提醒佩佩，已經過了她上床的時間。

於是就只剩下我跟愛德娜，我們蜷在劇場新套房的沙發上，一路聊到深夜。我內心那良好教養的姑娘並不想自言自語浪費她的時間，但我實在抗拒不了她的專注。愛德娜想知道奶奶的事，也很喜歡她所有古怪又不足掛齒的小事。（「眞是個了不起的人物！該幫她譜齣戲！」）我每次想把話題從自己身上移開的時候，她又會轉到我身上來。她對我熱愛的縫紉展現出眞摯的好奇心，我告訴她，必要時，我可以做出鯨魚骨頭的裙架束腰，她驚詫不已。

「那妳就是天生的舞台劇服裝設計師！」她說：「製作洋裝跟舞台服裝之間的差異在於，洋裝只要縫，但舞台服裝需要**打造**。現在很多人可以縫紉，但他們不曉得如何**打造**服裝。小薇，舞台服裝也是道具的一種，就跟家具什麼的一樣，必須堅固耐用。妳永遠不曉得表演時會發生什麼事，所以舞台服裝必須做好萬全準備。」

我告訴愛德娜，我的奶奶之前會在我的衣服裡找出最微小的缺陷，要求我立刻修改。我會抗議說：「誰會注意到！」但莫里斯奶奶都會說：「薇薇安，才不是這樣，別人**會**注意到，他們會覺得怪怪的，但說不出哪裡怪。別給他們挑毛病的機會。」

「她說的沒錯！」愛德娜說：「所以我才特別費心照顧我的舞台服裝。我不喜歡沒耐心的導演說『誰會注意到』，噢，我跟人家吵過這個！我都會告訴導演：『如果你要把我放在聚光燈下長達兩小時，三百名觀眾直盯著我看，他們**一定會看到瑕疵**。他們會注意到我頭髮的瑕疵，我臉上的瑕疵，我聲音的瑕疵，他們肯定也會注意到我服裝的瑕疵。』薇薇安，這不是因為觀眾是什麼時尚大師，這只是因為他們在這段時間沒事做，他們是座位上的人質，他們只能留意妳的瑕疵。」

我以為我這個夏天參與的都是成人話題，因為我身邊是一群世故的歌舞女郎，但這才是**真正**的成人對話。這場對話關乎工藝、專業、美學。我之前認識的人（除了莫里斯奶奶）對製衣的了解都沒有我深。沒有人在乎這個話題，沒有人理解或尊重其中的**藝術**。

我可以待在原地與愛德娜繼續聊上一、兩世紀的服裝與衣著，但亞瑟．華生終於闖進來，要求他要跟他**可惡的妻子**一起睡在**可惡的床鋪**上，於是這場對話暫告一段落。

隔天是我兩個月來，第一次起床沒有宿醉。

10

這禮拜還沒過完，佩佩姑姑就已經開始著手打造讓愛德娜演出的戲碼。她決心要給這位朋友一份工作，而這齣戲必須比百合劇場平常上演的戲還要好，因爲根本沒辦法讓「她那個年代最了不起的女演員」演《男孩，放膽高飛》。

至於奧莉，她一點也不覺得這是個好主意。雖然她很喜歡愛德娜，但從生意上的角度來看，她覺得在百合劇場試圖企劃一部得體（甚至是稍微比較得體）的表演都說不通，這樣會打壞劇場的成功配方。

「佩佩，我們觀眾很少。」她說：「他們口袋不深，但他們是我們僅有的觀眾，對我們也很忠誠。作爲回報，我們也該忠於他們。我們不能因爲一齣戲就拋下他們，更不該爲了一名演員就拋下他們，不然他們就不會回來了。我們的任務是替街坊鄰居服務，而街坊鄰居不想看易卜生。」

「我也不想演易卜生。」佩佩說：「但我不喜歡看到愛德娜坐在那裡沒事可做，我更討厭把她安插進咱們破爛小節目這種念頭。」

「無論咱們的小節目有多麼破爛，至少這讓劇場還有電，佩佩，是勉強有電。別冒險改變什麼。」

「我們可以做喜劇。」佩佩說：「做些觀眾會喜歡的東西，但要精彩一點，要配得上愛德娜才行。」

她轉頭望向赫伯先生，他跟平常一樣，一身鬆垮西裝褲和襯衫，坐在早餐桌邊，不曉得對著什麼東西發愁。

「赫伯先生。」佩佩說：「你覺得你可以寫出精彩也好笑的戲來嗎？」

「不行。」他頭都沒有抬一下。

「呃，你現在正忙什麼？下一齣戲是什麼？」

「《女孩之城》。」他說：「上個月就跟妳說了。」

「非法酒吧那齣，我想起來了。年輕小姑娘和幫派分子，就是那種東西，但實際上到底在講什麼？」佩佩說。

赫伯先生看起來既受傷又困惑。「講什麼？」他說。感覺他是第一次思索起百合劇場的表演必須有什麼內容一樣。

「不打緊。」佩佩說：「裡面有什麼角色愛德娜可以演嗎？」

他再次露出受傷又困惑的神情。

「我不覺得有。」他說道：「我們有一位純眞少女，一位英雄，一位惡霸。我們沒有老女人。」

「純眞少女可以有媽媽嗎？」

「佩佩，她是孤兒。」赫伯先生說：「這點不能改。」

我明白他的重點，純眞少女永遠都必須是孤兒。如果純眞少女不是孤兒，這個故事就不合理了。如果純眞少女不是孤兒，觀眾會向演員丟磚頭、扔鞋子。

「在你的戲裡，私營酒店不用老闆。」

「私營酒店不用老闆是誰？」

「欸，可以有嗎？可以是女老闆嗎？」

樣。

赫伯先生揉揉額頭，看起來嚇壞了。他的神情彷彿是佩佩叫他重畫西斯汀教堂的天花板一

「這在各種方面都會造成問題。」他說。

奧莉插嘴道：「愛德娜・帕克・華生演私營酒店老闆娘太不像了。佩佩，爲什麼紐約私營酒店的老闆娘會是英國人？」

佩佩臉垮了。「哎喲，奧莉，妳說對了。妳的壞習慣就是妳每次都是對的，眞希望妳不要這樣。」佩佩沉默了一會兒，用力思考，然後她忽然說：「他媽的，但我眞希望比利在這裡。他肯定可以幫愛德娜寫點好東西出來。」

哇，**這話**吸引了我的注意。

首先，這是我第一次聽姑姑講髒話，但這也是我第一次聽到她提起這位離異的丈夫。聽到比利・布威爾的名字，停下手邊動作的人可不只我。奧莉與赫伯先生一副有人把一水桶冰塊倒進他們後背的模樣。

「噢，佩佩，不成。」奧莉說：「不要打電話給比利，拜託，理智點。」

「妳要我加誰進卡司都可以。」赫伯先生忽然配合了起來。「只要告訴我該做什麼，我立刻照辦。私營酒店可以有老闆，當然，她也可以是英國人，沒問題。」

「比利好喜歡愛德娜。」佩佩似乎是在自言自語。「他看過她的表演。他會知道怎樣寫她最好。」

「佩佩，妳不會希望比利參與我們的事業的。」奧莉警告。

「我來打電話，跟他要點想法就好。那男人滿腦子想法。」

「現在西岸是早上五點。妳不能打給他！」赫伯先生說。

眼前這齣戲還眞有趣。現場的焦慮氣氛已經漲到最高點，只是提到比利的名字而已耶。

「那我下午跟他聯絡。」佩佩說：「雖然他那時可能也還沒醒啦。」

「噢，佩佩，不要這樣。」奧莉又說了一次，整個人陷入沉重的絕望之中。

「奧莉，我只是跟他要點想法而已。」佩佩說：「打通電話又不會死。奧莉，我需要他，跟我說的一樣，那男人滿腦子想法。」

那晚下戲後，佩佩帶我們一群人去四十六街的丁提・摩爾餐廳。她得意洋洋。下午，她跟比利通過電話，想向大家宣佈他對新戲的想法。

一起用餐的人有我、華生夫婦、赫伯先生、鋼琴樂手班傑明（這是我第一次看他出門），還有西莉亞，因爲我跟西莉亞形影不離。

佩佩說：「好，聽著，各位。比利全都想通了。我們還是要上《女孩之城》這齣戲，乾脆設定在禁酒令時期，當然這會是一齣喜劇。愛德娜，妳演私營酒店的老闆，但爲了讓故事合理且好笑，比利說妳原本應該是貴族，這樣妳天生的雍容華貴在舞台上才說得通。妳的角色是一個無所不用其極的女人，最後意外加入私酒生意的行列。比利建議妳是寡婦，妳在股市大蕭條時失去所有的錢，然後妳開始在自家豪宅裡蒸餾琴酒，經營賭場，作爲生存的手段。這樣一來，愛德娜，妳就可以保有妳眾所皆知也受觀眾喜愛的上流社會氣質，同一時間與歌舞女郎、舞者大家一起演出這齣誇張的輕鬆表演劇，我們的觀眾就喜歡這種戲碼。我覺得這點子眞是太棒了。比利覺得如果這間酒吧可以順便經營妓院，那肯定會有搞笑效果。」

奧莉皺起眉頭。「我不喜歡我們的戲設定在妓院。」

「我喜歡！」愛德娜神采奕奕地說：「我全都喜歡！我可以演妓院老鴇跟私營酒店老闆娘。太棒了！你們不曉得我等了這麼久才能演喜劇，我有多開心。最近四齣戲裡，我不是演殺掉情人的壞女人，就是演丈夫被壞女人殺掉的苦命元配。那種戲眞是折騰死人了。」

佩佩一臉得意。「你們想怎麼說比利都可以，但那傢伙眞是天才。」

奧莉看起來似乎對比利頗有怨言，但她沒有開口。

佩佩把注意力轉移到鋼琴樂手身上。「班傑明，我要你替這齣戲打造非常好的音樂。愛德娜的女低音非常優美，我希望她的聲音可以好好出現在劇場。幫她寫點脾氣暴躁的歌曲，不是我平常逼你寫的那種感傷情歌，或跟你平常一樣，參考柯爾・波特[28]的東西吧。不過，寫好一點，我要這齣戲大獲成功。」

「我沒有參考柯爾・波特的東西，我沒有參考任何人的東西。」班傑明說。

「是嗎？我以爲你有，因爲你的音樂聽起來很像柯爾・波特的東西。」

「哎，我不確定該作何感想。」班傑明說。

佩佩聳聳肩。「班傑明，也許是柯爾・波特抄你呢，誰知道呢？就寫些厲害的東西，我是這個意思。確保愛德娜的演唱讓觀眾鼓掌到戲沒辦法繼續進行。」

然後，她轉向西莉亞，說：「西莉亞，我要妳來演純眞少女。」

赫伯先生看起來像是要插嘴，但佩佩不耐地揮揮手，要他安靜。

28　柯爾・波特（Cole Porter, 1891—1964），美國作曲家。百老匯音樂劇舞台的主要詞曲作者。

「不，各位，聽我說。這是不一樣的純眞少女。我不希望這次的女主角是身穿白衣的無辜孤兒。我想像我們的女孩在走路、交談時，流露出撩人的姿態，但同時還沒被世界抹去光彩，那就是妳了，西莉亞。性感，卻帶有一點純眞的氣息。」

「擁有黃金之心的小婊子。」西莉亞說，實際上的她比外表聰明多了。

「沒錯。」佩佩說。

愛德娜輕輕碰觸西莉亞的手臂，說：「這麼說吧，妳的角色是**沾染汙泥的白鴿**。」

「當然，我可以演。」西莉亞攻向另一塊豬排。「赫伯先生，我有幾句台詞？」

「我不知道！」他看起來愈來愈不滿。「我不曉得該怎麼寫……沾染汙泥的白鴿。」

「我可以替你編點東西。」西莉亞提議，貨眞價實的劇作家。

佩佩轉向愛德娜。「愛德娜，妳知道我跟比利說妳在這裡時，他怎麼說嗎？他說，『噢，我現在好羨慕紐約啊。』」

「是嗎？」

「沒錯，那個馬屁精。他還說，『小心點，因爲妳永遠不知道愛德娜會有哪種表現，某些夜裡她傑出精湛，其他夜裡她完美無瑕。』」

愛德娜滿臉生輝。「他嘴太甜了。比利最會讓女人覺得自己迷人了，有時可以長達十分鐘呢。但佩佩，我必須問，妳有替亞瑟準備角色嗎？」

「當然有。」佩佩說，她一開口，我就曉得她根本沒有幫亞瑟安插角色。事實上，就我看來，她根本完全忘了亞瑟的存在。不過，亞瑟在場，頭腦簡單，帥氣非常，跟等著主人扔球的拉布拉多犬一樣期待他的角色。

「我當然有亞瑟的角色。」佩佩說：「我要他演——」她猶豫了一下，眞的只有很短暫的一下下（如果妳不了解佩佩，大概不會留意到這種停頓），「——警察，對，亞瑟，我要你演警察，這名警察總想關閉私營酒店，但後來愛上愛德娜的角色。你覺得你可以模仿美國口音嗎？」

「什麼口音都難不倒我。」亞瑟不滿地說，但我當下就知道他完全無法掌握美國口音。

「警察！」愛德娜拍起手來。「親愛的，你還會愛上我！多好玩哪！」

「我沒聽說過什麼警察的角色。」赫伯先生說。

「噢，不，赫伯先生。」佩佩說：「劇本裡一直都有警察啊。」

「什麼劇本？」

「明天天一亮你就會開始寫的劇本。」

赫伯先生看起來彷彿恐慌症就要發作。

「我會有自己的歌可以唱嗎？」亞瑟問。

「噢。」佩佩說，又是那陣停頓。「會的，班傑明，確保替亞瑟寫歌，這我們之前討論過了。警察之歌，麻煩了。」

班傑明注視著佩佩的雙眼，用帶有些微諷刺的口氣說：「警察之歌。」

「沒錯，班傑明，我們之前討論過了。」

「也許我該參考喬治・蓋希文[29]的警察歌曲？」

29 喬治・蓋希文（George Gershwin, 1898—1937），美國作曲家，一生活躍於百老匯和好萊塢，他的創作同時汲取了黑人靈歌與爵士樂的節奏和配器手法，將歐洲傳統的古典樂與美國的爵士曲風巧妙地結合起來，並把爵士樂與百老匯的音樂語言帶進正規的音樂廳，開創出一種「交響爵士樂」的新典範。

但佩佩已經把目光轉到我身上。

「服裝！」她歡快地說。只不過她才開口，就引發奧莉說：「服裝完全沒有預算了。」

佩佩臉垮了。「討厭，我完全忘了這點。」

「沒關係。」我說：「我可以在勞斯基買所有的東西。年輕姑娘的服裝很簡單。」

「太棒了，薇薇安。」佩佩說：「我就知道妳可以。」

「嚴加控管預算。」奧莉補充道。

「嚴加控管預算。」我同意。「必要的時候，我可以拿一點零用錢出來。」

⁂

對話繼續，在場除了赫伯先生以外，大家都很興奮，開始替這齣戲出主意。我藉故前往化妝室。出來的時候，差點撞上一個好看的年輕人，他打了寬寬的領帶，一臉狼一般的神情，他在走道上等我。

「嘿，妳朋友眞是個美人胚子。」他邊說邊朝西莉亞的方向點點頭。「妳也是。」

「大家都這麼說。」我直視他的目光。

「兩位姑娘想跟我回家嗎？」他問，直接切入重點。「我朋友有車。」

我仔細觀察他。他看起來像個壞主意，圖謀不軌的大野狼。好女孩不該跟這種人糾纏不清。

「也許會。」我說，此言不假。「但我們要先跟同事開完會。」

「**同事**？」他不屑地說，看了一眼湊足各種誇張古怪人種的桌子：令人心臟病發的美豔歌舞女郎、穿襯衫的白髮邋遢男人、寒酸的高個中年女子、矮胖的中年女子、打扮品味絕佳的貴夫人、側臉輪廓帥氣驚人的男子，還有一位舉止優雅的年輕黑人，身著訂製的條紋西裝。「寶貝，你們這是什麼行業？」

「我們在劇場工作。」我說。

彷彿我們能夠從事什麼別的行業一樣。

❧

隔天早上，我跟平常一樣早起，跟一九四〇年的每個夏天早晨一樣宿醉。我頭髮髒髒的，又是汗又是菸味，四肢跟西莉亞糾纏在一起。（我們最後還是跟色狼與他朋友出去了，我相信妳應該會覺得詫異，因爲明明我前面講了這麼多不該跟他們出去的理由。昨晚眞是太累了，我覺得我好像是剛被人從格瓦納斯運河裡打撈起來一樣。）

我前往廚房，看到赫伯先生坐在桌邊，額頭抵著餐桌，雙手交疊擺在大腿上。這可是他的新姿勢，我會說這是沮喪新低點。

「赫伯先生，早安。」我說。

「我準備好檢視任何證據。」他說，頭沒有從桌上抬起。

「你今天感覺如何？」我問。

「瀟灑快活，容光煥發，開心得不得了。我是皇宮裡的蘇丹王。」

頭還是沒有抬起來。

「劇本怎麼樣了？」

「薇薇安，有點人道精神，別再問了。」

隔天早上，我發現赫伯先生還是同一姿勢，接下來好幾天早晨皆是如此。我不曉得天底下怎麼有人能用額頭貼著桌面這麼久，而不得個什麼動脈瘤的。他的心情一直沒起來過，就我所知，他的腦袋也沒起來過。同一時間，他的筆記本空空白白晾在旁邊。

「他會沒事吧？」我問佩佩。

「薇薇安，劇本不好寫。」她說：「問題在於，我還要他寫好的劇本，我之前從來沒有這樣要求過他，這讓他腦袋打結。但我是這樣想的，戰時的英軍工程師總會說，『無論成不成，我們都辦得到。』薇薇安，劇場也是這樣運作的，就跟打仗一樣！我經常會要求別人做超過他們能力可及的事，或該說我年輕時都這樣，但我現在老了，心腸變軟了。所以，對，我對赫伯先生有全然的信心。」

我可沒有。

某天深夜，我跟西莉亞像平常一樣，喝得醉醺醺回來，卻在客廳地板上絆到一具「屍體」。西莉亞尖叫。我開燈，發現那是赫伯先生躺在地毯中央，抬頭望著天花板，雙手交握在胸前。我一度以爲他死了，但他眨了眨眼睛。

「赫伯先生！」我驚呼：「你在幹嘛？」

「請示神諭。」他動也沒動。

「請示什麼神諭？」我口齒不清地說。

「末日神諭。」他說。

「呃，好，晚上愉快。」我關上燈。

「美得冒泡。」他低聲地說，我跟西莉亞跌跌撞撞走回自己房間。「肯定愉快。」

在赫伯先生受苦受難的當兒，我們其他人正在替沒有劇本的戲劇做準備。

佩佩與班傑明已經開始創作歌曲了。他們整個下午坐在大鋼琴前，爬梳起不同旋律與歌詞的構想。

「我要愛德娜的角色叫作阿拉巴斯特姥姥。」佩佩說：「聽起來很浮誇，又有很多詞可以押韻。」

「襤褸、小貓、沒腦、姥姥。」班傑明說：「我可以想想。」

「奧莉不會讓你用沒腦這兩個字的，但標準放寬點。第一首歌，阿拉巴斯特姥姥沒錢了，這首歌要很囉唆，讓觀眾知道她有多誇張。用漂亮一點的成語，庸人自擾、虛有其表、花容月貌。」

「或是，我們可以讓合唱團問她一連串問題。」班傑明建議道：「好比說，誰問姥姥？誰超越姥姥？誰抓住姥姥？」

「世事難料！災難擊倒！」

「大蕭條！東歪西倒！命運多舛的阿拉巴斯特姥姥！」

「窮困潦倒，紛紛擾擾，比口袋空空的講道牧師還虛無縹緲。」

「欸欸欸，佩佩。」班傑明忽然停下演奏的音樂。「我爸是牧師，他講話不虛無縹緲，口袋也不空。」

「班傑明，我不是付錢讓你的手離開琴鍵的。繼續隨便彈，我們就快想到什麼了。」

「妳根本沒付錢。」他現在雙手交疊在大腿上。「妳已經三個禮拜沒付我錢了！我聽說大家都沒拿到錢。」

「真的假的？」佩佩問：「你是怎麼過活的？」

「禱告，還有剩菜。」

「抱歉，小鬼頭，我會跟奧莉講一下，但不是現在。快回去重新開始，但加入我上次進來時，你彈奏的那段音樂，我喜歡那段。你還記得嗎？那個星期天，收音機轉播紐約巨人隊的賽事？」

「佩佩，我完全不曉得妳在講什麼。」

「班傑明，彈，快彈，這樣我們才找得到。之後，我要你替西莉亞寫一首歌，叫作〈等等我就做個好女孩〉。你覺得你寫得出這種歌來嗎？」

「只要妳給我吃、給我錢，要什麼我都寫得出來。」

⁂

至於我，我負責替全體卡司設計服裝，但主要是替愛德娜打理服裝。

愛德娜看了我速寫的一九二〇年代洋裝，覺得沒有腰身的衣服會「吞沒」她。

「我年輕漂亮的時候，穿這種風格已經不好看了。」她說：「我現在又老又舊，穿起來肯定不好看。妳必須替我做多少有一點腰身的衣服。我知道這不符合當時的流行，但妳可以假裝一下。而且，我的腰已經超越我過往的腰圍了。所以拜託想想辦法。」

「我一點也不覺得妳的腰有多粗。」我說，我是眞心的。

「噢，但我的腰眞的很粗。別擔心，我會跟平常一樣，用米湯、吐司、礦物油跟瀉藥撐過開演前一個禮拜。我會瘦下來的，但現在，用三角襠襯吧，妳晚點再把腰縮小一點。如果需要跳很多舞，那妳就要替我多加一些**別有居心**的縫邊，這妳懂的，對不對，親愛的？我在燈光下的時候，不能有任何東西鬆脫。謝天謝地，我的腿還很美，所以別客氣，多露一點腿，沒問題。還有什麼？噢，對了，我的肩膀沒有看起來這麼寬，我的脖子短得可怕，所以小心點，特別是如果妳打算替我設計什麼大帽子。如果妳讓我看起來像法國鬥牛犬，薇薇安，我是絕對不會原諒妳的。」

我很敬佩這位女士竟然能夠如此清楚自己身形的狀況。多數女人都不曉得自己怎麼穿好看，怎麼穿不好看，但愛德娜非常清楚。我看得出來，替她製衣本身就是學習服裝的過程。

「薇薇安，妳是要設計舞台服裝。」她指示道：「要仰賴外型，不要靠細節。別忘了，距離最近的觀眾都在十步之外。妳必須考量這麼遠的距離。鮮豔的顏色，清楚的線條。舞台服裝就是一種**地景**，不是**肖像**。親愛的，我要漂亮的衣服，但我不要整場戲的焦點都在衣服上頭。親愛的，別美過我，這樣妳懂嗎？」

我懂。噢，我多愛這種對話啊。我喜歡跟愛德娜在一起，老實說，我對她愈來愈著迷。她幾乎已經取代西莉亞，成爲讓我認眞讚嘆的主要對象。西莉亞當然還是讓我覺得很刺激，我們也會去城裡玩，但我不再那麼需要她了。愛德娜有光鮮亮麗的深度以及世故的成熟，這遠比西莉亞能夠提供的還要刺激。

我會說愛德娜是「跟我說同一種語言的人」，但不盡如此，因爲我對時尚還沒有她那麼嫻熟。較爲真實的說法是，我想學傑出衣著的語言，而愛德娜・帕克・華生是我遇到的第一位母語人士。

幾天後，我帶愛德娜去勞斯基的二手針線百貨，尋找素材和想法。帶品味這麼好的人去這個充斥著各種噪音、布料、顏色的小店家（說真的，光是氣味本身就能讓上流顧客卻步），我是有點緊張，但勞斯基的店立刻讓愛德娜欣喜不已，只有徹底了解服飾與布料材質的人才會喜歡這裡。她也很喜歡年紀輕輕的瑪嬌莉・勞斯基。瑪嬌莉在門口用平常的質問口氣說：「妳們要啥？」

瑪嬌莉是老闆的女兒，我這幾個月的購物行程讓我跟她熟絡起來。她是一個圓臉、開朗、活力四射的十四歲女孩，總會穿最古怪的服裝。像是今天，我這輩子還沒看過這麼瘋狂的組合：大大的釦環皮鞋（就跟小孩筆下的感恩節清教徒一樣），衣襬長達三公尺的黃金錦緞披風、法國廚師帽上還別了一個巨大的假紅寶石別針。而在此之下的是她的學校制服。她看起來同平常一樣誇張滑稽，但千萬別小看瑪嬌莉・勞斯基。勞斯基夫婦英文不是**太**好，所以瑪嬌莉自小就負責招待客人。她小小年紀就已經極爲熟悉製衣產業，且可以用俄語、法語、意第緒語及英語等四種語言接受訂單及表達威脅。她是個怪孩子，但我發現瑪嬌莉的協助很有幫助。

「瑪嬌莉，我們需要一九二〇年代的洋裝。」我說：「高級貨，貴婦人穿的。」

「妳們也許會想去樓上的收藏品看看？」

他們所謂的「收藏品」是三樓的一個小區域，勞斯基特別用來販售他們罕見、珍貴發現的地方。

「我們的預算連看一眼收藏品都不夠。」

「所以妳要貴婦人洋裝，但只想出窮婦人價錢？」

愛德娜大笑起來。「親愛的，妳完全說出我們的需求。」

「沒錯，瑪嬌莉。」我說：「我們是來尋寶，不是來揮霍的。」

「從那邊開始吧。」瑪嬌莉指著店面後方。「這幾天東西才從裝卸碼頭送來，媽媽還沒機會整理。妳們也許會走運喔。」

❦

勞斯基的舊衣箱膽小勿試。那是工業洗衣店的置衣箱，裡頭塞滿勞斯基秤重買賣的紡織品，從工人鬆垮的老舊連身衣，到染著可怕汗漬的內衣褲、剩下來的沙發內襯、降落傘布料、褪色的繭綢襯衫、法式蕾絲餐巾、老舊厚重的窗簾、曾祖父珍貴的受洗禮服都有。開挖舊衣箱是辛苦、汗流浹背的工作，還需要信心。妳必須相信在這些垃圾裡一定會有寶藏，妳必須帶著信念尋寶。

我很敬佩，愛德娜竟然直接埋頭挖起寶來。我覺得她之前可能幹過類似的事情。我們肩並著肩，一箱又一箱，靜靜翻找起來，尋找未知的寶藏。

差不多一個小時後，我忽然聽到愛德娜高喊：「**啊哈！**」我過去看她得意高舉著什麼東西。她是該得意，因爲她挖到一件一九二〇年代的緋紅色眞絲雪紡、天鵝絨滾邊裝飾的袍式風格晚禮服，上頭還有玻璃珠與金線裝飾。

「噢，天啊！」我驚呼：「這根本就是阿拉巴斯特姥姥的衣服！」

「沒錯。」愛德娜說：「讓妳的眼睛好好欣賞一下。」她把領口翻過來，露出原本的標籤，上頭寫著：浪凡，巴黎。「我敢說，某位貴婦二十年前在法國買了這件衣服，看樣子根本沒有穿過幾次。太棒了。這洋裝在舞台上會發光！」

不一會兒，瑪嬌莉．勞斯基出現在我們身旁。

「嘿，兩個孩子找到什麼好東西？」在場唯一的孩子問。

「瑪嬌莉，少在那邊鬧。」我警告道。我用半開玩笑的口氣說話，忽然擔心她會把衣服搶走，拿去樓上的收藏品專區賣。「照規矩來。這是愛德娜在舊衣箱找到的，公平點。」

瑪嬌莉聳聳肩。「在情場與戰場上可以不擇手段。」她說：「但這衣服不錯。媽媽算錢的時候，記得用些爛衣服堆在上面。如果她曉得我讓這種衣服便宜賣出去，她肯定會殺了我。我拿麻袋和舊衣給妳遮一下。」

「噢，瑪嬌莉，謝了。」我說：「妳是我最棒的女孩。」

「妳跟我，咱們在同一條船上。」她說，還閃過一個歪嘴的笑容。「只要別說出去就好。妳不會希望我失業吧？」

瑪嬌莉走開了，愛德娜用讚嘆的神情望著她離去的身影，說：「那孩子剛剛是不是說『在情場與戰場上可以不擇手段』？」

「就跟妳說妳會喜歡勞斯基的。」我說。

「哎呀，我的確喜歡勞斯基百貨，我也愛死這件洋裝了。親愛的，妳找到什麼？」

我給她一件輕薄的女用內衣，光看這鮮明的紫紅色，眼睛都發痛。她拿過去，在身上比了比，皺起眉頭。

「噢，不成，親愛的，我不能穿這個。觀眾受苦的程度會遠大於我。」

「不，愛德娜，不是妳穿，是給西莉亞穿的。」我說：「在色誘的戲裡穿。」

「噢，眞是的，對，這樣才合理。」愛德娜又仔細看了看那件內衣，搖搖頭，說：「薇薇安，老天啊，如果妳讓那女孩穿著這點布料在舞台上招搖，我們肯定會大紅特紅。男人會排上好幾公里的隊來看戲。我最好快點開始米湯斷食，不然誰還會注意到我嬌小的爛身材！」

11

一九四〇年十月七日，我二十歲了。

我在紐約首次度過生日的方式就跟妳想像得差不多，我跟一群歌舞女郎出去，我們跟一些花花公子上床，我們喝了別人請的雞尾酒，一杯又一杯，我們嬉笑打鬧，開心得不得了，最後我們還清楚的是我們想要在天亮之前回家，覺得我們好像是在船底汙水裡逆游而上。

感覺我大概睡了八分鐘，然後因爲房間裡的一種奇怪感覺而醒來。怪怪的。我宿醉，這是當然的，也許還沒到宿醉，還在酒醉的程度，但感覺就是不太對勁。我伸手去拉西莉亞，看她是否在我旁邊。我的手碰觸到她熟悉的皮膚，所以這部分沒有什麼異樣。

只不過，我聞到了菸味。

菸斗的菸味。

我坐直身子，腦袋立刻後悔起來。我躺回枕頭上，勇敢吸了幾口氣，向我的腦袋道歉，然後再試一次，這次帶著敬意放慢速度起來。

隨著我的雙眼聚焦在昏暗的晨光之中，我看到房間對面坐著一個人——男人。他抽著菸斗，望向我們。

西莉亞帶男人回來了？**我**帶了男人回來？

我忽然焦慮起來。我跟西莉亞自由不羈，這點我發展得很好，但我很尊敬佩佩（或該說是怕奧莉），我不會帶男人回我們在劇場樓上的臥房。現在這是怎麼回事？

「想像我有多開心。」陌生人又點起菸斗。「回家發現兩個女孩睡在我的床上！還是兩個美女。彷彿我開冰箱是要拿牛奶，卻發現香檳一樣，對了，還是**兩瓶**喔。」

我的腦袋依舊亂糟糟。

然後，忽然清楚了。

「比利姑丈？」我問。

「噢，妳是我**姪女**？」男人開始大笑。「該死，這樣就少了很多可能性了。親愛的，妳叫什麼名字？」

「我是薇薇安．莫里斯。」

「噢……」他說：「這樣就說得通了，妳**真的**是我的姪女。眞夠沮喪。我想我們家族應該不會贊成我對妳伸出魔爪。我也沒辦法認同自己對妳伸出魔爪，我上了年紀，比較有道德觀念了。哎呀，可惜可惜。另一個也是我姪女嗎？希望不是，她看起來不像是任何人的姪女。」

「這位是西莉亞。」我比了比西莉亞美麗熟睡的身軀。「她是我朋友。」

「**特別**的朋友。」比利用很感興趣的口氣說：「如果從妳們共睡一張床來看，薇薇安，妳眞夠前衛！我百分之百認同。別擔心，我不會跟妳爸媽打小報告。不過，我想如果他們知道，肯定會想辦法怪到我頭上來。」

我結巴起來。「抱歉我……」

我不確定該怎麼說完這個句子。**抱歉我霸占了你的套房？抱歉我徵用了你的床？抱歉我們還沒乾的褲襪掛在你的壁爐架上？抱歉我們橘色的舞台妝弄髒了你的白地毯？**

「噢，沒關係的，我不住這裡。百合劇場是佩佩的寶貝，不是我的。我都住在網球俱樂部。我持續繳會費，但實在貴得要命哪。那邊比較安靜，而且不用向奧莉報備。」

「但這是你的房間。」

「名義上而已，感謝妳佩佩姑姑的慷慨。我今早只是過來拿打字機，說到這個，打字機似乎不見了。」

「我把它擺在外面走廊的床單櫃裡。」

「是嗎？好吧，妞兒，當自己家吧。」

「抱歉——」我正開口，但他再次打斷我。

「我是開玩笑的。妳當然可以住在這裡，反正我很少來紐約。我不喜歡這裡的天氣，我容易喉嚨痛。這地方也很容易弄髒最好看的白鞋子。」

我有好多疑問，但我口乾舌燥的臭嘴跟浸著琴酒的朦朧腦子實在擠不出問題來。**比利姑丈怎麼會出現在這裡？誰讓他進來的？他為什麼在這種時候穿著燕尾服？我穿的是什麼？只有連身襯裙？還不是我的襯裙，這件是西莉亞的。那她穿什麼？我的洋裝呢？**

「啊，我原本在這裡玩得很愉快。」比利說：「享受兩名天使在我床上的幻想，但我現在發現我不能染指妳，我就留妳在這了，我要去看看這裡有沒有咖啡可以喝。妞兒，妳看起來也像需要來點咖啡的樣子。我就說一句，我希望妳每晚都喝得這麼醉，跟美麗的女人同床共枕。這樣是善用了妳的大好青春。妳姑丈也爲此感到非常驕傲。我們會處得非常好。」

他朝門口前進時，問：「對了，佩佩大多幾點起床？」

「通常都差不多七點。」我說。

「眞棒。」他看看手錶。「等不及要見她了。」

「但你怎麼來的？」我傻傻地問。

我的意思是，你是怎麼進到這棟建築裡來的（這是個蠢問題，因爲當然佩佩會確保她的丈夫——還是前夫？——會有鑰匙）。不過，他回答得很複雜。

「我搭二十世紀特快車，如果妳付得起那點車資，那這就是從洛杉磯到紐約唯一舒適的交通工具。火車會在芝加哥暫停，接上幾個上流社會人士。桃樂絲．黛[30]全程跟我同車廂。我們玩金拉米紙牌遊戲，一路橫跨北美大平原。妳知道，桃樂絲是很好的玩伴，很棒的女孩，遠比她聖潔的名聲還要有趣多了。昨晚抵達紐約，直接前往俱樂部，還修了指甲、剪了頭髮，見了幾個之前認識的土匪、社會棄兒和遊手好閒的傢伙。妞兒，穿件衣服，幫我在這好地方弄點早餐。妳不會想錯過接下來上演的好戲。」

等到我能起床、站直之後，我就前往廚房，我看到這輩子最古怪的兩個男人場景。

赫伯先生坐在桌子一側，穿的是他平常那身悲慘的西裝褲和汗衫，白髮亂糟糟的，看起來一臉絕望，那杯一定會出現的低咖啡因即溶咖啡就擺在他面前。桌子另一端是我的比利姑丈，又高又瘦，一襲筆挺的燕尾服，還有在加州曬的小麥色皮膚。比利不是端正地坐在廚房裡，而是舒舒服服大搖大擺盡可能占據最大的空間，同時享受他的高球威士忌。他有一點艾羅爾・弗林[31]的味道，如果艾羅爾・弗林懶得行俠仗義的話。

簡單來說，這兩位先生，有人看起來是要去礦場工作，另一個人則像是要去跟女演員羅莎琳・羅素[32]約會。

「赫伯先生，早安。」我說，跟我們平常習慣的一樣。

「如果眞是如此我會大驚失色。」他說。

「我找不到咖啡，低咖啡因即溶咖啡又不太適合我的腸胃。」比利解釋：「所以我就來點威士忌。無魚蝦也好。薇薇安，妳也許會想喝一點，妳看起來頭挺痛的。」

「我喝點咖啡，一下就好。」我說，自己都不太相信這種話。

「那個，佩佩告訴我，你在寫劇本。」比利對赫伯先生說：「我樂意拜讀。」

「沒什麼好看的。」赫伯先生這麼說，哀傷地望了一眼擺在前方的筆記本。

「可以嗎？」比利一邊問，一邊伸手拿筆記本。

---

30 桃樂絲・黛（Doris Day, 1922—2019），美國歌手、演員。美國歷來最受歡迎的女歌手之一，她也有一九五〇至六〇年代的電影「票房皇后」之稱。

31 艾羅爾・弗林（Errol Flynn, 1909—1959），澳洲男電影演員、編劇、導演、歌手。曾飾演《羅賓漢冒險記》中的主角。

32 凱薩琳・羅莎琳・羅素（Catherine Rosalind Russell, 1907—1976），美國演員，曾獲得一次東尼獎、五次金球獎，以及入圍四次奧斯卡最佳女主角獎。

「我寧願……噢，算了。」赫伯先生這個人總在開戰前就先投降。

比利緩緩翻起赫伯先生的筆記本。靜默令人難受。赫伯先生盯著地板看。

「看起來這些只是笑話的清單。」比利說：「還稱不上笑話，頂多只是笑點。還畫了很多鳥。」

赫伯先生投降聳肩。「如果有什麼比較好的想法可以發展，我希望聽一聽。」

「總之，鳥畫得不錯啊。」比利放下筆記本。

我想要替可憐的赫伯先生講話，比利的嘲諷讓他看起來比平常還慘，於是我說：「赫伯先生，你見過比利·布威爾嗎？他是佩佩的丈夫。」

比利大笑。「噢，妞兒，這妳別操心。我跟唐納認識多年。他其實是我的律師，過去式了，當時他們還讓他執業呢，而我是唐納二世的教父，但也是過去式了。唐納只是緊張，因爲我不請自來。他不確定這裡高階的管理階層會作何感想。」

唐納！我從來沒有想過赫伯先生也有名字。

說到高階管理階層，就在此刻，奧莉走了進來。

她踏進廚房兩步，看到比利·布威爾坐在這裡，張開大嘴，又閉上嘴巴，走了出去。

她離開後，我們一度坐在原位，一語不發。這登場了不起，這退場也了不起。

「妳必須原諒奧莉。」比利終於開口。「她不習慣這麼興奮看到某個人。」

赫伯先生把額頭靠在廚房餐桌上，他竟然說：「噢，呻吟，呻吟，呻吟。」

「唐納，別擔心我跟奧莉。我們會沒事的。我們互相尊重，這點彌補了我們互看不順眼。或該說，我單方面尊重*她*。所以，至少我們是有共通點的。基於深層的單方面高度尊重，我們之間的關係非常好。」

比利拿出菸斗，用拇指指甲點燃火柴，然後面向我。

「薇薇安，妳父母好嗎？」比利問：「妳媽還有鬍子男？我一直都很喜歡他們。啊，我喜歡妳媽。那女人太了不起了。對於不要說任何人好話這件事，她執行得非常仔細，但我覺得她也喜歡我。當然，妳別問她是否對我有好感，她一定會堅決否認。我對妳爸則沒有什麼好感，太僵硬了這個人。我以前都叫他執事，當然不會當著他面這樣叫他，太不禮貌了。總之呢，他們好嗎？」

「他們很好？」

「還是夫妻？」

我點點頭，但這問題讓我措手不及。我從來沒有想過爸媽不是夫妻這種事。

「他們沒有外遇吧，妳父母？」

「我父母？外遇？沒有！」

「那他們之間應該很缺乏新鮮感，對吧？」

「呃……」

「薇薇安，妳去過加州嗎？」感謝他終於換了話題。

「沒有。」

「妳該去一趟，妳會愛上那裡，加州柳橙汁最好喝了。而且，天氣也很好。我們這種東岸人在那邊如魚得水。加州人覺得我們氣質高雅，認爲我們能夠增加場合的格調，於是他們會摘太陽、摘月亮給我們。妳告訴他們，妳讀的是寄宿學校，妳的祖先是搭『五月花號』來新英格蘭的開墾先鋒，就他們所知，妳就跟金雀花王朝的貴族沒兩樣。用妳那高貴的口音說兩句，他們就會把整個加州的鑰匙交給妳。如果一個人能打一手好網球或高爾夫球，那在那邊就不怕沒工作，除非他喝太多。」

對於處在生日狂歡過後隔日早晨七點的我來說，這場對話的步調實在太快了。恐怕我只能傻傻望著他，但眞的，我還是努力跟上。

而且，我的口音很高貴嗎？

「薇薇安，妳在劇場怎麼娛樂自己？」他問：「妳有找到什麼事做嗎？」

「我會縫紉。」我說：「我製作服裝。」

「眞不錯。如果妳會做衣服，那妳永遠都能在劇場找到工作，而且永遠沒有工作的年齡限制。最不該當的是女演員。妳那位漂亮的朋友呢？她是演員嗎？」

「西莉亞？她是歌舞女郎。」

「那就棘手了。歌舞女郎總讓我心痛。姑娘，年輕貌美的保鮮期限相當短暫。就算妳現在是在場最美的女孩，妳身後總會有十個新的美女出現，更年輕，更新鮮。老一點的會乏人問津，但還是期待人家發掘她們。不過呢，妳的朋友，她會趁著自己還年輕，留下一些什麼。她會在一場又一場的愛情殊死戰中摧毀一個又一個男人，也許有人會爲她寫歌，爲她自殺，但很快地，這些都會畫下句點。如果她運氣好，也許能嫁給哪個老化石，這種命運沒什麼好羨慕的；如果她運氣非常好，她的老化石會在哪個風和日麗的午後死在高爾夫球場上，把一切財產通通留給她，只希望她那時還夠年輕，能好好享受。漂亮的姑娘自己也知道一切很快會結束。她們曉得這一切都倏忽即逝。所以，我希望她就著芳華，好好享受。她享受嗎？」

「我想是吧。」我說。

我不曉得天底下還有誰比西莉亞更享受人生。

「很好，我希望妳也享受人生，玩個開心。大家都叫妳別浪費青春在玩樂上，但他們錯了。年輕是無可取代的寶藏，面對這種珍寶，最尊敬的使用方式就是盡量浪費。所以，薇薇安，善用妳的青春，好好揮霍。」

就是這個時候，佩佩姑姑披著她法蘭絨格子浴袍走進來，她的頭髮朝四面八方亂翹。

「佩格西！」比利高喊，從桌邊跳起來。他的臉上立刻浮現喜悅的神情。才差一記心跳，他那不痛不癢的樣子就消失了。

「抱歉，先生，我忘了你的名字。」佩佩說。

但她臉上也掛著笑容，然後他們擁抱了起來。我不會說那是浪漫的擁抱，但很**用力**。那是愛的相擁，或至少兩人之間存在著某種強烈的情感。他們放開彼此，手仍輕握對方的手臂，相視了好一會兒。他們一起站在那裡，我看到了很意外的東西，這是我第一次覺得佩佩看起來有點**美**。我之前從沒注意過。她望著比利，臉上閃著光芒，整個人的氣質都不一樣了。（這也不只是他俊俏的面容所反映出的光采。）她站在他的榮光中，看起來像另一個人。從她的臉上，我看到那個年輕勇敢的女孩，在戰時前往法國擔任護理師。我看到她在廉價巡迴劇團裡長達十年之久的冒險。這不只是她忽然看起來年輕了十歲，還變成了全紐約最有趣的女孩。

「蜜糖，我就想過來看看妳。」比利說。

「奧莉跟我說了。你該先打聲招呼。」

「我不想麻煩妳，而且我不希望妳叫我不要來。我猜我還是自己冒出來最好。我現在有祕書了，她負責替我打點各種大小事，所有的差旅行程都是她安排的。她叫珍瑪莉，機靈、認眞、有效率，佩佩，妳會喜歡她的。她基本上就是女版的奧莉。」

佩佩從他身邊退開。「老天，比利，你就愛提這個。」

「嘿！別氣我！我只是在開玩笑。妳知道我忍不住，我只是緊張，佩格西。我擔心妳會趕我出去，蜜糖，我才剛到而已。」

赫伯先生從廚房餐桌邊起身，說：「我要去別的地方。」然後就出去了。

佩佩坐在赫伯先生的位子上，喝了一口他冷掉的即溶咖啡。她對杯子皺起眉頭，所以我起身替她泡新的咖啡。我不確定在這敏感的時刻，我該不該迴避一下，但佩佩說：「薇薇安，早安。慶祝生日玩得還開心嗎？」

「有點太開心了。」我說。

「妳見過比利姑丈了嗎？」

「有，我們剛剛在聊天。」

「噢，老天。小心不要把他說的話都聽進去。」

「佩佩。」比利說：「妳看起來眞美。」

她用手梳梳短髮，露出笑容，笑容之燦爛，在她臉上勒出深深的皺紋。「對我這種女人來說，這恭維眞順耳。」

「天底下沒有別的女人像妳，我研究過了。完全不存在。」

「比利。」她說：「別鬧了。」

「沒在鬧。」

「比利，你過來幹嘛？你在紐約有工作？」

「沒工作，休假中。當妳告訴我，愛德娜在這，而妳想要幫她搞一齣好戲的時候，我就迫不及待想來一趟。自從一九一九年後，我就沒見過她了。老天，我眞想見她。我愛死那個女人了。而且，全紐約有這麼多人才，妳卻說妳徵召唐納・赫伯來寫劇本，那時我就知道我必須回來東岸拯救妳。」

「感恩，你實在太慷慨了，但如果我需要拯救，比利，我會讓你知道。我保證。你大概是我聯絡的第十四或十五人。」

他笑了笑。「至少還在名單上！」

佩佩點燃香菸，把菸交給我，自己再點一根。「你在好萊塢忙些什麼？」

「沒什麼要緊事。我所寫的一切都蓋上『不怎麼重要』的章，我覺得無聊，但薪水很好，足以讓我舒服過日子，滿足我跟我簡單的小需求。」

佩佩爆笑出聲。「你簡單的小需求，你出了名的簡單小需求。對，比利，你與世無爭，清心寡慾，基本就是個出家人。」

「妳知道的，我的口味很清淡。」比利說。

「他這個人，坐在人家早餐餐桌旁，穿得跟即將受封的騎士一樣。他這個人，在馬里布有豪宅。你現在有幾座游泳池？」

「沒，我都去瓊・芳登[33]那裡游泳。」

「瓊從這種安排裡得到了什麼？」

「我歡愉的陪伴。」

---

33 瓊・芳登（Joan Fontaine, 1917—2013），英裔美籍電影女演員，曾獲奧斯卡最佳女主角獎。

「拜託，比利，人家已經結婚了。人家是布萊恩的老婆，布萊恩還是你朋友。」

「佩佩，我喜歡已婚女人，這妳很清楚，特別是婚姻幸福美滿的人妻。幸福人妻是男人一輩子最忠實的好朋友。別擔心，佩格西，瓊只是朋友。布萊恩．艾亨不用擔心我這種人。」

我一直望向比利與佩佩，來來回回，停不下來，我企圖想像他們是情侶的樣子。他們外型上看起來很不搭，但他們的對話跳得又快又銳利。玩笑、了解、對彼此百分之百的全然關注。他們之間的親密程度非常明顯，但在那股親密裡，他們是什麼關係？情人？朋友？手足？對手？誰曉得啊！我放棄亂猜，看著他們之間產生的電流閃閃爍爍。

「佩格西，我在紐約的時候，想花點時間陪妳。」他說：「這麼久沒見了。」

「那女的是誰？」佩佩問。

「誰是誰？」

「剛離開你的女人，讓你忽然覺得很懷舊，忽然很寂寞，忽然想找我的女人。來，說來聽聽，最近一個離開的比利小姐是誰？」

「我覺得遭到侮辱。妳以爲妳很了解我。」

佩佩只是望著他，等待答案。

「如果妳一定要知道的話，她叫卡蜜拉。」比利說。

「我大膽臆測，她是舞者。」佩佩說。

「哈！這妳就錯了！她是**泳舞者**！她在美人魚秀工作。我們認眞交往了好幾個禮拜，但她忽然想走生命的另一條路，再也不來找我了。」

佩佩開始大笑。「認眞交往，好幾個禮拜，聽聽你在說什麼。」

「佩格西，我在紐約的時候，咱們一起出去吧，就妳跟我。咱們一起出門，讓爵士樂手把他們的才華浪費在我們身上，咱們去以前會一起去的那種酒吧，早上八點才打烊的地方。出門少了妳就不好玩了。我昨晚去摩洛哥，覺得滿令人失望的，又是那些老面孔，說些了無新意的話。」

佩佩笑了笑。「所幸你住在好萊塢，那裡的話題多元新鮮，讓人比較想參與！但，不成不成不成，我們不該一起出門，比利。我已經沒有那種體力了，反正那樣喝酒對我也不好，這你是知道的。」

「眞的？妳這是在告訴我，妳跟奧莉不會一起喝醉？」

「開什麼玩笑，但既然你問了，答案是不會。我這就告訴你這裡是怎麼運作的，我想喝醉，奧莉不准我喝醉，這安排對我來說挺不錯的。不確定奧莉從中得到什麼好處，但我很慶幸有她當我的看門狗。」

「佩佩，聽著，至少讓我幫妳寫這齣戲吧。妳很清楚這疊紙與劇本的距離有多遠。」比利用修剪過的指甲敲敲赫伯先生那本陰鬱的筆記本。「而妳也很清楚唐納無論多努力，這疊紙距離劇本還是很遙遠。妳不可能從他腦袋裡擠出劇本來。所以讓我用我的打字機及我的藍色鉛筆來吧。妳知道我寫得出來。咱們來搞一齣好戲，讓愛德娜在配得上她才華的戲裡表演。」

「噓……」佩佩用雙手掩面。

「好嘛，佩佩，一起冒險吧。」

「噓，我正在竭力思考。」她說。

比利沒說話，等著她思考。

「我沒辦法付你錢。」她終於抬頭看他。

「佩佩，我經濟獨立，有錢得很。一直以來這都是我的天賦。」

「你不能擁有這裡任何東西的權利，奧莉不會容忍這種事發生。」

「佩佩，全部都歸妳。這場冒險說不定還會讓妳賺點錢呢。只要讓我幫妳寫這齣戲，如果這齣戲像我想像得一樣好，嘿，妳賺到的就會是大錢了，妳的祖先都不用工作了呢！」

「你必須白紙黑字寫下來，你不會想從中賺錢。奧莉會堅持這件事。然後，我們必須用我的錢製作，你不要拿錢進來。我不想再跟你的錢糾纏不清，那樣我都沒好下場。比利，這些規矩必須明確定下來，只有這樣奧莉才會讓你留下來。」

「佩佩，這裡不是妳的劇場嗎？」

「理論上來說是這樣沒錯，但比利，少了奧莉，我什麼也做不成。這你很清楚。她不可或缺。」

「不可或缺但煩得要死。」

「對，但你只有其中一項特質。我需要奧莉，而我不需要你。這就是你們兩個之間的差別。」

「老天爺！那個奧莉！趕都趕不走！我永遠不懂妳看上她哪一點，除了她會衝過來滿足妳所有雞毛蒜皮的小需求以外啦。這種感覺一定很棒，我猜我永遠沒辦法提供妳這種忠誠。那個奧莉跟家具一樣堅固，但她不信任我。」

「對，各方面都這樣。」

「說眞的，佩佩，我眞的不懂那女人爲什麼不信任我。我非常非常非常値得信任啊。」

「比利，用了這麼多『非常』，你聽起來就『非常』不可靠，這你知道的，對吧？」

比利大笑。「我的確很清楚，但佩佩，妳知道我可以用左手寫劇本，右手打網球，還可以跟訓練有素的海豹一樣用鼻子頂球。」

「過程中還不會灑出一滴你的酒。」

「過程中還不會灑出一滴妳的酒。」比利糾正，高舉酒杯。「這是從妳的酒吧拿的。」

「現在這時間還是你喝就好。」

「我想見愛德娜，她醒了嗎？」

「她晚點才會起床，讓她睡吧。她的國家正在打仗，她剛失去了房子和一切。她應該多休息。」

「那我晚點過來。我回俱樂部沖個澡，休息一下，晚點過來，我們就可以開始了。嘿，差點忘了，謝謝妳把我的套房讓給別人住！妳姪女跟她女朋友偷了我的床，還把內褲通通亂丟在我那一次也沒待過的珍貴空間裡。裡面聞起來像轟炸過後的香水工廠。」

「眞抱歉。」我才開口，他們兩人就揮手打發我，打斷我。顯然這根本不重要。當佩佩與比利如此專注在彼此身上時，我不確定我重不重要。是我運氣好，能夠坐在這裡旁觀這一切。我覺得我應該要保持靜默，這樣我才能留在這裡。

「對了，她丈夫怎麼樣？」比利問佩佩。

「愛德娜的丈夫？除了呆頭呆腦、沒有才華之外，他沒有什麼缺點。我會說他帥氣到很危險。」

「那個我知道。我看過他演戲，如果那能稱爲演戲的話。我看過他在《正午之門》的演出。他的眼神渙散得跟乳牛一樣，但圍起他那飛行員圍巾，他看起來還是非常瀟灑。他這個人怎麼樣？對愛德娜忠誠嗎？」

「我是沒聽說怎麼樣啦。」

「哎呀呀，這很了不起，對不對？」比利說。

佩佩笑了笑。「對，比利，這根本稱得上奇蹟，是不是？想想看！忠誠！但，沒錯，的確很了不起。所以我猜她過得還不算太差。」

「說不定哪天囉。」比利畫蛇添足地說。

「問題在於，愛德娜覺得他是優秀的演員。」

「他完全沒有提供世人他會演戲的具體證據。重點在於，我們必須把他放進戲裡嗎？」

佩佩笑了笑，這次面帶哀傷。「聽到你用『我們』這個詞，眞是讓人難堪。」

「怎麼說？我只是爲這個詞瘋狂。」他露出微笑。

「等到你的瘋狂開始減退的那一刻，你就會消失了。」她說：「比利，你眞的是這場冒險事業的一分子了嗎？還是你一無聊，就會跳上下一班回洛杉磯的列車？」

「如果妳讓我加入，我就是一分子。我會乖乖的，我會跟假釋犯一樣乖。」

「你本該就是假釋犯。然後，對，我們必須讓亞瑟．華生加入這齣戲。你必須想辦法安插他。他是帥哥，但腦子不太靈光，所以給他人帥但腦子不太靈光的角色。比利，這規矩是你教我的，我們必須善用手邊擁有的人才。我們巡迴的時候，你是怎麼說的？你說：『如果我們只有胖女士與摺梯，那我就寫一齣戲，叫作《胖女士與摺梯》。』」

「眞不敢相信妳還記得！」比利說：「如果我眞的那麼說，我會說《胖女士與摺梯》這劇名還不壞。」

「你的確是這麼說的，你總是這麼說。」

比利伸手，把手覆在她手上。她沒把手抽開。

「佩格西。」他說，就這三個字，他喚她名字的方式似乎蘊含了好幾十年的愛。

「威廉。」她說，他的本名，兩個字，她喚他名字的方式似乎蘊含了好幾十年的愛，還有長達好幾十年的惱怒。

「我來這，奧莉沒有太不開心吧？」他問。

她把手收回來。

「比利，幫幫忙。別裝出一副你很在乎的樣子。我愛你，但我不喜歡你假裝在乎。」

「妳知道嗎？」他說：「我在乎的程度遠超過大家的想像。」

12

比利・布威爾抵達紐約不到一個禮拜的時間，《女孩之城》的劇本就完成了。

說到寫劇本，一個禮拜實在太短了，或該說，我是這樣聽說的，但比利夜以繼日地寫，他就坐在我們廚房餐桌旁的菸斗雲霧之中，在他的打字機上敲敲打打，直至完成。人家想怎麼說比利・布威爾就讓他們去說吧，但這位先生眞的知道該怎麼拼湊文字。而且，激發創意火花的時候，他看起來一點也不折騰，沒有什麼缺乏自信的危機，也沒有崩潰到扯頭髮。他幾乎沒有停下來思考，或看起來沒有。他只是坐在那裡，穿著他上好的鹿皮長褲、亮白色的喀什米爾毛衣、光亮無瑕的倫敦麥斯威爾訂製皮鞋，沉著自在地敲出文字，彷彿是從某個不可見的神聖源頭接收神諭一樣。

「妳知道，他才華洋溢得要命。」佩佩告訴我。那個下午，我們坐在客廳，一邊聽著比利在廚房的打字聲，一邊畫服裝草圖。「他就是那種男人，什麼事都做起來毫不費力。見鬼，他甚至把毫不費力這件事做得毫不費力。他的想法有如滔滔洪水。問題在於，通常要讓比利工作，就要趁著他的勞斯萊斯需要換新引擎，或是他剛從義大利度假回來，發現銀行帳戶空空如也的時候。才華洋溢得要命，但也懶得要命。我猜這種性格是來自無所事事的有錢階級吧。」

「那他現在為什麼這麼拚命？」我問。

「我不知道。」佩佩說：「也許是因為他喜歡愛德娜，也許是因為他愛我。也許是因為他有求於我，而我們還不清楚目的到底是什麼。也許是因為他在加州很無聊，甚至寂寞。我不會太認眞研究他的動機。不管怎麼樣，我很慶幸他肯接這份工作，但重點在於，未來不要冀望他太多重要的事情。所謂的未來，我是指明天或一個小時之後，因為妳永遠不知道他什麼時候會失去興趣而消失。比利不喜歡人家靠他。如果我希望比利給我一點隱私，我只要跟他說，我多絕望、需要他幫忙，他就會奪門而出，下次見到他就是另一個四年之後的事了。」

比利打下最後一個字的那天，劇本完美登場。我不記得他修改過什麼。他的劇本不只有對話和舞台的提示，裡面還有比利要班傑明寫的歌曲歌詞。

劇本寫得很好，至少根據我有限的認知，我覺得很好。不過，就連我也看得出來比利的創作輕鬆搞笑、步調快，同時也很歡樂。我懂為什麼二十世紀福斯會一直付錢給他，也懂為什麼首席電影專欄作家盧愛拉．帕森斯會這麼寫：「比利．布威爾所寫的一切都是票房！在歐洲亦然！」

比利版本的《女孩之城》還是艾蓮諾．阿拉巴斯特姥姥的故事，她是個有錢寡婦，在一九二九年股災時失去所有金錢，然後她把豪宅轉型爲妓院跟賭場，好過上舒適的日子。

但比利同時也加了幾個有趣的新角色。現在這齣戲多了阿拉巴斯特姥姥超級自以爲是的女兒維多莉亞（她會在開場就來一首名爲〈媽咪是個私酒販〉的搞笑歌曲）。還有一位從英國造訪的落魄貴族親戚，想來紐約淘金，由亞瑟・華生飾演，他想跟維多莉亞結婚，這樣才能名正言順繼承家族豪宅。（比利向佩佩解釋道：「妳不能讓亞瑟・華生演美國警察，沒有人會信的。他就演個英國蠢蛋吧。他一定會比較喜歡這個角色，因爲他可以穿比較好看的西裝，假裝自己是什麼大人物。」）

愛情故事的男主角是個愛逞強的貧民窟小夥子，名叫幸運鮑比，他替阿拉巴斯特姥姥修車，還幫她在家建立起非法賭場，這讓他們倆都賺到流油。愛情故事的女主角則是名叫黛西的歌舞女郎，身材火辣，但她只有小小的夢想，能夠嫁人，能夠生一堆孩子。（〈寶貝，讓我替你織雙鞋〉是她的招牌歌曲，演唱時會搭配脫衣舞。）這個角色當然是由西莉亞・雷飾演。

最後，歌舞女郎黛西會跟幸運鮑比有情人終成眷屬，他們前往揚克斯，生一堆小孩。自以爲是的女兒愛上了紐約最慓悍的幫派分子，學會操作機關槍，爲了支持自己昂貴的品味，開始搶劫銀行。（她的主題曲是〈這是我最後一杯鑽石〉。）。圖謀不軌的親戚被趕回英國，沒有繼承到豪宅。阿拉巴斯特姥姥愛上紐約市市長，他是公事公辦的守法公僕，整齣戲裡，一直想要關閉她的私營酒吧都沒成功。後來他們結了婚，市長辭去公職，成爲她的酒保。（他們最後的二重唱會帶領全劇卡司出場，進行盛大結尾，這首歌叫作〈咱們一加一大於二〉。）

還有幾個新的小角色。其中有個搞笑的醉漢，他因爲不想工作，所以假裝盲人，但他還是打得一手好牌，順手牽羊也眞的很順手。（比利說服赫伯先生扮演這個角色，他說：「唐納，既然你寫不出劇本來，那你至少來演一下！」）歌舞女郎的媽媽是個還想要舞台的老妓女。

（招牌歌曲〈叫我花花老娘〉。）以及想要回收豪宅的銀行家。除此之外，就比利的意思，還需要一大群舞者與歌手，遠超過我們平常的四男四女，這樣才能讓這齣戲更盛大、更華麗。

❧

佩佩愛死劇本了。

「我啥屁也寫不出來。」她說：「但我知道精彩的故事是什麼模樣，這就是精彩的故事。」

愛德娜也愛死這個故事了。比利將阿拉巴斯特姥姥從誇張的社交夫人轉變成有智慧、又聰明，還會嘲諷的女人。戲裡所有笑點都是愛德娜的，每個場景都有她。

「比利！」首次看完劇本後，愛德娜驚呼：「眞是太愉快了，但你會寵壞我。戲裡別的角色都沒台詞嗎？」

「我爲什麼要讓妳離開舞台？」比利告訴她：「如果我有機會跟愛德娜·帕克·華生合作，我就要全世界都知道我與愛德娜·帕克·華生合作。」

「你眞好。」愛德娜說：「但比利，我已經好久沒有演喜劇了，我怕我不好笑。」

「喜劇的祕訣不是用搞笑的方式呈現。」比利說：「別搞笑，妳就會好笑。端出你們英國人平常那樣輕鬆不費力的模樣，話只說一半，另一半不說，彷彿妳不在乎一樣，這樣就很好。自自然然不費力的喜劇就是最好的喜劇。」

看愛德娜與比利互動眞有意思。看來他們之間有實質的友誼，不只是建立在玩笑與嬉鬧上，還有相互的尊重。他們敬佩彼此的才華，在一起的時候相當愉快。他們見面的第一晚，比利對愛德娜說：「親愛的，我們上次見面後就沒什麼大消息了，咱們坐下來，喝點小酒，啥都不要說。」

爲此，她回答道：「比利，天底下沒有什麼事是我不願談的，天底下沒有什麼人是我不願意與之詳談的。」

比利有一次當著愛德娜的面告訴我：「多少男人樂意讓咱們了不起的愛德娜撕碎他們的心，那是多年以前，我們還在倫敦的時候。我偏偏不是其中一員，但那只是因爲當時我已經愛上佩佩。愛德娜年輕的時候碾壓一個又一個男人，那是值得一看的場面。富豪、藝術家、將軍、政治人物，她通通用鐮刀把他們劈得死無全屍。」

「才沒有。」愛德娜抗議，但她的笑容又像是在說：**沒錯，就是這樣。**

「愛德娜，我以前很愛看著妳潰擊每一個男人。」比利說：「妳的手段之高明，妳的出擊之有力，那些男人一輩子抬不起頭來，然後其他女人會把他們鏟起來，控管他們。這根本就是爲人類服務啊。薇薇安，我知道她看起來像個小娃娃，但千萬不要低估這個女人，必須尊敬她，提防在那時髦打扮之下，還有一條鐵桿背脊呢。」

「比利，你把我說得太厲害了。」愛德娜說，但她的笑容再次說明：**先生，你說得完全沒錯。**

幾個禮拜後，我在我的房間替愛德娜試衣。我替她設計的洋裝是給她在最後一場戲穿的，愛德娜希望衣服引起轟動，我也是。「替我做一件跟我一樣好的洋裝，」這是她直接的指令，請原諒我吹噓，但我使命必達。

這件晚禮服由兩層知更鳥蛋藍的透明絲綢針織布組成，搭配上晶瑩剔透的水鑽網格。（我在勞斯基找到一捲絲綢，差不多花光了個人積蓄才買下來。）每個動作都會讓這件洋裝熠熠閃爍，不是很誇張的那種，而是像光線映照在水面上那樣。絲綢貼在愛德娜的身上，但沒有貼得很緊（畢竟她已經五十好幾了），右邊有開衩，這樣她才好跳舞。用意在於讓愛德娜看起來像要去過紐約夜生活的仙子女王。

愛德娜很喜歡，在鏡子前轉圈，捕捉每一次的閃爍與光芒。

「薇薇安，我發誓，雖然我不曉得妳是怎麼辦到的，但妳讓我看起來**長高**了。而且這個藍色清新脫俗，好年輕。我很擔心妳會讓我穿黑色，那會讓我看起來像屍體。噢，我**等不及**要讓比利看這件洋裝了。我沒見過哪個男人對女人的服裝這麼有研究。他會跟我一樣期待。薇薇安，我告訴妳，妳這個姑丈比利．布威爾啊，是罕見的男人，嘴上說愛女人，也**心口一致**。」

「西莉亞說他是花花公子。」我說。

「親愛的，他當然是花花公子。那麼帥的男人怎麼不花呢？不過，比利很特別，妳要知道，天底下有無數的花花公子，但他們在最明顯的享受之外，其實不太喜歡女性的陪伴。男人可以盡情征服女人，但若他一點也不珍惜這些女人，**這種**男人就該避開。不過，比利是真的很喜歡女性，無論他會不會征服她們。我跟他在一起的時候總是很開心。他樂意跟我聊時尚，也樂意勾搭我。他替女性寫最有意思的對話，這是多數男人辦不到的。多數男性劇作家只會讓台上的女性角色色誘、哭泣、對丈夫忠心耿耿，這樣眞是無趣到可怕。」

「奧莉覺得他不値得信任。」

「她錯了。妳**可以**信任比利，完完全全可以信任他的本色。奧莉只是不喜歡他的本質。」

「他的本質是什麼？」

愛德娜停頓思考了一下，然後說：「他是**自由**的。薇薇安，妳在生命裡不會認識多少真正自由的人。他這個人想幹嘛就幹嘛，而我覺得這樣很清新。奧莉天性古板，但也多虧了她這個性，不然這裡根本無法運作。因此，她對所有自由之人都有疑慮。不過，我喜歡自由的人在身邊，他們讓我興奮。我必須說，比利的另一個特殊之處就是他的帥氣。薇薇安，我喜歡帥哥，相信妳看得出來。跟比利的帥氣同處一室總是讓人特別開心。不過，當心他的魅力！如果他對妳施展渾身解數，妳就準備當死鴿子了。」

我不得不想，比利有沒有對愛德娜「施展渾身解數」過？但我很注重禮貌，沒有多問下去，反而鼓起勇氣問：「那佩佩跟比利……？」

我甚至不確定該怎麼問完這個問題，但愛德娜立刻明白我的意思。

「妳對他們關係的本質感到好奇？」她笑了笑。「我只能告訴妳，他們愛著彼此，一直都這樣。妳知道，他們幽默與智識程度相當。他們年輕的時候，會激發出彼此最正向的火花。如果妳對他們的聰慧毫無了解，那妳也許會覺得可怕，妳會不曉得該怎麼加入他們的對話。比利很喜歡佩佩，一直如此。對，要比利・布威爾這種男人一生只能對一個女人**忠誠**，這對他來說實在太狹隘了，但他的心永遠是佩佩的。對了，他們合作都非常愉快，妳馬上就能目睹。問題在於，比利善於引發混亂，我不確定佩佩是否還想過混亂的生活。這些日子以來，相較於享樂，她更想要的是忠誠。」

「但他們還是**夫妻**嗎？」我問。

我的意思當然是：**他們還會上床嗎**？

「夫妻？哪種標準的夫妻？」愛德娜雙手環胸，歪著頭看我。我沒有回答，她則笑了笑，說：「親愛的，這很幽微。等妳年紀大一點就會發現，人生充滿各種幽微之處。我不想讓妳失望，但妳現在只要知道這點就好，多數婚姻並不是天堂地獄二選一，而是卡在中間，不上不下的。不過呢，愛還是值得尊重，而比利跟佩佩之間的確是眞愛。好，親愛的，如果妳能幫我調整一下這個腰帶，讓它不要每次我一抬手就滑到我的肋骨上來，我會感激到死。」

因爲愛德娜的名氣會提升表演的格調，比利相信其他的安排也必須跟主角明星一起提升。（「百合劇場就要拿到血統證明書囉。各位孩子，這是全新的狗狗選美秀。」他是這麼說的。）他要求我們替《女孩之城》所打造的一切都要比我們平常的規格還要好。

根據我們平常的準備來說，這個要求當然很難達成。

比利看了好幾晚的《男孩，放膽高飛》，他明顯表達出對於現在這幫演員的不滿。

「親愛的，他們是垃圾。」他對佩佩說。

「別奉承我。」她說：「我會覺得你想騙我上床。」

「他們是二十四克拉的垃圾，妳清楚得很。」

「比利，有話直說，別在那邊甜言蜜語。」

「歌舞女郎跟平常一樣，很棒，因爲她們只要負責看起來美美的，什麼都不用做。所以她們可以留下來。演員倒是挺糟糕的。我們需要新血。舞者挺可愛的，看起來就像出身貧苦人家的孩子，這我喜歡……但他們的腳步太沉重，也太可怕了。我喜歡他們妖豔的小臉，但咱們把他們排到後面去，找些眞正的舞者站在前面，至少要六個。對了，唯一一個我能忍受站在前排的舞者是那個小仙子羅蘭。他很棒。不過，我需要其他人也這麼優秀。」他說。

事實上，比利對羅蘭的魅力印象深刻，一開始打算讓他唱首歌〈也許參加海軍〉，這首歌**聽起來**是有個男孩想要加入海軍，追求充滿刺激的人生，但實際上唱的是羅蘭非常明顯的性向問題。（「我想像什麼『你在上，我在下』之類的歌詞，各位知道，就是玩點意有所指的小雙關。」比利是這樣解釋的。）不過，奧莉隨即拒絕了這個想法。

「奧莉，拜託嘛。」佩佩哀求道：「咱們加這首嘛，一定很好玩。反正婦女和孩童觀眾一定聽不懂。這本來就是很亂七八糟的故事。咱們就這麼一次，加點猛料。」

「這種猛料對大眾觀感不好。」這是奧莉的決定，沒得討論，羅蘭沒有得到他的歌。

⁂

我必須說，奧莉對這一切都很不滿。

全百合劇場只有她一個人沒有感染到比利的興奮。從他抵達的那一天起，奧莉就開始不爽，而她的不爽從沒離開過。我已經開始覺得總是板著一張臉的奧莉很煩，一直計較每一分錢，嚴加控管性暗示的內容，堅守每一個古板的習慣，拒絕比利每一個優秀的想法，對預算不斷大驚小怪，還一直掃興，這一切都讓人覺得好累啊。

舉例來說，比利想再找六個舞者進來。佩佩贊成，但奧莉說這個想法是「小題大作，有的沒的，一點效果也沒有」。

比利與她爭論，說多六名舞者會讓表演看起來更盛大，奧莉卻反駁：「多六名舞者也看不出來，還會花掉不存在的預算。光是排練，薪水一個禮拜就是四十美金，你還要六個人？你覺得我該去哪裡弄這些錢？」

「奧莉，想賺錢就不得不先花點錢啊。」比利提醒她：「總之，我可以借妳這點錢。」

「我更不喜歡這個想法。」奧莉說：「我也不相信你會說到做到，還記得一九三三年堪薩斯市的事嗎？」

「不，我不記得一九三三年在堪薩斯市發生了什麼事。」比利說。

「你當然不記得。」佩佩插嘴：「你留我跟奧莉收爛攤子。你要我搞一場盛大的歌舞表演，租下了超大的演奏廳，你找了一堆當地的演員，全都記在我名下，然後你搞消失，跑去法國的聖特羅佩參加雙陸棋錦標賽。我必須花光劇團的帳戶才能付清所有的錢，而你跟你的錢卻消失了整整三個月。」

「老天，佩格西，妳講得好像我做錯了什麼一樣。」

「當然，別難過，我知道你一向熱愛雙陸棋。但奧莉說得有道理。百合劇場目前只能勉強打平，沒有盈餘。我們不能爲了這齣戲冒險。」

「我現在當然必須反對妳們的看法。」比利說：「因爲如果各位小姐願意冒一次險，我就能協助妳們製作出觀眾想看的節目。只要觀眾想看某一齣戲，這樣就會賺錢了。這麼多年過去，眞不敢相信我還要提醒妳劇場界是怎麼運作的。拜託，佩格西，現在別把矛頭指向我。有人來拯救妳的時候，別對他放箭啦。」

「百合劇場不需要拯救。」奧莉說。

「噢，奧莉，百合劇場需要拯救！」比利說：「看看這座劇場！所有的東西都需要更新更換。妳們還在用煤氣燈耶。妳們的觀眾席每晚有四分之三是空的。妳們需要暢銷作品。讓我幫妳們打造一齣暢銷作品。有愛德娜在，我們有機會的。不過，我們不能馬虎，如果找得到劇評家，我肯定會找幾個來，那除了愛德娜，表演其他的部分也不能看起來馬馬虎虎的啊。佩格西，拜託，別當懦夫。而且，妳知道，妳不用跟平常一樣那麼辛苦，因爲我會協助妳導演，就跟我們以前一樣。好嗎？親愛的，把握機會啊。妳可以繼續製作那些廉價節目，朝破產緩緩前進，或是，我們可以做點了不起的東西出來。咱們一起做點了不起的東西吧。妳這個勇往直前的女王，根本不在乎錢，咱們放手一搏吧，就這一次。」

佩佩動搖了。「奧莉，也許我們可以再請四名舞者？」

「佩佩，妳別相信他譁眾取寵的花言巧語。」奧莉說：「我們負擔不起，我們連多兩人都請不起。我有帳冊可以證明。」

「奧莉，妳太擔心錢了。」比利說：「妳一直都這樣。錢不是世界上最重要的東西。」

「這話出自羅德島紐波特的威廉・艾克曼・布威爾三世呢。」佩佩說。

「佩格西，夠了喔。妳知道我從不在乎錢。」

「沒錯，比利，你從不在乎錢。」奧莉說：「顯然就是那種出生於富有家族的人完全不在乎錢的態度。你最可惡的一點莫過於害佩佩也不在乎錢。所以我們過去才會遇到那麼多問題，而我不會讓歷史重演。」

「天底下總有足夠的錢。」比利說：「奧莉，別再跟個資本主義者一樣，好嗎？」

佩佩大笑起來，假裝是在向我低語：「小鬼頭，妳的比利姑丈覺得自己提倡社會主義，但除了愛得自由以外，我不確定他明白箇中精髓。」

「薇薇安，妳覺得呢？」這是比利第一次注意到我也在場。

強行被拉入這場對話讓我覺得非常不舒服。這種經驗很像是在聽我爸媽吵架，只不過他們有三個人，讓人更不舒服。當然我在過去幾個月裡，時常聽到佩佩跟奧莉在吵錢的事情，但現在又加上比利進來，問題愈演愈烈。我可以在佩佩、奧莉的爭論裡找到生路，但比利是個難以預料的傢伙。每個孩子都能學習在兩個爭論不休的成人間求生存，但三個？這已經超乎我的能力了。

「我覺得你們說的都很有道理。」我說。

這個回答一定是錯的，因爲**我**這話惹惱了他們所有人。

最後，他們同意請另外四名舞者，比利出錢。沒有人滿意這個決定，這卻是我父親所謂的成功商業協商。（「每個人離開的時候，都覺得自己吃了虧。這樣，妳才能確保其他人沒有占到便宜，不會領先太多。」這是父親某次正經八百與我分享的知識。）

13

比利・布威爾加入我們的小小世界後，我發現了一件事，自從他抵達百合劇場，大家喝得更多了。

見鬼地多。

安潔拉，讀到這裡，妳也許會好奇，我們怎麼可能喝得比現在還要多？但酗酒就是這樣的，只要有心，人人都能喝更多。說眞的，這只是紀律問題。

最大的不同在於，現在佩佩姑姑會跟我們一起喝。她之前只會小酌幾杯馬丁尼，然後在合理的時間上床睡覺，這是奧莉嚴格規定的行程。現在下戲後，佩佩會跟比利出門，喝得酩酊大醉，每一晚都這樣。我跟西莉亞經常會跟他們一起喝個幾杯，然後再去別的地方惹是生非。

如果一開始跟著打扮樸素的中年姑姑一起出門感覺很尷尬，等到我曉得佩佩在俱樂部有多好笑，特別是在她酒過三巡之後，這種尷尬立刻煙消雲散。主要是因爲佩佩認識每一個在娛樂圈的人，他們也都認識她。就算他們不認識她，也會認識比利，這麼多年沒見，都想跟他敘舊。這意謂酒水會立刻上桌，通常一起出現的還會有俱樂部的老闆，他們會坐下來，跟我們聊好萊塢與百老匯的八卦。

在我眼裡，比利跟佩佩還是很不搭，他穿著白色的晚宴西裝外套，梳著油頭；她則穿著百貨公司買的中年婦女低調洋裝，沒有化妝，但他們看起來很迷人。我們所到之處，他們都能立刻成爲各種聚會的中心人物。

他們玩得超奢華的。比利會點菲力牛排和香檳（他通常會漫不經心地晃走，錯過吃牛排的好時機，但他從來不會忘記喝香檳），邀請在場的每個人過來加入我們。他會滔滔不絕講起他與佩佩正在製作的節目，以及這齣劇會有多紅。（他向我解釋道，這是刻意的行銷手段，他希望把《女孩之城》的風聲放出去，還讓大家知道這齣戲有多棒。「我還沒見過哪個公關放消息的速度比我在夜店裡更快。」）

一切都太好玩了，只不過佩佩總想當個負責的大人，早點回家，而比利會想盡辦法讓她晚點回去。我記得某天晚上在阿爾岡昆酒店的時候，比利說：「我的妻子，妳想再喝一杯嗎？」我在佩佩臉上看到一閃而過的痛苦神情。

「我不該喝了。」她說：「比利，這樣對我不好。讓我整理一下思緒，理智一點。」

「佩格西，我沒問妳該不該喝，我問的是妳想喝嗎？」

「我當然想要再喝，我永遠都想喝，但來點溫和的，拜託。」

「我該直接替妳點三杯溫和的嗎？」

「威廉，一次一杯就好。我現在喜歡這樣的生活。」

「祝妳健康。」他說著，舉杯向她敬酒，然後招手叫服務生。「只要服務生持續上酒，我也許能夠接受一整晚溫和的雞尾酒。」

❧

那天晚上，我和西莉亞離開比利、佩佩，進行我們自己的冒險。我們跟平常一樣在天亮之前的朦朧時刻拖著腳步到家，我們詫異地發現客廳的燈亮著，裡頭的情景出乎我們的意料。佩佩癱倒在沙發上，衣服穿得好好的，不省人事，還在打鼾。她一手蓋在臉上，一隻鞋已經脫落。比利還穿著他那件白色的西裝外套，在她旁邊的椅子上打盹。他們一旁的桌上有好幾支空酒瓶，菸灰缸滿滿的。

我們走進時，比利醒來，他說：「噢，兩位姑娘，妳們好啊。」他口齒不清，雙眼紅腫。

「抱歉。」我也口齒不清地說：「不想打擾你們。」

「妳們倒是打擾不了她。」比利隨手比了比沙發的方向。「她醉倒了，我沒辦法扶她上最後一層樓。嘿，妳們姑娘幫幫我吧……」

於是我們三個醉醺醺的人打算把另一個更醉的人弄上樓睡覺。佩佩不是嬌小的女人，我們也不是處在最有力量、最優雅的狀態，所以整個任務很不簡單。我們多少是一路把她拖上來的，就跟一般人搬運成捆的地毯差不多，一路碰撞出聲，直到我們抵達四樓。我擔心我們全程跟休假的水手一樣笑得東倒西歪。我也擔心這一趟對佩佩來說不太舒服，或該說，如果她有意識，她會覺得不舒服。

我們一開門就看到奧莉，當妳最醉、罪惡感最深的時候，妳最不想看到的一張臉。才看一眼，奧莉就搞清楚了狀況。是說這沒什麼費解的啦。

我期待她發脾氣，但她只有蹲下來，扶著佩佩的頭。奧莉抬頭看了一眼比利，臉上充滿哀愁。

「奧莉。」他說：「嘿，聽著，妳曉得怎麼回事的。」

「誰去幫我拿條濕毛巾來。」她壓低聲音說：「冷水濕毛巾。」

「我不曉得要去哪裡拿。」西莉亞癱靠在牆邊。

我跑去浴室，七手八腳亂弄一通，直到我開了燈，找到毛巾，打開水龍頭，辨識出熱水和冷水，想辦法浸濕毛巾但不弄濕自己（這一步完全失敗），再找路離開浴室。

等我回到現場，愛德娜・帕克・華生也過來了（我實在忍不住注意到她穿了一套漂亮的紅色絲質睡衣褲，還披著一件奢華的金色睡袍），她正幫忙奧莉把佩佩拖進房裡。抱歉我必須說，這兩位小姐看起來不是第一次處理這種事。

愛德娜從我手上接下濕毛巾，壓在佩佩額頭。「好了，佩佩，慢慢清醒過來。」

比利稍微後退，身體搖搖晃晃，臉色看起來不是太好。就這一次，他顯出老態。

「她只是想玩得開心一點。」他無力地說。

奧莉起身，又用那低低的聲音說：「你每次都這樣害她。你每次都知道她需要約束，卻每次都慫恿她。」

比利看著她好一會兒，差點就要道歉了，但他反而犯下每個酒鬼都會犯的錯：堅持己見。

「啊，別對我發脾氣。她會沒事的，她只是想在回家後多喝幾杯。」

「她跟你不一樣。」奧莉說，除非我看錯，不然她眼裡似乎閃著淚光。「十杯之後她就停不下來了，她一直都這樣。」

愛德娜溫柔地說：「威廉，我覺得你該離開了。兩位姑娘，妳們也是。」

隔天，佩佩睡到下午三、四點，但除此之外，劇場工作照舊，沒有人提昨晚發生的一切。這天晚上，佩佩和比利又去阿爾岡昆酒店，請所有人喝一輪又一輪的酒。

14

比利爲這齣戲鋪張地舉辦了試演，真正的選秀試演，在業內報紙上打廣告什麼的，目的就是爲了挖掘好過百合劇場平常水準的表演者。

這可是頭一遭，我們從來沒有選秀試演過，我們的節目劇組通常都是靠口耳相傳來的。佩佩、奧莉、葛拉蒂絲認識附近很多演員與舞者，能夠不用選秀，就湊出一組人馬。不過，比利想要我們在地獄廚房之外的地方找到更好的人，於是，正式的選秀就開始了。

一整天，懷抱希望、川流不息的人走進劇場，舞者、歌手、演員。我跟比利、佩佩、奧莉、愛德娜坐在一起，評估這些胸懷大志的人。這次經驗讓我焦慮，看著這些人這麼明目張膽渴望什麼，真讓我緊張。

然後，很快地，我就開始覺得無聊。

（安潔拉，任何活動經過一段時間後都會變得無聊，就算是看著赤裸裸脆弱的心碎演出也一樣。特別是每個人都唱同一首歌，跳同樣的舞步，甚至是重複一樣的對白，個把小時都這樣。）

我們先選舞者。一個又一個漂亮女孩上場，想要踏著舞步加入我們全新劇碼的舞者行列。這麼多形形色色的人讓我頭暈。這女孩有紅色捲髮，那女孩有金色秀髮。這個高，那個矮。有個女孩屁股很大，跳起舞來像條喘著大氣的龍。一個女人年紀太大了，已經不適合靠跳舞維生了，但她還是滿懷希望與夢想。一個留著時髦瀏海的女孩踏地時非常用力，彷彿是在行軍，而不是跳舞。她們全心全意踢著腿，帶著積極的態度，氣喘吁吁跳起踢踏舞，踢得大量粉塵在腳燈燈光裡飛舞。她們汗水直流，聲音很大。說到舞者，她們的野心不只能夠讓人看見，也讓人**聽見**。

比利稍微費了點力，找奧莉一起選秀，但努力根本白費。感覺她是在懲罰我們，完全沒有仔細看。事實上，她在看《先驅論壇報》的社論。

「這個，奧莉，妳覺得這個小姑娘迷人嗎？」比利問她，一個漂亮的小姑娘剛替我們唱完一首動人的歌曲。

「不。」奧莉連頭都沒有從報紙裡抬起來。

「啊，奧莉，沒關係。」比利說：「如果我們對女人的品味永遠一致，那人生會有多無聊啊。」

「我喜歡這個。」愛德娜指著一位嬌小、黑髮的女孩。這女孩在舞台上把腿踢得老高，態度之輕鬆，彷彿像是甩開浴巾一樣。「她跟其他一直想討好我們的人不一樣。」

「愛德娜，選得好。」比利說：「我也喜歡她，但妳有沒有發現，她看起來就像二十幾年前的妳？」

「噢，老天，的確很像，是吧？這就是她吸引我的地方，對不對？老天，我眞是個虛榮的老太婆。」

「哎，我喜歡過這樣的女孩，現在也喜歡這樣的女孩。」比利說：「就用她吧。好，咱們確保所有舞者行列的女孩都不會高過她，讓她們身高看起來都差不多。我想要一群可愛的深髮色小姑娘。我不希望舞者讓愛德娜看起來很矮。」

「親愛的，謝謝你。」愛德娜說：「誰喜歡看起來矮呢？」

等到男主角的選秀開始時，我的注意力奇蹟似地回來了。男主角就是幸運鮑比，他是個有小聰明的孩子，教阿拉巴斯特姥姥怎麼賭博，最後娶了歌舞女郎的那個角色。我們現在有一大票帥氣的年輕男子踏上舞台，輪流唱起比利與班傑明替這角色寫的歌曲。（「夏天風和日麗／骰子擲出好手氣／若愛人鬧起脾氣／他就想辦法晚點回去。」）

我覺得這些人都很棒，可是我們先前已探討過，我對男人沒有多少鑑別力。比利倒是拒絕了一個又一個。這個太矮（「拜託，他要吻西莉亞耶，奧莉大概不會讓我們買梯子」），那個看起來太像美國人（「誰也不會相信那個吃玉米長大的中西部孩子來自紐約的貧民區」），這個太陰柔（「這齣戲裡已經有一個看起來像女孩的男孩了」），這個太正經（「各位，這又不是主日學」）。

然後，就在最後，從舞台一側走進一個高瘦的黑髮年輕人，他身上的亮面西裝在腳踝及手腕部位都有點短。他的手插在口袋裡，戴了一頂寬沿的費多拉帽，戴得很後面。他嚼著口香糖，也沒打算在聚光燈下掩蓋這個事實。他笑起來像是知道錢藏在哪裡的人。

班傑明開始彈奏，但年輕人伸手打斷他。

「這個。」他開口，望向我們。「這裡誰說了算？」

聽到男人的聲音，比利稍微坐直了一點，那是道地的紐約口音，銳利、自以為是，本身還帶有一點興味。

「她。」比利指著佩佩。

「不，她。」佩佩指向奧莉。

奧莉則繼續看她的報紙。

「你們知道，我只是想知道我該取悅誰。」年輕人仔細望向奧莉。「但如果是那女人，我想我現在就該捲鋪蓋回家了，你們懂我的意思嗎？」

比利大笑。「孩子，我喜歡你。如果你能唱歌，你就得到這角色了。」

「噢，先生，我會唱歌，這你別擔心。我也會跳舞。我只是不想在我沒機會上台唱歌跳舞時唱歌跳舞。你聽到我說的話了嗎？」

「這樣的話，我修改我的提議。」比利說：「這角色是你的了，就這樣。」

這話吸引了奧莉的注意力，她警覺地從報紙裡抬起頭來。

「我們甚至還沒聽他唸台詞。」佩佩說：「我們不曉得他會不會演戲。」

「相信我。」比利說：「我的直覺告訴我他很完美。」

「恭喜了，先生。」年輕人說：「你的決定很正確。各位女士，妳們不會失望的。」

而，安潔拉，這個人就是安東尼。

我愛上了安東尼・羅切拉，我不會拐彎抹角，假裝我沒有。而他也愛我，以他獨特的方式，至少愛過我一下下。最了不起的是我居然能夠在短短幾個小時內就愛上他，這倒是挺有效率的。（妳一定知道了，年輕人就是辦得到這種事，輕輕鬆鬆。事實上，短暫火花的激情之愛就是年輕人的自然狀況。唯一讓人詫異的是這種事居然沒有早點發生在我身上。）

在這麼短時間裡墜入愛河的祕訣當然就是完全不了解這個人。妳只要認同對方身上某一個令人興奮的特點，然後全心全意全力愛這一點，相信這點足以成爲持久奉獻的基礎，這樣就夠了。安東尼讓我覺得最興奮的特點是他的自大。當然，這點不是只有我注意到，畢竟他之所以能夠加入我們的戲，就是因爲他的傲慢自大，但愛上這點的只有我一個人。

好，自從幾個月前，我到紐約後，我身邊不乏傲慢自大的年輕男人（安潔拉，紐約這塊寶地專出這種人），但安東尼的自大有一個特色，那就是他似乎是**真的**不在乎。我目前邂逅的自大男孩都喜歡裝出一副不痛不癢的模樣，但他們的氣息似乎透露了他們有所求，哪怕只是想上床。不過，安東尼沒有明顯的渴望或渴求。所有的一切，他都覺得無所謂。他可以贏，他可以輸，輸贏不會挫敗他。如果他在某個地方沒有得到他要的東西，他就把手插回口袋裡走開，面不改色，去別的地方再試試看。無論生活丟出什麼，他都是一副「有就有，沒有也罷」的態度。

就算對我，他也可以「有就有，沒有也罷」，所以，妳可以想像，我別無選擇，只能完完全全愛上他。

安東尼住在西四十九街的無電梯大樓四樓，就在第八大道與第九大道之間。他與哥哥羅倫佐一起住，羅倫佐是拉丁區餐廳的主廚，安東尼沒有戲演的時候，就去餐廳端盤子。他告訴我，他父母之前也住這裡，現在他們已經過世，安東尼跟我提這件事的時候，完全沒有展現出失落或哀傷的神情。（父母對他來說，也是「有就有，沒有也罷」。）

安東尼是土生土長的地獄廚房孩子，他打從內心就是四十九街人。他在這裡的每一條街跟其他孩子一起打棍球，在幾條街外的聖十字教堂學會唱歌。接下來幾個月，我會對這條街非常熟悉，我顯然也會對他的公寓非常熟悉。現在回想起來，我還有種暖洋洋的滿意，因爲我在他哥羅倫佐的床上體驗了人生第一次高潮。（安東尼沒有自己的床，他睡在客廳沙發上，但我們在羅倫佐工作時，自動借用了他的床。所幸羅倫佐工作時間很長，我有餘裕享受小安東尼提供的樂趣。）

我先前提過，女人需要時間、耐心及體貼的愛人，才能學習美好的性愛。愛上安東尼・羅切拉讓我有機會接觸到這三個必要的元素。

我跟安東尼認識的第一晚，我們就上了羅倫佐的床。選秀結束後，他上樓簽約，比利給他一份劇本。大人忙完他們的事，安東尼就走了。不過，就在他出門幾分鐘後，佩佩要我去找他談服裝的事。我立刻受命出門。女士，沒問題。我這輩子還沒有用這麼快的速度跑下劇場的階梯過。

我在人行道上追上安東尼，拉住他的手臂，上氣不接下氣地自我介紹。

其實，我跟他根本沒有什麼好討論的。他穿來選秀的西裝就是他最好的戲服。沒錯，對我們的戲來說是有點太現代了，但加條適合的吊帶及寬大花俏的領帶，就沒問題了。他這身西裝對幸運鮑比來說夠廉價、夠可愛了。而雖然這不是最有禮貌的說法，但我告訴安東尼，他身上這襲西裝很適合這個角色，因爲很廉價，很可愛。

「妳說我廉價也可愛？」他問，他雙眼閃著趣味的光芒。

他有一雙讓人愉悅的眼睛，深咖啡色，還充滿生氣。他看起來彷彿這輩子都過得很有趣。現在仔細看著他，我才曉得他比舞台上看起來年長多了，不是什麼高高瘦瘦的孩子，而是精瘦的年輕人。他比較像二十九歲，不是十九歲。是他的纖瘦與輕快的步伐讓他看起來年輕多了。

「可能吧。」我說：「但廉價也可愛沒什麼錯。」

「反觀妳，妳看起來很昂貴。」他緩緩評估著我。

「但可愛？」我問。

「非常可愛。」

我們相視許久。靜默之中，我們交流了許多訊息，妳也許可以說，這是一場完整的對話。這是調情最純粹的形式——不用言語的對話。調情是一連串靜默的問題，一人用雙眼問著另一人。而這些問題的答案總是簡單的三個字：

也許吧。

於是我跟安東尼互看許久，問起那些不用說出口的問題，還靜靜回答彼此：**也許吧，也許吧，也許吧**。靜默持續太久，感覺有點不舒服。不過，我這麼倔強，我不肯開口，也不肯移開目光。最後，他開始大笑，我也笑了起來。

「漂亮的娃娃，妳叫什麼名字？」他問。

「薇薇安・莫里斯。」

「薇薇安・莫里斯，妳想與我共度今晚嗎？」

「也許吧。」我說。

「好嗎？」他問。

我聳聳肩。

他歪著頭，更仔細地望著我，臉上還掛著笑容，他又問：「好嗎？」

「好。」我下定決心，此時此刻，**也許吧**，下台一鞠躬。

不過，他又問了一次：「好嗎？」

「好！」我說，覺得他剛剛可能沒聽清楚。

「好嗎？」他又說了一次，我這才發現他不是要約我出去。我們沒有要去吃晚餐或去看電影，他是在問我今晚是不是**真的**可以。

我用完全不同的語氣說：「好。」

❧

不到半小時，我們就上了他哥的床。

我立刻明白，這跟我平常的性經驗不一樣。首先，我沒醉，他也很清醒。然後，我們不是站在夜總會的衣帽間，或在計程車後座七手八腳亂摸。這裡一點也不亂，安東尼・羅切拉好整以暇。他辦事的時候喜歡講話，但不是凱勒格醫生那種討厭的講法。他喜歡問我挑逗的問題，我喜歡這樣。我覺得他只是喜歡聽我一次又一次正面的回答，而我樂意配合。

「妳知道妳有多美，對不對？」他問，這時，他才剛在身後鎖上門。

「對。」我說。

「妳會過來跟我一起坐在這張床上，對嗎？」

「對。」

「妳知道因爲妳很美，所以我現在要吻妳了？」

「好。」

老天爺啊，這男孩**真會**接吻。他用雙手捧著我的臉，長長的手指碰觸到我的後腦，他靜靜捧住我的臉，溫柔試探地吻了幾下我的嘴唇。我一直以來都很喜歡這部分的性，也就是接吻。在我的經驗裡，接吻總是很快就結束了，但安東尼似乎不急著去哪裡。這是我第一次遇到一個接吻對象，能夠跟我一樣盡情享受接吻。

過了很久以後，眞的很久，他終於把臉抽開。「薇薇安．莫里斯，我們接下來要這樣做。我會坐在這張床上，妳站在那裡，就在燈下，然後把衣服脫掉。」

「好。」我說。（一旦妳開始正面的回答，妳就停不下來了！）

我走到房間中央，如他所言，站在燈泡下。我脫掉洋裝，從衣服上跨出來，高舉雙手掩飾我的緊張，**來了**！不過，我一脫下洋裝，安東尼就開始大笑，我感到丟臉，想到我有多瘦，想到我的胸部有多小。他看到我的表情時，減緩了笑聲，說：「不、不，娃娃，我不是在笑妳。我笑是因爲我很喜歡妳。而妳手腳俐落，這樣很可愛。」

他起身撿起地上的洋裝。

「娃娃，妳爲什麼不把洋裝穿回去呢？」

「噢，抱歉。」我說：「沒關係的，我不介意。」我胡言亂語，但我心底想的是：**我搞砸了，一切都結束了。**

「不，寶貝，聽我說。妳要爲了我，把這件洋裝穿回去，然後我要請妳再脫一次，但這次妳要慢慢來，好嗎？手腳不要那麼俐落。」

「你這瘋子。」

「我只是想看妳再脫一次。好嗎？娃娃。我等這一刻已經等了一輩子，慢慢來。」

「不，你才**沒有**等這一刻等一輩子！」

他笑了笑。「是沒有，妳說對了，但既然現在面臨這一刻，我的確喜歡這樣。所以妳再替我脫一遍，好不好？這次動作要很慢很慢很慢。」

他坐回床上，我把洋裝穿上走了過去，讓他替我扣上背後的釦子。他乖乖聽話，動作緩慢也謹慎。我當然可以自己扣，而且要不了多久，我又要解開這些釦子，但我想讓他負責這項任務。說眞的，讓這位年輕人幫我把釦子扣回去是我體驗過最性感、最親密的行爲，不過，這種感覺馬上就會被超越了。

我轉過身，走回房間中央，衣服穿得好好的。我推推頭髮。我們相視而笑，像兩個傻瓜。

「現在再來一次。」他說：「很慢很慢。彷彿我不在這裡一樣。」

這是我第一次讓人**注視**的經驗。雖然過去幾個月裡，很多男人摸遍了我的身體，倒是沒有多少人向我行注目禮。我轉身背對他，彷彿很害羞。事實上，我是有點害羞。明明我還穿著衣服，卻感覺無比赤裸！我伸手去解開後方的釦子，我的上衣從肩上滑落，卡在腰際。我讓衣服卡在這裡。我解開胸罩，讓肩帶滑落手臂。我把胸罩放在旁邊的椅子上。然後，我站在那裡，讓他注視我裸露的後背。我感覺得到他在我身上的目光，彷彿是沿著我背脊衝上來的電流。我站在原地好一會兒，等著他開口，但他沒有。看不到他的臉讓我覺得興奮刺激，這樣我就不知道他在我身後的床上做什麼。時至今日，我還感覺得到那個房間的氛圍，那股清新舒爽的秋日氣息。

我緩緩轉身，卻持續低著頭，洋裝還鬆垮垮地卡在腰上，但我的胸部裸露在外。他還是沒有說話。我閉上雙眼，接受他的審視及思量，感覺到電壓從我的背脊流向我的正面。我的頭飄飄暈眩，移動或開口似乎非常困難。

他終於開口：「就是這樣，我講的就是這樣。現在妳可以來我身邊了。」

他帶領我上床，把我的頭髮從我眼前撥開。我預期他在這一刻對我的胸部和嘴巴展開攻勢，但他完全沒有接近那裡。他不疾不徐的態度讓我有點發狂。他甚至沒有再次吻我，只是對我笑笑，說：「嘿，薇薇安．莫里斯，我有個好主意，想聽聽嗎？」

「好。」

「好，我們接下來要這麼做。妳躺在這張床上，讓我幫妳把剩下的衣服脫掉。妳閉好妳那雙漂亮的眼睛，然後妳知道我要做什麼嗎？」

「不知道。」我說。

「我要讓妳知道眞正厲害的是什麼。」

⁂

安潔拉，對妳這種年齡的人而言，也許很難了解口交對我這個世代的年輕女性來說是多激進的概念。我當然曉得該如何對男性進行（我們說那叫「吹簫」，我吹過幾次，但不確定我喜歡甚至理解這種行為），但要讓男人把嘴巴放在女人的生殖器上？那可不成。

讓我改口一下，我相信這樣當然成。每個世代都喜歡認為自己發掘了性愛，但我相信在一九四〇年，全紐約有更多比我更世故的人體驗過舔陰這回事，特別是在格林威治村。不過，我從沒聽說過。老天啊，那個夏天，我的陰性之花有過各種體驗，但這種可是頭一遭。我體驗過撫摸、搓揉、穿刺，當然還有手指的玩弄與摳撥（真是的，男孩真的很喜歡摳撥，手勁還不小呢），但口交可沒有。

他的嘴巴立刻靠近我的雙腿之間，忽然發現他的目標與意圖，讓我在這一刻嚇了一跳，我連忙「噢！」了一聲，想要坐直起來，但他長長的手卻伸了過來，手掌壓在我的胸口，堅定地把我壓回床上，同時沒有停下他正在忙的動作。

「噢！」我又叫了一聲。

然後，我感覺到了。有種我從來沒有想過的刺激感出現。我這輩子沒有這麼用力吸氣過，我不確定接下來十分鐘裡，我有沒有吐出這口氣。我覺得我好像一度失去聽覺與視覺，我的腦子可能有地方短路了，也許那個部位從那之後一直沒有完全修好。我整個人的存在都相當驚愕，我聽到自己發出動物般的聲音，雙腿不受控制地顫抖（是說我沒有想要控制它們啦），而我的雙手緊抓著臉，頭骨上都有指甲的印子。

愈來愈刺激了。

之後，*甚至更刺激*。

然後，我尖叫起來，彷彿火車輾過我。他那隻長長的手臂伸過來掩住我的嘴，我咬著他的手指，就跟受傷的士兵緊咬子彈一樣。

接著，一切達到巔峰，我好像或多或少死去了一點。

等到一切結束，我氣喘吁吁，又哭又笑，完全沒辦法停下身體的顫抖，但安東尼·羅切拉則跟之前一樣，露出他那自大的笑容。

「對啊，寶貝。」現在我全心全意深愛的精瘦男子說：「這才是眞正厲害的招數。」

❧

哎呀，經過**那種事情**之後，女孩跟之前肯定不一樣了，對不對？

最神奇的在於，在我們了不起的第一次邂逅夜，我跟安東尼並沒有上床。我的意思是，我們並沒有實際性交。我那晚也沒有對安東尼做任何事情，對於他給我的「強烈啓發」，我沒有做任何事情回報他。他似乎也不需要我做任何事，他不介意我只是躺在床上，跟摔出飛機一樣，動彈不得。

話又說回來，這就是安東尼·羅切拉的迷人之處，就是這麼不疾不徐，「有就有，沒有也罷」的態度。我開始明白他這深刻的自信源於何處。我現在完全明白爲什麼這個身無分文的年輕人可以趾高氣昂地像他擁有整個紐約一樣，因爲如果一個男人能對女人做出那種事，而完全不求回報，他爲什麼不會覺得自己很了不起呢？

他抱著我好一會兒，開玩笑說我享受到又哭又叫，然後，他走去冰箱旁，拿了兩瓶啤酒過來。

「薇薇安·莫里斯，妳要喝點東西。」他說，而他說得沒錯。

那天晚上，他甚至沒脫衣服。

那個男孩把我蹂躪到近乎失去意識，結果他連他那件廉價可愛的西裝外套都還沒脫掉！

⁂

隔天晚上，我當然回到他的嘴下，再次體驗他的「口技」，然後不自覺扭動。再之後的那個晚上也是，他衣服還是穿得好好的，完全沒有要求我也做點什麼回饋他。到了第三晚，我終於鼓起勇氣問：「那你呢？你需要……？」

他笑了笑。「寶貝，咱們會走到那一步的。妳別擔心。」

他說得沒錯，咱們的確會走到那一步，老天，眞的，但他一直等到我飢渴難耐。

安潔拉，我不介意告訴妳，他一直耐著性子等到我**苦苦哀求**。

哀求這件事對我來說滿棘手的，因爲我不知道該怎麼爲性哀求。出身良好的年輕女孩該用哪種語言哀求那不可明說、但她相當渴望的男性器官？

可不可以請你……？

如果不麻煩的話……？

這種對話，我完全詞窮。當然，自從來到紐約後，我是做過很多淫穢不入流的事情，但我內心還是乖乖牌好女孩，而乖乖牌好女孩是不會要求什麼的。最重要的是，我在過去這幾個月裡所做的就是**容許**這些淫穢不入流的事情在我身上發生而已，因爲男人總是忙著快點完事。不過，這次可不一樣。我想要安東尼，他卻不急著給我，這樣只讓我更想要他。

當我終於能夠結巴地說出類似：「你覺得也許我們哪天可以……？」他就會停下手邊的動作，用手肘支起上半身，對我笑著說：「可以怎樣？」

「你有沒有想要……」

「我有沒有想要什麼，寶貝？說出來啊。」

我什麼也沒說（因爲我眞的什麼也說不出口），而他只是燦爛地笑了笑，說：「抱歉，寶貝，我聽不見。妳要說清楚一點。」

但我無法啓齒，至少在他教我之前，我說不出來。

「寶貝，妳還有幾個詞要學。」一天晚上，他在床上玩弄我時說：「而且直到妳說出口，不然我們什麼也不做。」

於是他教我說我這輩子從沒聽過的骯髒字眼，讓我臉紅發熱的字眼。他要我跟著他說，再享受這些話語讓我尷尬的神情。之後，他又在我身上忙碌起來，讓我癱軟無力，飢渴難耐。當我抵達屏住呼吸的慾望高潮時，他忽然停下動作開燈。

「好，薇薇安．莫里斯，我們接下來要這樣。」他說：「妳要直直盯著我的雙眼，妳要清清楚楚說出，妳要我對妳做什麼，用我教妳的那些字眼。小娃娃，只有這樣我們才會繼續下去。」

噢，安潔拉，上帝救救我，我眞的照說了。

我直直盯著他的雙眼，像個廉價妓女一樣哀求他。

之後，麻煩就來了。

現在我迷上安東尼，我再也不跟西莉亞出去作樂了，再也不會隨便勾搭幾個陌生人，體驗廉價、迅速、毫無樂趣的刺激。我什麼也不想做，只想分分秒秒跟他在一起，被他壓在他哥床上。我只能說，恐怕我在安東尼出現後，就隨隨便便甩了西莉亞。

我不知道西莉亞想不想我，她從來沒有展現出這種情緒，也沒有明顯排斥我，她只是繼續過她的生活，見面時，對我都很友善（通常都在床上，她在平常的深夜時分醉醺醺跌跌撞撞回來）。現在回想起來，我覺得我對西莉亞不算什麼忠誠的好朋友，事實上，我甩過她**兩回**，第一次是爲了愛德娜，第二次是爲了安東尼。不過，也許年輕人情感與忠誠度的轉移就跟野生動物一樣變幻莫測。西莉亞顯然也可以很善變。我現在明白，我二十歲的時候總需要迷戀某個對象，這個對象是**誰**並不重要，比我更迷人的人都可以。（而整個紐約滿滿都是比我更迷人的人。）我是一個不明確的人類，內在很不穩定，因此我需要一直依附在另一個人身上，把自己依附在另一個人的魅力之上。不過，事實證明，我一次只能迷戀一個人。

而現在這個人就是安東尼。

我在愛裡眼神癡呆，我在愛裡驚愕不已。我被他拆得散了架，我現在根本沒辦法專注在劇場的工作上，因爲，說眞的，**誰在乎啊**？我覺得我待在劇場的唯一理由只是因爲安東尼每天都會在這裡，花好幾個小時排練，這樣我才能見到他。我只想待在他身邊。每次排演完，我都跟最誇張的小傻瓜一樣等他，跟著他在更衣室進進出出，只要他開口，我就去幫他買全麥的牛舌冷肉三明治。我跟肯聽的人到處吹噓，我現在有男朋友了，而我們會**天長地久**。

就跟歷史上其他愚蠢的年輕女孩一樣，愛情和慾望感染了我；更糟糕的是，我覺得這些玩意兒是安東尼・羅切拉發明的。

不過，之後就有了我與愛德娜的對話，那天我在替她試新戲的帽子。她說：「妳心不在焉，我們之前說的緞帶不是這顏色。」

「不是嗎？」

她摸了摸有問題的緋紅色緞帶，說：「妳覺得這看起來像翠綠嗎？」

「我猜不像。」我說。

「是那男孩。」愛德娜說：「他吸引了妳所有的專注力。」

我忍不住笑了笑，說：「的確如此。」

愛德娜面露微笑，但這是寬容的神情。「親愛的薇薇安，妳要知道，妳在他身邊的時候，看起來就像條發情的小狗。」

她的直言不諱讓我不小心用針扎了她脖子一下。「抱歉！」我驚呼，這聲道歉是為了扎針，還是因為看起來像發情的小狗，我實在說不準。

愛德娜冷靜地用手帕擦去脖子上的血跡，說：「別想太多。親愛的，這不是我第一次被針刺，我大概也活該吧。不過，親愛的，妳聽好了，因為我已經老到可以成為**古董文物**，我對人生稍微有點了解。我並不是不樂見妳對安東尼的感情，看著年輕人首度墜入愛河讓人開心，看著妳追著妳的男孩跑，其實滿可愛的。」

「啊，愛德娜，他跟夢一樣。他是活生生的美夢。」

「親愛的，他當然是，他們永遠都這樣，但我必須提出一點忠告。妳可以想盡辦法跟那個風流倜儻的年輕人上床，等到妳出名後，把他寫進妳的回憶錄裡，但是，有件事妳**千萬**不能做。」

我以爲她要說「別懷孕」、「別結婚」這種話。

不，愛德娜擔心的是別的問題。

「不要爲了他毀了這齣戲。」她說。

「抱歉，什麼？」

「薇薇安，這齣戲製作到這個程度，我們都只能仰賴彼此的審愼與專業態度。也許我們看起來是像在玩，我們也的確玩得很開心，但其中還是有很多風險。妳姑姑爲了這齣戲把一切都投進來了，她的心、她的靈魂，還有她全部的錢。我們不想把她的戲搞砸。薇薇安，善良的劇場人士都是這樣的，我們盡量不破壞別人的節目，我們盡量不破壞別人的生活。」

我不懂她到底在說什麼，從我表情也肯定看得出來，因爲她再度解釋起來。

「薇薇安，我要說的是，如果妳要跟安東尼相愛，那就去愛他吧，利用工作談戀愛，這誰能怪妳呢？但答應我，妳會跟他交往到這齣戲表演結束。他是好演員，演技超過一般演員，這齣戲需要他。我不希望你們有什麼問題。如果你們讓彼此心碎，我失去的就不只是一個優秀的男主角，還有一位傑出的裁縫師。我現在需要你們兩個，我需要你們頭腦都清楚。妳姑姑也會希望如此。」

我看起來一定還是很蠢，所以她接著說：「薇薇安，讓我說得更簡單一點。這是我最糟糕的前夫講過的話，就是那個討厭的劇場導演，他說：『我的蜜桃，妳想怎麼生活儘管去，但別因此搞砸了這齣該死的戲。』」

15

《女孩之城》的彩排正如火如荼進行中，因爲首演的日期已經定了，一九四〇年十一月二十九日。我們會在感恩節那週開演，想要吸引一些假日人潮。

事情進行得都還算順利。音樂煽動人心，服裝也是**一時之選**，這我就自己說了。整齣戲最棒的亮點當然就是安東尼・羅切拉，至少我是這樣想啦。我的男朋友能演能唱能跳。（我有次偷聽到比利對佩佩說：「要找到跳舞跳得跟天使一樣的女孩不難，男孩也不難，但要找到跳起來像**男子漢**的男人，這可就不簡單了。那孩子眞是滿足了我所有的期待。」）

而且，安東尼天生自帶喜劇效果，他扮演聰明的街頭小子，哄騙有錢老太太把自家豪宅當成私營酒吧及妓院來經營，演得有模有樣。他跟西莉亞的對手戲也演得很好。在舞台上，他們是一對很好看的戀人。有一幕特別傑出的戲，他們一起跳探戈，安東尼以他想讓她看〈揚克斯的小地方〉來色誘西莉亞。安東尼唱歌的時候，把〈揚克斯的小地方〉唱得好像是女性身體哪個充滿激情的部位一樣，而西莉亞演出的反應的確是那樣的感覺。那是整齣戲裡最性感的橋段，有心跳的女人都會這麼想，或該說，至少我是這麼想的。

當然，其他人會說這齣戲最棒的是愛德娜・帕克・華生的演出，我相信他們是對的。就算滿腦子迷戀安東尼，我也看得出來愛德娜眞的很厲害。我這輩子看過很多劇場表演，但從沒看過貨眞價實的女演員演出。我先前看過的女演員都跟洋娃娃一樣，只有哀傷、恐懼、憤怒、快樂、愛，這四、五種表情，一直輪替這幾種表情，直到謝幕。不過，愛德娜能夠演出人類情緒的每一種幽微變化。她很自然，她很溫暖，她很尊貴，她可以在一個小時裡，用九種方式演同一幕，每次的變化都完美無瑕。

她也是非常大方的女演員。她只要站上台，就能讓其他表演者加分。她能循循善誘，讓大家演出最好的版本。排練時，她會稍微站在比較後面的位置，讓燈光打在其他演員身上，在其他人排戲時，對著他們笑。傑出的女演員通常不會這麼大方，但愛德娜總會替人著想。我記得西莉亞有次戴著假睫毛來排戲，愛德娜把她拉到一邊，叮嚀她正式開演時不要戴假睫毛，因爲長長的假睫毛會在她的眼窩上投出陰影，讓她看起來「像屍體，親愛的，誰都不希望自己看起來像屍體」。

愛計較的明星肯定不會指出這種事，但愛德娜一點也不計較。

隨著時間過去，愛德娜詮釋的阿拉巴斯特姥姥超越劇本，成爲複雜細膩的角色。愛德娜讓阿拉巴斯特姥姥成爲**世故**的女人，她有錢的時候，曉得自己的生活有多荒謬；她潦倒的時候，也知道自己的生活有多荒唐；她在自家客廳經營賭場的時候，更清楚自己的生活有多荒誕。不過，她還是一個勇敢玩起生命遊戲的女人，同時也讓生命這場遊戲玩弄她。她充滿嘲諷，但不冷漠。結果就是，她是一位倖存者，還沒有失去感覺的能力。

愛德娜唱起情歌時，每次都能讓全場鴉雀無聲，那是一首簡單的歌曲，叫作〈談感情？我考慮考慮〉。無論我們聽過她唱這首歌多少次，大家都會停下手邊的工作，靜靜聆聽。重點不是愛德娜的歌喉有多美妙（她的高音不是每次都唱得上去），但她會把傷感帶進那一刻，大家忍不住專注欣賞。

那首歌唱的是一位年長女性，屏棄理智判斷，決定最後一次把自己託付給愛情。比利寫這首歌的時候，沒打算寫得這麼悲傷。我覺得原本的重點是想寫點輕快有趣的歌：**看哪，多可愛！就連老人家也可以談戀愛！**不過，愛德娜要班傑明把這首歌放慢，換成比較低沉的曲調，於是，一切都不一樣了。現在，她唱到最後幾句（「我只是情場菜鳥／但我們還在等些什麼／我已經考慮要墜入情網」），妳可以感覺得到這個女人已經患了相思病，而且病入膏肓。妳感覺得到她害怕自己會心碎，她已經失去控制，但妳也能感覺到她的盼望。

我覺得愛德娜每次排這首歌時，大家都會停下手邊的動作，且唱完後，大家都會鼓掌。

「小鬼頭，她是眞的有料。」佩佩有天在後台對我說：「愛德娜是貨眞價實的女演員。無論妳年紀多大，別忘了妳有幸見識眞正大師的演出。」

❦

我必須說，問題比較多的演員是亞瑟．華生。

愛德娜的丈夫什麼都做不好。他不會演戲，連台詞都記不得！他也沒辦法唱歌。（「聽他唱歌會讓人罕見地羨慕起聾子呢！」比利診斷道。）他的舞蹈錯誤百出，已經瀕臨不算是跳舞的邊緣了。而他每次在舞台上走位就一定像是會撞倒東西的模樣。我眞不明白，他當木匠的時候怎麼沒有不小心鋸斷自己的手臂！亞瑟還是有優點的，穿上日間禮服西裝，戴上高帽，加上長長的外套後襬，他的確看起來非常帥氣，但他的優點，我言盡於此。

當亞瑟證明自己無法駕馭這個角色的時候，比利盡量刪減台詞，幫助這可憐的傢伙把句子說完。（舉例來說，比利把亞瑟的開場台詞「我是妳死去丈夫愛丁頓第五代伯爵巴切斯特．海得利．溫沃斯的遠房親戚」改成「我是妳來自英國的親戚」。）他也刪掉了亞瑟的獨唱歌曲，甚至刪掉了亞瑟與愛德娜的共舞，這是他想用來勾引阿拉巴斯特姥姥的舞蹈。

「他們跳舞的模樣好像完全不認識一樣。」比利對佩佩說，這是在他放棄讓他們共舞之前說的。「他們怎麼可能是**夫妻**？」

愛德娜想盡辦法協助丈夫，但他不聽指導，對於所有想要讓他演技更上一層樓的指教都氣呼呼地覺得人家是在冒犯他。

「親愛的，我根本不懂妳在說什麼，永遠也不懂！」他有次不自覺就對她發火，那時，她只是想第十次跟他解釋台右台左與面向觀眾角度的差別。

最逼瘋我們每個人的是亞瑟會隨著樂池演奏的音樂吹起口哨，就連他在舞台上，扮演角色的時候，他也會吹。沒有人能夠讓他安靜下來。

有天下午，比利終於怒吼：「亞瑟！你的角色聽**不到**那段音樂！那是該死的開幕曲！」

「我當然聽得見！」亞瑟抗議道：「該死的樂手就在**那裡**！」

這話讓惱怒的比利長篇大論解釋起**畫內音**（舞台上角色聽得到的聲音）以及**畫外音**（只有觀眾聽得見的聲音）之間的差別。

「講人話！」亞瑟沒好氣地說。

於是比利又解釋起來：「亞瑟，你想想，當你在看約翰·韋恩的西部電影。約翰·韋恩獨自沿著台地騎著駿馬前進，忽然間，他開始**吹電影主題音樂**。你懂這樣看起來有多荒謬嗎？」

「我只是不懂爲什麼現在吹個口哨也會**遭到攻擊**。」亞瑟不屑地說。

（之後，我聽到他問一位舞者：「**台地**是什麼東西？」）

我那時會看著愛德娜與亞瑟這對夫妻，想像她是怎麼容忍他的。

我想得出來的唯一解釋就是愛德娜眞的很喜歡漂亮好看的東西，而亞瑟的確很好看。（如果太陽神阿波羅是你家附近粗手粗腳的屠夫，那亞瑟的確像阿波羅，沒錯，他就是這麼好看。）這的確滿合理的，因爲愛德娜生命裡的一切都漂亮好看。我從來沒有見過誰比那女人更在乎美學，我從來沒有見過愛德娜舉手投足間不講究、不精美的時刻，而我可是從早到晚都見得到她的。（在吃早餐，或自己關上門的房間裡，還打扮得相當講究，這種人需要多費神、多認眞？但愛德娜就是這樣，總是準備好花很多時間在這種事情上頭。）

她的化妝品很精緻。她的小小絲質繫繩零錢包很漂亮。她讀劇本、在舞台上演唱的方式很美妙。她摺手套的方式很優雅。她是純粹美學的鑑賞家，舉手投足間也散發著各種形式的美感。

事實上，我有時覺得愛德娜喜歡我和西莉亞待在她身邊，是因爲**我們**也很美。她不像其他上了年紀的女人會跟我們競爭，我們反而似乎能襯托她，讓她生氣勃勃。我記得有天，我們三個人一起上街，愛德娜走在中間。她忽然一左一右勾住我們的手，抬頭對我們微笑，說：「當我走在街上，有妳們兩個高䠷的年輕女孩在我身旁，我覺得自己像顆完美的珍珠，跟兩顆閃亮的紅寶石放在一起！」

開演前一週，大家都病了。每個人都感冒，半數舞團的女孩都紅眼睛，因爲她們用了同一塊有問題的餅狀睫毛膏。（另一半女孩得了陰蝨，因爲她們會互穿下半身的服裝，**我已經講過一百遍不可以這樣**。）佩佩想讓表演者放一天假，好好休息養病，但比利不肯聽。他覺得開演

第一幕的前十分鐘還是很「鬆散」，沒有到流暢明快。

有天下午，大家正在艱難費力地練開場曲，比利對著演員說：「孩子們，你們沒有太多時間取悅觀眾，你們必須一開場就捕捉他們的目光。如果第一幕步調太慢，誰管第二幕演得好不好？如果觀眾討厭第一幕，他們就不會回來看第二幕了。」

「比利，他們只是累了。」佩佩說。

他們的確很累，多數卡司晚上仍有兩場戲要演，在咱們大戲上演前，他們還是要跟著百合劇場平常的節目演出。

「哎呀，喜劇很難演。」比利說：「把戲演得輕鬆其實很難。我不能現在就讓他們鬆懈下來。」

那天，他逼著大家又排了三次開場戲，每次都演得不太一樣，而且更糟。舞者非常努力，但好幾個女孩看起來有點後悔加入這個團隊。

排練過程中，整個劇場髒到不行，到處都是摺疊露營椅、菸味，還有許多紙杯裝著沒喝完的冷咖啡。女傭珀娜黛加快速度整理，但垃圾無處不在。眞是又亂又臭。大家都很暴躁，大家都對彼此發脾氣。這段時間，沒有人光鮮亮麗。就連我們最漂亮的舞者，現在也包著頭巾與髮包，看起來無精打采，臉上充滿沉重的疲憊，嘴唇和臉龐因爲感冒而發炎。

在彩排最後一週的下雨午後，比利出門替大家買三明治當午餐，回來時全身濕，雙臂則夾著濕答答的午餐紙袋。

「老天，我恨死紐約了。」他一邊說，一邊甩掉外套上的冰冷雨水。

「只是好奇一問，如果你現在還在好萊塢，你應該在做什麼？」愛德娜問。

「今天禮拜幾？禮拜二？」比利看看手錶，嘆了口氣，說：「我現在應該跟多洛莉絲・德里歐一起打網球。」

「眞不錯，但你有買我的香菸嗎？」安東尼問。而亞瑟．華生翻開一個三明治，說：「什麼？沒有該死的芥末醬？」那一刻，我覺得比利想揍扁他們兩個。

✻

佩佩開始在白天喝酒，沒有到明顯喝醉，但我注意到她會把酒壺放在隨手可得的地方，沒事就拿起來喝兩口。雖然我那時喝酒也喝得很隨興，但我必須說，這種行爲連我看了都警戒起來。而且，還沒完呢，現在一個禮拜裡有好幾次，我會發現佩佩醉倒在客廳，身邊都是酒瓶，她根本沒辦法爬上四樓臥房。

更糟糕的是，酗酒並沒有辦法讓佩佩放鬆，反而更緊繃。有天排練時，她發現我跟安東尼在舞台側邊熱吻，自從我到紐約後，這是她第一次對我發火。

「薇薇安，**眞是的**，**十分鐘**就好，妳的嘴巴可不可以十分鐘不要靠近我的男主角？」

（誠實地回答？不，不行，我辦不到，但這麼挑剔實在很不像佩佩，而且我有點受傷。）

然後就是爲了門票大吵的那天。

佩佩跟比利想替百合劇場印新的門票，反映出新的價格。他們希望門票很大張，顏色很鮮明，可以印上《女孩之城》四個字。奧莉則想用我們舊的票券（上頭只有寫「門票」），而且她希望我們沿用舊的票價。佩佩堅持：「我不會讓觀眾用看我們平常愚蠢姑娘秀的價格來欣賞舞台上的愛德娜．帕克．華生。」

奧莉更堅持。「我們的觀眾連四塊錢的舞台前貴賓席都買不起。況且，我們也沒有錢印新的票。」

佩佩：「如果他們買不起四塊錢的票，他們可以買三塊錢的看台票。」

「我們的觀眾也買不起那種票。」

「那也許他們不再是我們的觀眾了，奧莉。也許我們可以換一批新的觀眾。也許就這一次，我們的觀眾水準會比較高。」

「我們不替上流社會服務。」奧莉說：「我們服務**勞工階級，這種事要我提醒妳嗎？**」

「好啊，說不定附近的勞工階級也會想看看有水準的節目，奧莉，這輩子就這麼一次。也許他們不喜歡人家覺得他們很窮、沒品味，也許他們覺得多花點錢，看點精彩的節目很值得。妳有沒有想過這種事？」

她們爲此吵了好幾天，某天下午彩排時，爭執達到最高峰，奧莉衝進劇場，打斷佩佩與不懂舞台調度的舞者對話。奧莉高聲宣佈：「我剛從印刷廠回來，印妳要的新票券五千張需要兩百五十塊，我拒絕付這個錢。」

佩佩猛一轉身，大吼起來：「奧莉，眞該死，我要付妳多少錢，**妳才不會在那邊一直講那幹他媽的錢？**」

全場鴉雀無聲，大家都愣在原地。

安潔拉，也許妳記得，早年「幹」這個字對我們社會的衝擊有多大，那個年代，還沒有人及他們的孩子在吃早餐之前，就講了十次這個字。的確，這個字曾經非常有力量。聽到德高望重的女人用這種字眼？這可不行。就連西莉亞也不會講這個字，比利也不會。（我當然說過，但只有在安東尼他哥床上，而且只有在安東尼要跟我上床之前，他會逼我講，而我每次講，每次都會臉紅。）

但聽到人家大吼出口？

我從來沒聽過有人吼著講這個字。

我的確短暫懷疑起，我這位老好人佩佩姑姑是在哪裡學到這種字眼的，但我猜如果妳照顧過在戰爭壕溝前線受傷的士兵，妳大概什麼話都聽過了。

奧莉站在原地，手裡握著請款單。她的表情彷彿有人甩她巴掌一樣，看到如此威風凜凜的人露出這種表情實在很可怕。她用另一隻手摀住嘴巴，雙眼泛著淚光。

下一秒，佩佩臉上就出現懊悔的神情。

「奧莉，對不起！眞的很對不起。我不是有心的。我眞是混蛋。」

她朝她的祕書走去，但奧莉搖搖頭，連忙跑進後台。佩佩追在後頭。其他人面面相覷，氣氛沉重死寂。

第一個恢復過來的是愛德娜，這大概也不令人意外。

「比利，我的建議如下。」她用平穩的口氣說：「你請舞團從頭再跳一遍，我相信露比現在曉得該站在哪裡了，是不是，親愛的？」

嬌小的舞者默默點頭。

「從頭？」比利有點不太確定。我從來沒有看過他這麼不自在。

「沒錯。」愛德娜用平常的高雅氣質說話。「從頭來一遍。還有，比利，如果可以請你提醒劇組專注在自己眼前的角色與工作上，那就太棒了。咱們記住，氣氛要輕快點。我知道大家都累了，但我們辦得到。各位朋友會慢慢了解，做喜劇眞的不簡單。」

票券的事情也許慢慢消失在我的腦袋裡，但有一件事我印象深刻。

那天晚上，我跟平常一樣去安東尼的住所，準備好要依照往例放縱情慾一下，但他哥羅倫佐居然提早下班，才過午夜就到家，眞是不可饒恕，所以我只好回到百合劇場，感覺頗爲挫敗，也有一點遭到流放的感覺。我很氣，因爲安東尼不肯陪我走回來，但安東尼就是這樣。那個男孩有很多鐵錚錚的優點，但紳士風度不在其中。

好啦，也許他只有一個鐵錚錚的優點。

不管怎麼說，我回到劇場的時候整個人躁動不安，心神不寧，我的上衣好像也穿反了。當我爬上三樓樓梯時，我聽到音樂聲。班傑明在彈鋼琴，他用哀傷的方式彈奏〈星塵〉這首曲子，我沒聽過這麼慢、這麼甜蜜的版本。那年代這首歌聽起來就很老、很俗，但還是我的最愛。我謹愼推開客廳的門，不想打擾他。客廳裡唯一的燈光來自鋼琴上的小檯燈，班傑明在那裡，輕輕彈奏樂曲，手指輕柔到幾乎沒有碰到琴鍵。

站在幽暗客廳裡的是佩佩和奧莉，她們正在跳舞。那支舞很慢，更像是抱在一起輕晃身子。奧莉的臉靠在佩佩胸上，佩佩則用臉頰貼著奧莉的頭頂。她們緊閉雙眼，緊緊依偎著彼此，成爲彼此的慰藉。無論她們在哪個世界，無論她們在歷史的哪一個時代，無論她們身處於哪一段記憶，無論她們相擁編織出來的是哪一種故事，那完完全全都是她們自己的小世界。她們似乎一起前往某個地方，而不在這裡。

我看著她們，久久不能動彈，我不明白自己看到了什麼，同一時間，我又不可能不明白我看到了什麼。

過了一會兒，班傑明向門口抬頭，看到了我。我不曉得他怎麼會注意到我。他沒有停下彈奏，他的表情沒有改變，但他的目光一直望著我。我也望著他，希望他能給我一點解釋或指示，但他沒有開口。我覺得班傑明的目光彷彿把我釘在原地，而他的眼神似乎在說：「妳一步也不准踏進來。」

我不敢動，擔心發出任何聲響會讓佩佩、奧莉發現我的存在。我不想丟臉，也不想讓她們尷尬，但我覺得曲子快結束了，我別無選擇，我只能逃走或留下來被逮到。

於是，我緩緩後退，輕輕在身後關上門。班傑明替歌曲結尾，目光持續盯著我，確保我在他按下最後一個哀愁的琴鍵前乖乖離開。

我在時代廣場的不打烊簡餐店坐了兩個小時，不確定什麼時候回家才安全。我不曉得可以去什麼地方。我不能回安東尼的公寓，我還感覺得到班傑明的注視，警告著我不得踏進客廳門檻一步。**不行，薇薇安，現在不能進來。**

到紐約後，我從來沒有獨自一人深夜時分還在外頭，因此我有點驚嚇，雖然我並不想承認。沒有西莉亞、安東尼、佩佩的指引，我不曉得該做什麼。妳要知道，我還不是眞正的紐約客，我仍然是個觀光客。要能自己在紐約獨處，這樣才能成爲眞正的紐約客。

所以我走進我找得到最燈火通明的地方，上了年紀的疲憊女服務生不斷替我續咖啡，沒有抱怨也沒有說話。我看著一名水兵與他的女朋友在我面前的雅座裡爭執。他們都醉了。他們爲了某個名叫蜜莉安的女孩吵架。女孩懷疑蜜莉安，水兵替蜜莉安講話。他們各自的言論聽起來都很有道理。我反反覆覆，不確定是該相信水兵還是相信女孩。我覺得我該見見這個蜜莉安，看看她生得什麼模樣，然後才能做出判決，釐清這位軍人到底有沒有對女朋友不忠誠。

佩佩和奧莉是**同性戀**嗎？

但不可能啊，佩佩結婚了，而奧莉是……**奧莉**。如果天底下有什麼沒性別的生物，那就是奧莉了，奧莉根本就是樟腦丸拼出來的人。不過，還有什麼原因能夠解釋兩名中年女子爲什麼在黑暗中緊緊擁抱，而班傑明替她們彈起全世界最哀傷的情歌嗎？

我知道她們那天吵過架，但這是跟祕書和好的方法嗎？我這輩子是沒有什麼工作經驗，但那種擁抱看起來不是工作關係的擁抱，看起來也不像兩個朋友之間的擁抱。我每天晚上都跟女人同床共枕，而且那不是隨隨便便的女人，是全紐約最美麗的女人，但我們也不會抱成那樣。

如果她們是同性戀，呃，那是從**什麼時候**開始的呢？奧莉在戰爭時就替佩佩工作，相較於比利，她更早認識佩佩。她們之間是一直如此，還是最近才開始的？誰知情呢？愛德娜知道嗎？我父母知道嗎？比利知道嗎？

班傑明顯然知道。剛剛唯一讓他驚慌的是我的存在。他常常幫她們演奏，讓她們跳舞嗎？那間劇場關起門後，到底還有**多少事**？這難道就是比利、佩佩、奧莉三個人經常吵架、氣氛緊張的原因？吵架背後不是爲了錢、酗酒或控制，而是爭風吃醋？（我的腦袋迅速回轉到試演那天，比利對奧莉說：「如果我們對女人的品味永遠一致，那人生會有多無聊。」）穿著呆板羊毛套裝、嘴唇抿成一條線、一副道德聖人模樣的奧莉・湯普森，竟然是比利・布威爾的**情敵**？

天底下**有人**能夠成爲比利・布威爾的情敵嗎？

我想起愛德娜說佩佩：「這些日子以來，相較於享樂，她更想要的是忠誠。」

哎呀，奧莉非常忠心，這點毋庸置疑。而如果妳不沉溺於享樂，那我猜妳的選擇沒錯。

我實在沒辦法理解上述這些想法。

凌晨兩點半，我走回家。

我打開客廳的門，裡頭沒人，所有的燈都熄了。一方面來說，剛剛那一幕彷彿不曾發生，但話又說回來，我感覺我還是能夠看到兩個女人的影子在客廳中央共舞。

我上了床，幾個小時後，西莉亞醉醺醺的熟悉溫暖身軀讓我醒來，她正躺進我身旁的床鋪上。

她一躺上床，我低聲對她說：「西莉亞，我有事要問妳。」

「睡覺囉。」她口齒不清地說。

我戳了戳她，搖晃她，讓她唉叫起來，還翻個身。我提高嗓門說：「拜託，西莉亞，這很重要。醒醒。聽我說。我的佩佩姑姑是同性戀嗎？」

「狗會叫嗎？」西莉亞說，然後她又立刻陷入熟睡之中。

16

一九四〇年十一月三十日《紐約時報》的《女孩之城》劇評，評論人布魯克斯．亞金森：

就算本劇不夠真實，還是充滿各種魅力。劇本步調迅速、風格鮮明，劇組算是相當傑出……但《女孩之城》最大的優點在於咱們能夠把握這罕見的機會欣賞愛德娜・帕克・華生的演出。這位讓人讚賞連連的英國女演員擁有特殊的喜劇氣質，難以想像她是以悲劇角色聞名。旁觀華生女士退去一旁，讚賞這齣滑稽劇作，而她的角色逐漸找到自我，一切實在太精彩。她的應答相當幽默，卻也非常細膩，她能輕而易舉詮釋這齣帶來歡笑的諷刺之作。

❧

開幕夜令人害怕，卻也爭議不斷。

比利在觀眾席裡安插他的老朋友、高談闊論之人、專欄作家、前女友，還有他聽過名字或知道對方聲望的劇評家與記者。（他誰都認識。）佩佩和奧莉都對此提出強烈抗議。

「我不曉得我們準備好了沒。」佩佩說，她的語氣聽起來就像是位焦慮的太太，剛剛才得知丈夫邀請老闆到家吃晚餐，而她必須端出一桌絕佳好菜一樣。

「我們最好準備充分。」比利說：「不到一個禮拜，我們就要開演了。」

「我不希望劇評來這間劇場。」奧莉說：「我不喜歡評論家，他們一點同理心也沒有。」

「奧莉，妳信不過我們的劇作嗎？」比利問：「妳喜不喜歡我們的戲啊？」

「答案是否定的。」她說：「只有幾個點。」

「我眞是忍不住想問，雖然我知道我會後悔，但妳喜歡哪幾個點？」

奧莉仔細思索後，說：「我應該覺得序曲還可以。」

比利翻了個白眼。「奧莉，妳眞是苦難的來源。」然後，他轉頭對佩佩說：「親愛的，我們必須冒這個險，我們必須把消息散播出去。我不希望第一晚的觀眾席裡，唯一一個重要人士就是我。」

「至少給我們一個禮拜順順筋骨。」佩佩說。

「佩格西，根本沒差，好不好？如果這齣戲會失敗，不管順不順筋骨，一個禮拜後它仍然會失敗。所以咱們馬上就來弄清楚我們的時間或金錢是不是都浪費了。我們需要有頭有臉的人來看戲，不然我們不會成功。我們需要這些人喜歡這齣戲，我們需要他們向朋友宣傳，風聲就是這樣傳出去的。奧莉不讓我花錢打廣告，所以咱們非常需要大肆宣傳。我們盡快賣光劇場的每一個座位，奧莉才不會一直用看殺人凶手的神情看我。而除非人家知道我們在這裡，不然我們沒辦法賣光門票。」

「我覺得邀請社交圈的朋友來工作場合，還期待他們免費幫忙打廣告，是很不入流的事情。」奧莉說。

「那麼奧莉，妳打算怎麼讓外人知道我們有齣好戲？妳要我背著夾心廣告牌站在街角宣傳嗎？」

奧莉的神情似乎沒有反對的意思。

「只要廣告牌上寫的不是『末日近了』就好。」佩佩如是說，她似乎也沒有什麼信心。

「佩格西。」比利說：「妳的信心呢？這隻騾子踢得起來，妳知道可以的。妳很清楚這齣戲很棒。妳跟我一樣，心知肚明。」

但佩佩還是沒什麼把握。「這麼多年來，你說很多事情我都心知肚明。而通常我唯一能夠心知肚明的就是遺失錢包的心神不寧。」

「這位女士，我馬上就要讓妳荷包滿滿啦，妳會看著我把錢塞進妳的錢包裡！」比利說。

摘錄自《紐約郵報》，評論人海伍德・布朗：

愛德娜・帕克・華生長年以來都是英國舞台的寶玉，但在欣賞過《女孩之城》後，觀眾認為她該早點點亮我們的海岸才是。多虧了華生女士罕見的聰慧與理解，她扮演時運不濟的上流社會大家長，為了拯救祖傳豪宅，不得不成為妓院老鴇，這齣戲因此從珍品變成令人難忘的劇場之夜……班傑明・威爾森的歌曲散發著歡愉，舞者堆疊氣氛……初來乍到的安東尼・羅切拉這位清新的城市羅密歐悶騷俗豔，西莉亞・雷令人分心的性感演出則讓本劇點綴上成人的口味。

開演前幾天，比利花錢不手軟，比平常還不手軟。他替舞者與明星請了兩位挪威籍的按摩師。（這錢花得讓佩佩錯愕，但比利說：「我們在好萊塢都是這樣服務躁動的明星。成效看得到，他們馬上就會平靜下來。」）他請了醫生來百合劇場，替每個人注射維他命，還讓珀娜黛找她所有的親戚及他們的孩子來清潔劇場，直至整個空間乾淨到我們認不出來。他花錢找附近的人把劇場的門面沖洗一番，確保大招牌上的燈泡每顆都全力發亮，還把舞台燈光的彩色濾片都換新。

最後一場完整彩排上，他點了圖特斯・沙爾餐廳的外燴，有魚子醬、燻魚、精緻的一口三明治，還有很多好料。他請了攝影師來讓大家穿好全身戲服拍攝宣傳照。他在大廳擺了一大盆一大盆的蘭花，花費大概超過我在瓦薩第一學期的學費（投資在蘭花上應該比較划算）。他替愛德娜與西莉亞請了美容師、美甲師還有化妝師。

在咱們開幕當天，他在附近找到幾個孩子與失業男子，花錢請他們在劇場外頭遊蕩（一人五角，還滿好賺的，至少對孩子來說啦），讓人覺得劇場馬上就要演出令人興奮的新戲。他還花錢找嗓門最大的孩子，到處喊著：「售罄！售罄！售罄！」

到了開幕夜當晚，比利送給愛德娜、佩佩與奧莉驚喜的禮物，他說是為了祈求好運。他送愛德娜一只卡地亞的纖細金手環，很符合她的品味。佩佩則收到好看的馬克．克羅斯真皮皮夾。（「小佩，妳很快就用得上。只要票房開始成長，妳的舊皮夾就會撐破了。」比利一邊擠眉弄眼一邊說。）至於奧莉，他隆重地送給她一個過度包裝的禮物盒，等到她終於拆掉所有的包裝紙與蝴蝶結後，才發現裡面是一瓶琴酒。

「專屬於妳的美酒。」他說：「協助妳在這苦難無盡的演出期間麻醉妳無比的厭倦。」

❧

《紐約世界電訊報》的德威．米勒評論：

踢踏舞舞者一上台，觀眾就會急著無視百合劇場毫無支撐力也破損的座椅，及從天花板飄落在頭髮上的灰屑，還有設計不怎麼良好的場景與閃爍的燈光。沒錯，他們急於無視所有的不適與不便，將自己全然投身進第九大道，欣賞《女孩之城》的愛德娜．帕克．華生！

❧

然後觀眾走入劇場，我們全窩在後台，大家都穿好服裝、化好濃妝，聽著一位難求的觀眾席發出來的吵雜聲響。

「大家圍過來。」比利說：「這是屬於你們的時刻。」

緊張興奮的演員與舞者圍著比利，形成一個鬆散的圓圈。我站在安東尼身邊緊握他的手，驕傲到不行。他深吻我後，放開我的手，稍微前後搖晃身子，對空中揮拳，就像拳擊手要上場一樣。

比利從口袋裡拿出隨身酒壺，喝了一大口，然後交給佩佩，她也有樣學樣喝了起來。

「我不是善於言詞的人。」比利說：「因爲我不會把文字串聯在一起，也不喜歡成爲目光的焦點。」此話一出，大家都笑了起來。「但我想告訴各位，你們在這短短時間及拮据預算裡所成就的一切，已經是一間劇場能夠得到的最好成果了。我可以向各位打賭，今天我們端給觀眾的大戲遠遠好過百老匯及倫敦的戲碼。」

「親愛的，我不確定倫敦現在還有戲演。」愛德娜挖苦道：「可能只有《盡情轟炸》這齣吧……」

大家又大笑起來。

「愛德娜，謝謝妳。」比利說：「妳提醒我必須提到妳。各位，聽我說，如果你們在舞台上覺得緊張不安的時候，記得看看愛德娜。從這一刻起，她就是你們的隊長，在她手裡，你們會得到最妥善的照顧。愛德娜是腦袋最冷靜的演員，你們這是三生有幸才能與她同台。天大的事也無法影響這個女人。所以讓她的穩定大氣成爲你們的指引。看到她這麼放鬆，你們也要跟著放鬆。記住，觀眾怎樣都會原諒表演者，除非表演者演得很不舒服。如果你們忘詞，繼續亂講就是了，愛德娜會想辦法補救。信任愛德娜，她從西班牙艦隊出征的年代就開始上台了，對吧，愛德娜？」

「我覺得應該比那個還早。」她面露微笑地說。

愛德娜身穿那件從勞斯基舊衣箱裡翻出來的古董浪凡紅色禮服，整個人光彩奪目。我特別用心幫她修改那件衣服，很自豪我能把她這個角色打扮成這樣。她的妝容也非常完美。（這是當然的。）她看起來還是像她自己，不過是個更鮮明、更尊貴的版本。她那閃亮的黑色短髮搭配上華麗的紅色禮服，看起來就像中國的漆器——完美無瑕、光潔閃亮、價值連城。

「在我把你們交給可靠的製作人之前，還有一件事。」比利說：「記得，這些觀眾今晚來，不是因爲他們想要討厭你們。他們來是因爲他們想要愛你們。我跟佩佩在過去這幾年裡策劃過幾千、幾萬場表演，各種觀眾都有，而我很清楚觀眾要的是什麼，他們想要戀愛的感覺。所以，我要傳授給各位雜耍演員的祕訣，那就是，你先愛觀眾，觀眾就會情不自禁愛上你。所以你們上場用力去愛死他們，這就是我的建議。」

他停頓了一下，揉揉眼睛，又開口。

「好，聽著。」他說：「我在戰爭的時候已經不信上帝了，如果你們見證過我親眼所見的畫面，你們也會放棄上帝。不過有時我會『故態復萌』，通常都是在我喝太多或太激動的時候，現在我喝了很多，也眞的很激動，所以請各位見諒，咱們低頭禱告一下吧。」

眞不敢相信，但他是認眞的。

大家一起低下頭。安東尼再次握起我的手，每次只要得到他的關注，無論多細微，我都會覺得興奮激動。有人牽起我的另一隻手，輕輕捏了捏，熟悉的觸感讓我知道那是西莉亞。

我不確定我這輩子還有比此刻更快樂的時候。

「親愛的上帝，論無祢在哪。」比利說：「請用祢的榮光賜福給這些謙卑的演員。請祢賜福這座破爛的老劇場。請祢賜福外面那群傢伙，讓他們愛我們。請祢賜福我們這份毫無用處的努力。咱們今晚所做的一切對世界無情的陰謀一點用處也沒有，但我們還是會做。請讓這一切值得。我們以祢之名乞求，無論祢是誰，無論我們信不信祢，我們大部分都不信啦。阿門。」

「阿門。」大家異口同聲地說。

比利又從酒壺裡喝了一口。「佩佩，有什麼要補充的嗎？」

我的佩佩姑姑笑了笑，那一刻，她看起來像二十歲。

「各位孩子，上場就好好演個痛快吧！」她說。

*

《紐約每日鏡報》的華特·溫切爾寫道：

我不在乎愛德娜·帕克·華生演的是什麼戲碼，只要她有演就好！她遠遠勝過其他自以為知道自己在做什麼的女演員……她看起來有如王室，卻又很樸實！……《女孩之城》是癡人夢話的傑作，雖然此話聽起來像抱怨，但各位，相信我，這是讚美。在這個黑暗年代，我們都需要一點癡人夢話……西莉亞·雷，這麼多年來，把她藏起來的人，容我噓你一聲，她真是個光輝燦爛的小豔貨。各位女士也許不會希望她與妳們的男友、丈夫獨處，但咱們能用這種方式評斷明日之星嗎？……各位小姐，別擔心，這齣戲也有符合妳們胃口的元素，我聽到觀眾席裡所有的女士都替安東尼·羅切拉嘆息，他真該去演電影……唐納·赫伯扮演的盲人扒手非常好笑，針對當今某些政治人物，我言盡於此……至於亞瑟·華生，他太年輕，不適合他妻子，但她太傑出，他根本是高攀，所以我猜事情就是這樣才說得通！我不曉得台下的他是不是跟台上一樣呆若木雞，但如果真是這樣，那我可憐他那位可人的嬌妻！

觀眾的第一陣歡笑來自愛德娜的表演。

第一幕，第一場——阿拉巴斯特姥姥跟其他幾位富太太正在舉行茶會。在平常的八卦閒談中，她稀鬆平常地提到她丈夫昨晚出了車禍。其他女人都詫異地倒抽一口氣，其中一人問：「親愛的，要命嗎？」

「他總是很要命。」阿拉巴斯特姥姥說

大家停頓了好一陣子，其他太太用不解的神情望著她。阿拉巴斯特姥姥沉著地翹起小指攪拌起她的茶，然後，她忽然無辜地抬起頭。「抱歉，妳說的是他的傷勢？噢，他死了。」

觀眾哄堂大笑。

比利在後台握住我姑姑的手，說：「佩格西，我們擄獲他們了。」

《晨間電訊報》的湯馬士．萊席格寫道：

性感電力全開的西莉亞．雷小姐會讓許多先生黏在座位上，但睿智的觀眾會把目光移到愛德娜．帕克．華生身上，這位轟動國際的演員用《女孩之城》宣告自己在美國成為巨星的日子終於到來。

後來第一幕又演到幸運鮑比想要說服阿拉巴斯特姥姥把值錢的東西拿去典當，這才有錢開她的私營酒吧。

「這塊錶不能賣！」她驚呼，手裡握著漂亮錶鍊的大大金錶。「這是我替老公買的。」

「女士，眞是場好交易。」我的男朋友讚賞地點起頭來。

愛德娜和安東尼在腳燈前一來一往，說起笑點，就跟打羽毛球一樣，而且他們一球都沒漏接。

「但我的父親教我千萬不能說謊、騙人、偷竊！」阿拉巴斯特姥姥如是說。

「我爹也這麼說！」幸運鮑比用手壓在心臟的位置。「老爹教我男人的尊嚴就是他的一切，除非有機會幹筆大的，那就可以詐騙兄弟，推姊妹進火坑。」

「只希望這火坑是很高級的妓院。」阿拉巴斯特姥姥說。

「女士，妳跟我出自同一種家庭！」幸運鮑比說，然後他們一起合唱〈男盜女娼，默契絕佳〉。噢，我們費盡多少力氣才說服奧莉讓我們把「男盜女娼」這種字眼寫進歌裡！

這是整齣戲我最喜歡的片段。安東尼在歌曲中段開始跳踢踏舞，他在舞碼裡將整個舞台點得跟緊急照明燈一樣亮。在聚光燈下，我還是看得到他那掠食者的笑容，他彷彿是要把舞台跳穿。精挑細選的紐約劇場發燒友則跟鄉下人一樣，與他一起跺步。我覺得我的心臟要爆炸了。**他們愛他**。然而，在對他成就所帶來的歡愉之中，我卻莫名感覺到一絲恐慌：**這個男人很快就會成為明星，而我會失去他**。

不過，等到這首歌曲結束時，安東尼迅速跑回後台，他穿著汗水淋漓的戲服，把我推到牆角，用他全身的威能與榮光吻我，而在這一刻，我忘卻了我的恐懼。

「我最棒。」他低吼著：「寶貝，妳剛剛有沒有看到？我是無敵的，天底下沒有人比我強！」

「你是，你是！天底下沒有人比你強！」我高聲喊著。當一對情侶正在熱戀中，二十歲的女孩對男朋友就會說出這種話。

（且對我與安東尼公平點，他的確熱力四射。）

而西莉亞與她的脫衣舞，她哀怨地用那沙啞低沉的布朗克斯嗓音唱著她想要擁有自己的孩子，她因此擄獲了觀眾的心。不曉得她是怎麼辦到的，看起來同時可愛也肉慾橫流，這可不簡單。等到她的舞蹈結束時，觀眾歡呼叫好，彷彿是醉醺醺在看豔舞表演一樣。對她有意思的可不只男性，我發誓我聽到女性的道讚聲。

接著是歡愉的中場休息時間，男人在大廳抽菸，女士川流不息地走進洗手間。比利要我去外頭混入人群之中，感受一下他們的反應。他說：「我是可以親自出馬，但他們大多認識我。我不想聽他們的客套話，我要真實的感受。尋找真實的反應。」

「我要找哪種反應？」我問。

「如果他們在聊戲，那很好。如果他們在講車停在哪裡，那就糟了。不過，妳要找的是得意洋洋的感覺。當觀眾看戲看得很開心的時候，他們會看起來驕傲自滿，彷彿這齣戲是他們製作的一樣，眞是自私的混蛋。去去去，告訴我，他們有沒有看起來很得意。」

我一路推擠到人群之中，檢視起身邊一張張泛紅歡快的臉孔。大家看起來都很富裕，很豐潤，也很滿足的樣子。他們不停地聊著戲，講西莉亞的身材啦，愛德娜的魅力啦，舞者、歌曲。他們還重複起戲裡的笑話，逗得大家又歡笑起來。

「這是我這輩子第一次看過這麼多人這麼驕傲。」我向比利回報。

「很好。」他說：「他們就該這樣。」

第二幕開始前，他又發表了一次演說，這次比較簡短。

「現在唯一重要的是你們留給他們什麼印象。」他說：「如果你們在第二幕搞砸，他們就會忘記自己愛過你們。你們必須再次贏得觀眾的心。當你們跳到尾聲，你們的表現不能只是好，必須驚豔全場。孩子們，繼續加油。」

第二幕，第一場——公事公辦的市長前來阿拉巴斯特姥姥的豪宅，想要關閉非法的賭博及妓院事業，因爲現在外面已經有這種風聲。他喬裝出現，但幸運鮑比認出他來，提前預警。歌舞女郎立刻在亮片連身衣外套上女僕的裝扮，而賭場的荷官則變裝成管家。賭客假裝參加了豪宅花園的觀光行程，賭桌蓋上了蕾絲桌布。扮演盲人扒手的赫伯先生畢恭畢敬地接下市長的外套，然後自動搜刮起市長的皮夾。阿拉巴斯特姥姥邀請市長一起來溫室喝茶，過程中小心翼翼地將一把賭博的籌碼塞進束胸之中。

「阿拉巴斯特姥姥，妳這間房子看起來很高檔啊。」市長在到處尋找非法活動跡象之後說：「眞的很豪華。妳的家人是搭『五月花號』之類的船過來的嗎？」

「噢，不是。」愛德娜用尖銳的腔調說話，同時還用一副撲克牌替自己搧風。「我的家人是搭自己的船過來的。」

快結尾的時候，愛德娜唱起那首令人心碎的〈談感情？我考慮考慮〉，整個劇場鴉雀無聲，彷彿裡面沒人一樣。她唱完最後一句哀愁的音符後，觀眾全體起立替她歡呼。歌曲過後，他們要愛德娜回到台上鞠躬四次，然後這齣戲才能繼續演下去。我之前聽說某些演員的表現特別傑出，觀眾的掌聲與歡呼會打斷原本的戲碼，但我完全不理解那是什麼狀況。

直到愛德娜·帕克·華生親身示範。

整齣戲進行到最後結尾盛大的〈咱們一加一大於二〉時，我已經愈來愈討厭看到亞瑟·華生了，他還一直讓我分神注意到他。他想跟上其他演員的舞步，卻一直掉拍。所幸他的笨手笨腳似乎沒有嚴重干擾觀眾，而且在樂池之後就聽不見他不和諧的歌聲。因爲觀眾正跟著一起鼓掌、合唱（「罪惡寶貝，琴酒寶貝/現在就上，每一個寶貝！」）。百合劇場每一處都充滿純粹閃亮的喜悅，大家都融入在氣氛裡。

然後就結束了。

接著是謝幕，謝幕好多次。鞠躬好多次。大把大把的鮮花扔上舞台。最後，劇場亮起了燈，觀眾拿起外套，跟煙氣一樣散去。

劇組和工作人員都累壞了，我們在空蕩的舞台上走來走去，感受我們所創造出來的飛塵，面對我們剛剛目睹自己所做的一切，難以置信到說不出話來。

《紐約每日新聞報》的尼古斯·弗林特寫道：

> 編劇兼導演威廉·布威爾狡詐地讓愛德娜·帕克·華生扮演如此輕鬆的角色。華生太太帶著天生的討喜歡快，投身進這部裹著糖衣但慧黠的戲碼之中。過程裡，她散發星光，同時提升周邊其他演員。在這黑暗年代，你無法要求更具娛樂性質的節目。來看這齣戲，忘卻你所有煩惱。華生太太會提醒我們為什麼不早點請倫敦演員來紐約，也許永遠別放他們回去！

❦

我們晚上跑去沙迪小館，一邊等著評論出爐，一邊把自己灌到什麼都看不清楚。不消說，百合劇場的表演家並不習慣在沙迪小館等待評論，或得到任何評論，但這不是他們普通的表演。

「重點在於亞金森與溫切爾怎麼說。」比利告訴大家：「如果高級與低級的讚美都有，那我們就算紅了。」

「我連亞金森是誰都不認識。」西莉亞說。

「嘿，小美人，只要他今晚知道妳是誰就好，這點我倒是可以跟妳打包票。他整晚目光沒離開過妳。」

「他有名嗎？他有錢嗎？」

「他是記者，他沒有錢，他只有權力。」

此時，我目睹一件神奇的事情發生。奧莉走向比利，手裡拿著兩杯馬丁尼，遞了一杯給他。他訝異地接下，在她舉杯向他敬酒時，他只有更加詫異。

「威廉，你在這齣戲裡非常能幹。」她說：「非常能幹。」

他大笑起來。「非常能幹！從妳口中說出這種話，我想這是導演能得到的最佳讚美！」

愛德娜是最後一位抵達的劇組成員。影迷在後門聚集，想要她的簽名。她是可以去樓上公寓等他們離開，但她縱容那些人，甘願與他們面對面。然後她肯定是迅速沖了個澡，換了衣服，因爲她看起來乾淨清爽，穿了一襲看起來非常昂貴的藍色西裝，我沒見過這麼昂貴的衣服（重點在於妳要能找到昂貴的關鍵，我就看得出來），狐狸披肩隨興披在肩上。她一手勾著她那帥氣但智障的丈夫，就是他的爛舞技差點毀了我們的大結局。他一臉喜孜孜的模樣，彷彿他才是今晚的大明星。

「受人讚賞的愛德娜・帕克・華生！」比利高聲地說，大家則歡呼起來。

「比利，當心點。」愛德娜說：「讚賞還沒出爐呢。亞瑟，親愛的，可以請你點一杯最冰涼的雞尾酒嗎？」

亞瑟晃蕩著尋找吧檯去了，真不曉得以他的智商走不走得回來。

「愛德娜，妳讓表演大大成功。」佩佩說。

「親愛的，都是你們的功勞。」愛德娜望向比利與佩佩。「你們才是天才和創作者。我只是樂意有份工作的謙卑戰爭難民而已。」

「我現在就想醉倒了。」佩佩說：「我受不了這樣等評論出爐。愛德娜，妳怎麼能夠這麼冷靜？」

「妳怎麼知道我不是已經醉了？」

「我今晚應該要理智一點，少喝一點。」佩佩說：「不，算了，我不想少喝，薇薇安，可以請妳追上亞瑟，追加三倍他原先點的酒量嗎？」

我心想：**如果他會算術的話**。

我前往吧檯，正要找酒保，結果一個男人說：「小姐，我可以請妳喝一杯酒嗎？」我轉頭，露出挑逗的微笑，結果那人卻是我哥華特。

我花了點時間才認出他來，因為在紐約市、我的世界、我的生活圈裡看到他感覺好怪。而且，類似的長相也讓我意外。他跟我長得很像，在那扭曲的一瞬間，我以為我是在照鏡子。

華特在這裡幹嘛？

「看到我，妳似乎不太高興？」他露出謹慎的微笑。

我不曉得自己是高興還是不高興，我整個摸不著頭緒。我直覺認爲自己一定惹麻煩了。也許爸媽聽說了我不檢點的行爲，要哥哥把我拎回去。我發現自己望向華特身後，看看父母有沒有跟來，這樣就意謂歡快的時光即將畫下句點。

「薇兒，別這麼提心吊膽的。」他說：「只有我而已。」他彷彿讀懂了我的心思，但這也不能讓我放鬆下來。「我看了妳們的小表演。我很喜歡。你們這些孩子幹得不錯。」

「但，華特，你到底來紐約幹嘛？」我忽然意識到自己的洋裝胸前露了太多，脖子上還有吻痕。

「薇兒，我輟學了。」

「從普林斯頓輟學？」

「對，沒錯。」

「爸知道嗎？」

「他知道了。」

這一切都說不過去。我才是家族裡的害群之馬，不是華特，但他從普林斯頓輟學？我忽然想像起華特狂野放肆的模樣，拋下這麼多年的乖乖牌形象，來紐約在鸛鳥俱樂部加入我這瘋狂酗酒、狂歡、亂舞的行列。也許我啓發他變壞了！

「我要加入海軍了。」他說。

啊，我早該料到不是那麼回事。

「薇兒，三週後我就要去預官學校了。我會在紐約市受訓，就在上西區的河岸這邊。海軍有一艘退役的戰艦停靠在哈德遜河，他們用來當學校訓練。現在，他們缺少軍官，他們接受任何讀過大專兩年的人。他們會訓練我們三個月，薇兒。我聖誕節後就開始受訓。結業後，我就是海軍少尉。春天時，我會出海前往他們派我去的任何地方。」

「你從普林斯頓輟學，爸怎麼說？」我問。

我的聲音聽起來很怪，矯揉做作。我還沒從這次見面的尷尬中恢復過來，但我還是努力與他對話，假裝一切都正常得很，假裝我跟華特每週都會在沙迪小館閒聊一樣。

「他氣死了。」華特說：「但這不是他說了算。我年紀已經到了，我可以自己做決定。我打電話給佩佩，跟她說我要來紐約。她說在受訓開始前，我可以住在她這邊幾個禮拜。逛逛紐約，觀光觀光。」

華特會住在百合劇場？跟我們這些不入流的傢伙待在一起？

「但你不一定要參軍啊。」我傻傻地說。

（安潔拉，在我腦袋裡，會去從軍當水兵的人都是勞動階級的孩子，他們沒有別的方法改善生活。我覺得這應該是我爸曾經說過的話。）

「薇兒，外面正在打仗。」華特說：「美國遲早會參戰。」

「但你不用成爲戰爭的一分子啊。」我說。

他看我的神情充滿困惑也不認同。「薇兒，這是我的國家，我當然必須成爲戰爭的一分子。」

店內的另一側空間發出狂野的歡呼聲。送報的孩子剛送來幾份晚報。溢美之詞已經出爐。

❧

好了，安潔拉，我把我最喜歡的評論留到最後。

一九四〇年十一月三十號，《紐約太陽報》的奇德・亞德利寫道：

> 哪怕你只是想欣賞愛德娜・帕克・華生從頭到尾豔麗動人的服裝，《女孩之城》都值得一看。

17

我們有了暢銷劇碼。

短短一個禮拜不到，我們就從求人家來看戲變成在門口請他們離開。還沒到聖誕節，佩佩跟比利就賺回了投入的資金，現在鈔票大把大把賺呢，至少比利是這麼說的。

妳也許會覺得，現在我們的戲成功了，佩佩、奧莉與比利之間的緊張氣氛應該會和緩一點了，但事實並非如此。雖然各界讚賞不斷，每晚門票售罄，奧莉還是爲錢焦慮（她短暫的歡慶心情顯然在開幕夜之後就消失了）。

奧莉沒日沒夜提醒我們她的擔憂——成功倏忽即逝。她說，《女孩之城》現在能夠賺錢，這樣的確很棒很好，但當這齣戲下檔後，百合劇場又該何去何從？我們已經失去原本附近的觀眾了。我們多年來放下身段娛樂的勞工階級民眾因爲我們提高票價及我們這齣大都會喜劇而離開，等到我們恢復過往的模式後，我們怎麼能夠確保他們會回鍋？我們遲早要恢復之前的模式，比利不可能永遠待在紐約，他也沒有承諾要繼續寫出其他的暢銷之作。一旦其他更好的劇團招攬愛德娜去演新戲，這是一定會發生的，那我們就失去了《女孩之城》。我們不能期待像愛德娜這麼有聲望的人永遠待在我們破破爛爛的小劇場裡。而且等她走了之後，我們也拿不出夠好的待遇來吸引其他跟她同等級的演員。眞的，這一切的創造全都建立於一個女人的才華之上，而這樣做生意的確非常不可靠。

於是奧莉日復一日，唸個不停，烏雲罩頂，末日近了。她就像是一個不會疲憊的算命仙，雖然我們還沉醉於勝利之中，她卻不斷提醒我們轉角就是廢墟。

「奧莉，當心點。」比利說：「確保妳一分鐘也不享受這種好運，也千萬別讓別人享受！」

但就連我也看得出來奧莉是對的，因爲我們持續的成功完全仰賴愛德娜一個人，而她一直都很優秀。我每天晚上都看這齣戲，我可以證明她每次都能用不同的方式演繹阿拉巴斯特姥姥。某些演員會把角色演對，然後凝滯在那樣的表演裡，機械化地重複那種表情與反應，但愛德娜的阿拉巴斯特姥姥總會讓人覺得耳目一新。她不是背詞，她創造了這些台詞，或至少看起來是這樣。也因爲她演戲時會改變語氣與態度，其他的演員同樣必須專注認眞。

紐約市顯然回報了愛德娜的才華。

愛德娜當女演員已經很久很久了，但有了《女孩之城》的成功，她現在成爲了一顆明星。

安潔拉，「明星」這種字眼很重要但很棘手，只能由觀眾替表演者冠上。評論家不能讓誰成爲明星，票房收據沒辦法讓人成爲明星。光有才華也不能讓人變成明星。要讓一個人成爲明星，必須所有人都一起愛妳。當群眾願意於謝幕後守在後門等上個把小時，只爲了一睹演員的風采，這才成就了一顆明星。當茱蒂．嘉蘭[34]發了〈談感情？我考慮考慮〉的唱片，而看過

《女孩之城》的觀眾覺得妳唱得比較好的時候，這才成就了一顆明星。當華特·溫切爾開始每週在專欄裡提到妳的八卦時，這才成就了一顆明星。

還有每晚下戲後，沙迪小館替她留的桌位。

還有赫蓮娜以她的名字出了一款新的眼影（「愛德娜的阿拉巴斯特」）。

還有《婦女節》雜誌花了千字篇幅報導愛德娜·帕克·華生都在哪裡買帽子。

還有影迷寫了一堆信給愛德娜，問出各種問題，如：「我的舞台夢因爲經濟狀況不佳的丈夫中斷，妳願意收我爲徒弟嗎？我相信在妳發現我們演戲風格的諸多共通點後，妳會感到相當驚訝。」

以及這封令人難以置信的信（非常出人意表），來自凱瑟琳·赫本本人：「我最親愛的愛德娜，看過妳的表演，眞是讓我抓狂，我當然必須再看四回，然後跳河自殺，因爲我永遠都比不上妳！」

我對這些信的內容瞭若指掌，愛德娜請我替她讀信，替她回信，因爲我寫字很好看。這份工作對我來說很輕鬆。現在我已經沒有新的服裝要設計了，劇場每週演的都是同一齣戲，劇團已經不需要我的才華了。除了修修補補之外，我在服裝上的工作已經結束了。因爲這個原因，在我們這齣戲成功之後，我多少成爲了愛德娜的私人祕書。

34　茱蒂·嘉蘭（Judy Garland, 1922—1969），童星出身的美國女演員及歌唱家。一九九九年，美國電影學會選她為百年來最偉大的女演員第八名。曾獲奧斯卡最佳青少年演員獎、金球獎終身成就獎、兩座葛萊美獎和一座特別東尼獎。

我負責拒絕所有的邀請與請求；我負責安排《時尚》雜誌的拍照；我負責帶領《時代》雜誌的記者來劇場參觀，讓對方寫出一篇名爲〈如何打造暢銷劇作〉的文章。當令人害怕的刻薄劇評家亞歷山大．伍爾考特來訪時，也是我陪同他到處走看。他替《紐約客》雜誌側寫愛德娜，我們很擔心他會把愛德娜寫得很糟（「只要能夠大口咬下，亞歷山大不會客氣的。」佩佩如是說），但事實證明，我們根本多慮了。以下是他筆下的愛德娜：

愛德娜．帕克．華生的臉屬於向上活出夢想人生的女人。顯然美夢一一成真，她的額頭因此沒有哀傷與擔憂的線條，她的雙眼閃閃發亮，期待更多美好的事情發生……這位女演員所擁有的超越了真摯的情感，她非常有人情味……這位藝術家的情感非常豐富，不該限制在莎士比亞或蕭伯納的劇作之中，她最近將才華應用在《女孩之城》裡，咱們在紐約已經很久沒有看過這麼令人頭暈目眩，又踢腿踢得半天高的表演了……旁觀她成為阿拉巴斯特姥姥就是見證了喜劇轉型為藝術的過程……當激動到上氣不接下氣的影迷在後門感謝她終於來到紐約時，華生太太表示：「親愛的，我的行程上沒有多少急事啦。」如果百老匯腦袋清楚，這個狀況應該立刻改善。

❧

多虧了《女孩之城》，安東尼也成了明星。他加入廣播劇的卡司，下午錄音，這樣才不會打亂他表演的行程。邁爾斯菸草公司也請他成爲新的代言人與模特兒（「可以抽菸，爲什麼要流汗呢？」）。所以他現在賺了不少錢，這是他這輩子第一次賺這麼多錢，但他還是沒有改善他的生活環境。

我開始向安東尼施壓，想說服他自己住。為什麼這麼有前途的年輕明星還要跟哥哥一起住在老舊潮濕的破建築裡，屋內滿是食用油及洋蔥的味道？我催促他租比較好的公寓，有電梯和門房，也許還有個後院，反正必須離開地獄廚房，但他完全不考慮。我實在不懂他為什麼這麼抗拒搬離那間骯髒沒電梯的四樓公寓。我只能猜測，他懷疑我這是要讓他看起來更「適婚」一點。

而我當然就是在幹這種事。

❧

問題在於，我哥現在見過安東尼，很顯然地，他一點也不贊成。

如果有辦法瞞住華特我和安東尼・羅切拉在交往的事實就好了！但安東尼跟我的激情非常顯眼，我哥也沒有眼瞎到看不出來。再說，華特現在也住在劇場，他一看就知道我過的是什麼樣的生活。他通通看在眼裡，酗酒、來來回回的調情、喧鬧的話語、整體生活都很墮落的劇場人士。我原本希望華特能夠一起玩樂（幾名歌舞女郎企圖用她們的擁抱多次引誘我那帥氣的哥哥），但他太一板一眼了，完全不肯上鉤。對，他是會喝個一、兩杯雞尾酒，但不會喝到亂性。他沒有加入我們，反而監督起我們了。

我可以請安東尼不要一時興起就跟我親熱，這樣就不會引發華特太多的反感，但安東尼不是這種人，他不會因為人家不舒服就改變自己的行為。所以我的男朋友還是跟之前一樣吻我、摸我、拍我屁股，無論華特是否在場。

我的哥哥旁觀、評斷，最後終於對我的男朋友做出這不妙的分析：「薇兒，安東尼看起來不太適合結婚。」

現在我滿腦子都是這個討人厭的字眼「適合結婚」、「適婚」。我該說，在此之前，我從來沒有想過要嫁給安東尼，我也不確定以後會想。不過，忽然間，華特的不滿掛在我頭上，我男朋友看起來適不適合結婚頓時變得非常重要。這個字眼讓我覺得受盡侮辱，也許還覺得有點挑戰吧。我覺得我該接下這個問題，好好改善。

妳知道，把我的男人弄得體面點。

有了這個想法之後，我開始替安東尼出主意，看他怎麼樣才能改善自己在社會上的地位，恐怕態度不是太溫柔。如果他不睡在沙發上，會不會感覺比較像大人？如果他少抹一點髮油，會不會看起來更迷人？如果他不要老是嚼口香糖，看起來會不會更有教養？他講話可不可以不要這麼流裡流氣？當我哥哥華特問安東尼在戲劇之外有沒有其他抱負時，安東尼笑著說：「有你也看不出來。」也許針對這個問題，還有更有涵養的回答方式？

安東尼很清楚我在幹嘛，他沒那麼蠢，而他覺得很討厭。他指控我要把他「變得呆板」，好讓我哥哥滿意，他才不配合呢。而這種行爲顯然不會讓他得到華特的喜愛。

華特住在劇場的那幾個禮拜，我哥與我男友之間的氣氛凝重到大錘都打得碎。這是階級問題，這是教育問題，這是性威脅的問題，這是哥哥對上情人的問題，但我猜，最關鍵的問題在於這是卸下束縛後相互競爭的年輕男子心態。他們都很驕傲，充滿大男人主義，而紐約市的每一個房間都小到無法同時容納他們兩個人。

某一晚，事情終於爆發，那天我們下了戲，前往沙迪小館喝酒。安東尼在吧檯粗暴地對待我（當然是在我樂意也享受的狀況下），而他發現華特正不滿地看著他。接下來，這兩個年輕人就面對面站好了。

「你想要我別碰你妹，是不是？」安東尼質問道，進一步逼近華特。「哎呀，你怎麼不想辦法逼我這麼做呢？船長？」

安東尼這一刻對華特露出的挑釁笑容無疑帶有威脅感。這是我第一次在我男友身上看到他那地獄廚房街頭戰士的神情。這也是我第一次目睹安東尼看似在乎什麼，在那一刻，他在乎的不是我，而是一拳揍在我哥臉上能夠帶來多少樂趣。

華特目不轉睛地望著安東尼，他壓低聲音說：「孩子，如果你想傷害我，別只是動嘴。」

我看著安東尼打量我哥，注意到他那打美式足球的肩膀及摔角選手的脖子，覺得還是算了。安東尼垂下目光，向後退，他發出無所謂的大笑，說：「船長，咱們好得很。你沒事，你沒事。」

然後他恢復到平常那種不痛不癢的態度，溜走了。

安東尼這招不錯。我哥哥華特有很多身分（傑出人物，嚴格之人，呆板到不行），但他可不懦弱，他絕對不是膽小鬼。

我哥會把我男友直接揍到陷進人行道裡去。

任誰都看得出來。

⁂

隔天，華特帶我去殖民地餐廳吃午餐，這樣我們才能「好好聊聊」。

我很清楚這場對話的重點什麼（應該說是什麼人），而我非常害怕。

「請別跟爸媽提安東尼的事。」我們一坐下，我就開口。我不喜歡提到我男友，但我知道華特會講到他，而我覺得我最好一開始就哀求生路。我最大的恐懼是他跟爸媽報告我墮落的行爲，他們就會立刻趕來，剝奪我的自由。

他過了一會兒才開口。

「薇兒，我想要公平一點。」他說。

他當然想。華特總想要公平對待每一件事。

我等著他開口，就像我平常跟華特在一起的時候一樣，彷彿是被叫去校長辦公室的小孩。老天，我眞希望他跟我站在同一邊！但他一直以來都不是我的盟友。就算是小時候，他也不會替我保守祕密，跟我一起密謀對付大人。他一直都是我父母的延伸。他總像一位父親，而不是同輩。而且，我也用對待父親的態度對他。

最後，他開口：「妳知道，妳不可能一直這樣鬼混下去。」

「噢，我知道。」我說，雖然我的計畫的確就是一直這樣鬼混下去。

「薇兒，外面有一個眞實的世界。到了某個時間點，妳必須放下氣球與旗幟，長大成人。」

「無庸置疑。」我附和。

「妳家教很好，我必須信賴這點。等到時機來臨，妳的教養就會甦醒。妳現在是在扮演波希米亞人，但妳終究必須安頓下來，嫁給對的人。」

「我當然會。」我點點頭，彷彿這就是我的計畫一樣。

「如果我不相信妳腦袋清楚，我現在就會把妳送回克林頓。」

「我可不怪你！」我高聲地說，非常贊同。「如果我不相信自己腦袋清楚，我現在也會把自己送回克林頓。」

這話一點也不合理，但似乎讓他平靜下來。謝天謝地，我對哥哥的了解還算深，曉得我救贖的唯一希望就是完全同意他說的每一句話。

又經過另一陣長長的靜默後，他用比較溫柔的語氣說：「這就跟我去德拉威爾的時候一樣。」

我忽然愣住，**德拉威爾**？然後我想起哥哥去年夏天曾去德拉威爾過了幾個禮拜。如果我沒記錯，他在那邊的發電廠工作學習電力工程。

「當然！」我說：「德拉威爾！」我想繼續這個聽起來正向的對話走向，雖然我完全不知道他到底在說什麼。

「我在德拉威爾認識的一些人很粗野。」他說：「但妳懂那是怎麼回事。有時妳就是必須跟出身不如妳的人並肩而行，擴展妳的視野，也許還能打磨妳的性格。」

哎喲，還眞假惺惺。

不過，他還是露出鼓勵的笑容。

我也微笑。我想要看起來像是某個正在透過與出身不好的人友好，忙著擴展視野、打磨性格的人。要在一個表情裡完成這個任務非常困難，但我盡力了。

「妳只是在追求刺激。」他評論道，聽起來他好像**幾乎**相信這種診斷。「還算無害。」

「沒錯，華特。我只是在追求刺激。你一點都不需要擔心我。」

他臉一沉。我犯了技術上的錯誤，我反駁他了。

「啊，薇兒，我**的確**需要擔心妳，因爲再過幾天，我就要去預官學校了。我會北上住在軍艦裡，我沒辦法繼續盯著妳。」

我心想：**哈雷路亞**，但同時嚴肅地點頭。

「目前看來，我不喜歡妳人生的走向。」他說：「這是我今天想跟妳談的，我一點也不喜歡。」

「我完全明白！」我說，現在又回到原本什麼都附和他的策略上來。

「告訴我，妳跟這個安東尼之間什麼也沒有。」

「什麼也沒有。」我說謊。

「妳沒有跟他跨越不該跨的界線吧？」

我覺得自己臉紅，這不是端莊的臉紅，這是心虛的臉紅。不過，臉紅還是幫了我一個大忙。我看起來一定像無辜的少女，尷尬哥哥居然提到性，哪怕是拐彎抹角地提。

華特也跟著漲紅了臉。「抱歉但我不得不問。」他想要保衛我偽裝出來的純眞。「但我必須知道。」

「我明白。」我說：「但我沒有……不可能跟那種人，跟誰都沒有，華特。」

「那就好。如果妳這麼說，我就相信妳。我不會跟爸媽提安東尼的事。」他說。（我終於吸了今天第一口氣。）「但妳必須答應我一件事。」

「什麼都好。」

「如果妳跟這傢伙之間有任何問題，妳要打電話跟我說。」

「我會的。」我發誓：「但我不會惹什麼麻煩的。我保證。」

忽然間，華特看起來變得好老。這可不簡單，二十二歲即將參戰的資深政治家，想要同時行使他的家庭責任與愛國責任。

「薇兒，我曉得妳很快就會跟這個安東尼結束關係，答應我，妳會聰明一點。我知道妳是個聰明的孩子。妳不會做什麼魯莽的事。妳的腦袋清楚得很。」

這一刻，我有點心碎，看著我的哥哥深陷在他那完美的想像裡，急切地想尋找我的優點。

18

安潔拉，接下來的故事我實在不想說。

我覺得我在拖延。

接下來這部分充滿痛苦。

讓我再拖一下。

不，我還是直說吧。

❧

現在已經到了一九四一年三月。

這個冬天很漫長。月初時，紐約經歷嚴重的暴風雪，城市花了幾個禮拜才從積雪下開挖出來。大家都冷到生病了。妳可能很難想像，百合劇場是通風的老房子，更衣室比較適合擺放皮草，而不是爲人類保暖。

大家都長了凍瘡和皰疹。所有的女孩都想穿可愛的春裝，展現身材，結果只能跟木乃伊一樣包著層層大衣、圍巾、膠底雨鞋。我看過我們的舞者在禮服下穿著衛生褲出門，到了夜總會廁所，她們偷偷脫掉，等到那晚結束後再偷偷穿回去，然後勇敢挺進冰冷的夜晚之中。相信我，身穿絲質晚禮服和衛生褲的女孩一點也不光鮮亮麗。我整個冬天都一直瘋狂替自己做新的春季服裝，只希望如果我的衣櫃裡都是溫暖氣候的衣服，天氣也會跟著暖和起來。

終於，快到月底時，天氣好轉了，冷冽的魔咒消退了一點。

那天是個明亮、歡快的紐約春日，妳會以為夏天終於來臨。我在紐約還待不夠久，居然相信這種把戲（千萬別相信三月的紐約！），允許自己因為露臉的太陽而稍微開心了起來。

那天是星期一，劇場不營業。我一早就收到寄給愛德娜的邀請卡。一個名為英美婦女聯合陣線的機構，當晚要在華道夫酒店舉行募款餐會。所有的努力都是為了說服美國參戰。

機構的來信寫道：雖然這麼晚才通知，但不曉得華生太太是否願意賞光？她的大名會令晚會蓬蓽生輝。同時，是否能請華生太太邀請他的共戲明星安東尼·羅切拉一同出席？而他們是否願意一起為了在場的婦女演唱他們在《女孩之城》裡的二重唱歌曲？

多數對愛德娜的邀請我都會直接婉拒，忙碌的表演行程讓她無法參與額外的社交活動，現在世界需要愛德娜的活力，她卻已經分身乏術。我差點也拒絕了這項活動，但我又想了想，如果天底下有什麼事情是愛德娜在乎的，那莫過於呼籲美國參戰了。多少夜裡，我都聽到她跟奧莉談起這個話題。而這個要求看起來也無傷大雅，唱首歌，跳支舞，享用晚餐。於是我向她提起這個邀請。

愛德娜立刻同意出席。她說，整個冬天她都足不出戶，快發瘋了，她樂得有機會可以出門。而且，當然，為了可憐的英國，要她做什麼都願意！於是她請我打電話給安東尼，看他是否願意陪她出席慈善晚會，一起合唱。我有點訝異卻又不太訝異地聽到他答應了。（安東尼根本不關心政治，跟他相比，我根本是紐約市市長，但他崇拜愛德娜。如果我之前沒提過安東尼崇拜愛德娜，請原諒我。如果一直要我完整列出愛德娜崇拜者的名單那也太煩了，且讓我們假設大家都崇拜她吧。）

「當然，寶貝，我會送愛德娜過去。」他說：「我們會玩得很愉快的。」

當我確認安東尼會陪她出席時，愛德娜說：「親愛的，太感謝妳了。我們最終會一起殲滅希特勒，還能乖乖準時回家睡覺。」

⁂

這件事應該到此爲止。

這是很簡單的互動，無害的決定，兩名高人氣藝人要出席毫無意義的政治活動，由一群口袋滿滿、意圖良好的曼哈頓婦人舉辦，而這種活動對歐洲打勝仗一點幫助也沒有。

但事情沒有就此打住，因爲就在我替愛德娜爲晚上的活動打扮時，她丈夫亞瑟走了進來。亞瑟看到愛德娜打扮得如此迷人，便問她要去哪裡。她說她要去華道夫酒店的一個小規模政治慈善活動表演一首歌，這場活動是由一些聲援英國的婦女舉辦。亞瑟不高興了，他提醒她，他原本想找她去看電影。（「我們一週只休息一個晚上，見鬼！」）她道歉起來（「親愛的，但這是爲了**英格蘭**！」），這場夫妻間小小的口角似乎也就到此結束。

但一個小時之後，安東尼過來接愛德娜，亞瑟看到這個年輕人穿著燕尾服站在那裡（我必須說他穿得有點太隆重了），他又鬧起脾氣。

「這傢伙在這幹嘛？」他明明白白質疑起安東尼。

「親愛的，他要陪我去參加活動。」愛德娜說。

「爲什麼他要陪妳去參加活動？」

「親愛的，因爲他也受邀了。」

「妳沒說妳要去約會。」

「親愛的，這不是約會，這是亮相。那些婦女希望我跟安東尼一起表演我們的二重唱。」

「爲什麼我不能參加活動，然後跟妳一起表演二重唱？」

「親愛的，因爲我們沒有二重唱。」

安東尼犯了一個錯，他因爲這場口角而笑了出來，亞瑟再次轉頭面向他：「你覺得帶人家的老婆去華道夫酒店很好笑嗎？」

安東尼跟平常一樣圓滑，嚼著口香糖，說：「我覺得是滿好笑的。」

亞瑟看起來像是要撲上去一樣，但愛德娜立刻擋在兩個男人之間，一隻嬌小、指甲修剪整齊的手還壓在她丈夫寬闊的胸膛上。「亞瑟，親愛的，理智點。這是專業場合，僅此而已。」

「專業，是不是？妳有錢拿嗎？」

「親愛的，這是慈善活動，沒有人領錢。」

「慈善？怎麼不來慈善我！」亞瑟高聲詢問，而安東尼，因爲他的天性，又笑了出來。

我說：「愛德娜，妳要我跟安東尼去外頭等嗎？」

「免了，寶貝，我在這裡挺好。」安東尼說。

「不用，你們可以留在這裡。」愛德娜對我們說：「沒什麼好擔心的。」她再次轉頭面向她丈夫。那張一直以來耐著性子、充滿慈愛的臉現在換上了較爲冰冷的表情。「亞瑟，我要參加這場活動，安東尼會陪我一起去。我們會替那些上了年紀的無害富太太們演唱二重唱，替英國募款，我們到家之後再見。」

「我已經到了我的極限了！」他高喊：「每份紐約報紙都忘了我是妳丈夫，這還不夠，現在連妳也忘了嗎？我說，妳不准去，我不准妳去！」

「快聽聽這傢伙說的什麼話。」安東尼火上加油。

「快來聽聽你才對！」亞瑟說：「穿那燕尾服，看起來像服務生！」

安東尼聳聳肩。「我有時會當服務生。至少我不需要我的女人替我出錢買衣服。」

「你現在就滾！」亞瑟對安東尼吼了起來。

「朋友，沒門。這位女士邀請我的，她說了算。」

「沒有我，我老婆哪兒也別想去！」亞瑟說。這話聽起來挺荒謬的，因爲過去這幾個月來，我看過她去很多地方，他都沒跟去。

「兄弟，她的事不是你說了算。」安東尼說。

「安東尼，拜託。」我向前把手搭在他手臂上，說：「我們去外頭等，我們沒理由捲進他們的爭執裡。」

「妞兒，我的事也不是妳說了算。」安東尼厲聲說道，同時甩開我的手，還對我露出狠毒的眼神。

我向後退縮，彷彿被人踢了一腳。他從來沒有對我發過脾氣。

愛德娜輪流看著我們。

「你們眞是小朋友。」她溫和地說。然後她把另一串珍珠項鍊掛在脖子上，拿起帽子、手套及手提包，說：「亞瑟，咱們十點見。」

「不，誰要跟妳見！」他高聲地說：「到時我不在！妳覺得怎樣？」

她沒搭理他。

「薇薇安，謝謝妳幫忙打扮。」她說：「祝妳晚上愉快。安東尼，走吧。」

於是愛德娜與我男朋友一起離開了，留下我和她丈夫兩個人渾身顫抖、面帶懼色。

❧

說眞的，如果安東尼沒有兇我，我大概可以忘掉這整件事，覺得這就是愛德娜與她那愛吃醋又幼稚老公之間的無謂口角。我也許就能看清這件事的本質，也就是跟我毫無瓜葛的問題。我大概會立刻離開，跑去跟佩佩、比利一起喝酒吧。

但安東尼的反應讓我很詫異，我站在原地呆若木雞。我幹了什麼活該被他兇？**妞兒，我的事也不是妳說了算！**他這是什麼意思？我什麼時候想要作主過？（除了一直逼他快點搬去新公寓而已。啊，還有希望他能換個方式打扮、講話，還有希望他不要一直用俚語，還有要他用比較保守的方式梳頭，還有叫他不要一直嚼口香糖，還有每次看到他跟舞者調情都跟他吵架，除此之外，還有什麼？拜託，我給那男孩的就**只有**自由啊。）

「那女人毀了我。」在愛德娜與安東尼離開後不久，亞瑟開口了。「她只會**摧毀男人**。」

「什麼？」我終於找到自己的聲音。

「如果妳喜歡妳那條油頭雜種狗，妳就該多盯著他。那女人會把他生吞活剝，她就喜歡年輕小夥子。」

又來了，如果不是因爲安東尼對我發脾氣，我大概不會在意亞瑟．華生說的話。世界作爲一個集體，從來不會在乎亞瑟．華生說的話。我腦筋應該清楚一點。

「噢，她不會……」我甚至不曉得該怎麼講完這個句子。

「噢，她會。」亞瑟說：「妳可以打包票。她一直如此。妳可以非常肯定，她已經這麼做了，妳這個眼睛不打開的蠢姑娘。」

一整片黑色的粒子似乎籠罩著我的雙眼。

愛德娜和安東尼？

我覺得頭暈眼花，我伸手去拉身後的椅子。

「我要出門了。」亞瑟說：「西莉亞呢？」

我聽不懂這個問題，這一切跟西莉亞有什麼關係？

「西莉亞呢？」我附誦道。

「她在妳房裡嗎？」

「大概吧。」

「那咱們去找她，然後快點出門吧。快，薇薇安，帶著妳的東西閃人了。」

而我做了什麼？

我跟著那個傻瓜走了。

我為什麼跟那個傻瓜走？

因為，安潔拉，我是一個白癡小孩，而在那個年紀，要我跟著停車號誌走都可以。

⁂

於是，這就是為什麼我最後會跟西莉亞・雷、亞瑟・華生一起度過這紐約偽春夜。

我不只跟西莉亞、亞瑟在一起，同行的還有西莉亞的新朋友布蘭達・費澤與綽號「船難」

的約翰‧西蒙斯‧凱利。是說他們玩在一起滿奇怪的啦。

安潔拉，妳大概從來沒聽說過布蘭達‧費澤和「船難」‧凱利，至少我希望妳沒聽說過。他們當時年輕有名，得到太多矚目。在一九四一年的時候，他們是紅極一時的名人夫妻檔。布蘭達是女繼承人，還是一位初出上流社會的名媛，「船難」則是美式足球明星球員。小報記者跟著他們到處跑。華特‧溫切爾甚至發明了「派對女王」這種令人不舒服的字眼來形容布蘭達。

如果妳好奇這些世故名流爲什麼和我的朋友西莉亞‧雷玩在一起，我也不知道。不過，等到今晚過去，我就會搞清楚了。顯然紐約最有名的夫妻檔看了《女孩之城》，喜歡這齣戲，於是讓西莉亞成爲他們的配件，跟他們突發奇想買下敞篷車或鑽石項鍊一樣。他們顯然一起玩鬧了好幾個禮拜，我卻錯過了這一切，當然，因爲我忙著跟安東尼在一起。不過，看來西莉亞的確趁我不注意的時候，找到了幾個新朋友。

我當然沒吃醋。

我是說，就算有妳也看不出來。

這天晚上，我們開著「船難」‧凱利那台奢華、訂製的奶油色敞篷帕卡德出門。「船難」開車，布蘭達坐在副駕駛座，亞瑟、西莉亞，還有我坐在後座。西莉亞坐中間。

我當下就不喜歡布蘭達‧費澤。據說她是全世界最有錢的女孩，請妳想像一下我知道這點的時候覺得多神奇也多敬畏，好嗎？世界上最有錢的女孩是怎麼打扮的？我實在忍不住一直盯著她看，只是想要搞清楚，雖然我眞的很不喜歡她，她還是擄獲了我。

布蘭達是個漂亮的深髮女子，披著貂皮大衣，戴著跟栓劑差不多尺寸的訂婚鑽戒。在那些死掉的貂皮之下是一疊抖動的黑色塔夫綢與蝴蝶結。感覺她好像是要去參加舞會，或是剛從舞會離開一樣。她那張白色的臉粉上太厚，嘴唇太紅。她的頭髮是奢華的波濤大捲，戴了一頂有薄紗的黑色三角帽（愛德娜會稱這種東西爲「在一大座頭髮上玩蹺蹺板的小鳥巢」）。我並不喜歡她的風格，但我必須說，她看起來的確很有錢。布蘭達沒說什麼話，但她開口的時候，口音帶著上流社會女子精修學校的刻板腔，我聽了很不舒服。她一直想要說服「船難」把車頂關起來，因爲風一直吹亂她的頭髮。她似乎不怎麼好玩。

我也不喜歡「船難」．凱利，我不喜歡「船難」這個名字，不喜歡他紅紅的鬆垮臉頰，也不喜歡他誇張的玩笑。他就是那種會拍人家背的人，我一直都不喜歡這種人。

布蘭達與「船難」似乎跟西莉亞、亞瑟很熟，這點我也**不喜歡**。我的意思是說，他們似乎覺得西莉亞和亞瑟是一起的，彷彿他們是一對似的。這點立刻由「船難」證實了，他向後座大吼：

「你們小朋友還想去哈林的那間店嗎？」

「我們今晚不想去哈林，太冷了。」西莉亞說。

「哎呀，妳知道他們是怎麼說三月的。」亞瑟說：「三月來如雄獅，去如小貓。」

白癡，應該是小羊。

我實在忍不住注意到亞瑟忽然海派了起來，一手還環在西莉亞身上。

他為什麼要抱著西莉亞？

這到底是怎麼一回事？

「咱們去那條街吧。」布蘭達說：「太冷了，我不能一路坐車去哈林區。」

她指的是五十二街，大家都曉得那條街是哪條街——搖擺街，爵士樂的核心地帶。

「吉米．雷恩夜總會還是知名的門？或是去聚光燈？」「船難」問道。

「聚光燈。」西莉亞說：「路易．普利馬[35]在那表演。」

於是就這麼決定了。我們開著那輛貴到不行的車，只開了十一個街廓，就足以讓中城的每一個人都看到我們，且散佈消息說布蘭達．費澤和「船難」．凱利開著敞篷帕卡德要去五十二街，這意謂在我們一踏上夜店前方的人行道上，就會有大批攝影師等待我們，瘋狂拍照。

（我必須坦承，我倒是挺喜歡這種待遇的。）

❧

不一會兒，我就醉了。如果妳覺得服務生會迅速替我跟西莉亞這種女孩送雞尾酒來，妳眞該看看布蘭達．費澤的飲料上桌速度有多快。

我沒吃晚餐，因爲跟安東尼吵架而情緒不穩定。（在我腦袋裡，那是當代最可怕的大火，我被燒得體無完膚。）酒精直衝我的腦袋。樂團不斷演奏，又吵又賣力。等到路易．普利馬來我們這桌向知名聽眾打招呼的時候，我已經爛醉如泥。我實在不在乎與路易．普利馬見面。

「妳跟亞瑟是怎麼回事？」我問西莉亞。

「沒怎麼回事。」她說。

「妳在跟他亂搞嗎？」

她聳聳肩。

「西莉亞，妳不准瞞著我！」

我看著她思考自己的選項，然後她說出真相。

「別說出去？對，他是個蠢蛋，但沒錯。」

「但西莉亞，他結婚了啊。他是愛德娜的丈夫啊。」我講這話時有點太大聲了，好幾個人都轉頭看我們，誰在乎這些人是誰啊。

「咱們去外頭喘口氣，就妳跟我。」西莉亞說。

不一會兒，我們站在寒冷的三月冷風中。我沒穿外套。話說回來，這根本不是什麼溫暖的春日。連天氣都耍我，什麼都耍我。

「但愛德娜呢？」我問。

「她怎麼樣？」

「她愛這個男人啊。」

「她只是愛年輕小夥子而已。她身邊總會有一個年輕小夥子。每齣戲會換一個。這是亞瑟講的。」

年輕小夥子，像安東尼一樣的年輕小夥子。

西莉亞注意到我的表情，說：「聰明點！妳以為他們的婚姻正常嗎？妳不會覺得愛德娜還在外面捻花惹草嗎？像她那種大明星，錢都握在手裡？像她一樣這麼受歡迎的人？妳覺得她會坐在家裡等她那個演技差人一等的老公回家？我一點也不這麼想！反正她看起來也沒辦法獨占

35 路易・普利馬（Louis Leo Prima, 1910—1978），美籍義大利裔歌手、小號手、演員、詞曲作者。

那個男人，他這麼帥。所以亞瑟也不會坐在家裡等她。小薇，他們是大陸人，那邊的人都這樣的。」

「哪邊？」我問。

「歐洲大陸。」伴隨她回答的是朝著某個遙遠龐大的地方比了比，彷彿那裡的規矩都不一樣似的。

我感覺到超越各種理智的訝異。這幾個月來，安東尼跟嬌小可愛的舞者調情，我吃他的醋，但我從來沒有想過要懷疑愛德娜。愛德娜．帕克．華生是我的朋友啊，而且，她年紀這麼大了。她爲什麼要搶我的安東尼？而他爲什麼會接受她？我這份珍貴轟動的愛情又該怎麼辦？我的腦袋因爲各種噁心的傷痛與擔憂扭曲了起來。我對愛德娜怎麼會看走眼？還有安東尼？我完全沒有察覺任何蛛絲馬跡啊！我怎麼會沒注意到我的朋友跟亞瑟．華生上床？她爲什麼不早點告訴我？

然後我想到佩佩與奧莉那晚在客廳一起隨著〈星塵〉起舞，想起自己當時有多訝異。還有什麼事是我不知道的？別人的愛慾與嚴實的祕密什麼時候才不會讓我覺得意外？

愛德娜說我是小朋友。

我覺得我的確就是小朋友。

「啊，小薇，別傻了。」西莉亞一邊說，一邊望向我的臉。她細長的手臂把我拉入懷裡擁抱。就在我準備跌進她胸口，流出一片煩躁、可悲、醉醺醺的眼淚時，我聽到身邊傳來熟悉也煩人的聲音。

「我就知道我要來看看妳們兩個。」亞瑟．華生說：「我要在這座城市裡護送兩位美人，我實在不能把妳們丟著不管，對吧？」

我開始從西莉亞的擁抱裡掙脫出來，但亞瑟說：「是說這個薇薇安，別因爲我在這就停下妳們原本的動作。」

同時，他也伸手環抱我們。現在他完全勾搭住了我們的擁抱。我和西莉亞個子都很高，但亞瑟是個高大健壯的男人，他只要稍微用力，就能輕鬆抱住我們。西莉亞大笑，亞瑟也笑了起來。

「這樣好多了。」他在我的髮絲間說：「這樣是不是好多了？」

在那一刻，的確，某種程度上好多了。

好太多了。

第一，在他們懷裡感覺非常溫暖。沒穿外套，站在五十二街的冷風裡，我實在快冷死了。寒意攻擊我的手腳。（或許，我這可憐的孩子，因爲所有的血液都流向我那重傷、碎成千千萬萬片的心臟了！）不過，現在我溫暖了，或該說至少一部分的我是溫暖的。我的一側貼著亞瑟壯碩的軀體，正面緊貼著西莉亞特別柔軟的胸部上。我的臉埋在她那氣味熟悉的脖子裡，感覺到她的動作，因爲她抬起頭，開始親吻亞瑟。

我一發現他們在接吻，就想從他們的懷抱裡掙脫出來，出於禮貌而已。不過，我只是爲此做了小小的努力，因爲在他們懷抱裡感覺很舒服，感覺很好。

「小薇今晚是隻可憐的小貓咪。」西莉亞對亞瑟說，他們已經在我耳邊熱切接吻了好一陣子。

「可憐的小貓咪是誰？」亞瑟說：「這個？」

然後他開始吻**我**，沒有放開任何一個人。

事情發展到這裡可就詭異了。

我之前吻過西莉亞的男人，但她的臉沒有近在咫尺。而且這可不是什麼亂七八糟的男人，這是亞瑟・華生，我討厭的人。更何況，我很敬愛他的妻子，但現在他老婆很可能在跟我的男朋友上床，而如果安東尼正在施展他的嘴上功夫，用對我的方式伺候愛德娜……

我實在無力承受。

我感覺到嗚咽的委屈從喉頭升起。我把嘴從亞瑟嘴邊移開，這才好喘口氣，下一秒，西莉亞的唇就貼了上來。

「現在妳明白了。」亞瑟說。

在我這幾個月的性愛大冒險裡，我從來沒有吻過女孩，也沒想過這種事。我的旅程走到這裡，妳也許會覺得這充滿轉折又異想天開的生活已經沒有什麼能讓我覺得詫異了，但西莉亞的吻讓我嚇了一跳。而隨著她繼續深吻，我只有繼續驚豔。

我的第一印象是吻西莉亞好像是什麼奢侈的事情。她好豐富，她好柔軟，她的嘴唇好有戲，她好火熱。她的一切都和枕頭一樣，會把人吸進去。在西莉亞特別柔軟的嘴唇、可觀的胸部還有熟悉的花香氣息之中，我覺得我要被她吸進去了。這跟吻男人不同，甚至包括安東尼，雖然他懂得罕見的溫柔接吻技巧。相較於西莉亞的雙唇，就算是與最溫柔的男人接吻，感覺也太粗暴了。她的吻像絲絨流沙，讓我無法抽身。哪個腦子正常的人會想離開這種感覺？

彷彿經過了夢幻的一千年，我站在街燈下，讓她吻我，我也吻她。我們望著彼此的美貌，彼此相似的雙眼，親吻彼此如此可口又如此相仿的嘴唇，我跟西莉亞・雷終於抵達我們讓彼此完整的自戀巔峰。

然後，亞瑟打破這恍惚的感覺。

「好了，兩位，我不想打擾，但是時候閃人去我很熟的小旅館了。」他說。

他笑得彷彿是剛贏得賭馬三連勝的人，我猜的確如此。

❧

安潔拉，事情沒有想像中那麼好。

我曉得這是很多女人的幻想，發現自己躺在豪華飯店房間的大床上，有帥哥及美女能夠供妳享用。不過，從運作的角度上，我立刻發現三個人同時在床上忙其實是問題重重又費力的狀態。妳知道，妳永遠不曉得要注意誰，有太多手腳必須擺放得宜！會有很多「噢，抱歉，沒看到你在這」的對話，當妳好不容易漸入佳境，又會被突然冒出來的新同伴干擾。而且，妳也永遠不會知道什麼時候結束。就在妳以爲自己已經得到滿足時，妳會發現其他人還沒，於是妳又回去加入搏鬥。

話說回來，如果這場三人行裡的男人不是亞瑟．華生，整個過程也許會讓人更加滿意。在床第之間，他經驗老到，活力充沛，這點無庸置疑，但他跟在外頭的時候一樣討厭，還是一樣的理由——亞瑟總只想到他自己、欣賞他自己，這樣很討厭。我覺得亞瑟對自己的體格相當滿意，而他願意把自己放在全然欣賞自身帥氣與肌肉的場景之中。我一直覺得他是在替我們擺姿勢，或是在欣賞自己的身材。（請妳想想這有多荒謬！想像二十歲的我還有西莉亞．雷跟他一起在床上，而他只在乎自己的身材！眞是蠢到家了！）

至於西莉亞，我不曉得該拿她怎麼辦。她對我來說實在太棘手了，她的癡迷整個爆發，她的需求是神祕的迷宮，她是打在天邊分岔的閃電。我覺得我好像從來就不認識她。對，我跟西莉亞在同一張床上抱著睡覺已經快一年了，但這張床不是我們平常那張床，這個西莉亞也不是平常的西莉亞。這個西莉亞是我不曾造訪的國度，是我學不會的語言。在這個陌生女人裡面，我找不到我的**朋友**，她緊閉雙眼，身體不斷扭動，驅動她的似乎是什麼等同於高燒或憤怒的激烈性愛夢魘。

而在這一切的行為之中，事實上，就在最白熱的中央，我卻從來沒有感覺過如此寂寞。

❧

安潔拉，我必須說，到飯店客房門口時，我**差點**轉頭就走。不過，我想起幾個月前對自己做的承諾——我不會再找理由逃避西莉亞．雷從事的任何危險行為。

如果她要幹什麼狂野的事，那我也要一起。

現在這種承諾看起來陳舊、難以理解（過去這幾個月來有很多事情都改變了，為什麼跟著我的朋友一起冒險這種承諾對我來說還是這麼重要呢？），我還是信守我的誓言，我堅守原地。諷刺到不行，我必須說：就把這當作是在表達我不成熟的榮譽感吧。

我大概還有別的動機。

我還感覺得到安東尼把我的手從他手臂上甩開，說他的事不是我說了算。用那不屑的口氣叫我**妞兒**。

我還聽得到西莉亞說起愛德娜與亞瑟的婚姻——「小薇，他們是大陸人」——她看著我，彷彿我是她這輩子見過最天真、最可憐的生物一樣。

我還聽得到愛德娜的聲音說我是**小朋友**。

誰想當小朋友啊？

於是我繼續，像在翻找東西一樣從這個床角移動到下一個床角，想要成爲歐洲大陸人，不想繼續當小朋友，深入且抓進亞瑟及西莉亞健美的軀體之中，作爲確認自己存在的必要證據。

但同一時刻，在我腦子裡還有一處沒那麼醉、沒那麼哀傷、沒那麼慾求不滿，又沒那麼蠢的所在，我清楚感覺到這個決定只會替我帶來悲傷。

而老天啊，我的感覺一點也沒錯。

19

接下來的事情我就速速帶過。

我們的行動終於告一段落。我跟亞瑟、西莉亞立刻睡著，或該說暈倒。過了不知多久（我沒注意時間），我醒來，穿上衣服，留下他倆在飯店房裡酣睡，走了十一個街廓回家，一路上緊抱著自己顫抖、穿太少的軀體，努力卻無法在無情的三月寒風裡保持溫暖。

等我打開百合劇場三樓的門衝進去時，已經過了午夜。

我立刻感覺到狀況不對勁。

首先，每一盞燈都是亮的。

再來，客廳裡有人，他們都盯著我看。

奧莉、佩佩和比利坐在客廳裡，環繞著他們的是香菸與菸斗的煙氣。他們之中還有一個我不認識的男人。

「她回來了！」奧莉連忙起身，高聲地說：「我們在等妳。」

「不重要了。」佩佩說：「來不及了。」（我不明白，但我沒有把她的話放在心上。從佩佩的聲音聽來，我曉得她喝得非常醉，所以我不期待她講出合乎邏輯的話。我比較擔心爲什麼奧莉這麼晚了還在等我，以及，這位陌生人是誰？）

「大家晚安。」我說。（妳還能說什麼呢？率先展開行動總是有幫助的。）

「薇薇安，我們有一個緊急狀況。」奧莉說。

從奧莉冷靜的態度看來，我曉得大勢不妙。她通常只會爲了小事歇斯底里，一旦她表現出如此沉著冷靜的模樣，那肯定是有大危機。

我只能假設有人死了。

我爸媽？我哥？安東尼？

我站在原地，雙腿顫抖，散發出性愛的氣味，等著我的世界崩塌。我的世界的確崩塌了，但崩塌的方式超乎我的預期。

「這位是史丹．溫伯格。」奧莉替我介紹陌生人。「他是佩佩的老朋友。」

我是個好女孩，於是我很有禮貌地走向這位先生，想跟他握手，但溫伯格先生看我走近卻漲紅了臉，然後把頭別開。他對我明顯的不自在讓我卻步。

「史丹是《紐約每日鏡報》的晚班編輯。」奧莉繼續用那令人難堪的平板語氣說話：「他幾個小時前帶著壞消息過來。史丹搶先讓我們知道華特．溫切爾會在明天下午的專欄揭露什麼內容。」

她不帶表情地看著我，彷彿這話解釋了一切。

「到底是什麼內容？」我問。

「關於今晚妳跟亞瑟還有西莉亞的內容。」

「但……」我有點結巴，然後說：「但到底發生什麼事？」

安潔拉，我向妳保證，我不是在打迂迴戰術。我眞的一度不曉得發生了什麼事。感覺我好像剛剛才加入這個場景，我不是我自己，而人家說的則是陌生人的事。大家嘴裡提到的那些人到底是誰？亞瑟、薇薇安跟西莉亞？他們跟我有什麼關係？

「薇薇安，他們有照片。」

這話讓我清醒。

我焦慮地想：飯店房間裡有攝影師？但我隨即想起我與西莉亞、亞瑟在五十二街擁吻，就在街燈下，燈光美，氣氛佳。稍早一大群小報攝影師聚集在「聚光燈」外頭，等著一瞥布蘭達・費澤與「船難」・凱利。

我們肯定演了一齣好戲給他們看。

此時，我看到溫伯格先生擺在大腿上的巨大牛皮紙袋，想必裡面裝的就是照片。噢，上帝救救我。

「薇薇安，我們正在想辦法阻止這件事發生。」奧莉說。

「阻止不了。」比利首度開口，而從他口齒不清的聲音聽來，他也醉得不輕。「愛德娜出名了，亞瑟・華生是她丈夫。妞兒，這肯定會鬧上新聞，還是個大消息！看看這傢伙，娶了大明星的二流小明星，卻被人拍到在夜店外頭擁吻兩個看起來像歌舞女郎的女孩。然後我們看到這個人，這個娶了大明星的二流小明星，跟不是一個，而是兩個女孩一起入住旅館，偏偏這兩個女孩都不是他老婆。寶貝，這是新聞。這麼勁爆的消息是阻擋不了的。溫切爾最愛享用這種破事。老天，那個溫切爾眞是禽獸不如！我眞受不了他。之前搞流動歌舞秀的時候我就不喜歡他了。我眞不該讓他來看我們的戲。噢，可憐的愛德娜。」

愛德娜。聽到她的名字讓我一路痛到腸子去。

「愛德娜知道了嗎？」我問。

「薇薇安，愛德娜知道了。」奧莉說：「史丹送照片來的時候，她也在場。她已經上床睡覺了。」

我覺得想吐。「那安東尼——？」

「薇薇安，他也知道。他先回家了。」

大家都知道，所以已經沒有任何挽救的希望了。

奧莉繼續說：「請容我說一句，安東尼與愛德娜不是妳現在需要擔心的。薇薇安，妳眼前有更大的麻煩。史丹說，有人指認了妳。」

「指認？」

「對，指認。報社那邊知道妳是誰，夜總會裡有人認出妳來。這代表，妳的名字，妳的全名，將會出現在溫切爾的專欄裡。我今晚的目標就是不能讓妳的名字見報。」

我焦急地望向佩佩，爲的是什麼？我不清楚。也許我希望姑姑能夠安慰我或教教我該怎麼做，但佩佩閉著雙眼，靠在沙發椅背上。我想過去搖醒她，求她照料我、拯救我。

「阻止不了。」佩佩又口齒不清地說。

史丹．溫伯格點點頭，嚴肅地同意這個說法。他沒有抬頭，他的目光始終盯著緊握在看似無害牛皮紙袋上的雙手。他看起來像是葬儀社老闆，想要在崩壞、哀戚的一家人面前保持他的尊嚴與冷漠。

「我們不可能阻止溫切爾報導亞瑟的胡來。」奧莉說：「他當然會寫到愛德娜的八卦，因爲她是明星，但薇薇安是妳的姪女啊，佩佩。我們不能讓她的名字出現在這種醜聞報導之中。她的名字不用出現在報導裡，不然會毀了這可憐女孩的一生。比利，如果你能打電話給電影公司的人，請他們出面幫忙……」

「我已經跟妳講了十遍，電影公司對此束手無策。」比利說：「首先，這是紐約八卦，不是好萊塢八卦。他們在這裡沒有那種影響力。而且，就算他們有辦法，我也不會打這手牌。妳要我找誰？柴納克他本人？在這種鬼時間打電話給他，說：『嘿，達瑞爾，你可以幫我太太的姪女解決問題嗎？』我自己也許哪天會需要柴納克的協助，所以不成，我在這裡幫不上忙。奧莉，別再扮演這種老母雞的角色了。讓事情自然發展吧。也許狀況會惡化幾個禮拜，但終究會過去，一直如此。每個人都會存活下來。只是報上的一點小文章，有什麼好擔心的？」

「我會想辦法挽救的，我發誓。」講這種話的我像個白癡。

「沒得救了。」比利說：「也許從現在起，妳該把嘴巴閉起來。妞兒，妳今晚造成的傷害已經夠多了。」

「佩佩。」奧莉走去沙發，搖醒姑姑。「想想，妳一定有什麼想法。妳認識這麼多人。」

但佩佩只是重複著：「阻止不了。」

我找到一把椅子，坐了下來。我幹了很糟糕的事情，明天這件事會潑灑在八卦版面上，而這件事誰都沒有辦法阻止。我家人會知道，我哥會知道，跟我一起長大的人還有我的同學通通都會知道。整個紐約都會知道。

如同奧莉所說，我的人生就這麼毀了。

是說我至今肯定沒有非常注意我的人生，但我還是很在乎它，希望它不要就這麼毀了。無論我在這一年裡做過多少莽撞的行爲，我猜我永遠都以爲哪一天我也許會洗心革面，再次成爲堂堂正正的人（如我哥所說，我的「教養」會甦醒）。不過，有了這種程度的醜聞，這種程度的出名，大概會讓我永遠無法回到那種體面的模樣了。

然後還有愛德娜。她已經知道了。又是一陣反嘔。

「愛德娜有什麼反應？」我鼓起勇氣用顫抖的聲音問。

奧莉望了我一眼，卻沒有回答。

「妳覺得她會有什麼反應？」比利倒是一點憐憫也沒有。「那女人堅強得跟釘子一樣，但她的心可是柔軟得很，所以，對，薇薇安，她差不多心碎了。如果在她丈夫面前亂搞的只是一個蠢妞也就算了，她也許還能撐得過來，但兩個？而且其中一個是妳？薇薇安，那妳覺得呢？妳覺得她感覺如何？」

我把臉埋在雙手之中。

我覺得，我現在唯一能做的好事，就是不要出生在這個世界上。

「威廉，你對這件事倒是挺自以爲是的。」我聽到奧莉用警告的低語說話：「就一個過去素行不良的人來說。」

「老天，我眞討厭那個溫切爾！」比利無視奧莉的話。「而他也同樣看我不順眼。我覺得如果他能夠得到我的保險金，他肯定會對我放火。」

「比利，打電話給電影公司。」奧莉再次哀求。「打電話給他們，請他們出手干預。他們什麼都辦得到。」

「不，奧莉，電影公司不是萬事通。」比利果斷拒絕：「特別是這種勁爆的消息。現在是一九四一年，不是一九三一年，沒有人有那種影響力了。溫切爾比該死的總統還有權力。關於這點，我們可以吵到聖誕節，但答案不會改變，我幫不上忙，電影公司也幫不上忙。」

「阻止不了。」佩佩又說了一遍，然後她嘆了口氣，深層、無奈地嘆了口氣。

我閉上雙眼，在椅子上前後搖晃，酒精與自我厭惡的感覺讓我想吐。

⁂

我猜過了幾分鐘吧。時間總是這樣過去。

我再次抬頭時，奧莉回到客廳，穿好外套，戴好帽子，拿好錢包。我猜她剛離開了一會兒，但我沒注意到。史丹・溫伯格已經告辭，把他有如惡臭般的壞消息留下。佩佩還癱軟在沙發上，頭靠著椅背，不一會兒就咕噥著什麼聽不懂的話語。

「薇薇安。」奧莉說：「我要妳換上比較端莊的衣服。動作請快點。穿妳從克林頓帶來的某件印花洋裝。然後加件外套跟帽子，外頭很冷，我們要出門。我不曉得我們什麼時候才會回來。」

「我們要出門？」老天，這恐怖的一晚沒有盡頭嗎？

「我們要去鸛鳥俱樂部。我要去找華特・溫切爾，親自跟他談這件事。」

比利大笑起來。「奧莉要去鸛鳥俱樂部！晉見了不起的溫切爾本人！眞是好不好笑啊！奧莉，我不曉得妳聽說過鸛鳥俱樂部這個地方，我猜妳以為那是產房呢！」

奧莉沒搭理他，只有說：「比利，今晚別讓佩佩再喝了。等到她恢復理智，我們需要她腦袋清楚幫我們解決這個亂子。」

「她不能再喝了。」比利比了比他癱倒在一旁的老婆。「看看她！」

「薇薇安，快。」奧莉說：「快去準備準備。記住，妳是一個端莊的女孩，所以打扮要像個端莊的女孩。去房裡把頭髮綁起來，濃妝卸一點掉。想辦法弄乾淨一點，順便用肥皂把手好好洗乾淨。妳聞起來就跟妓院一樣，這樣不成。」

安潔拉，我覺得很不可思議，現在居然這麼多人忘了華特．溫切爾。他曾是美國媒體界最有權力的人物，因此他是全世界最有權力的人。他淨寫些有錢名人的故事，這點無庸置疑，但他自己也同樣有錢有名。（也許還有錢有名到超越他筆下的多數人物。）讀者喜愛他，獵物害怕他。他肆意建立或摧毀別人的名聲，就跟小孩在玩沙堆城堡一樣。有人甚至說羅斯福連任當選的原因就是溫切爾，因爲溫切爾公然要求他的追隨者把票投給羅斯福（溫切爾極力希望美國參戰，擊潰希特勒），而百萬人照辦。

溫切爾最初靠著向人販賣糞土出名，他就是個言詞犀利的作家。我跟奶奶以前當然都會一起讀他的專欄，我們每個字都仔細研讀。他知道每個人的一切，他到處都有觸角。

一九四一年的時候，鸛鳥俱樂部基本上就是溫切爾的辦公室。整個世界都知道。我之所以知道是因爲我與西莉亞大鬧紐約時，在那裡看過他很多次。我看著他坐在永遠保留給他的王位上：第五十桌。每晚在十一點到凌晨五點之間，他都會在那裡。這是他進行齷齪工作的所在。他的子民就像忽必烈的大使一樣，從帝國的各個角落前來覲見，可能想請他幫忙，可能是來送讓他餵養報紙專欄的八卦資訊。

溫切爾喜歡跟漂亮的歌舞女郎廝混（誰不喜歡？），所以西莉亞跟他同桌過幾次，他認得她。我常看他們共舞。（不管比利怎麼說他，這位先生舞技一流。）不過，雖然我去過鸛鳥俱樂部這麼多次，卻從來不敢擅自坐進溫切爾的桌子。首先，我不是歌舞女郎、演員或女繼承人，所以我無法引發他的興趣。再來，我很怕那個男人，雖然我之前根本沒有理由該怕他。

哎，現在倒是有了。

在計程車上，我跟奧莉沒有交談，整個人陷在恐懼與羞恥感裡，無法開口，而她也不是會閒聊的人。我會說她的舉止並沒有讓我覺得很丟臉，她沒有展現出女教師般的不認同態度，雖然她有理由不贊同我所做的一切。不，奧莉當晚的態度就是公事公辦。她是帶著使命的女子，她的目標專注在眼前的任務上頭。如果我腦袋清楚，也許會覺得感動也訝異，因為替我冒險的人不是佩佩，也不是比利，而是奧莉。不過我太心煩意亂了，無暇注意到這充滿善意的行為，我只覺得一切都完蛋了。

奧莉只有在下計程車的時候對我說：「妳什麼也不要跟溫切爾說，一句話也不行。妳的任務就是看起來漂漂亮亮，嘴巴閉起來。跟我走。」

我們抵達鸛鳥俱樂部入口時，跟我很熟的門房詹姆士與尼克攔住我們。雖然他們沒有立刻認出我來，但他們認識我。他們知道我是老黏著西莉亞．雷的漂亮女孩，但我今晚看起來沒有那麼光鮮亮麗。我的打扮不像要去鸛鳥俱樂部跳舞。我沒有穿晚禮服，也沒有披皮草，更沒有戴跟西莉亞借的珠寶。相反的，我聽從奧莉要我打扮端莊的命令，謝天謝地，我乖乖聽話，我穿了幾個月前搭火車來紐約那天的簡單洋裝，還披著上好的學校外套。我的臉上沒有濃豔的妝容。我大概看起來像十五歲吧。

而且呢，我今晚的同伴跟門房認識的人很不一樣（這是最保守的說法）。我今天沒有挽著性感的歌舞女郎西莉亞．雷，今天陪我出現的是奧莉．湯普森女士，戴著金屬框眼鏡、身穿老舊咖啡色大衣的嚴肅女子。她看起來像學校圖書館員，她看起來像學校圖書館員的媽媽。我們看起來顯然不像是能夠提升鸛鳥這種地方氣氛的人，於是在奧莉打算長驅直入時，詹姆士與尼克伸手阻擋我們。

「你好，我們要見溫切爾先生。」她匆忙地說：「這是急事。」

「抱歉，女士，但俱樂部已經客滿了，我們今晚不再收客人了。」

他當然是在說謊，如果我跟西莉亞打扮得光鮮亮麗想要進去，這扇門就會像掉了鉸鏈一樣，直接敞開。

「薛曼．畢林斯利先生今晚在嗎？」奧莉不屈不撓地說。

兩名門房互看一眼，這個看起來很普通的圖書館員怎麼會認識俱樂部的老闆薛曼．畢林斯利？

奧莉把握他們遲疑的瞬間，繼續逼近。

「請轉告畢林斯利先生，百合劇場的經理想見溫切爾先生，非常緊急。請轉告他，我是以他的好朋友佩佩．布威爾的名義來的。我們沒有多少時間。主要是因為這些照片可能會見報。」

奧莉伸手進她那不怎麼起眼的格紋包包裡拿出毀了我一生的東西，那個牛皮紙袋。她把紙袋交給門房。這是大膽的舉動，但非常時期，非常手段。尼克接下紙袋，打開，看了看照片，低低吹了聲口哨。然後，他把目光從照片移開，望向我，最後又回到照片上。他表情變了，他現在認得我了。

他對我挑起眉毛，露出賊賊的微笑，說：「薇薇安，這陣子都沒看妳過來，但我現在懂了。看來妳挺忙的吧？」

我尷尬到無以復加，同時，我明白了，**這只是開始而已**。

「先生，我要請你對我姪女說話時注意一點。」奧莉如是說，口氣尖銳得像是可以在銀行金庫門上鑽孔一樣。

我姪女？

奧莉什麼時候把我當成她姪女了？

尼克道歉、退讓了，但奧莉還沒完，她說：「年輕人，你要麼就帶我們去見畢林斯利先生，他不會欣賞你無禮接待他視如親人的兩個人，或者，你直接帶我們去溫切爾先生的座位。兩件事你必須選一件，不然我不會走。我的建議是你直接帶我們去找溫切爾先生，因爲那是我今晚的目的，無論用什麼方法過去，或有沒有人會因爲想要阻止我而丟了工作，我都要去。」

年輕人總會害怕打扮寒酸、語氣嚴肅的中年女子，眞是太神奇了，但沒錯，他們眞的很怕這種人。（我猜是因爲她太像他們的老媽、修女或主日學老師了，從小的打罵帶來深刻的創傷。）

詹姆士與尼克互看一眼，又望向奧莉，最後得出一致的結論：**這老女人想怎樣就怎樣吧**。他們直接帶我們到溫切爾先生的座位。

奧莉與了不起的男人坐在一起，卻示意要我站在她身後。彷彿她是要用她矮胖的小小軀體當作盾牌，擋在我與全世界最危險的記者之間一樣。或者，也許她只是想把我放在一個距離對話最遠的地方，這樣我才不會開口毀了她的策略。

她推開溫切爾的菸灰缸，將牛皮紙袋放在他面前。「我是來討論這個的。」

溫切爾打開信封，把照片攤在桌上。這是我第一次看到這些照片，不過我距離很遠，只能看個大概。就是這個畫面，兩女一男，全抱在一起。也只需看個大概就明白是怎麼回事。

他聳聳肩。「這我看過了，還買了刊載權。幫不上忙。」

「我知道。」奧莉說：「我還知道明天晚報就會刊登。」

「是說，女士，妳到底是誰？」

「我叫奧莉．湯普森，我是百合劇場的經理。」

任誰都看得出來他開始動腦思考，然後他想到了。「正在演《女孩之城》的那個鬼地方。」他用手裡香菸的餘火又點了一根。

「沒錯。」奧莉說。（她對人家說我們劇場是「鬼地方」完全沒有異議，話說回來，實在沒什麼好爭的。）

「那戲不錯。」溫切爾說：「我給了好評。」

他似乎是在等待奧莉的誇獎，但奧莉不會隨便誇獎別人，即使是在這種場合，即使是她有事相求。

「躲在妳後面這隻小白兔是哪位？」他問。

「我姪女。」

所以我們要繼續這個說法。

「現在有點超過她的上床時間了吧？」溫切爾打量了我一番。

我從來沒有這麼近距離接近他過，我一點也不喜歡這種感覺。他是個四十五、六歲的高大男人，粉紅色的皮膚跟小奶娃一樣光滑，還有很緊繃的下巴。他穿了一襲深藍色的西裝（按照摺線熨得整齊）、天藍色的牛津襯衫、咖啡色的翼紋牛津鞋，以及一頂時髦的毛氈費多拉帽。他有錢有勢，看起來也是有錢有勢的模樣。他的手一直到處亂放，但他看著我的目光非常逼迫，讓人很不舒服，那是掠食者的目光。如果妳能釋放他對妳開膛破肚的擔憂，妳也許會覺得他滿帥的。

不過，一會兒後，他的目光就從我身上移開。我沒能引起他持續的興趣。他快速打量分析我，**年輕女性，沒有人脈，無足輕重**，然後覺得我對他的需求沒有幫助。

奧莉敲了敲面前的照片。「這張照片裡的先生娶了我們家的明星。」

「女士，我很清楚這傢伙是誰。亞瑟・華生。沒天分的爛貨，蠢得跟一包頭髮一樣。從這份證據看來，他追女孩的技術比演技好。只要他老婆看到這些照片，他肯定挨一頓揍。」

「他老婆已經看過了。」奧莉說。

現在溫切爾明顯不爽了。「我想知道**妳**是怎麼看到的。這些照片是我的財產。而且，妳在做什麼？在紐約到處給人家看這些照片。妳是怎樣？替這些照片賣門票嗎？」

奧莉沒有回應他這一連串問題，反而用最堅定的目光盯著溫切爾。

一名服務生過來，問兩位女士要不要喝點什麼。

「不了，謝謝。」奧莉說：「我們很節制。」（任何人只要離得夠近，聞到我的口氣，都會知道這話很沒說服力。）

「如果妳是要我砍掉這則報導，那妳別妄想了。」溫切爾說：「這是新聞，我是新聞從業人員。如果報導屬實或有意思，我就別無選擇只能刊登，這件事就是屬實**也**有意思的。愛德娜．帕克．華生的丈夫在外面跟兩個野女人亂搞？女士，妳要我怎麼做？放任名人在五十二街與兩個歌舞女郎狂歡，而我低頭望著自己的鞋子嗎？眾所皆知，我不喜歡刊登已婚人士的消息，但如果有人行爲這麼不檢點又不小心，妳又要我怎麼辦呢？」

奧莉繼續用她那冰冷的目光望著他。「我期待你得體一點。」

「妳知道，女士，妳眞的很有種。要嚇妳不簡單，是吧？我開始理解妳了。妳替佩佩及比利．布威爾工作。」

「沒錯。」

「你們那間亂七八糟的劇場還開著眞是奇蹟。你們是怎麼每年都有觀眾的？你們付錢叫他們來看戲嗎？收買他們？」

「我們逼他們來的。」奧莉說：「提供絕佳的娛樂，他們就會爲了犒賞我們而買票。」

溫切爾大笑起來，手指在桌上敲了敲，然後歪著頭。「我喜歡妳。雖然妳替那個自以爲是的比利．布威爾工作，我還是喜歡妳。妳很有膽子。妳可以來我手下當個好祕書。」

「先生，你手下已經有一位好祕書了，蘿思．畢格曼小姐，我把她當朋友。我覺得你雇用我，她會不高興。」

溫切爾又大笑起來。「妳認識的人比我還多！」然後，他的笑容消失，笑意也未曾延伸到雙眼。「聽著，女士，我什麼忙也幫不上。對你們的明星及她的心情，我覺得很抱歉，但我不會撤掉這則報導。」

「我沒有要你撤掉這則報導。」

「那妳要什麼？我已經提供妳工作，也提供妳酒水了。」

「重點在於，你不能在報上刊出**這女孩**的名字。」奧莉再度指著照片。那只是幾小時前拍的照片（感覺像是幾個世紀），畫面裡的我癡迷地仰著頭。

「我爲什麼不能刊出這女孩的名字？」

「因爲她是無辜的圈外人。」

「用這種方式證明她是無辜的圈外人好像有點奇怪。」又是那陰惻惻的笑聲。

「把這可憐女孩的名字刊在你的報紙上對這則報導一點幫助也沒有。」奧莉說：「這場騷動裡的其他人都是公眾人物，一個演員，一個歌舞女郎，大家都知道他們的名字。暴露在大眾的檢視本來就是他們進入演藝圈必須承擔的風險。沒錯，你的報導會傷害他們，但他們會活下來。出名本來就是這樣。不過，這個年輕人——」她再次敲敲照片上我狂喜的那張臉。「只不過是個大學生，家世不錯。這一切會打倒她。如果你刊出她的名字，你會毀了她的未來。」

「等等，她就是**這**孩子嗎？」溫切爾現在指向我。他指著我讓我覺得自己好像是特別被點出來，等著要殺頭一樣。

「沒錯。」奧莉說：「她是我姪女。她是個善良的年輕女孩，就讀瓦薩學院。」

（奧莉此時有點扯**太遠了**，我的確唸過瓦薩，但我想應該不會有人認爲我**還在讀**瓦薩。）

他還是盯著我看。「那，孩子，妳爲什麼沒待在**學校**？」

這一刻，我眞的希望我在學校。我的腿和肺感覺都快癱了。我這輩子從來沒有這麼高興我不用講話。我想裝出一副在好學院裡讀文學的乖乖牌形象，滴酒不沾，偏偏今晚我實在沒辦法扮演這種角色。

「她只是紐約的訪客。」奧莉說：「她來自小鎮上不錯的人家，最近交了壞朋友。年輕的乖女孩就是會遇上這種事。她犯了錯，僅此而已。」

「而妳不希望我因此送她上斷頭台。」

「沒錯。我正是希望你考慮考慮。必要時，刊登這篇報導，連照片也附上去，但請不要刊出這無辜年輕女孩的名字。」

溫切爾又翻看起照片。他指著畫面上的我，我那時正在吞噬西莉亞的臉，一隻手跟蛇一樣，勾搭在亞瑟．華生的脖子上。

「眞的很無辜。」他說。

「她遭到誘惑。」奧莉說：「她犯了錯。任哪一個女孩都會這樣。」

「如果我因爲無辜之人犯錯，而不出版八卦消息，請告訴我，我該怎麼買貂皮大衣給老婆女兒？」

「我喜歡令千金的名字。」我想都沒想，脫口而出。

我的聲音讓我嚇了一跳。我眞的沒有打算要開口，話語自動從我嘴裡冒出來。我的聲音也嚇到了溫切爾跟奧莉。奧莉轉過頭來，銳利地瞪著我，溫切爾則不解地向後靠。

「那是怎樣？」他說。

「薇薇安，我們不需要聽妳開口。」奧莉說。

「夠了。」溫切爾對奧莉說，然後又對我說：「女孩，妳剛剛說什麼？」

「我喜歡令千金的名字。」我又說了一遍，目光完全移不開。「華妲。」

「妳怎麼會知道我的華妲？」他質問。

如果我有帶腦子出來，或者，如果我有能力編有趣的故事，我也許會提供不一樣的答案，但我只能在驚恐狀態下說出實情。

「我一直很喜歡她的名字。你知道，我哥叫作華特，跟你一樣。我奶奶的父親也叫華特。我哥哥的名字就是奶奶取的，她希望這個名字可以繼續流傳下去。她因爲喜歡你的名字，所以很早就開始聽你的廣播節目。她也會讀你所有的專欄。我們會一起讀你在《紐約畫報》的專欄。華特是我奶奶最喜歡的名字，當你把一雙兒女取名爲華特與華妲的時候，奶奶很高興。她逼我的父母把我取名爲薇薇安，因爲薇跟華都有ㄨ的音，這樣聽起來跟華特比較沒有距離。不過，在你將女兒取名爲華妲之後，她則希望華妲是我的名字。她說這個名字很聰明，是個好兆頭。我們都會聽你的《好彩舞動時光》。她很喜歡你的名字。眞希望我叫華妲，這樣我奶奶一定會很高興。」

我沒話講了，沒有更多亂七八糟的句子可講，還有，我到底在講什麼？

「是誰邀請這本手冊進來的？」溫切爾開起玩笑，又指指我。

「你不用管她。」奧莉說：「她只是緊張。」

「女士，我才不用管妳呢。」他對奧莉說，然後冰冷的注意力又回到我身上。「孩子，我就覺得我見過妳。妳之前來過這間俱樂部，對不對？跟西莉亞・雷一起來的，對吧？」

我挫敗地點點頭。我看到奧莉肩膀垂下。

「對，我想也是。妳今晚跑過來，打扮得甜美可人，跟什麼寶寶小棉襪一樣，但我印象中的妳不是這副模樣。我看過妳在這間俱樂部裡到處勾搭廝混。所以我覺得這很了不起，妳居然想說服我，妳是個得體的年輕女孩？聽著，兩位，我受夠妳們的胡搞瞎搞了。我知道妳們在這裡幹嘛，妳們想操縱我，但我不喜歡被人操弄。」然後，他指向奧莉：「我只是不懂，妳爲什麼要大費周章保這女孩。這間俱樂部裡的每一個人都能作證，她不是什麼嬌弱的處女，我也知道她不是妳姪女。見鬼了，妳們連國籍都不一樣，講話口音也差很多。」

「她是我姪女。」奧莉堅持。

「孩子，妳是這位女士的姪女嗎？」溫切爾直接問我。

我不敢騙他，但也不敢不騙他。我的解決之道就是高聲地說：「對不起！」然後大哭起來。

「啊，妳們兩個真讓我頭痛。」他說，但他把手帕遞給我，還說：「坐吧，孩子。妳這樣會讓我看起來很尷尬。我只希望在我身邊哭的女孩是剛因我心碎的歌舞女郎或小明星。」

他點了兩根菸，給我一根。「除非妳很節制。」還露出嘲諷的微笑。

我滿懷感激地接下香菸，顫抖地深吸幾口。

「妳幾歲？」他問。

「二十。」

「這年紀大到懂得分寸了，但他們永遠都不知道分寸。聽著，妳說妳在《紐約畫報》上讀我的文章？妳讀那個年紀太小了吧？」

我點點頭。「我奶奶最喜歡你了。我小時候，她都會唸你的專欄給我聽。」

「她最喜歡我，是吧？她喜歡我什麼？我是說，除了我美妙的名字以外，妳已經講了一場令人印象深刻的獨白了。」

這個問題不難，我知道奶奶的品味。「她喜歡你用的俚語。她喜歡你說已婚夫妻『已昏』。她喜歡你惹出來的事端。她喜歡你的劇場評論。她說你真的看過那些表演，也很在乎，多數評論家根本不在意。」

「這都是妳那上了年紀的奶奶說的？她真不錯。這位了不起的女性現在在哪裡？」

「她過世了。」我說，現在我又想哭了。

「可惜，我最討厭失去忠實讀者了。那妳哥哥呢？那個跟我同名的人，華特。他有什麼故事？」

我實在不曉得華特・溫切爾怎麼會覺得我家人是因爲他才叫我哥華特，但我不打算反駁。

「我哥哥華特加入了海軍，先生。他正在受訓，要當軍官。」

「自願從軍的？」

「對，先生。」我說：「他從普林斯頓輟學。」

「我們現在就需要這種人才。」溫切爾說：「更多男孩這麼做，更多男孩勇敢地自願對抗希特勒，而不是等到人家逼他們才上戰場。他是個好看的孩子嗎？」

「是的，先生。」

「他當然是了，有這種名字。」

服務生過來詢問要不要加點，我差點就點了一杯雙倍琴費士，只是出於習慣，所幸我的腦袋即時阻止我。服務生叫作路易，我吻過他。謝天謝地，他顯然沒有認出我來。

「聽著。」溫切爾說：「我要妳們離開這裡。妳們把這桌格調搞得很低。看妳們這樣子，我都不曉得妳們一開始是怎麼混進來的。」

「你保證明天薇薇安的名字不會出現在報紙上，那我們就走。」奧莉說，她總是很會稍微用力一點逼迫別人。

「嘿，女士，妳不能來鸛鳥俱樂部的五十桌，指揮我該怎麼做，好嗎？」溫切爾沒好氣地說。「我啥也不欠妳。我只能保證這點。」

然後，他轉向我。「我會叫妳從今以後不要繼續鬼混，但我知道妳聽不進去。指控不變，小姑娘，妳幹了糟糕的事情，還讓人逮到。妳大概還幹了很多糟糕的事情，只不過妳運氣好，現在才曝光。哎呀，妳的好運就走到今晚了。跟人家的傻瓜丈夫還有慾火中燒的女同性戀搞在一起，好人家的好女孩可不是這樣生活的。如果我沒看走眼，未來妳還會繼續做蠢事。所以，讓我告訴妳一聲，如果像妳這種所謂的好女孩要繼續跟西莉亞・雷那種貨色亂來，妳就得學會自己解圍。這位老母夜叉搞得我渾身不對勁，但她堅毅不拔，這樣替妳出頭。我不確定她爲什麼這麼在乎妳，也不曉得妳怎麼値得人家這樣付出，但從今天起，小姑娘，自己的仗自己打。現在，兩位，給我滾出去，別毀了我的夜晚。妳們把重要人士都嚇跑了。」

20

隔天，我在房間裡躲到不能再躲。我等著西莉亞回來，這樣我們才能好好講開這件事，但她一直沒有現身。我沒有睡覺，我神經緊張到像在作噩夢。我的大腦裡彷彿繫著一千個門鈴，它們會同時響起。我很害怕，不想撞見任何人，特別是愛德娜，所以我沒有冒險去廚房吃早餐和午餐。

到了下午，我偷溜出劇場去買報紙，這樣我才能看看溫切爾的專欄。我在書報攤立刻翻開報紙，抵擋著想要把我這壞消息吹跑的三月寒風。

報上有我、亞瑟、西莉亞抱在一起的合照。只能大概看出我的輪廓，但絕對無法確定那就是我。（在昏暗的燈光下，所有漂亮的深色頭髮女孩看起來都一個樣。）然而，亞瑟和西莉亞的臉卻清楚得像白日一樣。我猜他們才是重要的人。

我用力嚥了嚥口水，逼自己看下去。

❧

一九四一年三月二十五日，《紐約每日鏡報》晚報，華特・溫切爾寫道：

這就是某位「愛德娜・帕克・華生先生」相當不檢點也不恰當的行為。你這貪心的英國佬，一個歌舞女郎替你取暖不夠，你要兩個？……沒錯，我們在「聚光燈」外頭逮到亞瑟・華生與他在《女孩之城》同台的西莉亞・雷及另一個長腿的女同性戀親熱……先生，我敢說這樣打發時間真是不錯，偏偏你的同胞正在誓死對抗希特勒呢……昨晚人行道上還真熱鬧！……咱們只希望這三位愚蠢的邱比特在鏡頭前玩得盡興，因為任何一個有腦子的人都看得出來，又一樁演藝圈婚姻要重啓了！……亞瑟・華生昨晚大概挨了老婆一頓揍……華生夫妻這天過得真糟！早知如此，今天就不起床了！……只是憑良心說說啦！

❧

「長腿的女同性戀。」

沒有名字。

奧莉救了我一命。

❧

傍晚六點左右，有人敲我的房門，是佩佩，她面色鐵青，跟我七上八下的心理感覺差不多。

她坐在我擺滿衣服的床鋪上。

「該死。」她說，聽起來是認真的。

我們靜坐了好一會兒。

「哎，小鬼頭，妳的確搞砸了。」她終於開口。

「佩佩，我很抱歉。」

「省省吧。我不會高高在上地對妳發脾氣，但這事的確替我們造成麻煩，各種麻煩。天亮之後，我就跟奧莉忙著到處把秩序帶回這片廢墟殘骸之中。」

「對不起。」我又說了一遍。

「妳真的不用一直道歉，這些道歉，妳要留給別人，別浪費在我身上。不過，我們的確有些事情需要討論一下。首先，我要妳知道，我們開除了西莉亞。」

開除！我從來沒聽說過百合劇場會開除人。

「但她會去哪裡呢？」我問。

「她會去別的地方，她玩完了。她在餘燼桶裡了。我請她今晚開演時來拿她的東西。她來的時候，我必須請妳迴避。我不想引發額外的情緒。」

西莉亞要走了，而我沒有機會跟她道別！但她能去哪裡？我曉得她名下一毛錢也沒有，沒地方住，沒家人。她徹底完蛋了。

「我逼不得已這麼做。」佩佩說：「我不會再讓愛德娜與那女孩同台。而且，如果我在這爛攤子之後不把西莉亞弄走，劇組其他人就會暴動了。大家都很生氣。我們不能冒這個險。所以我請葛拉蒂絲頂替西莉亞。她沒那麼好，但也不錯。真希望我也能開除亞瑟，但愛德娜不肯。也許之後她自己會請他從戲裡消失吧，但那是她的決定了。那男人眞的很爛，但妳能怎麼辦？愛德娜就是愛他啊。」

「愛德娜今晚還會登台嗎？」我讚嘆地問。

「她當然會。她爲什麼不上台？她又不是做錯事的人。」

我畏縮了一下，但我眞的很詫異聽到她還會上台表演。我以爲也許愛德娜會躲起來，住進什麼避難山莊，或至少躲在上鎖的門後落淚。我以爲整齣戲都要取消了。

「今晚她不會太好過。」佩佩說：「大家理當都讀了溫切爾的文章，一定很多竊竊私語。觀眾會帶著嗜血的目光看她，期待她犯錯掙扎，但她是經驗老到的演員，她會好好面對的。她覺得最好正面迎擊，節目必須演下去，就是這樣。有她的堅毅是我們運氣好。如果她沒有這麼堅強，或這麼夠朋友，她很可能會辭演，那我們怎麼辦？所幸她曉得該怎麼撐下去，她也會撐下去的。」

她點燃一根香菸，繼續說：「我今天也跟妳的男朋友安東尼談過，他想離開，說現在這樣已經不好玩了，還說我們一直煩他，誰曉得他這話什麼意思。他特別指名妳一直煩他。我想辦法說服他留下來，但我們要多付他演出的酬勞，他還要求希望妳不要再跟他糾纏不清。因爲妳讓他『臉上無光』。他說他跟妳已經結束了。小薇，我只是用他的原話講給妳聽，他甚至不想再聽到妳『叨叨唸』他。我覺得我已經完整表達他的訊息了。我不曉得他今晚能否好好表現，但我們馬上就會知道了。奧莉今天跟他促膝長談好一陣子，想要挽回這個男孩。妳最好不要去找他。從這一刻起，當他不存在。」

我想吐，西莉亞被趕出去，安東尼再也不想跟我講話。而且都是因爲我，愛德娜今晚必須面對想看她出洋相的觀眾。

佩佩說：「小薇，我就直問了。妳跟亞瑟．華生這樣胡搞已經多久了？」

「沒有多久，只有昨晚一次而已。」

我的姑姑直盯著我，彷彿是在思索這話是否屬實。最後，她聳聳肩，她也許相信，也許不信，也許她認爲不管怎麼樣，這都不重要了。至於我，我沒有力氣爭辯。反正這也不是我們眼下的問題。

「妳爲什麼要這樣？」她的語氣聽起來不解多於批判。見我沒有答腔，她又說：「算了，人總是爲了一樣的原因做這種事。」

「我以爲愛德娜跟安東尼上床了。」我無力地說。

「呃，並沒有。我了解愛德娜，我可以向妳保證，沒這件事。她不可能勾引安東尼，絕對不會。而且，就算這是眞的，薇薇安，這也不是什麼好理由。」

「抱歉，佩佩。」我再次道歉。

「妳知道，本市每家報章雜誌都會報導這件事，舉國上下都知道。《綜藝》雜誌會報導，好萊塢的小報也會寫，倫敦那裡也會得到風聲。奧莉接了一下午的電話，都是記者打來的，想要問個說法。好幾個攝影師守在後門。對愛德娜這種地位的人來說，這種事眞的很糟。」

「佩佩，告訴我，我能做什麼。拜託。」

「妳什麼也做不了。」她說：「妳只能放低身段，嘴巴閉緊，期待大家對妳手下留情。同時，我聽說妳跟奧莉昨晚去鸛鳥俱樂部了。」

我點點頭。

「小薇，我不想把話說得太誇張，但妳明白奧莉眞的救了妳一命，對吧？」

「我明白。」

「妳能想像妳爸媽會怎麼說這件事嗎？在你們家那種社區？搞出這種臭名，還有照片？」

我可以想像，我已經想像到了。

「小薇，這一切都不怎麼公平，大家都默默承受這件事，特別是愛德娜，但妳卻一點傷害也沒有。」

「我知道，我很抱歉。」我說。

佩佩嘆了口氣。「哎，奧莉再次拯救全場。我已經數不清這幾年來她拯救我們、拯救我多少遍了。我從來沒有見過像她一樣傑出、一樣值得尊敬的女人。希望妳謝過她了。」

「有啊。」我說，雖然我不太確定到底有沒有。

「眞希望昨晚我陪妳跟奧莉一起去，小薇，但顯然我狀況不好。最近我有太多夜晚都這樣，把琴酒當蘇打水喝。我甚至沒印象是怎麼回來的，但說實話，應該是我替妳去向溫切爾求情才對，不該由奧莉出面。畢竟，我才是妳姑姑，這是家人的責任。如果比利能夠幫忙那就太好了，但妳永遠不能仰賴比利出來替別人冒險，是說這也不是他的責任啦，這是我的責任，而我沒有承擔起我的責任。小鬼頭，這一切都讓我很不舒服，這段時間我眞該好好盯著妳。」

「這不是妳的錯。」我說，我是眞心的。「都是我不好。」

「啊，現在說什麼都於事無補了。看來我跟酒精的關係又壞了事，妳知道，每次比利帶著歡笑與七彩碎紙出現的時候，最後都會這樣收場。我一開始跟他歡樂敘舊，然後，某天早上醒來，我會發現整個世界在我醉倒的時候崩壞，同時奧莉則忙著在我身後修復一切。眞不曉得我爲什麼永遠學不會。」

我實在不曉得該回什麼。

「哎呀，小薇，盡量打起精神吧。如同那個男人說的，這又不是世界末日。在這種日子實在很難相信，但今天真的不是世界末日。私底下還有更糟糕的事情，有些人甚至沒有腿。」

「妳要開除我嗎？」

她大笑起來。「開除什麼？妳根本連工作都沒有！」她看看手錶，站起身來。「還有一件事，今晚開演之前，愛德娜不想看到妳。葛拉蒂絲會協助她著裝。不過，戲後她想見見妳。她請我告訴妳，她會在她的更衣室等妳。」

「噢，老天啊，佩佩。」想吐的感覺又翻攪了上來。

「妳終究要面對她的，晚死不如早死。我敢說她不會對妳客氣，她的確有立場好好修理妳一番，這是妳活該。如果她允許，妳就跟她道個歉，坦承妳幹了什麼好事，接受懲罰。早點被人夷為平地，就能早點重建人生。我的經驗都是這樣，這是從人生老鳥身上學到的。」

⁂

我站在劇場後方，從陰影中看這場戲，這裡才是屬於我的地方。

如果觀眾今晚來百合劇場是要看愛德娜·帕克·華生不安尷尬，那他們一定很失望。因為她一刻也沒有窘迫不安。炙熱的白色聚光燈打在她身上，彷彿是釘住蝴蝶標本的大頭針，幾百隻眼睛盯著她，竊竊私語，充滿嘲諷，她還是演好了這個角色，無論值不值得。那女人沒有為了觀眾嗜血的胃口展現出一絲緊張。她的阿拉巴斯特姥姥還是很幽默，她還是很迷人，很放鬆。可以這麼說，愛德娜那晚在舞台上的表現更游刃有餘、更優雅了。她帶著不受影響的自信，臉上展露出的神情說明能在這場歡快的戲裡擔任主打星實在太愉悅了。

另一方面，看得出來其他演員一開始非常不順，先是走錯位置，唸台詞唸得結結巴巴，最後是愛德娜穩健的表演將他們拉回正軌。她是一股引力，穩住那晚的每一位演員。而穩住她的又是什麼？我實在說不準。

我覺得安東尼第一幕的表演比平常還要憤怒，這應該不是我的想像，他不是什麼「幸運鮑比」，而是「火大鮑比」，但愛德娜最後還是可以讓他恢復平靜。

我的朋友葛拉蒂絲，穿上西莉亞的服裝，演起西莉亞的角色，看起來很不錯，舞蹈也毫無瑕疵。她就是少了點讓西莉亞受歡迎的慵懶與喜劇效果。不過，她還是很稱職，這樣就夠了。

亞瑟倒是挺糟，但他本來就很糟。今晚唯一的不同是他看起來氣色也很糟。他眼睛下面有可怕的灰色眼圈，他出場的時候，大多都在擦後頸的汗水，以及橫跨舞台，用獵犬般可悲的目光望著他老婆。他心情不好，甚至毫不掩飾。唯一可取之處是他的戲分已經刪減到最少，所以他沒有太多時間可以在舞台上毀了一切。

這天晚上，愛德娜在表演時做了一個重要改變。當她唱招牌歌曲時，她改變了站位。原本她應該是要抬頭唱向天際，她通常都這樣唱，但她反而逕自走到舞台邊緣，直接對著觀眾唱，望著他們，盯著其中幾人，對他們唱，真的，對著他們唱。她還望向觀眾的雙眼，凝視他們，唱出她的心聲。她的聲音從來沒有這麼渾厚，這麼挑釁。（「這次我肯定會失敗／我也許會被留下來／但我考慮要戀愛。」）

她這晚唱歌的樣子彷彿是在挑戰觀眾每一個人，彷彿是在質問：**你們沒有受傷過嗎？你們沒有心碎過嗎？你們不曾為愛冒險嗎？**

到頭來，她讓他們每一個人淚流滿面，而她則乾著雙眼，接受他們起立喝采。

時至今日，我沒有見過比她更威猛的女人。

我敲了敲更衣室的門，我的手感覺起來就像一根木頭。

「進來。」她說。

我覺得頭好暈。我的耳朵彷彿塞住了，什麼也聽不見；我的嘴裡像有香菸口味的玉米粉；我的眼睛又乾又澀，因爲沒睡，也因爲流淚。我已經二十四小時沒吃東西了，我無法想像自己再度進食。我身上穿的還是前往鸛鳥俱樂部時的那件洋裝，頭髮一整天沒有整理。（我無法面對鏡子。）我的腿好像跟身體分家，我不懂我的腿怎麼會自己走路，這雙腿一度站都站不穩。我推開房門，覺得自己就像即將從懸崖跳入下方冰冷海水的人。

愛德娜站在她的梳妝鏡前面，鏡子的燈泡用光暈框住她。她雙手環胸，姿勢很是放鬆。她在等我，她還穿著戲服，好幾個月之前，我替她做的謝幕晚禮服，讓觀眾替她起立喝采的晚禮服。閃著光芒的藍色絲綢及水鑽。

我低頭站在她面前。我比這個女人高出三十公分，但這一刻，我只是她腳邊的鼠輩。

「妳何不先開口？」她說。

哎呀，我沒有準備什麼話要說……

但她並不是在邀請我開口，而是**命令**我開口。於是我開口，開始說起雜亂無章、目標不明又糟糕的句子。我用各種冠冕堂皇的藉口，摻雜在洪水般的可悲道歉內。哀求人家原諒我，貪心地表示我願意做任何事來改善狀況，同時還有怯懦與否認。（「愛德娜，就這麼一次而已！」）而我必須很抱歉地說，在我亂七八糟的連篇大論之中，我引用了亞瑟．華生對他老婆的描述：「她就喜歡年輕小夥子。」

我吐出各種愚蠢的話語，愛德娜就讓我說，沒有打斷也沒有回應。最後，我結巴到停下來，吐出最後一點垃圾般的話語。然後我又靜靜地站在那裡，噁心地承受她眨都沒眨的目光。

最後，愛德娜用令人不安的溫和語氣說話。「薇薇安，妳所不明白的是，妳並不是一個有趣的人。妳長得漂亮，沒錯，但這是因爲妳年輕。美貌很快就會離妳而去，但妳永遠都不會有趣。薇薇安，我之所以告訴妳這話，因爲我相信妳一直誤解自己是有趣的人，還認爲妳的生命有什麼意義，但妳不有趣，妳的生命也毫無意義。我本來以爲妳有潛力成爲有趣的人，但我錯了。妳的佩佩姑姑是有趣的人，奧莉・湯普森是有趣的人，我是有趣的人，但妳一點也不有趣。妳明白嗎？」

我點點頭。

「而妳，薇薇安，妳只是某種類型的人，精確來說，妳算是某種類型的女人，無聊平庸的女人。妳以爲我沒遇過妳這種人嗎？妳這種人只會到處鑽，到處玩妳的無聊下流小遊戲，惹出妳無聊下流的小麻煩。妳這種女人無法跟別的女人當朋友，薇薇安，因爲妳玩的都不是妳的玩具。妳這種女人相信自己舉足輕重，因爲妳會惹麻煩，會壞了人家的好事，但妳無足輕重也沒有意思。」

我想開口，準備繼續撒出更多不連貫的垃圾，但愛德娜伸手制止我。「親愛的，妳也許會想用沉默保存僅剩的尊嚴。」

她講這話的時候，臉上露出淺淺的微笑，甚至還有些許的好感，就是這種表情摧毀了我。

「薇薇安，還有一件事妳要知道。妳的朋友西莉亞以爲妳是貴族，所以才花這麼多時間跟妳相處，但妳不是；妳以爲她是明星，所以妳才花這麼多時間跟她在一起，但她也不是。她永遠不會成爲明星，就跟妳永遠不會成爲貴族一樣。妳們就是一對極度普通的女孩，某種類型的女孩。而天底下還有上百萬跟妳們一樣的人。」

我覺得我的心臟崩裂，壓縮得好小好小，縮成一個皺巴巴的錫箔紙團，被她用精巧的拳頭捏碎。

「薇薇安，妳曉得妳現在必須怎麼做，才不會繼續成爲某種類型的人嗎？成爲一個眞實的人？」

我肯定點了頭。

「那我就告訴妳吧，妳什麼也沒得做，無論妳多努力想要讓生命有些重量，妳是絕對不會成功的。妳永遠也不會有任何成就，薇薇安。妳永遠也不會成爲稍微有點重要性的人。」

她露出溫柔的微笑。

「除非我看走眼。」她做出結論：「不然妳很快就會回家找爸媽了，回到屬於妳的地方，對不對，親愛的？」

21

接下來一個小時，我是在附近一間不打烊藥房店內角落的小電話亭裡度過的，我想聯絡我哥。

我整個人崩潰哀傷。

我可以用劇場的電話打給華特，但我不希望任何人聽到，我也覺得很丟臉，不好在劇場露臉。所以我跑來藥房。

我有華特上西區預官學校軍營的總機號碼。他把電話給我，萬一有急事可以聯絡他。哎呀，這的確是急事，但現在已經是晚上十一點了，電話無人接聽。這點倒是沒有讓我打退堂鼓，我一直把五分鎳幣塞入投幣孔，聽著電話另一端無窮無盡的嘟嘟聲。我會讓電話響二十五次，掛斷，再用同一枚銅板，撥起同樣的電話號碼。同時啜泣抽噎。撥號、數嘟嘟聲、掛斷、聽到退幣聲、把錢塞回投幣口、撥號、數嘟嘟聲、掛斷。啜泣，哀號。這一切變得具有催眠效果。

忽然間，電話另一端傳來一個聲音，憤怒的聲音。「幹嘛!?」對方對著我的耳朵喊：「該死的，到底想幹嘛!?」

我差點摔了話筒。我彷彿跌入迷幻狀態之中，忘了電話是做什麼用的。

「我要找華特・莫里斯。」我恢復理智後，連忙說：「拜託，先生，家裡有狀況。」

另一端的男人又講出一連串咒罵的話（「妳這要命沒腦的衰鬼！」），同時還如我所料，對方也替我上了一課——**妳知道現在幾點了嗎？**但他的憤怒比不上我的急切。我完美詮釋歐斯底里家人的模樣；而事實上，我就是華特歇斯底里的家人。我的哭泣輕易戰勝這位陌生人的怒火，他怒吼著關於程序的話語對我來說一點意義也沒有。最後，他肯定發現他的規矩贏不了我搞出來的破壞，於是去找我哥了。

我等了好久，又投了更多五分錢進去，想要振作起來，聽著自己在小電話亭裡不順暢的呼吸聲。

終於，華特接起了電話，他問：「薇兒，怎麼了?」

聽到哥哥的聲音，我又崩潰了，迷惘的小女孩碎裂成千百片。然後，透過我的哭哭啼啼，我把一切都說給他聽。

他終於聽完了，我哀求道：「你必須帶我離開這裡。你必須帶我回家。」

❦

我不曉得華特是怎麼在短時間內做出這些安排，現在可是大半夜啊。我不清楚這些事情在軍中是怎麼處理的，請假外出什麼的。不過，我從來沒有見過誰比我哥哥還會運用資源，所以他設法解決了。我知道他會解決，華特可以解決任何問題。

我的出逃計畫，華特正在組織他那一半的工作（請假，借車），而我正在打包，我把衣服、鞋子通通塞進行李箱，用顫抖的手指把縫紉機收起來。我寫了一封又臭又長、沾滿淚痕、自殘自虐的信給佩佩和奧莉，把信留在廚房餐桌上。我不記得信裡寫了什麼，但全是歇斯底里的文字。現在回想起來，我應該要寫：「謝謝妳們照顧我，真抱歉我是個白癡。」這樣就好。佩佩和奧莉已經有很多麻煩了，我惹了這麼多麻煩，她們不需要看我寫了二十頁的愚蠢自白信。

但她們還是收到了這種信。

❦

天還沒亮，華特就坐車來百合劇場接我回家。

他不是一個人。我的哥哥借到了車，沒錯，但有個條件。精確來說，有個司機。坐在方向盤後的是一個高瘦的年輕人，跟華特一樣穿著制服，預官學校的同學。看起來像義大利人的孩子，操著濃厚的布魯克林口音。他會送我們回家，顯然這輛破爛的老福特就是他的。

我不在乎，我不在乎誰在場，也不在乎誰見證了我破碎的狀態。我只覺得急切。我現在就必須離開百合劇場，在別人醒來，看到我之前。我再也無法跟愛德娜住在同一個屋簷下，多一分鐘都不行。她已經用她冰冷、高效率的方式命令我滾，而我聽得清清楚楚。我必須離開。

現在就走。

我滿腦子只想著：**快點讓我離開這裡**。

❧

我們跨越華盛頓大橋時，太陽才升起。我甚至沒有望向身後愈來愈小的紐約，我無法忍受。雖然我是自己離開紐約，我的感覺卻是相反的，是有人從我懷裡奪走紐約。我證實了，我不可靠，所以紐約被奪走了，就跟人家搶走孩子手裡的貴重物品一樣。

我們到了橋的另一端，遠離紐約，華特才責備起我來。我沒見過他這麼生氣，他不是會表現出脾氣的人，但他現在絕對展露無遺。他讓我知道我丟光了家族的臉。他提醒我，我這輩子什麼都不缺，卻無腦揮霍一切。他指出，我爸媽投資在我的教育及教養上的錢通通白花了，我不配他們的恩賜。他還說我這種女孩會有什麼下場，遭人利用，等到利用完，就把我踢到一邊去。他說我運氣很好，種種行爲沒害我坐牢、懷孕、死在貧民窟。他說我現在永遠找不到體面的丈夫了，就算對方只聽說了一部分的故事，誰還會想跟我結婚？我跟這麼多蠢蛋在一起，現在我也蠢了。他說，我絕對不能告訴父母我在紐約幹了些什麼好事，或我惹出什麼大風波。這不是爲了保護我（我不值得保護），而是爲了保護他們。知道他們的女兒變得多麼墮落，這種打擊會讓爸媽永遠抬不起頭來。他說得很清楚，這是他最後一次出手相救。他說：「妳運氣好，我沒有直接把妳送去感化院。」

他所說的這一切都當著開車的年輕人面前說，彷彿那人是隱形的，是聾子，完全不重要一樣。

或是彷彿我眞的這麼噁心，華特不在乎誰知道一樣。

於是華特繼續對我說起尖銳的話語，而我們的司機聽得清清楚楚，我則坐在後座用靜默挺過去。的確很糟，沒錯，但我必須說，相較於我不久前與愛德娜的對質，這眞的不算什麼。（至少華特的發飆展現出對我的尊重，愛德娜那難以撼動的沉著根本是在藐視人。我寧可接受他的怒火，也不要面對她的冰冷。）

而且，到了這個時候，我基本上對所有的痛楚都麻痺了。我已經醒著超過三十六小時。在過往這一天半之中，我喝醉、上床、驚嚇、遭到貶低、遭到拋棄、遭到斥責。我失去了我的好朋友、我的男朋友、我的社群、我有趣的工作、我的自我尊重，還有紐約。剛剛愛德娜，我所敬重的女人，說我不配爲人，我也永遠無足輕重。我被迫哀求哥哥救我，讓他知道我是個多爛的人。我曝光了，我被掏空了，我被徹底沖走了。華特再說什麼都無法增加我的羞恥感，或讓我繼續受傷。

但，我們的司機有話要說。

車開了一個小時後，華特暫時停止說教（我猜他只是想喘口氣），駕駛座上那個纖瘦男孩終於首度開口，他說：「華特你這麼傑出的人，妹妹竟然是淫蕩的賤貨，你一定很失望吧。」

好，我現在感覺到了。

這些話語聽起來不只刺耳，還一路燃燒進我的內在核心，我好像是喝下強酸一樣。

我不敢相信這男孩說了這種話，而且他還**當著我哥面講**。他是沒見過我哥嗎？一百八十八公分的華特・莫里斯？一身肌肉，威武的模樣？

我的呼吸卡在喉頭，我等著華特對這人動手，或至少罵罵他啊。

但華特什麼也沒說。

顯然，我的哥哥承認了這項指控，因爲他也這麼想。

我們繼續前進，那句無情的話語持續在狹小緊閉的車廂空間內迴盪，以及更狹小、更緊閉的空間，也就是我的腦海。

淫蕩的賤貨淫蕩的賤貨淫蕩的賤貨……

這句話最終形成了更惡毒的沉默，如同深色的水流，蓄積在我們周圍。

我閉上雙眼，讓黑水淹沒我。

❧

不知道我們要回來的父母一開始看到華特非常開心，然後困惑關切起他爲什麼回家，以及他爲什麼跟**我**在一起。不過華特沒有打算進一步解釋。他只說薇薇安想家了，所以他決定開車北上送她回來。言盡於此，我也沒什麼好說的。我們甚至沒有打算在不解的父母面前假裝一切正常。

「但華特，你會待多久？」母親想知道。

「吃不到晚餐了。」他說。他必須立刻啓程回到紐約，他解釋道，不然他就會錯過隔天的訓練。

「那薇薇安要待多久？」

「看你們吧。」華特聳聳肩，彷彿他不在乎我怎麼樣，或我要住在哪裡，或我要待多久。

在不同的家庭裡，也許會引發更多疑問，但安潔拉，讓我跟妳解釋一下我的家族文化，以免妳沒有跟盎格魯撒克遜新教白人相處過。妳必須明白，我們的核心教條只有一條，即：

此事莫再提。

咱們盎格魯撒克遜新教白人把這個規矩應用在各種層面，從餐桌上的一度尷尬到親人自殺，通通適用。

「不多問」是我們這種人唱的歌曲。

所以，當父母明白我跟華特都不打算進一步解釋這次的神祕造訪，應該說神祕丟包行爲，之後，他們也沒有繼續追問下去。

至於我哥，他把我扔回我出生的房子，把我的行李從車上丟下，向母親吻別，向父親握手，他一句話也沒對我說，之後，他就直接返回紐約，替另一場更重要的戰爭做準備。

22

接下來是一段黑暗模糊的不幸時光。

我內在有個引擎停了，所以我癱了。我的行動辜負了我，所以我不再採取行動。現在我住在家裡，我允許父母替我安排每日行程，我傻傻跟著他們的安排前進。

我跟他們一起看報、喝咖啡、吃早餐，協助母親製作午餐的三明治。五點半晚餐（當然，由女傭負責），然後是讀晚報、打牌、聽收音機。

父親建議我去他的公司工作，我同意了。他讓我坐在前台，我每天花七個小時整理文件，在別人沒有空的時候接接電話。我多少學會了如何歸檔，佯裝祕書，我應該爲此遭到逮捕，但至少在這漫長的日子裡，我有點事情可以做，而且父親也因爲我的「工作」付我微薄薪資。

每天早上，父親跟我一起開車上班，每天晚上，我們一起開車下班。在車上，他的長篇大論總是圍繞著美國不該參戰，羅斯福只是工會的工具，共產黨很快就會奪走我們的國家。（相較於法西斯主義者，親愛的老爸更怕共產黨。）我聽得到他說話，但我聽不進他的話。

我總是心不在焉。可怕的東西拖著沉重的腳步在我的腦袋裡踩踏，一直提醒我，我是淫蕩的賤貨。

我覺得一切都好小。我小時候睡的床，小小的，小女孩的床。房間屋椽太低了。父母早餐對話時的輕聲細語。週日停在教堂停車場零零星星的車輛。附近雜貨店那些選擇有限的熟悉食物。下午兩點就打烊的午餐小館。我的衣櫥裡滿是青少女時期的衣服。我小時候玩的娃娃。一切都卡著我，讓我覺得陰鬱哀傷。

收音機裡的每一句話都跟鬼魂一樣糾纏著我。歡快的歌曲與哀傷的音樂同樣讓我打不起精神。我完全無法認眞聽廣播劇。有時，我會聽到華特·溫切爾的聲音傳來，講起他的八卦，或鼓動美國加入歐洲戰場。聽到他的聲音會讓我腹部絞扭，但父親會猛然關掉收音機，說：「除非每個美國好男孩都去海外，被德國狗殺光，不然那傢伙不會停下他那張嘴！」

八月中的時候，我們的《生活》雜誌送達，裡頭有一篇文章提到《女孩之城》這齣紐約熱門大戲，報導裡還有知名英國女演員愛德娜．帕克．華生的照片。她看起來美極了。在她的肖像照裡，她穿了我去年替她做的套裝，深灰色外套腰線細窄緊束，領子是時髦的血紅色塔夫綢。還有一張愛德娜與亞瑟牽手逛中央公園的照片。（「儘管華生太太如此成功，卻聲稱人妻才是她的最佳角色。這位風華絕佳的明星說：『許多女演員總說她們嫁給工作，但如果可以選，我寧可嫁給一個男人！』」）

那個時候，讀到那篇文章讓我的良心如同破爛小船，一路沉到池塘泥巴裡。不過，現在回想起來，我必須說這件事讓我覺得很生氣。亞瑟．華生完全逃脫了他的錯誤行為及謊言的責難。佩佩趕走了西莉亞，愛德娜趕走了我，但亞瑟居然還能跟他歡快的妻子在一起過他歡快的日子，彷彿一切都沒有發生過。

兩個淫蕩賤貨被趕走了，男人則可以留下來。

當然，我那時沒發現這種行爲有多虛僞。

但老天啊，我現在發現了。

﹡

週六夜，父母會帶我去附近的鄉村俱樂部跳舞。我看到我們一向稱其爲「舞會廳」的了不起空間只是一個中型尺寸的飯廳，把桌椅推到一側去而已。樂手也不是非常頂尖。我曉得同一時間紐約市的聖瑞吉飯店展開了夏季的維也納舞會，而我永遠也別想參加。

在鄉村俱樂部的時候，我跟幾個老朋友、老鄰居交談。我盡力了。他們有些人知道我住在紐約一段日子，想要聊這個主題。（「我實在沒辦法想像，怎麼會有人能夠活在那種擁擠的鬼地方！」）我也想與這些人交談，聊他們的湖邊小屋、他們的大理花，以及他們咖啡蛋糕的食譜，或任何他們覺得重要的話題。我實在想不透天底下還有什麼重要的事情。音樂持續拖拖拉拉。我跟任何開口邀請的人跳舞，卻也沒有特別留意這些舞伴。

週末時，母親會去她的馬展。她開口，我就跟她去。我會坐在看台上，雙手冰冷，靴上都是泥巴，看著馬兒在馬場一圈又一圈地跑，心想怎麼會有人想這樣打發時間。

母親經常收到華特寫來的信，他現在待在維吉尼亞州諾福克外的航空母艦上。他說這裡的食物好過預期，他跟其他人都處得不錯。他向家鄉的朋友打招呼，卻從來沒有提到我的名字。

這年春天，我有一連串讓我頭痛的婚禮要參加。我學校的同學都結婚、懷孕了，就是這個順序，妳能相信嗎？一天，我在人行道上撞見一個兒時朋友，她叫貝絲・方墨，她也讀艾瑪・薇勒女子學校。她已經有一個一歲的小孩，正推著娃娃車上的奶娃前進，現在又懷孕了。貝絲是個甜心，非常聰明的女孩，笑聲充滿渲染力，還很有游泳天分。她也有科學的天賦。貝絲現在什麼也不是，只是個家庭主婦，這麼說實在很侮辱人，且有損她的人格。不過，看到她懷孕的身材讓我冒了一身冷汗。

小時候一起在房子後面小溪裸泳的女孩（瘦瘦小小、活力十足、看不出性別），現在都是豐滿的已婚女子，滲著乳汁，生了孩子。我實在難以想像。

但貝絲看起來很開心。

至於我？我則是淫蕩的賤貨。

我對愛德娜・帕克・華生做了**那麼**糟糕的事，背叛了那麼幫助妳、對妳那麼好的人，這已經不是羞恥可以囊括的範圍了。

我行走過更多焦慮的日子，夜晚更是難以安睡。

別人要我做什麼，我就乖乖聽話，不替任何人惹麻煩，但我還是必須解決這個問題——我該怎麼接受自己。

❧

我透過父親認識了吉姆．拉森。

吉姆是個嚴肅、令人推崇的二十七歲男人，他在父親的採礦公司工作。他是一名貨物文員，如果妳想知道這是什麼意思，那就是，他負責船貨清單、發票與訂單。他也負責發出的貨物。他數學很好，他用他的數字技能運算複雜的航路運費、倉儲成本及追蹤貨運。（安潔拉，我只是負責寫下這些字眼，但我不確定這些文字代表什麼意義。我跟吉姆．拉森交往的時候，我把這串說明背下來，這樣才能跟別人解釋他的工作。）

雖然吉姆出身清寒，但父親對他讚譽有加。父親認為吉姆是有決心的崛起年輕人，有點像是他勞工階級版本的兒子。他喜歡吉姆是以技師出身，但因為堅定與優點，立刻爬升到握有權力的位子。我的父親打算有一天讓吉姆成為整個公司的總經理，他說：「這男孩是我的會計裡表現比較好的會計，他也是我的工頭裡表現比較好的工頭。」

爸說：「吉姆．拉森不是領袖，但他是領袖希望擺在身邊的可靠人才。」

吉姆很客氣，他在還沒跟我說過話之前，就先問我爸，他能不能跟我出門約會。父親同意了。事實上，是父親告訴我，吉姆．拉森要帶我出門約會。這個時候，我甚至還不曉得吉姆．

拉森是哪位。不過，這兩個男人已經瞞著我說好了，所以我也只好配合他們的計畫。

❧

我們首度約會，吉姆帶我去附近的冰店吃聖代。他仔細看著我吃，確認我是否滿意。他關心我的滿意程度，這可不得了。不是每個人都在乎這種事。

下個週末，他開車帶我去湖邊，我們繞著湖散步，看著鴨子。

之後的那個週末，我們一起去一個小小的郡立園遊會，他買下我看了喜歡的向日葵小幅畫作。（「可以掛在妳牆上。」他說。）

我把他描述得比實際的他還無聊。

不，我沒有。

吉姆眞的是很好的人，我必須這麼說。（但，安潔拉，這裡要注意，當一個女人說她的追求者是好人的時候，妳就能確定她不愛他。）吉姆眞的很好。平心而論，他不只是好，他腦子裡有深層的數學智慧、正直，還會善用各種資源。他不狡猾，但他很聰明，他也符合人家所謂「美國男孩」的帥，也就是沙黃色的頭髮、藍色的雙眼、精瘦的身材。有得選的話，金髮與誠懇不會是我喜歡的男孩，不過他的臉眞的沒有問題。任何女人都會覺得他帥。

救命啊！我想要好好描述他，但我對他實在沒什麼印象。

對於吉姆．拉森，我還有什麼好說的呢？他會彈五弦琴，教堂唱詩班的一員。他是兼職的人口普查員，還是義消。他什麼都會修，從紗門到赤鐵礦礦場的工業運送鐵道都難不倒他。

吉姆開著一輛別克，這輛別克有一天會換成凱迪拉克，但他得先賺到買凱迪拉克的錢，而且他要先買棟大房子給與他相依爲命的媽媽住。吉姆那神聖的母親是個悲慘的寡婦，聞起來有藥膏的味道，走到哪，聖經抱到哪。她成天從窗戶裡偷看鄰居，等著他們犯錯犯罪。吉姆要我叫她「母親」，我就這麼叫了，雖然我在那女人身邊一點都不自在。

吉姆的父親已經過世多年，所以吉姆自高中起就要照顧母親。他的父親是挪威移民，與其說這位鐵匠生了這個兒子，不如說他鍛造了他，將這男孩形塑成可靠負責又得體的人。他在孩子年紀輕輕就把他打造成男人，然後父親過世了，讓兒子在十四歲時就被迫成年。

吉姆似乎喜歡我。他覺得我很好笑。他這輩子沒有接觸過多少諷刺與反話，但我的小玩笑與俏皮話都能把他逗得很樂。

交往幾個禮拜後，他開始吻我。感覺不錯，但他沒有繼續往我的身體其他部位探索。我也沒有開口。我沒有用飢渴的方式接近他，只因爲我對他沒有飢渴。我現在對任何事都感覺不到飢渴。我沒有繼續發展我的胃口，彷彿我所有的熱情與衝動都鎖在某個地方的櫃子裡，很遠很遠的地方。也許在中央車站吧。我只能配合吉姆想做的一切，他想幹嘛，我都沒問題。

他很熱心，會問我在不同空間裡對不同溫度是否感到舒適。他很熱切，開始叫我「薇兒」，但他先問過能不能替我起小名。（我因此有點不太自在，因爲他幫我取的小名跟我哥叫我的方式一樣，但我什麼也沒說，算是允許了。）他幫我母親修理壞掉的馬術跳欄，她很感謝他。他也幫父親移植了一些玫瑰叢。

吉姆現在每晚都會跟我家人一起打牌，這種行爲不算不討喜。他的造訪的確打破了聽收音機或讀晚報的例行公事。我發現父母爲了我打破了他們的社交禁忌，也就是允許員工拜訪我們家。不過，他們接待他的方式非常親切。這些夜晚總感覺溫暖、安全。

父親愈來愈喜歡他。

「那個吉姆．拉森。」他會說：「腦袋是這整個城鎮最好的。」

至於我媽，她大概希望吉姆社會地位能高一點，但妳能怎麼辦呢？我的母親沒有高攀也沒有下嫁，她就是嫁給了一個水準相當的對象，找到我父親這個男人，與她年紀、教育程度、財富、出身都相差不遠。我相信她希望我也能和她一樣，但她接受吉姆。對母親而言，接受已經算是熱情的代名詞了。

吉姆並不瀟灑，但他有他自己的浪漫。一天，我們開車到處轉的時候，他說：「有妳在我車上，我覺得我感受到大家嫉妒的目光。」

眞不曉得他是什麼時候想出這種句子的，眞可愛，是吧？

一轉眼，我們訂婚了。

❧

安潔拉，我不曉得我爲什麼同意嫁給吉姆．拉森。

不，才不是這樣。

我的確曉得我爲什麼同意嫁給吉姆．拉森，因爲我覺得自己卑鄙又邪惡，他則清清白白。我覺得也許我能用他的好名聲洗刷我的惡行。（對了，這種招數永遠不會成功，但大家還是持續嘗試。）

我在某些方面喜歡吉姆。我喜歡他，因爲他不像我去年認識的任何人。他不會讓我想起紐約市，不會讓我想起鸛鳥俱樂部、哈林區，或是格林威治村煙霧瀰漫的酒吧。他不會讓我想起比利．布威爾、西莉亞．雷或愛德娜．帕克．華生。他肯定不會讓我想起安東尼．羅切拉。

（唉。）最重要的是，他不會讓我想起**我是誰**，那個淫蕩的賤貨。

我跟吉姆在一起的時候，我可以假裝我自己，假裝我是在父親公司工作的好女孩，過往的一切不值得提起。我要做的就是依循吉姆開的頭，模仿他的行爲，而我就完完全全不用想起自己，我要的就是這樣。

於是我慢慢往婚姻這條路前進，如同一輛車在碎石堆上緩緩滑離道路。

ﻌ

此時已經到了一九四一年的秋天。我們計畫在明年春天結婚，那時吉姆就存夠了錢，可以買房子，讓我們舒舒服服跟他媽住在一起。他已經買了一枚夠美的小訂婚戒指，但我戴上戒指的手卻看起來好陌生。

現在我們訂婚了，我們的親密接觸活動開始升溫。我們把別克停在湖邊時，他會脫掉我的上衣，用我的胸部取悅他，而且，確保每一個動作我都覺得舒適滿意。我們會一起躺在寬敞的後座，彼此磨蹭，或該說，他會磨蹭我，而我允許他動作。（我實在不敢直接蹭回去，我也的確不太想蹭回去。）

「噢，薇兒。」他會癡迷地說道：「妳是全世界最美的女孩。」

一天晚上，磨蹭磨到太火熱，他費了好大的勁才從我身邊移開，用雙手搓揉臉頰，打醒自己。

等到他能夠開口的時候，他說：「我想等到我們結婚之後再進一步。」

我躺在那裡，裙子掀到腰際，胸部暴露在涼爽的秋風裡。我感覺到他的心跳瘋狂加速，但我並沒有。

「如果我在妳還不是我妻子前奪走妳的貞操，我就永遠沒臉見妳爸了。」他說。

我倒抽一口氣。這是眞實也不受束縛的反應。這口氣抽得很大聲。光是聽到「貞操」二字就讓我震驚，我根本沒想到這個！就算我可以扮演清清白白的女孩，但我根本沒想到他會眞的認為我清白，但他怎麼不會這麼想呢？我曾露出什麼跡象，讓他覺得我不純潔嗎？

這是個問題，他會知道。我們結婚，他就會想要在新婚夜與我結合，然後他就會知道了。那是我們第一次發生關係的時刻，而他會知道他不是我的第一位訪客。

「怎麼了，薇兒？」他問：「怎麼了？」

安潔拉，那個時候，我不是會說實話的人。在任何情況下，說實話絕對不是我的第一直覺反應，特別是在高壓的情境下。我花了好多年的時間才成爲誠實的人，我曉得爲什麼，因爲實話通常都很嚇人。一旦你在某個空間裡說實話，那個空間也許再也不一樣了呢。

儘管如此，我還是說了。

「吉姆，我不是處女了。」

我不曉得我爲什麼會坦白，也許是因爲我很驚慌，也許是因爲我沒有聰明到可以編出合理的謊言。也許只是因爲一個人在眞正的自我開始展露出來之前，虛假的面具就只能戴這麼久。

他盯著我好一陣子，然後問：「妳這話是什麼意思？」

老天啊，他覺得我是什麼意思？

「吉姆，我不是處女了。」我又說了一次，彷彿問題在於他剛剛沒聽清楚一樣。

他坐直身子，望向遠方好長一段時間，整理思緒。

我靜靜地把襯衫穿好。妳可不會希望在談這種對話的時候，奶子掛在外頭。

「爲什麼？」他終於開口，他的臉上因爲痛苦和背叛整個嚴肅了起來。「薇兒，爲什麼妳不是處女？」

這時我開始哭。

❧

安潔拉，我必須稍微停下來告訴妳一件事。

我現在是個老女人了。正因如此，我已經到了無法容忍年輕女孩掉眼淚的年紀。我會因此火大。我特別不能容忍年輕貌美女孩的眼淚，最糟糕的是年輕、有錢的女孩，她們這輩子沒有爲什麼東西掙扎過、努力過，什麼都沒有經歷過，所以最微小的混亂都能讓她們崩潰。現在當我看到年輕漂亮女孩不假思索就掉眼淚，我會想勒死她們。

不過，崩潰似乎是所有年輕漂亮女孩本能就會的事情，她們之所以如此是因爲這招管用。管用的理由就跟章魚能在墨汁雲霧中逃跑一樣，因爲淚水就是一種讓人分心的煙幕彈。大量的眼淚能夠逃避困難的對話，扭曲事物自然的發展流動。原因在於多數人（特別是男人）不喜歡看到年輕漂亮的女孩流眼淚，他們會自動跑過來安慰她，忘了一秒鐘之前自己在講什麼。至少至少，瀑布般流瀉而下的淚水能夠製造空檔，而在那空檔裡，年輕漂亮的女孩可以爭取一點時間。

安潔拉，我要妳知道，在我生命的某一刻起，我不再這麼做了，我不再用泉湧的淚水來面對生命的挑戰。因爲，說眞的，這樣一點尊嚴也沒有。現在，我是皮粗肉糙的老戰斧，能夠乾著眼睛、毫無防備地走進敵意最高的眞相矮樹叢，而不是動不動就跌進操弄人心的一池淚水之中，讓自己與別人蒙羞。

但在一九四一年秋天，我還沒成爲這樣的女人。於是我在吉姆·拉森的別克後座上哭了又哭、哭了又哭，這麼美麗、這麼豐富的淚水，前所未見。

「薇兒，怎麼了？」吉姆的聲音透露出一絲絕望。他沒見過我哭，忽然間，他的注意力從他的震驚轉換到關心我。「親愛的，妳怎麼哭了？」

他的關切讓我哭得更大聲。

他真的人很好，而我真是垃圾！

他把我抱進懷裡，求我別再哭了。不過，因爲我當下實在無法開口，我哭到停不下來，他立即自動編了一個故事解釋我爲什麼不是處女。

他說：「薇兒，有人對妳做了可怕的事情，對不對？在紐約的時候？」

哎呀，吉姆，在紐約的時候有很多人對我做了很多事，但我實在不能說哪一件特別可怕。

那算老實也正確的答案，但我沒辦法提供明確的回應，所以我沒有說話，繼續在他堅實的雙臂中啜泣，我喘得無法說話，這則給了他充分的時間自行美化細節。

「所以妳才從紐約回家，對不對？」他說，彷彿他這才恍然大悟。「因爲有人侵犯妳，對不對？所以妳才一直都很膽怯。噢，薇兒，妳這可憐的女孩。」

我又抽噎了幾下。

「如果是這樣，妳就點點頭。」他說。

噢，老天。妳該怎麼逃離這一關？

妳逃不出去，妳逃不了這一次。除非妳能坦白，而我當然不能。承認自己不是處女已經用完我一年一次說實話的機會，我手上這副牌裡已經沒有實話牌了。況且，他的故事正合我意。

上帝原諒我吧，我點了頭。

（我知道，我很糟糕。要我寫下這些文字讓妳讀感覺也很糟，但安潔拉，我寫信不是爲了騙妳。我要妳知道我那時是什麼樣的人，以及到底發生了什麼事。）

「我不會逼妳談那件事。」他拍拍我的頭，望向不遠處。

我哭著點頭：**對，別逼我講那些事。**

可以這麼說吧，不用了解細節似乎讓他鬆了口氣。

他又抱著我一會兒，直到我的哭泣和緩下來。然後，他對我露出英勇的微笑（好似還帶有一點動搖的情緒）說：「薇兒，一切都會沒事的。妳現在安全了。我要妳知道，我不會因爲妳遭到玷汙而改變我對待妳的方式。妳不用擔心，我不會告訴任何人。我愛妳，薇兒。不管怎樣我都會娶妳。」

他的話語聽起來很高尚，但他的表情卻說：**我必須要想辦法學習忍受這一大團噁心的玩意兒。**

「吉姆，我也愛你。」我撒了謊，我吻了他，也許這個吻可以解讀爲感激與鬆了口氣。

但如果妳想知道在我這輩子的歲月裡，覺得自己最卑鄙邪惡的時刻是哪時，答案就是這一刻。

冬天來了。

白晝變得又短又冷。我跟父親早晚都在漆黑中通勤。

我替吉姆打了一件毛線衣當聖誕禮物。回家九個月，縫紉機還沒有拿出來，甚至光看外盒一眼都會讓我覺得哀傷不已，但我最近開始織毛線。我的手很靈巧，處理粗粗的羊毛線很簡單。我用郵購訂了經典挪威毛衣的版型，白色加藍色，還有雪花花紋，我只要一獨處，就打毛線。吉姆以他的挪威血統自豪，我覺得他會喜歡這樣的禮物，提醒他父親的祖國。織毛衣的過程裡，我對自己的要求也很高，就跟當年奶奶對我的要求一樣，拆掉一整排不完美的針眼，一直重打、一直重打。這的確是我打的第一件毛衣，但還是完美到挑不出毛病。

除此之外，我沒有從事什麼活動，只是聽話，人家要我去哪，我就去哪，該歸檔什麼資料，就乖乖歸檔（按照字母順序來），然後別人做什麼，我也跟著做。

星期天，我和吉姆一起上教堂，然後去看下午場的《小飛象》。我們從電影院出來的時候，消息已經滿天飛了，日軍空襲了美國在珍珠港的戰艦。

星期一還沒到，我們就參戰了。

吉姆可以不用從軍。

他有很多理由可以逃避這場戰役。首先，他的年紀已經大到不用服役了。再來，他是寡母的唯一經濟支柱。最後，他在赤鐵礦礦場擔任管理職，這個產業本來就對戰爭有所貢獻。如果他想要，他各方面都有緩徵的理由。

但如果妳是吉姆・拉森那種體質的人，妳絕對不會讓其他男孩替妳出征。他不是這樣鍛造出來的人。於是，在十二月九日這天，他和我坐下來把話講開。我們在吉姆他家，他母親和姊妹去外地用午餐了，他說他想好好談談。他說，他決定要參軍了。他說，這是他的義務。他說，如果他不能在國家需要的時候報效國家，那他無法面對自己。

我覺得他期待我勸他不要去，但我沒有。

「我明白。」我說。

「我們還有另一件事要討論。」吉姆深吸一口氣。「薇兒，我不想惹妳不開心，但我想了很多。因爲要打仗了，我想我們應該取消婚約。」

他再次謹慎地望著我，等我提出抗議。

「繼續。」我說。

「薇兒，我不能請妳等我，這樣不對。我不曉得這場戰爭要打多久，或我最後會怎麼樣。我可能回來的時候受傷了，或根本回不來。妳還年輕，不該爲了我蹉跎生命。」

好，讓我先說明幾件事。

第一，我已經不年輕了，我二十一歲，在當時的標準裡，我基本上已經是個老太婆了。（相信我，在一九四一年，二十一歲的老人家婚事告吹可不是鬧著玩的。）再來，那個禮拜，全美上下有許多年輕情侶都碰到我和吉姆面對的議題。百萬名美國男孩就要上船，加入珍珠港之後的戰事。不過，多數男孩都選擇在出發前匆促結婚。這股閃婚的衝勁一定出於愛情、恐懼，或想在死前嚐過性愛的滋味。也許，對已經上過床的情侶來說，是急著想生孩子。有些人大概是急著想在短短的時間裡，盡可能活出最多的生命。（安潔拉，妳的父親就是這眾多美國人的一員，搶在上沙場前與鄰居甜心倉促成婚，但這件事妳早就知道了。）

還有百萬美國女孩想要在戰爭奪走所有的男孩之前跟她們的男朋友結婚。甚至還有女孩想辦法跟自己根本不認識的大兵結婚，期待男孩戰死沙場，因爲丈夫之死能讓遺孀得到一萬美金的撫卹金。（這種女孩稱爲「撫卹金女郎」，我聽說她們的事時，多少鬆了口氣，原來世界上還有人比我不堪。）

我要說的是，當時這些戀人的趨勢是快點結婚，而不是取消他們該死的婚約。那個禮拜，全美上下有多少雙眼迷離的男孩女孩跟著浪漫的劇本，說：「我會永遠愛你！我要立刻跟你結婚，證明我對你的愛！不管怎麼樣，我會永遠、永遠愛你！」

不過，吉姆可不是這樣說的，他沒有依循劇本。我也沒有。

我問：「吉姆，你要把戒指拿回去嗎？」

我可能是在作夢，但我相信我不是在作夢，他臉上忽然閃過鬆了口氣的神情。那一刻，我知道我看到了什麼。我看到一個男人驚覺自己找到了出路，他不用娶這個已經不是完璧之身的女孩，他可以保住自己的名聲。他感恩的神情明明白白寫在臉上。這反應只維持了一瞬，但我還是看見了。

然後他振作起來。「薇兒，妳知道我會永遠愛妳。」

「而我也會永遠愛你，吉姆。」這是我義務的回答。

現在我們又按照劇本演了。

我把戒指從手指上摘下，堅定地擺在他等待的掌心。我到今天都相信，他把戒指拿回去跟我把戒指脫下來的感覺一樣好。

所以我們從彼此手中獲得了救贖。

安潔拉，妳明白了，歷史忙著形塑各個國家的同時，也花了點時間形塑兩個無足輕重之人的生命。在第二次世界大戰對這顆星球造成的各種校正與轉變中，還有這小小的轉折：吉姆・

拉森與薇薇安．莫里斯終於不用結婚了，眞是謝天謝地。

❧

在我們解除婚約後一個小時，我們經歷了令人最難以想像、最難以忘懷、最激烈、最吃力的性愛。

我想應該是我起的頭。

沒錯，我承認，的確是我起的頭。

我一把戒指還回去，吉姆就溫柔吻我，給我一個溫暖的擁抱。男人對女人發起這種擁抱就是在說：「親愛的，我不想傷了妳溫柔的心。」他就是這樣抱我的，但我的心並沒有遭到傷害。該怎麼說呢？我覺得我頭殼上的軟木塞被拔起了，令人陶醉的解放感就要讓我爆炸。吉姆馬上要去從軍，更棒的是他是自願從軍！我可以看起來一臉無辜地脫離這片苦海，他也是。（但重點還是我啦。）威脅消失。沒必要繼續僞裝，沒必要繼續假裝，從這一刻起，戒指離開了我的手指，訂婚取消了，名聲保住了，我已經沒有什麼可以失去了。

他又用那種溫柔的「寶貝，如果妳受傷，那我很抱歉」的感覺吻我，我不介意這麼說，但我回應的方式就是用舌頭探進那男人的喉嚨裡，我沒有一路伸進去舔到他心臟最底下眞是神蹟。

對，吉姆是個好人。他是會上教堂的人。他是受人尊敬的人。不過，他終究是個男人，一旦我開啓了複雜的性愛機關，他就回應了。（她謙虛地說：眞不曉得世界上哪個男人不會回應這種事情。）天知道？也許他跟我一樣沉醉在自由的狂喜裡。我只知道，幾分鐘後，我就想辦法把他推進他的臥房，讓他躺上他那張窄窄的松木小床，而我在床上盡情放縱扯開我跟他的衣服。

我會說在愛作為動詞這方面，我的知識遠超過吉姆。這點高下立判。就算他有過性關係，顯然也還不是非常「上手」。他探索我身體的方式就跟開車行經陌生區域一樣，緩慢、謹慎，緊張尋找路牌與地標。這樣不成，他的行為立刻證明這輛車應該由我來開。我在紐約的時候學了幾招，不一會兒，我就展現了已生鏽的技巧，接手整個行動。我動作迅速，一語不發，快到他都沒機會開口問我在幹嘛。

安潔拉，我要說的是，我把那男人當騾子騎。我不想給他任何重新思考或拖慢我的機會。他氣喘吁吁，他神魂顛倒，他整個人被我吞沒，而我已經盡可能延長他的「作業」時間。我必須說，我沒見過哪個男人的肩膀這麼美！

老天，我真懷念性愛的滋味！

我永遠不會忘記的是，當時，我騎在吉姆身上，帶領他一起進入無意識狀態的時候，我低頭望向吉姆那張典型美國男孩的臉，他即將迷失在激情與放縱之時，我看到了一絲困惑的恐懼，他雖然興奮地抬頭看我，卻也相當驚慌不解。在那一刻，他真摯的藍色雙眼似乎是在問：「妳是誰？」

如果要我說，我猜我的雙眼會這樣回答：「兄弟，我不知道，但這不關你的事。」

完事後，他甚至無法正眼看著我，或跟我說話。

我完全不在意，真是太神奇了。

隔天吉姆就出發進行基礎訓練了。

至於我呢？三個禮拜後，我樂得發現自己沒有懷孕。我當時冒了巨大風險，沒用保護措施就直接上場，但我相信非常値得。

而我在織的挪威毛衣呢？我打完毛衣，寄給哥哥當聖誕禮物。華特已經駐紮在南太平洋，所以我不確定他要拿這麼厚重的羊毛毛衣做什麼，但他寫了一張客氣的道謝便條。這是自從我們那趟回克林頓的可怕車程後，他第一次直接跟我聯繫。所以這也算是令人歡迎的發展吧。妳可以說是軟化的關係。

多年後，我才知道吉姆．拉森因爲冒著生命危險與武裝敵軍奮勇作戰，贏得傑出服役十字勛章。他最後在新墨西哥州安頓下來，娶了一個有錢女人，在該州的參議院服公職。這也打臉父親所言，這個男人永遠成不了領袖。

吉姆眞不錯。

最後，我們都好好的。

安潔拉，看到沒？戰爭不見得對每個人來說都是壞事。

23

吉姆離開後，家人與鄰居對我表示各種同情，他們都覺得我因爲失去未婚夫而心碎不已。

這些同情不是我爭取來的，但我還是坦然接受。接受同情比遭到責難或懷疑好吧？顯然好過解釋任何事。

父親很氣吉姆・拉森拋下了他的赤鐵礦礦場及他的女兒（無疑就是這個順序）。母親稍微有點失望，因爲我不能在四月結婚，但她看起來能夠承受這樣的打擊。她說那個週末她還有別的事可做，紐約州的北部四月可是排滿各種馬展盛事。

至於我呢？我覺得我好像從藥物的昏睡狀態中清醒過來一樣，現在我唯一的慾望就是想找點有意思的事情來做。我稍微考慮一下，想問父母我能不能回去讀書，但我的心思不在那裡。我只想離開克林頓。我曉得我不能回紐約，畢竟我已經斷了所有退路，但我也知道天底下還有其他城市可以考慮，費城和波士頓聽說不錯，我也許能夠在其中一處安頓下來。

我腦子夠清醒，曉得要搬出去就需要錢，所以我終於把縫紉機從箱子裡拿出來，在我們家客房開啓了我的裁縫工作室。我放出風聲，說我可以量身訂做與修改衣服。於是我就有了很多工作。婚禮季節即將到來，大家都需要新衣服，這因此帶來麻煩，也就是布料短缺。再也弄不到法國來的好蕾絲與絲綢了，而且，花大錢在奢華的婚紗上會被人視爲不愛國的舉動。於是我利用我在百合劇場磨練出來的節省技能，用最少的材料打造出美麗的成品來。

我的兒時朋友、開朗女孩麥德琳將在五月底結婚。她家的狀況不好，她父親去年心臟出問題。就算在太平的時候，她都湊不出錢做好婚紗，更別說是戰時了。所以我們一起在她家閣樓翻箱倒櫃，我替麥德琳做了一件浪漫的混搭風格婚紗，用她奶奶跟外婆的舊婚紗修改而成，先全部拆開，再以嶄新的方式拼湊回去，還包括古董蕾絲長裙襬。這件婚紗不太好做（古董絲綢很脆弱，我必須像面對硝化甘油一樣小心），但還是成功了。

麥德琳很感激我，甚至請我當伴娘。爲了她的婚禮，我自己縫了一身時髦的翠綠色西裝，束腰裙襬上衣，用的是奶奶留給我的生絲，我一直把絲收在床底下，放了好幾年。（自從我認識愛德娜·帕克·華生之後，可以的話，我就盡量穿西裝。那女人教會我很多，其中一點就是西裝會比洋裝看起來更時髦，更有地位。然後別戴太多首飾！愛德娜說：「多數時候，珠寶首飾是用來遮掩穿錯的不合身服飾。」沒錯，就是這樣，我還念念不忘愛德娜。）

我和麥德琳看起來美極了。她是受人歡迎的女孩，婚禮賓客人數眾多，之後我也多了各形各色的客人。我在婚禮上吻了麥德琳的堂哥，就在室外靠著佈滿忍冬的圍籬旁。

我開始感覺比較像自己了。

⁂

一天下午，我渴望來點花俏的裝飾，於是戴上我幾個月前在紐約買的太陽眼鏡，我會買這副太陽眼鏡只是因爲西莉亞看到會暈倒。這副眼鏡有黑色的大鏡框，還有小小的貝殼裝飾。我看起來就像在海邊度假的巨大昆蟲，但我很喜歡這副眼鏡。

找到這副眼鏡讓我懷念起西莉亞。我想念她的美貌，我想念我們一起梳妝打扮，一起征服紐約。我想念跟她一起走進俱樂部的感覺，所到之處，每個男人都激動不已。（見鬼了，安潔拉，也許七十年後的現在，我還想念那種感覺！）親愛的上帝啊，眞不曉得西莉亞現在怎麼樣了。她找到自己的立足點了嗎？希望如此，但我還是擔心最壞的結果，我擔心她難以度日，掙扎求生，窮困潦倒，沒有人要。

我戴著誇張的墨鏡下樓。我媽看到我，停下了腳步。「薇薇安，我的老天爺啊，那是什麼玩意兒？」

「這叫時尚。」我告訴她：「這種鏡框在紐約市很流行。」

「我不確定我慶幸自己活到這一天囉。」她說。

我沒摘掉墨鏡。

我該怎麼向她解釋我戴這副眼鏡是爲了紀念迷失在敵人陣營的殞落戰友呢？

✤

六月的時候，我問父親之後是不是可以不用去他的公司工作。我靠縫紉賺的錢已經跟假裝整理檔案、接電話的薪水差不多了，而且縫紉帶來的滿足感比較高。再者，我告訴父親，我的客人都是付現金，所以我的收入不用上繳國庫。這點非常關鍵，他放我走了。父親願意竭盡所能欺瞞政府。

這是這輩子第一次，我有了一點積蓄。

我不曉得該拿這筆錢怎麼辦，但我擁有這筆錢。

提醒妳一聲，存了點錢跟想出實際計畫是兩碼子事，但至少能夠讓一個女孩覺得有一天，她的計畫也許會成眞。

白天變得愈來愈長了。

✤

七月中，我跟父母一起用晚餐時，聽到車子開進車道的聲音。父母驚恐抬頭，基本上只要有人稍微打亂他們平時的例行公事，他們就會出現這種神情。

「晚餐時間。」父親如是說，成功用這四個字批判了無可避免的文明崩塌。

我去開門，是佩佩姑姑。在炎熱的夏天裡，她滿臉通紅，滿是汗水。她穿了一身風格紊亂的打扮（過大的男士格紋牛津襯衫，鬆垮的粗棉褲裙，還戴了一頂老舊的農夫草帽，帽沿上插著一根火雞羽毛），而我覺得我這輩子沒有這麼驚訝或歡喜見到一個人過。我太驚訝、太高興了，一開始還忘了我應該要因為她的出現而覺得無地自容。我明目張膽地開心擁抱起她來。

「小鬼頭！」她笑著說：「妳看起來挺不錯的嘛！」

我的父母對佩佩的到來沒有那麼熱情，但他們還是盡力調適心情，配合這突如其來的造訪。我們的女傭盡責地準備好另一套餐具。父親問佩佩要不要喝雞尾酒，我則驚訝地聽到她說如果不麻煩的話，她想喝冰茶。

佩佩一屁股坐進我們的飯廳餐桌，用我們上好的愛爾蘭亞麻餐巾抹去她額頭上的汗水，她轉頭看我們，面露微笑。「好！所以身居偏鄉的各位都過得怎麼樣啊？」

「我不知道妳有車。」這是父親用來回應的話。

「我沒車，那是我認識的編舞家借我的。他男朋友開凱迪拉克跟他一起去葡萄酒莊園了，所以他把他的車借我。那是一台克萊斯勒，就老車來說，還算好開啦。如果你想開，我相信他很樂意借你到處轉轉。」

「妳怎麼弄到汽油配給的？」父親問他兩年多沒見的妹妹。（妳也許會好奇為什麼父親寧可提出這一連串問題，也不肯用比較正常的方式打招呼，但他有他的理由。幾個月前，紐約州實施了強制汽油配給，父親氣死了，**他辛苦工作不是為了活在極權國度！接下來呢？要求國民幾點必須上床睡覺嗎？**我只能祈禱汽油配給的話題快點過去。）

「我東拼西湊，靠著一點賄賂弄了幾張油票，還在黑市努力了一番。在城裡要弄油票可不難，那邊的人不像這裡，出門都要開車。」然後，佩佩轉向我的母親，親切地說：「露意絲，妳好嗎？」

「佩佩，我很好。」母親如是說，她用謹慎大過於狐疑的神情望著她的小姑。（我不怪她，佩佩跑來克林頓實在很說不通，現在又不是聖誕節，也沒死人。）「妳怎麼樣？」

「跟平常一樣聲名狼藉，但能逃脫城裡往常的混亂來這邊挺不錯的。我該常來。抱歉沒先通知你們我要過來。我是臨時起意。露意絲，妳的馬都好嗎？」

「非常好。當然因為戰爭，現在沒有多少馬展了。牠們也不喜歡這麼熱的天氣，但牠們都不錯。」

「到底是什麼風把妳吹來的？」父親問。

父親不討厭他妹，但他總是看不起她。他覺得她這輩子除了狂歡鬧事，什麼大事也沒幹（現在我回想起來，大概就像華特看我的方式一樣吧）。不過呢，他應該還是可以展現出一點歡迎的態度吧？

「哎呀，道格拉斯，我這就告訴你。我這一趟是來問薇薇安願不願意跟我一起回紐約的。」

聽到這句話，我心臟中央一道積灰的老舊通道忽然敞開，一千隻白鴿飛了出來。我不敢說話，我擔心只要我一開口，這個邀請就會煙消雲散。

「為什麼？」父親問。

「我需要她。軍方請我在布魯克林造船廠替那邊的工人策劃一系列的午休節目，一些宣導的內容啦、歌舞表演啦、浪漫戲劇之類的。提高士氣，諸如此類。我現在沒有人手同時經營劇場跟接下海軍的承包。薇薇安可以幫我一點忙。」

「但薇薇安對浪漫戲劇之類的東西有什麼了解？」我的母親問。

「超乎妳的想像。」佩佩說。

謝天謝地，佩佩講這話時沒有看著我，但我還是覺得我的脖子泛紅了。

「但她才剛安頓下來而已。」母親說：「她去年在紐約很想家，紐約不適合她。」

「妳想家？」現在佩佩直望著我的雙眼，臉上還掛著淺淺的微笑。「原來是這麼回事啊，是嗎？」

我頸部的泛紅往上延伸，但我還是不敢開口。

「聽著。」佩佩說：「也許不用去很久。薇薇安如果再度想家，她還是可以回克林頓，但我現在問題很大，這陣子要找人工實在不容易。男人都從軍去了，就連我的歌舞女郎也跑去工廠工作。每個人出的薪水都比我高。我只是需要有人幫忙，我能信任的人。」

她說了，她說「信任」這兩個字。

「我也很難找到員工啊。」父親說。

「怎麼？薇薇安替你工作嗎？」佩佩問。

「沒有，但她之前替我工作過一段時間，也許我之後還會需要她。我覺得她替我工作能夠學到很多東西。」

「噢，薇薇安對礦業特別感興趣嗎？」

「只是在我看來，妳爲了找個低階勞工也未免開了太遠的車。妳應該在紐約就找得到這種人了，不過我一直都不懂妳爲什麼總是不肯讓生活好過點。」

「薇薇安不是低階勞工。」佩佩說：「她是傑出的舞台劇裝設計師。」

「妳怎麼會這麼說？」

「道格拉斯，根據我在劇場界多年徹底的研究。」

「哈，劇場界。」

「我想去。」我終於找到了自己的聲音。

「爲什麼？」父親問我：「妳爲什麼想要回到那個城市，那裡的人都住在踩著別人腦袋的公寓裡，連日光也看不到。」

「這可是出自大半人生都耗在礦坑的人嘴裡呢。」佩佩反駁。

說眞的，他們就像兩個小孩。如果他們開始在桌子底下踢來踢去，我也不會覺得奇怪。但現在他們都看著我，等待我的答案。我爲什麼想去紐約？我該怎麼解釋？我該怎麼說這個提議相較於嫁給吉姆·拉森之間的差別？差不多就像感冒糖漿和香檳吧。

「我想再去紐約一趟。」我向大家宣佈：「因爲我想拓展人生的展望。」

我用某種程度的威信講這句話，我覺得啦，因此得到大家的注意。（我必須坦承，我最近是在廣播劇裡聽到「我想拓展人生的展望」這句話的，我念念不忘，但這不重要。在這一刻，這句話派上了用場，而且眞實反映出我的內心。）

「如果妳去，我們就不會再提供妳金錢上的支持，妳都這個年紀了，我們不能繼續給妳零用錢。」母親開口。

「我不需要零用錢。我會自己賺錢。」

「零用錢」三個字讓我覺得丟臉，我再也不想聽到這三個字。

「妳必須找個工作。」父親說。

佩佩詫異地望著她哥。「道格拉斯，眞是不敢置信，你都沒在聽我講話。幾秒鐘前，就在這張桌上，我才告訴你我要給薇薇安一份工作。」

「她會需要一份**正當**的工作。」父親說。

「她會有正當的工作。她會替美國海軍工作，就跟她哥一樣。海軍提供我足夠的預算，能夠多請一個人。她會成爲政府的員工。」

現在換我想在桌子底下踢佩佩了。對我父親來說，語言裡最糟糕的文字組合莫過於「政府員工」這四個字。如果佩佩說我的工作是「盜賊」還好一點。

「妳知道，妳不能一直在這裡與紐約兩邊跑。」母親說。

「我不會的。」我承諾，我是認真的。

「我不希望我女兒一輩子浪費在劇場裡。」父親說。

佩佩翻了個白眼。「的確，那也**太可怕**了。」

「我不喜歡紐約。」他說：「那個城市滿是二流贏家。」

「對，聲名狼藉呢。」佩佩回口：「住在曼哈頓的人都沒有出頭的一天。」

不過，父親一定不是非常在乎他的論點，因爲他沒有繼續堅持。

老實說，我覺得我父母很樂意讓我走，因爲他們已經受夠我了。在他們眼裡，我實在不該繼續窩在他們家，這裡的確是**他們**的家。我早該離開這個家，最好的狀況是透過大學這個出口，最終轉向到婚姻這條路。我所出身的家族文化並不歡迎孩子長大後還窩在父母家。（是說我爸媽在我小時候也不喜歡我待在家裡啦，想想我在寄宿學校、夏令營待了多少年。）

父親只是想在同意之前，再多嘲諷佩佩姑姑幾句而已。

「我覺得紐約對薇薇安來說不是什麼好地方。」他說：「我不想看見自己的女兒成爲民主黨人士。」

「這我可不擔心。」佩佩說，臉上浮現滿意的笑容。「這種事我經歷過。原來他們不准登記有案的民主黨人士參加無政府黨。」

這話居然讓我媽笑了，眞是替她拍拍手。

「我要去。」我再次宣佈：「我已經快二十二歲了，我在克林頓這邊沒事做。從這一刻起，我要自己選擇住在哪裡。」

「薇薇安，這話有點誇張了。」母親說：「妳要到十月才滿二十二歲，而且妳這輩子沒有出過什麼錢，妳根本不了解外面的世界是怎麼運作的。」

然而，我看得出來她很滿意我語氣裡的決心。畢竟，我的母親這輩子都在馬背上，跳過一個又一個大坑與障礙柵欄啊。也許她認爲面臨生命中的挑戰與障礙時，女性也該**一躍而起**。

「如果妳接下這份工作。」父親說：「我們至少希望妳能撐下去。一個人不實現自己的承諾很不應該。」

我心跳加速。

這最後一句饒舌的訓誨就是他同意的意思。

❧

隔天一早，佩佩跟我就啓程前往紐約。

車子開了好久，因爲她堅持用愛國、省油的時速五十五公里開她借來的車。不過，我不在乎這段路有多長，能夠回到我所喜愛的城市，讓我太開心了，我不在乎路程是否拖得老長，我難以想像這個城市會再次歡迎我。對我來說，這趟路就像康尼島的雲霄飛車一樣刺激。我比一年多前還要激動，沒錯，激動，但同時也很緊張。

回到紐約我會看到什麼景象？

我會見到哪些人？

我們一上路，佩佩就說：「妳做了沉重的選擇。小鬼頭，妳眞不錯。」

「佩佩，妳在紐約眞的需要我嗎？」這個問題我不敢當著父母的面問。

她聳聳肩。「我可以找點事給妳做。」但她又笑了笑，說：「不，薇薇安，這是眞的。我在這個造船廠的案子裡實在太自不量力了。我該早點找妳，但我想給妳更多時間冷靜一下。就我的經驗，在兩個災難之間好好休息是很重要的。妳去年在紐約搞得很不愉快，我猜妳需要一點時間恢復。」

提到我搞出來的災難讓我的胃翻了一下。

「說到那個，佩佩——」我開口。

「無需再提。」

「很抱歉我幹了那種事。」

「妳當然抱歉。我也抱歉我幹了很多事。大家都很抱歉。抱歉很好，但別因此上癮。身爲新教徒的好處就是人家不會期待我們尷尬懺悔一輩子。妳的罪過可以原諒，薇薇安，罪不至死。」

「我不曉得這是什麼意思。」

「我也不確定我懂。我只是不曉得在哪裡讀到這段話。不過呢，我知道這點：肉身的罪過不會在妳死後才懲罰妳，它們只會在這輩子跟妳算帳。而妳已經知道這點了。」

「我只希望我沒有替大家帶來這麼多困擾。」

「事後諸葛人人都會當，但人不輕狂枉少年啊，是吧？」

「妳二十幾歲的時候也輕狂過嗎？」

「當然，是沒妳這麼糟，不過我也有過我的歲月。」

她露出開玩笑的笑容，但也許她不是在說笑。這不重要。她都要帶我回去了。

「佩佩，謝謝妳來找我。」

「哎呀，我很想妳。小鬼頭，我喜歡妳，我一旦喜歡一個人，我就會喜歡一輩子。這是我的人生準則。」

天底下還沒有人對我說過這麼順耳的話。我沉浸在其中好一會兒，但這股甜蜜慢慢發酸，因爲我想起不是每個人都跟佩佩姑姑一樣這麼寬宏大量。

「要見到愛德娜，我覺得好緊張。」我終於說出口了。

佩佩看起來很詫異。「妳爲什麼要見愛德娜？」

「我爲什麼**不會**見到她？我會在劇場見到她啊。」

「小鬼頭，愛德娜已經不在百合劇場了。此時的她遠在曼斯菲爾德，正在替莎劇《皆大歡喜》彩排呢。春天的時候，她跟亞瑟離開了百合劇場。他們現在住在薩芙伊飯店。妳沒聽說嗎？」

「那《女孩之城》呢？」

「噢，老天，妳還眞的什麼都沒聽說，對吧？」

「聽說什麼？」

「早在三月的時候，比利就把《女孩之城》整個打包去摩洛斯科劇院。他接受對方的提議，把整齣戲帶去那邊演。」

「他打包整齣戲？」

「正是如此。」

「他搶走這齣戲？他從百合把這齣戲搶走了？」

「欸，戲是他寫的，戲是他導的，所以技術上來說他的確可以這麼做，他是這麼說的啦。

我懶得跟他爭，反正也爭不贏他。」

「那……」我實在無法提出完整的問題。

我想問的是，那大家跟一切的努力呢？

「對。」佩佩說：「那怎樣？哎呀呀，小鬼頭，比利就是這樣。這場交易對他來說很划算。妳知道摩洛斯科劇院，那裡有一千個座位，所以票房更好。愛德娜當然跟他跑了。他們跟之前一樣演了幾個月，然後愛德娜覺得無聊。現在她回去演她的莎士比亞了。他們找海倫・海絲[36]接演，就我看來，這是個敗筆。別誤會，我喜歡海倫，她有愛德娜的一切，除了愛德娜的『那玩意兒』。沒有人有『那玩意兒』。葛楚・勞倫斯[37]也許能夠演好，她有她自己版本的『那玩意兒』，但她不在紐約。真的，沒有人能夠演得跟愛德娜一樣。不過，那邊還是夜夜爆滿，比利彷彿有印鈔票的許可一樣。」

我不曉得對此該有什麼反應。我太詫異了。

「小鬼頭，下巴收起來。」佩佩說：「妳看起來真是傻得可愛。」

「那百合劇場呢？妳和奧莉怎麼辦？」

「生意照舊，隨機應變。又搞起我們愚蠢的小戲碼，想找回我們口袋空空的鄰居觀眾。現在開戰了，當然比較辛苦，半數的觀眾都在打仗。這陣子比較多老奶奶和小孩子。所以我才接下造船廠的委託，我們需要收入。當然，奧莉一直以來都是對的，她曉得當比利帶著他的玩具拍拍屁股走人時，被迫接收這個爛攤子的人就是我們。我猜我也心知肚明，比利一直以來都是這樣。當然啦，他也把幾個最好的舞者帶走了，葛拉蒂絲跟他走了，珍妮和羅蘭也走了。」

她的語氣如此和緩，彷彿背叛與摧毀這一切是世界上最日常不過的事情。

「那班傑明呢？」我問。

「不幸的是，班傑明遭到徵召。這不能怪比利。不過，妳能想像班傑明從軍嗎？那雙天賦絕佳的雙手握著槍？眞是浪費。我替他覺得惋惜。」

「赫伯先生呢？」

「還跟我在一起。赫伯先生和奧莉永遠不會離我而去。」

「沒西莉亞的消息？」

這其實不算問題，我已經知道答案了。

「沒西莉亞的消息。」佩佩證實。「但我相信她會沒事的。相信我，那隻貓大概還有六條命。我告訴妳有趣的是什麼。」佩佩繼續，顯然沒有太在意西莉亞・雷的狀況。「比利也是對的。他說我們可以一起打造出一齣暢銷之作，我們辦到了，我們成功了。奧莉對《女孩之城》一點信心也沒有，她覺得這齣戲會完蛋，但她大錯特錯。這齣戲非常棒。我相信我冒險把比利

36　海倫・海絲（Helen Hayes, 1900—1993），美國女演員，曾獲一九三二年奧斯卡最佳女主角獎、一九六九年奧斯卡最佳女配角獎，亦曾獲東尼獎、葛萊美獎和艾美獎。號稱美國戲劇界的第一夫人。

37　葛楚・勞倫斯（Gertrude Lawrence, 1898—1952），英國女演員、舞者、歌手、喜劇及戲劇演員。在一九二四年以後主要居住在美國。

找來是對的。戲還在我們這邊的時候，一切都那麼好玩。」

她講這話的時候，我望向她的側臉，尋找絲毫不安或痛苦的神情，但完全不存在。

她轉頭發現我正盯著她看，便大笑起來。「薇薇安，別看起來這麼詫異，好不好？這種表情讓妳看起來很呆。」

「但比利承諾過戲的權利在妳手中！我在場！他第一天回百合劇場的時候，就在廚房裡，我親耳聽到他說的！」

「比利承諾的事情還不少呢。不知怎麼著，他從來沒有白紙黑字寫下來過。」

「眞不敢相信他這樣對妳。」我說。

「聽著，小鬼頭，我一直都曉得比利是什麼樣的人，我還是找他來了。我並不後悔。這是一場冒險。親愛的，妳必須學習用更輕鬆的目光看待人生。世界瞬息萬變，學著讓事情自然發生。有人許下承諾，然後打破。一齣戲得到各界目光，然後謝幕。一場婚姻看起來很完美，然後離婚。一度沒有戰爭，一度下一場仗又開打。如果妳對這一切都覺得難過，那妳會變成一個愚蠢又不快樂的人，這樣有什麼好？夠了，說夠比利了。妳這一年過得如何？珍珠港遇襲的時候妳在哪兒？」

「在看《小飛象》的電影。妳呢？」

「在波羅體育場看美式足球。本季最後一場巨人隊的比賽。就在第二節快結束的時候，他們突然開始進行詭異的廣播，要求所有現役軍人立刻到總部報到。我當下就曉得大事不妙了。然後巨人隊的中衛桑尼・弗蘭克受傷了，我因此分心，是說這不關桑尼的事啦。他是個優秀的選手。眞悲慘的一天。妳是跟妳那個未婚夫一起去看電影吧？他叫什麼名字去了？」

「吉姆・拉森。妳怎麼知道我訂婚了？」

「昨晚妳打包的時候，妳媽跟我說的。聽起來妳眞是死裡逃生耶，就連妳媽聽起來都鬆了口氣，妳也知道她的表情很難猜。她覺得妳不是很喜歡那小夥子。」

這話讓我覺得驚訝。我跟母親從來沒有親近地聊過吉姆，或任何話題。她怎麼會知道？

「他是個好人。」我無力地說。

「他好棒棒，給他一座獎盃，但別因爲一個人好就嫁給他。還有，小薇，別習慣動不動就急著訂婚。如果妳不小心，婚事可能成眞。妳到底爲什麼答應他啊？」

「我不曉得我還能做什麼。如我所說，他人很好。」

「多少女孩因爲同樣的理由結婚。我會說，妳找點別的事做吧。老天，各位小姐，培養培養興趣，好嗎！」

「那妳又爲什麼結婚？」我問。

「小薇，因爲我喜歡他。我眞的很喜歡比利。如果妳愛他或喜歡他，這才是結婚的唯一理由。妳知道，我到現在還是挺喜歡他的。我們上禮拜剛一起吃過晚餐。」

「**眞的假的？**」

「當然是眞的。聽著，我明白妳對比利正在氣頭上，很多人都很氣他，但我剛剛是怎麼跟妳說的？我的人生準則？」

我沒回答，因爲我已經忘了。她提醒我：「一旦我喜歡一個人，我就會喜歡他一輩子。」

「噢，對。」但我還是不相信。

她再次露出微笑。「小薇，怎樣？妳該不會以爲這條準則只適用在妳身上吧？」

我們抵達紐約的時候已經傍晚了。

那天是一九四二年七月十五日。

紐約驕傲堅實地盤踞在它的花崗岩巢穴上，兩條深色的河環抱著它。在絲絨夏夜暖流中，一棟一棟的摩天大樓如同螢火蟲柱閃著光亮。我們跨過靜默、威風凜凜的橋，橋又長又寬，彷彿兀鷹之翼，然後進城。這稠密之所在，這意義之所在，這最眾所皆知的大都市，或該說，至少我一直是這麼想的。

敬畏之心席捲而來。

我將在此種下自己小小的生命，再也不輕拋。

24

隔天早上，我又在比利昔日的房間裡醒來。這次床上只有我一個人，沒有西莉亞，沒有宿醉，沒有災難。

我必須坦承，一個人享有這張床感覺挺不錯的。

我一度聽著百合劇場慢慢甦醒的聲音。我以為我再也聽不到這種聲音了。肯定有人開水洗澡，因為水管開始發出抗議的聲響。裝在樓上及樓下辦公室的兩支電話分別響了起來。我覺得好開心，我因此頭暈。

我披上睡袍，走去泡點咖啡，看到赫伯先生如同以往坐在餐桌旁，穿著他的汗衫，望著他的筆記本，喝著他的無咖啡因即溶咖啡，思索著下一場新戲的笑話。

「赫伯先生，早安！」我說。

他抬頭望向我，讓我詫異的是，他竟然露出微笑。

「我看到妳復職了啊，莫里斯小姐。」他說：「很好。」

還不到中午，我就跟佩佩還有奧莉一起前往布魯克林造船廠，準備搞清楚手邊的工作內容。

我們從中城搭地鐵到約克街站，再換乘街車。在接下來的三年裡，無論晴雨，我幾乎每天都通勤走這條路。我會與其他幾萬名工人一起搭車，大家如發條般精準換班。這趟路會變得折騰，有時還會讓人相當喪氣疲憊，但在這一天，一切都很新鮮，我很興奮。我打扮太隆重，穿了一身時髦的紫丁香色西裝（但我這輩子再也不會穿這麼漂亮的衣服去那骯髒充滿油垢的目的地），頭髮乾乾淨淨，充滿朝氣。我帶著我的文件，這樣才能正式成爲美國海軍的員工（海軍造修局，分類：技術人員）。這份工作薪水是一小時七十美分，對我這年紀的女孩來說已經是相當高的薪資了。他們甚至替我準備了一副專用護目鏡，不過我的眼睛頂多只會接觸到佩佩朝我臉上飛來的菸灰而已。

這是我第一份眞正的工作，如果不算父親在克林頓的辦公室前台的話啦，那份工作當然不能算。

要再見到奧莉，我覺得緊張。我先前的胡鬧，以及仰賴奧莉把我從華特・溫切爾的魔掌中解救出來，這些都讓我覺得自己還是很丟臉。我擔心她會責備我，或用輕視的態度對待我。這天早上是我第一次有機會跟她獨處。她、我和佩佩正要下樓，準備出門前往布魯克林。佩佩忘了拿她的保溫壺，所以就只有我和奧莉兩人站在劇場的二、三樓階梯平台上。我覺得這是道歉的好機會，還要謝謝她英勇救了我一命。

「奧莉。」我開口：「我欠妳實在太多——」

「噢，薇薇安。」她打斷我：「不要這麼會**把握時間**好不好？」

然後這個話題就結束了。

我們還有工作要做呢，沒時間想這些亂七八糟的事情。

⁂

我們的工作內容如下：

軍方委託我們在布魯克林造船廠策劃一天兩場的表演，就在瓦拉鮑特灣旁邊人來人往的食堂裡。安潔拉，妳必須了解，造船廠非常大，這是全世界最繁忙的地方，共有占地超過兩百英畝的建築物，戰時差不多有十萬人在此夜以繼日地工作。造船廠裡有超過四十座正在使用的食堂，我們的任務就是在其中一間食堂進行「娛樂及教育」工作。我們位於二十四號食堂，但大家都管這裡叫「阿三」。（我不曉得眞正的原因，也許是因爲這裡供應很多三明治？也許是因爲我們的大廚叫「山」謬森先生？）「阿三」每天要餵飽幾千個人，供應一大堆看起來萎靡不振且毫無生氣的食物給同樣萎靡不振且毫無生氣的工作人員。

我們的任務就是要在這些疲憊的工人用餐時娛樂他們，但我們不只是演藝人員，還要進行宣傳。海軍會透過我們過濾訊息或散佈鼓舞人心的消息。我們必須讓大家一直處於憤怒的狀態，不斷對希特勒與昭和天皇發洩怒火（我們以各種短劇殺害希特勒好幾次，真不敢相信這位遠在德國的先生沒有因此噩夢連連）；同時也要讓所有的工人關注海外那些男孩的福祉，提醒他們，只要工作稍有閃失，他們就會讓那些美國海軍冒上生命危險。我們必須警告大家間諜無所不在，口風不緊會害軍艦沉沒。我們必須提供安全教育以及戰況情報。除此之外，還得面對軍隊裡的審查員，他們通常都坐在觀眾席第一排，確保我們沒有偏移官方的路線。（我最喜歡的審查員是葛森先生。我很常跟他相處，感覺都像一家人了。我甚至還出席了他兒子的成年禮。）

一天兩次，每次三十分鐘，我們必須向我們的工人傳達這些訊息。

整整三年。

而且我們的素材必須新鮮有趣，不然觀眾會開始朝我們扔食物。（觀眾第一次發出噓聲時，佩佩歡快地說：「回到秀場感覺真棒。」我相信她是真心的。）這是一份得不到感謝、無法完成，還會累死人的工作，而說到咱們的「劇場」，軍方更是沒有給我們多少資源。食堂前方就是一座小小的舞台，說真的，只是粗糙松木板搭起來的平台而已。我們沒有簾幕或舞台燈，「樂團」就是一台三流酒館裡會出現的直立式鋼琴，演奏的人是住在附近、上了年紀的嬌小雷文森太太，她（以不協調的手法）大力敲擊琴鍵，遠到金沙街都聽得到音樂。我們的道具是蔬菜箱，所謂的「更衣室」就是廚房後面的角落，洗碗工水槽旁邊。至於我們的演員，他們不是什麼一流貨色。多數紐約演藝圈人士要麼上了戰場，要麼就是在戰前找到工廠的工作。這意謂剩下來我們能夠招募到的對象，如同奧莉不厚道地說，就是「失落且蹩腳」的人。（佩佩也不怎麼厚道地說：「這樣跟別的劇團有什麼差別嗎？」）

於是我們即興演出。我們請六旬老翁演鄉村小夥子，胖壯的中年女人來演小姑娘或小男孩。我們沒辦法付演員工廠流水線上一樣高的薪資，於是我們的演員與舞者持續投奔造船廠。幾個漂亮的年輕女孩今天在咱們的舞台上唱歌，明天可能就會看到她們午休時在「阿三」吃飯，頭髮用頭巾綁起來，身著連身工作服，口袋裡插著一支扳手，等著領一張豐厚的薪水支票。如果女孩見過豐厚的薪水支票，要她回到聚光燈下可就不容易了，何況咱們根本沒有什麼聚光燈。

我主要的工作當然是製作服裝，但偶爾也寫寫劇本，有時甚至還得湊出一、兩首歌詞。我的工作從來沒有這麼困難過。我基本上毫無預算可言，而且，因為戰爭，我所需要的材料全美都短缺。缺的不只是布料，鈕子、拉鍊、鉤環通通沒有。我變得超會無中生有。在我最閃耀的時刻，我替義大利的維克多·伊曼紐三世國王這個角色，以雙色提花織紋布打造了一件背心，材料是我某天早上在第十大道及四十四街轉角發現的厚重破沙發，正等著要搬去垃圾場。（我不會假裝這件衣服有多好聞，但咱們的國王看起來的確像國王，這就很了不起了，畢竟飾演他的人是一位胸膛凹陷的老人家，開演一小時前還在「阿三」的廚房煮豆子呢。）

毫無疑問，我成了勞斯基二手針線百貨的固定班底，甚至比戰前還常去。瑪嬌莉·勞斯基正在讀高中，成了我的舞台裝夥伴。她真是我的救星。勞斯基百貨現在跟軍方有合約，所有的織品與二手衣都會賣給軍方，所以他們現在也沒多少東西可以挑，但仍是紐約最棒的二手衣供應商。所以我從薪資裡拿了點錢給瑪嬌莉，請她先替我挑選一些好東西起來。真的，沒有她的協助，我根本無法做這份工作。不說我們的年齡差距，隨著戰爭遲遲不肯平息，我跟她倒是愈看愈順眼了，很快，我就覺得她是我的朋友，不過卻是個古怪的朋友。

我還記得第一次與瑪嬌莉一起抽菸的那一幕。冬日荒蕪，我那時站在她父母倉庫的卸貨區抽菸休息，因爲剛剛才翻完好幾簍衣服。

「讓我抽一口好唄？」我身後傳來一個聲音。

我低頭，不過四十公斤的小小瑪嬌莉站在那兒，身上披著一件浮誇的寬大浣熊毛外套，就像一九二〇年代兄弟會男孩穿去看美式足球賽的那種。她頭上戴著加拿大騎警的帽子。

「我才不會讓妳抽菸。」我說：「妳才十六歲！」

「沒錯。」她說：「我已經抽了十年了。」

這話迷住了我，我屈服於她的要求，將菸交給她。她用令人讚嘆的熟練姿態吸了一口，說：「薇薇安，我不滿意這場戰爭。」她用世故的厭倦神情望向小巷，我眞的覺得很好笑。

「我很不滿。」

「妳很不滿，是不是？」我強忍住笑意。「好啊，那妳該爲此做點什麼！寫封言詞強烈的信給妳的議員。去跟總統談談。結束這一切。」

「我等了這麼久才長大，但現在好像長大也沒意義了。」她說：「就只會打仗、打仗、打仗，不然就是工作、工作、工作。人這樣很累啊。」

「很快就會結束了。」但其實我沒什麼把握。

她又吸了長長一口，用截然不同的口氣說：「我所有在歐洲的親戚都糟糕了，妳知道。希特勒不除掉他們最後一員，是不會罷休了。媽媽甚至聯絡不上她那幾個姊妹還有她們的孩子。我爸成天打電話去大使館，想把家人弄來美國。我老要幫他翻譯。不過呢，看起來他們是沒辦法過來。」

「噢，瑪嬌莉。我很遺憾，眞是太可怕了。」

我不曉得還能說些什麼。感覺這不是高中生該面對的嚴肅狀況。我想擁抱她，但她不是那種會喜歡擁抱的人。

許久之後，她說：「我對每個人都失望。」

「有誰呢？」我以爲她會說納粹。

「大人。」她說：「所有的大人。他們怎麼會讓世界變得如此失控？」

「甜心，我不知道，但我想也許外面那些人也不曉得自己在做什麼。」

「顯然是不知道。」她用誇張的不屑口氣說，還把菸屁股扔進巷子裡。「妳看，所以我才這麼想長大。這樣我就不用受到不曉得自己在幹嘛的人控制。我猜我愈能快點全面掌控狀況，我的人生就會愈好。」

「瑪嬌莉，這計畫聽起來非常棒。」我說：「當然，我對人生從來就沒有什麼計畫，所以我也不知道。不過，聽起來妳都想清楚了。」

「妳從來沒有*計畫*？」瑪嬌莉用驚恐的神情看著我：「妳是怎麼*活下來*的？」

「拜託，瑪嬌莉，妳的口氣聽起來跟我媽一樣！」

「哎喲，薇薇安，如果妳沒辦法計畫妳自己的人生，就必須*有人*當妳的老媽子啊！」

我忍不住大笑起來。「小朋友，別跟我說教。我老到可以當妳的保姆了。」

「哈！我爸媽才不會把我交給妳這麼不負責任的人。」

「這個，妳爸媽大概是對的。」

「我只是在鬧妳啦。」她說：「妳知道吧？妳知道我一直都很喜歡妳。」

「*真的嗎*？妳一直都很喜歡我，是吧？從什麼時候開始？妳八年級的時候？」

「嘿，再給我一根菸，好唄？」她問：「讓我晚點抽？」

「我不該給。」但我還是拿了幾根菸給她。「別讓妳媽知道是我給妳的就好。」

「我爸媽什麼時候會管我在幹嘛了？」這古怪的小少女如是說。她把香菸藏在大皮草外套的口袋裡，然後說：「好了，薇薇安，告訴我妳今天想找什麼樣的服飾，我來幫妳找妳要的東西。」

現在的紐約跟我初來乍到時已截然不同。

輕佻的舉止消失了，除非那是有用且帶有愛國情操的輕佻，好比說在台口餐廳與軍人及水手一起跳舞。整個紐約充斥著嚴肅的氣息。我們隨時都覺得會遭受攻擊或入侵，德國人肯定會像轟炸倫敦一樣，將我們炸得粉碎。我們有嚴格的燈火管制，好幾晚，當局甚至讓時代廣場熄燈，中城的百老匯區段是一團黑，在夜裡閃著濃厚的黑暗，彷彿是一池水銀。每個人都穿制服，或準備要去從軍。咱們的赫伯先生志願擔任空襲民防隊員，晚上會戴著他那頂由紐約市政府發放的白色頭盔，別上紅色臂條，在我們的鄰近地區到處巡邏。（他出門的時候，佩佩會說：「親愛的希特勒先生，請等到赫伯先生通知完所有的鄰居後再轟炸我們。誠摯感謝，佩格西．布威爾敬上」）。

我對戰時印象最深的是強烈的**粗糙感**。我們在紐約受的苦也許比不上世界其他地區，但一切都很匱乏，沒有奶油，沒有高檔的肉，沒有高品質的化妝品，沒有歐洲來的時尚。一切都不柔美，一切都不精緻。這場戰爭是一個飢餓的巨人，將我們的一切通通吞噬，不只是我們的時間與精力，還有我們的食用油，我們的橡膠，我們的金屬，我們的紙張，我們的煤礦。我們只剩殘羹剩菜。我用小蘇打粉刷牙。我細心呵護最後一雙尼龍絲襪的程度會讓人以為那是一名早產兒。（當這雙絲襪終於在一九四三年報銷後，我放棄了，開始都穿長褲。）我變忙了，還因洗髮精取得不易而剪成短髮（我必須坦承這風格很像愛德娜．帕克．華生的俐落鮑伯頭），這輩子再也沒留長過。

我是在戰時才成為真正的紐約客。我終於學會自己認路。我開了銀行帳戶，辦了借書證。我現在有最喜歡的補鞋匠了（我需要補鞋匠，因為皮革也有配額），我還有自己的牙醫。我在造船廠與一些同事成了朋友，我們下班後會一起去庫伯蘭簡餐店吃飯。（用完餐後，當葛森先生說：「各位，把帽子傳下去」的時候，我很得意自己還能捐點錢出來。）我也是在戰時學會如何在酒吧或餐廳裡自在獨處。很奇怪，對許多女性來說，這件事非常難，但我最後還是掌握了箇中祕訣。（也就是要帶本書或報紙，要求最靠近窗戶的好座位，然後一坐下就點好飲料。）一旦我熟悉了，就覺得能坐在安靜餐廳窗邊獨自用餐是人生最了不起的私密享受。

我花了三塊錢跟地獄廚房的孩子買了一輛腳踏車，這項採購拓展了我的世界。我學到能夠自由行動就是一切。如果遭遇攻擊，我想知道該怎麼迅速離開紐約。我騎著腳踏車在城市裡打轉，出門辦事便宜有效率，但我腦袋深處一直相信，在必要的時候，我騎車的速度能贏過納粹空軍。我因此幻想自己是安全的。

我成了周遭浩瀚都市的探索者。我不斷在城裡穿梭，還挑奇怪的時間亂逛。我特別喜歡在夜裡漫步，透過窗口，一瞥陌生人的生活。這麼多不同的晚餐時間，這麼多不同的工作時間。每個人，年紀不同，種族不同。有人在休息，有人在幹活，有人獨身，有人與一大群人歡鬧慶賀。邊走邊看這些場景，我永遠不膩。我只是浩瀚靈魂海洋裡的一個人性小點，我徜徉在其中。

年輕的時候，我想成爲紐約所有動態的中心，但我慢慢了解根本沒有一個單一的中心。只要有人過著他們的生活，中心就不會只有一個。這座城市有一百萬個中心。注意到這件事就更神奇了。

戰時我沒有追逐任何男人。

首先，男人可遇不可求，差不多每個人都在海外。再來，我已經不想到處鬼混了。在這籠罩紐約的嚴肅及犧牲氣氛下，我或多或少在一九四二到四五年間，將自己的性慾先放去一旁，就好像妳外出度假的時候，會在自家高級家具上鋪塊布巾一樣。（只不過我沒有度假，一直工作個不停。）沒多久，我就習慣在沒有男人的陪伴下獨自在紐約行動。我忘了好女孩晚上應該要挽著男人的手臂，這個規矩現在看起來很過時，而且根本無法執行。

安潔拉，因爲那時沒有足夠的男人。

更沒有足夠的臂膀。

一九四四年初的某個下午，我騎著腳踏車穿過中城，看到了我前男友安東尼・羅切拉從一個騎樓走出來。看到他讓我嚇了一跳，但我早該曉得我跟他哪天一定會不期而遇。隨便一位紐約客都會這麼說，妳總有一天會在這座城市的人行道上巧遇所有人。就是基於這個原因，有仇家的人在紐約眞是很不妙。

安東尼看起來完全沒變，油頭，嚼口香糖，臉上掛著跩跩的微笑。他沒穿制服，對他這年紀、身體健全的男子來說實在很罕見。他一定想辦法逃避兵役。（肯定的。）他跟一個女孩在一起，嬌小可愛的金髮妞兒。看到他讓我小鹿亂撞了幾下。他是我這幾年來第一個看到會臉紅心跳的人，但這當然說得過去。我在距離他幾十公分的地方煞車，直直盯著他看。我內心有點希望他注意到我，但他沒看見，也可能他看到了，但沒認出我來。（因爲我剪了短髮，穿著長褲，看起來跟他當年認識的女孩截然不同。）最後一個可能是他認出了我，卻選擇不放在心上。

那天晚上，寂寞燃燒著我，我沒隱瞞，我同時也慾火難耐。不過，我自己解決了。謝天謝地，我學會自己照顧自己。（每個女人都該學這件事。）

至於安東尼，我之後再也沒有見過他，再也沒有他的消息。華特．溫切爾預言這孩子會成爲電影明星，但他最後沒有成功。

誰曉得呢？也許他根本懶得試吧。

幾個禮拜後，我們一位演員邀請我一起去薩芙伊飯店，替戰爭孤兒募款。哈利詹姆斯大樂團會表演，這聽起來既有意思又充滿吸引力，於是我擊退疲憊，前往派對。我只待了一下下，因爲那裡的人我都不認識，也沒有什麼有意思的人能一起共舞。我決定還是回家睡覺比較有趣。不過，就在我離開舞會廳時，我撞到了愛德娜．帕克．華生。

「抱歉。」我咕噥，下一秒，我的腦袋就推斷出這人是她。我忘了她就住在薩芙伊飯店。如果我記得，今晚就絕對不會來。

她抬頭望著我。她穿了一件淺咖啡色的軋別丁套裝，裡面是短小俏麗的橘色襯衫。隨興掛在一肩上的是灰色兔毛披肩。她跟平常一樣，打扮無懈可擊。

「完全沒放在心上。」她露出客氣的微笑。

這次，我完全看破她的僞裝。她曉得我是誰。我跟愛德娜熟到看得出在她那堅定的沉著面具背後迅速閃過的一絲波動。

在這將近四年的歲月裡，我想過如果再見面，我該對她說些什麼，但我現在只喊得出一聲「愛德娜」，且伸手拉她的手臂。

「眞是抱歉。」她說：「但我相信我不認識妳。」

語畢，她就離開了。

❧

安潔拉，年輕的時候，我們也許會誤以爲時間能療癒所有的傷口，事情最終會自行變化。不過，當年紀漸長，我們學到這悲哀的事實：某些事永遠也修補不好，某些錯誤永遠無法矯正。時間辦不到，我們最熱切的期待也辦不到。

在我的經驗裡，這是最難的教訓。

到了某個年紀後，由祕密、恥辱、哀傷及無法癒合舊傷所組成的軀體，就是我們在這個世界上行走的載具。這些痛楚讓我們的心扭曲潰爛變形，但，不知怎麼著，我們還是繼續前進。

25

時值一九四四年末，我二十四歲。

我一直沒日沒夜在造船廠工作。我不記得自己休假過。我把戰時賺來的薪水通通留起來，但我好累，而且根本沒地方可以花錢。我晚上已經沒體力跟佩佩、奧莉一起打牌了。我不只一次在通勤路上睡著，一路坐到哈林區去。

大家都累得要死。

睡眠成了一種黃金商品，人人想要，但人人缺乏。

我們曉得美國正在贏得勝利，許多人高談闊論說我們給德軍及日軍多少痛擊之類的，但我們不曉得戰爭到底什麼時候才會徹底結束。當然，就算不曉得，大家的嘴巴還是沒有停下來，還是繼續散播效果不彰的八卦與臆測。

他們都說，感恩節之前就會結束了。

他們又說，聖誕節之前。

一九四五年到來的時候，仗還沒打完。

在「阿三」食堂劇場，在我們用來宣傳的戲碼裡，我們一個禮拜仍然要殺害希特勒十幾回，但這種作爲似乎完全沒有拖累他。

大家都說，別擔心，二月之前就會結束了。

三月初，爸媽接到哥哥的來信，他在南太平洋某處的航空母艦上，他說：「我相信你們很快就會聽到敵軍投降的消息了。」

這是我們最後一次收到他的信。

❧

安潔拉，我知道妳比任何人都更清楚「富蘭克林號」航空母艦的事，但我實在羞於承認，在我們得知這艘航空母艦在一九四五年三月十九日遭到神風特攻隊的自殺攻擊前，我根本不曉得哥哥的船是哪一艘。這場攻擊害華特及其他八百多名軍人喪生。華特一直都是最負責任的人，他從來沒有在信裡提過他所待的船名，免得他的信件落入敵軍之手，洩漏國家機密。我只知道他在亞洲某處的大型航空母艦上，而他承諾戰爭很快就會結束。

接到他死訊的人是我的母親。她當時正在我們家旁邊的空地騎馬，看見一輛有單扇白色車門的老舊黑色汽車急速駛進我們家車道。車子從她身邊呼嘯而過，在石子路上這樣開也太快了，很不尋常，鄉村人曉得在放牧馬群旁邊的石子路上應該要放慢速度。不過，她認得這輛車，那是西聯公司電報員麥克．羅梅的車。母親停下手邊動作，看著麥克與他的太太下車，敲起我們家家門。

羅梅夫婦不是會跟我媽社交的人，他們來敲莫里斯家門只會有一個原因，一定是有電報，而且內容可怕到電報員必須親自登門轉告，還帶著妻子上門，應該是來替哀傷的家庭提供女性溫暖。

母親目睹了這一切，她*知道*了。

我一直懷疑在那一刻，母親是否想過衝動地策馬掉頭，拚命往反方向奔馳而去，逃離這可怕的消息。不過，我的母親不是那種人，她反而下馬，將馬牽在身後，緩緩朝房子走去。她之後告訴我，她覺得在這種情緒化的時候騎在馬上非常不智。我想像得出來，她謹慎前進，用她平常的責任心對待她的馬。她完全清楚在門口等她的是什麼消息，而她完全不急著接下。一直到電報交給她之前，她的兒子都還活著。

羅梅夫妻可以慢慢等，他們也很有耐心。

等到母親走到我們家門口時，淚流滿面的羅梅太太張開雙臂想要擁抱。

我的母親當然拒絕了。

我的父母甚至沒替華特舉辦喪禮。

首先，我們沒有遺體可以下葬。電報通知我們，華特．莫里斯上尉已接受全套軍事海葬。電報也特別要求我們不得向親朋好友洩漏華特所在的船名及駐紮地點，這樣才不會不小心「幫了敵人一把」，彷彿紐約州克林頓的人都是間諜和壞蛋一樣。

沒有屍體，母親根本不想辦葬禮，她覺得這樣太可怕了。父親則遭憤怒及哀傷擊潰，無法以哀悼的狀態面對他的社交圈。他對美國加入戰爭本來就沒好話了，也對華特入伍提出強烈抗議，現在他拒絕因爲政府奪走他此生最大的寶藏而進行儀式。

我回家，陪他們一個禮拜。對他們我已經盡力了，但他們根本不跟我講話。我問他們是否要我留在克林頓陪他們，必要的話，我是可以留下來，但他們看我的目光彷彿我是陌生人。**就算我待在克林頓，我能替他們做些什麼？**我感覺到他們希望我走，這樣我才不會成天盯著悲傷的他們看。我的存在似乎只提醒了他們兒子過世的事實。

如果他們想過戰爭帶錯了對象，帶走他們比較優秀、比較高尚的孩子，而留下比較不堪的那一個，就算他們這麼想，我也能原諒他們。因爲有時，我也有這種感覺。

我一走，他們就能跌回他們的寂靜之中。

大概不用我告訴妳，他們永遠回不去了。

❧

華特的死徹底震撼了我。

安潔拉，我向妳發誓，我從來沒有想過我的哥哥會在這場戰爭裡受傷或身亡。也許我這麼想太天眞了，但如果妳認識華特，妳就會明白我的自信。他總是那麼能幹，那麼有魄力。他直覺很準。他從事體育活動這麼多年，從來沒有受過傷。就算在同儕間，大家也把他當半神一樣崇拜。這種人怎麼可能會受到什麼傷害呢？

不僅如此，我從來不擔心華特麾下的人，雖然他會擔心。（哥哥在信裡提到的唯一擔憂就是他手下大兵的安全與士氣。）我以爲跟華特・莫里斯一起從軍的人都會很安全，他會確保大家平平安安。

但是，問題當然在於華特不是主掌一切的人。的確，那時他已經是上尉了，但船不在他手裡，掌舵的是萊斯理・蓋瑞斯艦長。問題出在艦長身上。

但，安潔拉，這妳早就知道了，對吧？

至少我覺得妳已經知道了。

抱歉，親愛的，但我眞的不曉得妳父親跟妳說了多少。

我和佩佩在紐約替華特舉行我們的紀念儀式，就在百合劇場旁邊的小小衛理堂。牧師是佩佩多年好友，他同意無論有無遺體，都能替我哥舉辦葬禮。與會者不多，但我的重點是替華特做點什麼，而佩佩也明白這點。

佩佩和奧莉當然出席，在我身邊一左一右跟兩根柱子一樣。赫伯先生也在。比利沒有來，他一年前在百老匯的《女孩之城》終於下檔後就回到好萊塢了。我的海軍審查員葛森先生來了，我在「阿三」食堂的鋼琴師雷文森太太也在。整個勞斯基家族都出席了。（瑪嬌莉環視周遭說：「這輩子從沒在衛理派葬禮上看過這麼多猶太人。」這話讓我會心一笑，謝了，瑪嬌莉。）幾個佩佩的老朋友來了。愛德娜與亞瑟．華生夫婦沒有出席。我猜應該不意外，但我必須坦承我以爲愛德娜也許會來替佩佩打氣。

唱詩班唱起〈祂看顧麻雀〉，我忍不住落淚。失去華特，我相當震驚，我失去的不是我的哥哥，我失去的是我從來沒有擁有過的哥哥。除了幾幅兒時安逸、陽光閃爍、我們一起騎小馬的回憶外（誰曉得這些回憶是否正確？），我對這位號稱一起長大的偉大人物完全沒有什麼溫柔的印象。若我的父母對他的期待少一點，讓他能夠成爲普通的小男孩，而不是繼承人，說不定我跟他就能在這些日子裡成爲朋友，甚至是知心密友。不過，事情沒有朝那個方向發展過，現在他走了。

我哭了一個晚上，隔天照常工作。

那些日子裡，大家很常這樣。

安潔拉，我們哭歸哭，但還是會繼續工作。

❧

一九四五年四月十二日，羅斯福總統逝世。

對我來說，感覺就跟另一個家人過世一樣。我想不起來我們有過別的總統。無論父親對他觀感如何，我都非常愛他。很多人愛他。至少在紐約，大家都愛他。

隔天造船廠的氣氛相當肅穆。在「阿三」食堂，我在舞台上掛了布條（其實只是遮光窗簾），請演員宣讀羅斯福多年來的演講文稿。到了節目尾聲，一位鋼鐵工人，他是加勒比海人，膚色較黑，還蓄著一口白鬍子，他從座位上起身，唱起〈共和國戰歌〉。他的聲音像保羅・羅伯森。其他人都默默起身，聽這位先生用哀戚嗓音撼動高牆。

杜魯門總統迅速低調上位，一點國君的威嚴也沒有。

我們更努力工作。

戰爭依舊沒有結束。

❧

一九四五年四月二十八日，我哥哥那艘經過轟炸燃燒的扭曲破爛航空母艦自行回到布魯克林造船廠。「富蘭克林號」居然有辦法靠著僅剩的船員，跛行穿過半個世界，經過巴拿馬運河，回到我們的「醫院」。船上三分之二的人員喪生、失蹤或受傷。

「富蘭克林號」入港時，迎接它的是海軍樂隊演奏的輓歌，以及我與佩佩。

我們站在港口，看著這艘重傷之船，對其行禮。我覺得這船就是我哥的棺材。船使盡全力開回家修繕，但就連我都看得出來，從那焦黑、破爛的鋼鐵結構看來，誰都無法修好它。

一九四五年五月七日，德軍終於投降。

但日軍還頑強抵抗，非常頑強。

那個禮拜，我和雷文森太太替我們的工人寫了一首名爲〈打倒一個，還有一個〉的歌。

大家繼續工作。

一九四五年六月二十日，「瑪麗皇后號」載著一萬四千名遠赴歐洲戰場服役的軍人駛進紐約港。我與佩佩前往上西區的九十號碼頭迎接他們。佩佩用一塊老舊的舞台背景反面寫著大大的標語：「嘿，你！歡迎回家！」

「妳到底是在歡迎誰回家？」我問。

「他們每一個人。」她說。

我起初有點猶豫要不要一起去。想到眼睜睜看著千百名年輕人回家，但沒有華特，感覺會讓我悲傷到不行，但她堅持要我一道去。

「這樣對妳好。」她預言道：「更重要的是，這對他們也好。他們需要看到我們的臉。」

我很慶幸我去了，眞的很慶幸。

那是一個舒爽的初夏日子。此時我已經在紐約住了超過三年，但我對這種完美藍天午後的紐約之美還沒免疫，這種溫柔、溫暖的日子，妳會忍不住覺得整個紐約都愛妳，只希望妳幸福開心。

大批水兵與軍人（還有護理師）走上停泊處，狂喜雀躍。迎接他們的是一大群歡呼的群眾，我和佩佩形成一組微小但興奮的接待隊伍。我們輪流揮舞她的標語，歡叫到喉嚨都沙啞。碼頭上有一支樂隊，響亮演奏起當年各種流行歌曲。軍人將氣球拋至空中，我立刻發現那不是氣球，而是吹了氣的保險套。（注意到這件事的不止我一個人，我身旁有很多位母親，一直阻止她們的孩子「撿氣球」，笑死我了。）

一位高瘦、眼神朦朧的水手經過我身邊時，他仔細看了看我。

他面露微笑，用明顯的南方口音說：「嘿，姑娘，咱們說這鎭是哪啊？」

我也微笑以對。「水手，咱們說這是紐約市。」

他指向碼頭一邊的塔式起重機，說：「等到完成後，這裡看起來是不錯的地方。」

然後，他用手臂攬著我的腰，吻了我一下，就跟妳看過的那張照片一樣——第二次世界大戰對日抗戰勝利紀念日，攝於時代廣場。（那年這種事眞的很多。）不過，妳沒看到的是照片裡女孩的反應，我一直很好奇她對這個吻有什麼感覺。我猜我們永遠不會知道了，但我可以告訴妳，我對這個吻有什麼感覺——這是一個漫長、專業，還很熱情的吻。

哎呀，安潔拉，我喜歡。

我**真的**很喜歡。我當下就回吻他，接著，事出突然，我開始哭，停都停不下來。我把臉埋在他脖子上，緊抱著他，用淚水浸濕他。我替哥哥而哭，替所有回不了家的年輕人哭。我爲那些失去青春與所愛的女孩而哭。我哭，因爲我們在這場永無止境的地獄戰爭裡浪費太多歲月；我哭，因爲我實在太累了；我哭，因爲我想念親吻這些男孩的感覺。我想親吻他們每一個人，但我已經是個二十四歲的老太婆，我又會怎麼樣呢？我哭，因爲今天是美好的日子，陽光燦爛，一切如此閃耀，而一切又如此不公。

我相信這位水手一開始攬住我的時候，完全沒有料到這些，但他很快就反應過來，令人敬佩。

「親愛的。」他在我耳邊說：「妳不用再哭了。我們是幸運兒。」

他緊抱著我，讓我繼續流淚，直到我終於能控制住淚水。然後，他從擁抱裡退開，面露微笑，說：「好，妳願意再吻我一下嗎？」

我們再次接吻。

日本人投降是三個月後的事。

但在我的腦袋裡，在我那朦朧、粉紅色的夏日回憶裡，這一刻，戰爭已經畫上句點。

26

安潔拉，我會盡快向妳講述我接下來二十年的人生故事。

我留在紐約（我當然留在紐約，不然我還能去哪），但紐約已經變了。變得好多，變得好快。早在一九四五年，佩佩姑姑就警告過我，她說：「戰爭結束，一切都會變。我見識過。如果我們夠聰明，我們就能準備好應變。」

哎呀，她顯然說得沒錯。

戰後的紐約是一頭飢餓難耐的繁榮巨獸，尚在成長階段，特別是中城，老舊的褐石華房與商店被拆光，這才能替新的複合式辦公區及現代化公寓建築挪出空間。妳走路時必須繞過所有的碎石磚瓦，彷彿紐約確實遭到轟炸一樣。接下來幾年間，我曾與西莉亞·雷常去的五光十色場所都拆除了，取而代之的是二十層樓的企業大廈。「聚光燈」關了，強拍俱樂部關了，鸛鳥俱樂部關了，無數的劇場也關門大吉。那些曾經泛著幽光的街區，現在看起來像古怪殘破的大嘴，敲掉半口老舊的牙齒，隨意塞進幾顆閃亮的新假牙。

但最大的改變出現在一九五〇年，至少對我們這個小圈圈來說，這一年很重要。百合劇場就是在這年結束營業的。

提醒妳一聲，百合劇場不只結束營業，還遭到摧毀。咱們這美麗、歪斜、毫無條理的劇場堡壘在這一年遭市府拆除，因爲他們需要空間興建港務局公車總站。事實上，我們整個街區都要拆。在這慘遭毀滅的幅員範圍內將會蓋出全世界最醜的公車總站，每一間劇場、教堂、排屋、餐廳、酒吧、中式洗衣店、銅板遊樂場、花店、刺青店，還有學校，通通要拆。連勞斯基的二手針線百貨也難逃同樣命運。

就在我們面前化爲齏粉。

至少市政府對佩佩不錯。他們因爲拆除劇場，給了她五萬五千美金的補償。在那年代，這些錢算很多了，我們附近的鄰居一年只能賺四千元呢。我要她繼續爭取，她卻說：「已經沒有什麼好爭的了。」

「真不敢相信妳就這樣拋下這一切！」我哀號著說。

「小鬼頭，妳完全不曉得我能拋下什麼。」

話說，佩佩的確說對了，的確「已經沒有什麼好爭的了」。市政府接掌了整個鄰近地區，打著「徵用私人土地」的名號，這幾個字聽起來邪惡又難以逃避，事實上也是如此。我生了好一會兒的悶氣，但佩佩說：「薇薇安，對抗改變，後果自負啊。當一件事結束，就讓它結束吧。劇場的榮光已經照得夠久了。」

「佩佩，才不是這樣。」奧莉糾正她：「劇場本來就沒有什麼榮光。」

她們說的都對，都有道理。戰後我們掙扎了好一陣子，根本沒辦法靠劇場求生。觀眾人數銳減，戰後有才華的藝人也沒有回歸。（好比說咱們的作曲家班傑明，他選擇留在歐洲，定居在里昂，跟一位開夜總會的法國女人在一起。我們喜歡看他的信，他成了經理人跟樂團領隊，過得很好，但我們都想念他的音樂才華。）而且呢，住在我們附近的觀眾都比我們更成熟，現在的人變得更世故了，就連地獄廚房的人也是。戰爭把世界炸開，吹進了新的想法與品味。初到紐約時，我們的節目就已經有點過時了，現在看起來更像是更新世時期的產物。沒有人想看傻裡傻氣的雜耍歌舞劇了。

沒錯，如果咱們的劇場曾經有過什麼榮光，那也早在一九五〇年以前就消失了。

不過，我還是覺得很難過。

我只希望我喜歡那個公車總站的程度跟我對百合劇場的愛一樣多。

到了實際拆除的那一天，佩佩堅持要在場見證。（「薇薇安，妳不能害怕這種事。妳必堅持到最後。」這是她說的。）於是在這可怕的日子，我與佩佩、奧莉站在一起，眼睜睜看著劇場倒下。我沒有她們那麼平靜。看著落錘砸向妳的家與歷史，瞄準眞正孕育妳的地方，需要一點堅毅骨氣，這時我還沒有那種東西啊。我忍不住淚流滿面。

最可怕的不是建築外牆崩塌之際，而是內層大廳牆壁傾倒的時刻。忽然間，妳看到了不該爲外人所見的老舊舞台，就這麼赤裸裸暴露在銳利清晰的冬日陽光之下。劇場的殘破通通攤在日光下，任人觀覽。

不過，佩佩有能力承受這一切，她甚至沒有面露難色。那女人堅硬得跟什麼一樣。落錘破壞得差不多後，她對我露出微笑，說：「薇薇安，告訴妳一件事。我一點也不後悔。我年輕的時候相信劇場生活一定會很好玩，而上帝爲證，小鬼頭，那樣的生活真的充滿樂趣。」

❧

佩佩與奧莉用市政府的補償金在上東區的薩頓廣場買了一間不錯的小公寓。佩佩買了公寓後，甚至還有錢給赫伯先生一筆退休金。赫伯先生搬去維吉尼亞州，跟女兒同住。

佩佩與奧莉喜歡她們的新生活。奧莉在附近高中得到校長祕書的工作，這是她生來就該做的職業。同一所學校請佩佩去他們的話劇社當指導老師。這兩個女人對於生活的改變似乎沒有不滿。她們的新公寓大樓（我必須說，那是全新的大樓）還有電梯，這對她們來說比較輕鬆，畢竟她們年紀也大了。她們甚至還有門房，佩佩會跟他聊棒球。（她開玩笑地說：「我這輩子有過的門房就是睡在劇場舞台下面的流浪漢！」）

這兩個經驗老到的女人也就適應了這種生活，她們當然沒有抱怨。不過，我還是覺得諷刺，百合劇場在一九五〇年拆除時，佩佩與奧莉替她們現代化的新公寓買了第一台電視機。顯然，劇場的黃金年代就此結束，但佩佩也早就看到這點了。

「最後電視會稱霸世界。」她第一次看電視的時候說。

「妳怎麼知道？」我問。

「因爲就連**我**都比較喜歡看電視。」這是她老實的答案。

⁂

至於我呢？百合劇場關門大吉後，我沒有工作也沒有家了；事實上，我連可以一起分享生活的家人都沒了。我這年紀也不能搬去與佩佩、奧莉一起住，太尷尬了。我需要打造自己的生活，但我已經是個二十九歲未婚、沒大學學歷的女人，這樣的我能過上什麼樣的生活？

我對於養活自己不太擔心。我存了不少錢，也曉得該怎麼工作。這個時候，我已經知道，只要有我的縫紉機、九寸大剪刀，脖子上掛著皮尺，還有手腕上的針叉墊，我就能夠過活。不過，問題在於，我現在想過的是哪一種生活？

最後拯救我的人是瑪嬌莉．勞斯基。

⁂

一九五〇年，我和瑪嬌莉．勞斯基已經是最要好的朋友了。

感覺我們不太配，但她一直都很照顧我，好比說在二手百貨的無底洞裡替我挖寶啦，而我也很高興看著這孩子成長爲一個個性迷人又有意思的年輕女孩。她的確相當特別。當然啦，瑪嬌莉一直都很特別，但幾年過去，她綻放了如原子彈般的活力和創意。她的打扮還是非常狂野，今天看起來像墨西哥土匪，明天像日本藝伎，但她還是發展出屬於自己的氣質。她跟父母住，管理家裡的事業，就讀帕森設計學院，還靠畫速寫賺點小錢。她替邦威・泰勒百貨工作好多年，替他們的報紙廣告繪製時尚浪漫插畫。她也替醫學期刊繪製圖表，更令人印象深刻的是，曾有一間旅行社請她替一本名稱很悲慘的《哎呀你到巴爾的摩啦》的巴爾的摩旅遊指南畫插畫。所以呢，什麼都難不倒瑪嬌莉，她也總是到處忙。

瑪嬌莉成長爲一位不只創意絕佳、古怪、勤奮的年輕女性，同時也大膽精明。當市政府宣佈拆除我們附近地區的時候，瑪嬌莉的父母決定接受買斷，退休去皇后區，忽然間，瑪嬌莉・勞斯基跟我遇到同樣狀況，沒家也沒工作。瑪嬌莉沒有哭哭啼啼，反而跑來找我，提出一個經過深思熟慮但相當簡單的想法。她建議我們聯手走向世界，一起住，一起工作。

我必須把所有的功勞都算在她頭上，她的計畫就是婚紗。

她提議：「薇薇安，大家都要結婚，我們可以做點什麼。」

她帶我去自動食堂吃中飯，談她的想法。時值一九五〇年夏天，港務局公車總站已成定局，我們的小小世界即將天崩地裂，瑪嬌莉卻容光煥發，充滿使命感與欣喜（她今天打扮得像祕魯農民，穿了五件不同的刺繡背心及裙子）。

「大家都要結婚，妳要**我**怎麼辦？」我問：「阻止他們嗎？」

「不，幫他們一把。如果我們能幫助他們，我們就能從中獲利。聽著，我這整個禮拜都在邦威．泰勒百貨的婚紗部門畫畫。我聽到一些風聲，銷售員說他們訂單接不完了。我整個禮拜都聽到客戶抱怨他們的婚紗不夠多元。沒人想穿跟別人一樣的婚紗，但她們又沒有太多婚紗可以選。我那天聽到一個姑娘說，如果她會縫紉，就要自己縫出一件婚紗來，這樣才能與眾不同。」

「妳要我教這些女孩做婚紗？」我問：「多數女孩連隔熱墊都縫不出來。」

「不，我覺得**我們**該來做婚紗。」

「瑪嬌莉，婚紗已經有很多人做了。婚紗業本身就已經存在了。」

「對，但我們可以做高級訂製婚紗。我來畫設計圖，妳來製作。我們比任何人都嫻熟布料，對吧？我們的訣竅就是從舊婚紗打造出新衣來。我跟妳都很清楚，老舊的絲綢好過任何進口貨。加上我的人脈，我可以到處弄到老舊的絲綢，見鬼了，我甚至可以從法國大量進貨。法國人餓死了，什麼都肯賣，妳可以用這些材料做出比邦威．泰勒更高級的東西。我看過妳把老舊桌布的蕾絲拆下來做舞台服裝，妳難道不能用同樣的方法製作禮服或頭紗嗎？我們可以替不想跟百貨公司其他人穿一樣婚紗的女孩打造獨一無二的婚紗。我們的婚紗不會大量生產，有格調，只客製訂做。妳辦得到，對吧？」

「不會有人想穿二手老舊婚紗的。」我說。

但此話一出，我就想起大戰初時我在克林頓的朋友麥德琳，她的婚紗就是我用她奶奶和外婆的舊絲質婚紗重新拼湊而成。那件婚紗美極了。

瑪嬌莉看我開始開竅，便繼續說：「我的想法是這樣，我們開一間精品店。我們會用妳的格調讓店鋪看起來很高級很高檔。我們會強調我們的材料都是從巴黎進口，大家都喜歡巴黎。只要說東西是巴黎來的，他們什麼都會買。這不全然是謊言，我們的東西的確**有些**來自法國。當然，衣服會從法國的舊衣箱一簍一簍送來，但這種事我們自己知道就好。我來尋寶，妳則把這些寶貝修改成更厲害的東西。」

「妳是說要開**服飾店**嗎？」

「薇薇安，精品店。老天，親愛的，多講幾次，習慣這三個字。服飾店是猶太人開的，我們要開的是**精品店**。」

「但妳是猶太人啊。」

「精品店，薇薇安，精品店。跟我唸一次，精品店。讓妳的舌頭習慣習慣。」

「妳想把店開在哪裡？」我問。

「格拉梅西公園附近。」她說：「那區一直都很漂亮。我倒想看看市政府會不會把那區房子拆掉！我們要給人家的形象就是這樣，**精緻高檔**，有**格調**的感覺。店名我想叫 L'Atelier ，法文工作坊的意思。我正在考慮那邊的一棟房子。我爸媽說政府補償二手百貨的錢會分我一半，他們**的確**該分我，我從奶娃時期就跟碼頭工人一樣賣命工作。我那一半剛好足夠買下我正在看的那棟建築。」

我看得出來她的腦子正在瘋狂運轉，說眞的，感覺有點可怕。她的轉速實在太快了。

「我想要的房子位在第十八街，距離公園只有一個街廓。」她繼續說：「三層樓，一樓是店面，樓上有兩間公寓。不大，但挺迷人的。妳可以假裝那是巴黎古雅街道上的小精品店，我們想要打造的就是那種感覺。房子狀況還不錯，我可以找人來整理一下。妳可以住在三樓，妳也曉得我最討厭爬樓梯。妳會喜歡那裡的，妳那層還有天窗，兩扇呢。」

「瑪嬌莉，妳要我們買一棟房子？」

「不，親愛的，我要買一棟房子。我知道妳銀行戶頭裡有多少錢，薇薇安，沒有冒犯的意思，但妳連在紐澤西的帕拉姆斯都買不起，更別說曼哈頓了。不過妳的錢足以作爲開業的資本，這我們一人出一半。房子我來買，我所有的錢會通通丟進去，但我樂意揮霍。我肯定不會租店面，我是怎樣？外來移民喔？」

「對。」我說：「妳就是外來移民。」

「管他是不是移民，在紐約搞零售想賺錢就靠地產，而不是賣衣服。問問開百貨公司的薩克斯或金寶家族的人，他們清楚得很。不過我們也會靠賣衣服賺錢啦，因爲我們的婚紗會很美，多虧了妳和我的絕佳才華。所以，沒錯，薇薇安，結論就是，我要買一棟樓，我要妳設計禮服，我要我們一起經營這間精品店，我要我們一起住在樓上。計畫就是這樣。咱們一起住，一起工作。反正我們也沒啥其他事情好做，是吧？妳就答應吧。」

我花了嚴肅深刻的三秒鐘思索她的提議，然後說：「好，咱們就這麼做吧！」

安潔拉，如果妳以爲這個決定最後成了天大的錯誤，那妳就錯了。事實上，我可以告訴妳結果如何，我和瑪嬌莉一起製作精美的婚紗好幾十年，我們賺了不少錢，生活相當安逸。我們跟家人一樣彼此照顧，直到今天，我還住在同一間公寓裡。（我知道我老了，但別擔心，我還能爬樓梯。）

我這輩子最正確的決定就是跟著瑪嬌莉・勞斯基一起開始我們的事業。

有時，別人的確比妳更清楚妳的生命該怎麼過。

⁂

話雖這麼說，但實際上也不簡單。

婚紗和舞台服裝一樣，都是要打造出來的。這種服飾本該不凡，所以需要不凡的努力才能打造出一件成品。我的禮服特別花時間，因為我不是用乾淨全新的材料製作。用舊禮服改造成新衣實在不簡單（很多時候，要用好幾件舊禮服才能湊出一件），因為妳必須先拆解舊禮服，關鍵在於妳能從舊衣服上回收多少材料。再說，我處理的都是老舊脆弱的材質、古董的絲綢、上古時期的蜘蛛網狀蕾絲，這意謂我的雙手需要格外靈巧。

瑪嬌莉會替我送來一袋一袋的老舊婚紗及受洗禮服，誰曉得她從哪兒弄來的，我必須仔細檢查這些東西，看看我能利用哪些部分。通常這些衣物都老舊泛黃，或在上半部沾到汗漬。（千萬別給新娘紅酒！）所以我的首要任務就是把衣服泡在冰醋水裡清洗。如果遇上我清不掉的髒汗，就得剪開繞過這個部分，思索我能拯救多少老舊的材料。也許我會把這塊翻過來，或當成內襯。我常覺得自己像切割鑽石的師傅，要盡力保留原材料，同時又要除去瑕疵。

之後的問題就是如何打造出獨一無二的婚紗了。某種程度來說，婚紗只是洋裝，它也像洋裝，由簡單的三個元素組成：上身、裙子與袖子，但在這麼多年裡，就這有限的三個元素，我也造就了幾千件絕無僅有的婚紗。我必須這麼做，因為沒有一個新娘會希望自己看起來像另一個新娘。

所以工作在實際層面與創意層面上都充滿挑戰，沒錯。這麼多年來，我有過幾個助理，他們的確幫了不少忙，但我一直找不到跟我一樣的人。而既然我無法忍受L'Atelier打造的婚紗不夠完美，就只好花額外的工時確保每件婚紗都是一件完美傑作。如果新娘在婚禮前一晚說，希望上半身能夠多點珍珠或少點蕾絲，那我就會連夜修改。這種繁瑣精細的工作需要僧侶般的耐心。妳必須相信妳所打造出來的成品是神聖之物。

所幸，這剛好是我的信念。

❧

當然，製作婚紗最大的挑戰就是學習如何接待客戶。

在我多年替這麼多新娘服務的歲月裡，我開始了解到家族、金錢、權力的幽微奧妙，但最重要的是我必須學習如何理解恐懼。我發現即將新婚的女孩充滿恐懼，她們擔心自己不夠愛未婚夫，或是愛得太多。她們擔心接下來要面對的性關係，或因爲結婚而拋下的性關係。她們擔心婚禮當天會出什麼差錯。她們擔心幾百雙眼睛盯著她們看，也會擔心禮服出錯或伴娘更美，導致無人欣賞自己。

安潔拉，我曉得，從大方向來看，這些擔心根本微不足道。我們剛經歷世界戰爭，百萬人喪生，百萬人看著自己的人生受到摧殘，顯然相較之下，新娘子的焦慮緊張根本不算什麼。不過，恐懼就是恐懼，會讓懷著恐懼的困擾腦袋心煩意亂。我漸漸了解我的任務就是要盡力替這些女孩減少恐懼與壓力。因此，我在L'Atelier這麼多年學習到如何協助這些擔憂的女性，如何在她們的需求面前表現出謙卑的一面，且協助她們完成心願。

對我來說，從我們一開張營業，我就開始了這項學習。

我們精品店開張第一週，一位年輕女孩走進來，手裡拿著我們在《紐約時報》上刊的廣告。（這是瑪嬌莉畫的漫畫，兩名客人在婚禮上欣賞纖細新娘的禮服。女一說：「那禮服也太詩意了！她是從巴黎買的嗎？」女二則說：「哎呀，差不多了！那是L'Atelier的作品，她們的禮服最美了！」）

我看得出來女孩很緊張。我替她倒了杯水，讓她看我正在製作的樣品。她很快就喜歡上一件蓬鬆層疊的蛋糕裙禮服，這衣服有點像鬆軟的夏日雲朵。事實上，這件禮服看起來很像我們廣告上那位纖細新娘穿的那件。女孩伸手撫摸她夢想中的禮服，臉上閃過渴望的柔情。我心一沉，因爲我曉得這件禮服不適合她。她嬌小圓潤，穿這禮服會讓她看起來像顆棉花糖。

「我可以試穿看看嗎？」她問。

我不能讓她這麼做。如果她看到自己穿著這件禮服的身影，就會知道自己看起來有多滑稽，她會離開我的精品店，再也不回來。不過，傷害可不只如此。我是不太在乎失去生意啦，我比較介意的是這女孩會因爲看到自己穿這件禮服而傷心，傷得可深了，而我不希望讓她痛苦。

「親愛的。」我用最溫柔的口氣說：「妳是個美麗出色的女孩。我覺得這件禮服會讓妳失望。」

她臉垮了，然後她挺直肩膀，故作勇敢地說：「我曉得爲什麼，因爲我太矮了，對不對？因爲我又矮又胖。我就知道。我在婚禮上會看起來像個傻瓜。」

這一刻我心底忽然產生了一種情緒。婚紗店裡不安女孩的脆弱，這種感覺不只會讓人覺得渺小，更是生命的駭人之痛。我立刻關心起這個女孩，我不希望讓她多受一秒的苦。

而且，安潔拉，請記得一件事，在此之前，我沒有替一般人做過衣服。多年來，我都替專業舞者、演員製作。我對看起來長相一般、身材平凡的女孩，以及她們掛在心上的缺陷不太熟悉。我過往合作的女孩都會熱情大方展現她們的軀體（她們也有理由大秀身材啦），也很期待別人欣賞的目光。我習慣的是可以在鏡子前面脫個精光，還能歡快舞動的女人，而不是看著自己身影會面露難色的女孩。

我忘了女孩**就是**這麼在乎外表。

這天，這個女孩在我的精品店讓我明白婚紗產業與娛樂產業大不相同。因爲站在我面前的嬌小人類不是什麼玲瓏有緻的歌舞女郎，她只是一般人，希望能在婚禮當天看起來玲瓏有緻，而她不曉得該怎麼辦到這件事。

不過，我可是清楚得很。

我知道她需要合身、簡單的禮服，這樣她才不會消失在禮服裡。她的禮服必須以縐緞製作，這樣才會有垂墜感而不緊貼。而且，因爲她面色紅潤，她的禮服不能太白。不，她的禮服必須是比較柔軟的奶油質感顏色，好讓她的皮膚看起來更光滑。我曉得她不適合長長的頭紗，只要簡單的花冠即可，因爲頭紗會喧賓奪主。我曉得她需要七分袖展現纖細的手腕及玉手。這位新娘不用戴手套！而且，我從她穿的便服就看得出她的腰線在哪裡（**不是**她現在腰帶的所在位置），我知道她的禮服必須從她自然的腰線上流瀉下來，這樣才會打造出沙漏般的身材。我感覺得到她好沒自信，太不自然，自怨自艾，眞是要命；而她絕對沒有辦法忍受露出任何一點乳溝，但她的腳踝可以露，我們也會朝這個方向發展。我**完全**曉得該怎麼打扮她。

「噢，親愛的。」我一邊說，一邊像母雞把她拉到翅膀底下。「妳別擔心。我們會好好照顧妳的。我答應妳，妳絕對會是最美麗的新娘。」

結果也的確如此。

安潔拉，我就直說吧，我愛上了我在L'Atelier服務的這些女孩，每一個我都愛。這是我這輩子最大的驚喜，我居然對每一個由我打扮去參加婚禮的女孩產生泉湧的愛與保護感。就算她們要求很多，歇斯底里，我也愛她們。就算她們不是很美，我也覺得她們美若天仙。

我和瑪嬌莉一開始做生意是爲了賺錢；我的第二個動機是想磨練自己的手藝，因爲我的手藝總能替我帶來滿足感；第三個原因是我其實不曉得還能做什麼。不過，我從來沒有料到這份工作能替我帶來這麼了不起的感覺，每次，又一個緊張的新娘子踏進我的門檻，將她的寶貴生命託付在我手上時，我都會感到無比的溫暖與柔情。

換句話說，L'Atelier給了我愛。

妳知道，我實在忍不住。

她們都這麼年輕，她們都這麼害怕，她們又這麼珍貴可愛。

27

當然，其中最大的諷刺就是我和瑪嬌莉都未婚。

在我們經營L'Atelier的歲月裡，我們爲了婚紗忙到昏天暗地，協助一個又一個女孩完成終身大事，但沒有人要娶我們，我們也沒有嫁給誰。有句老話說：萬年伴娘當不成新娘。不過，我們甚至連伴娘也沒當過！如果硬要說，我跟瑪嬌莉應該是照料新娘的人吧。

我們都太怪了，問題就在這。不過，我們也是這麼看自己的，怪到嫁不出去。（我們經常打趣說，這應該當我們下一場生意冒險的廣告標語。）

瑪嬌莉的怪不難發現。她就是個怪人，不只是她打扮的方式（雖然她的穿衣哲學怪得很明顯），她感興趣的事情也很不尋常。她會修什麼東方書法的課，還會跑去第九十四街的佛教寺廟裡練習呼吸，不然就是在忙著學習自製優格，這過程中，我們整棟樓都有優格味。她喜歡前衛藝術，喜歡聽（對我來說）具有挑戰性的安地斯山音樂。她報名讓心理所的學生催眠她，還參加不少分析課程。她會研究塔羅牌和易經，還會抽盧恩符文。她會請中國治療師幫她捏腳，還逢人就聊自己的腳，明明我已經求過她很多次不要這樣。她動不動就在進行當下流行的飲食法，她不是要減肥，而是要變得更健康，更有靈性。我記得某年夏天她專吃罐頭水蜜桃，她不曉得在哪讀到說這樣對呼吸好。然後是豆芽菜跟小麥胚芽三明治。

誰想娶只吃豆芽菜跟小麥胚芽三明治的怪女孩啊？

我必須坦承，我也很怪。

舉例來說，我也有我古怪的穿衣哲學。戰時我已經習慣穿長褲了，所以我現在只穿長褲。我喜歡能自由騎單車逛紐約，但不只如此，我喜歡穿看起來像男性的衣服。我覺得（現在還是這麼想）女人只要穿上男人的套裝，看起來就會精明時尚。戰後短時間內品質好的毛料還是難尋，但我發現可以買品質不錯的二手男性西裝，我說的是一九二〇、三〇年代倫敦薩佛街的設計精品，我可以量身改造，做出我覺得能讓自己看起來像葛麗泰・嘉寶的單品。

我必須說，戰後女人打扮成這樣還沒有蔚爲風潮。當然，在一九四〇年代，女人可以穿男人的西裝，當時覺得這樣算是愛國；不過，等到戰事告一段落，女性的陰柔打扮就捲土重來。一九四七年左右，克里斯汀・迪奧用他頹廢的「新風貌」（New Look）洋裝擄獲全球，纖細腰身，繁複裙襬，挺立雙峰，還有柔軟的肩線。新風貌的出現是爲了向世人證實戰爭的短缺已經結束，而我們現在可以爲了展現出柔美及荷葉邊，任意揮霍絲質與網料。要打造一條新風貌的洋裝，可能就會用上二十五碼的布。想像穿這種裙子要怎麼下計程車吧。

我討厭這種風格。首先，我沒有那種高級時尚派對的身材可以穿那種洋裝。我的長腿、平胸、精瘦的身材更適合長褲與襯衫。而且，這種打扮也比較實用。穿那種波濤洶湧的洋裝我要怎麼做事？工作日，我都趴在地上，跪著整理設計稿，替客人量尺寸時要爬來爬去。我需要褲子和平底鞋才好自由行動。

所以我拒絕當下流行，走出自己的風格，就跟愛德娜・帕克・華生教我的一樣。這點讓我的確一直都很怪。當然沒有瑪嬌莉那麼怪啦，但還是跟平常人不太一樣。不過呢，我發現爲了要服務女性客戶，我的長褲、西裝外套制服倒是挺適合的。我的短髮在心理上來說也算是一種優勢。我可以透過掩飾自己的陰性特質，與年輕新娘（及她們的老媽）進行話語之外的交流，告訴她們我不是什麼威脅或對手。這點很重要，因爲我也是迷人的女子，而做我這份工作，我最好不要看起來太迷人。就算在隱密的更衣室裡，妳也不該奪過新娘的光芒。這些女孩可不希望在她們挑選人生中最重要一件禮服的時候，看到迷人性感的女人站在她們身後，她們希望看到的是全身黑、畢恭畢敬、寡言不廢話的裁縫在一旁替她們服務。所以我樂得成爲這位畢恭畢敬、寡言不廢話的裁縫。

我還有另一個奇怪的特質就是，我漸漸愛上了自己的獨立。一九五〇年代，美國從來沒有這麼崇尚婚姻過，但我發現我一點也不感興趣，我因此成了異數，甚至可以說是不正常。不過，戰爭的日子將我磨練成善用資源又有自信的人，與瑪嬌莉合夥開店也讓我充滿決心，也許我只是不再相信我在各種方面還需要男人。（要我老實說，我會說只剩一個方面而已。）

我發現我寧可獨自住在婚紗精品店樓上的迷人公寓裡。我喜歡這個小地方，兩扇美麗的天窗，小小的臥室（可以俯瞰後巷的木蘭花），還有我自己油漆的櫻桃紅小廚房。一旦我有了自己的空間，就很快適應自己古怪的習慣，好比說在廚房窗外的花台撢菸灰啦，半夜爬起來打開所有的燈看推理小說啦，或拿冷掉的義大利麵當早餐。我喜歡穿著我的室內拖鞋在家裡輕聲走動，外出鞋不准接觸地毯。我不喜歡把水果隨意放在大碗裡，而是在我閃亮的廚房流理台上，將它們排成整整齊齊的一列。如果妳告訴我，哪個男人要搬進我漂亮的小公寓，我會覺得遭人入侵。

而且，我開始覺得也許婚姻對女人來說其實沒有那麼划算。我觀察周遭認識的女性，她們都結婚五年甚至十年了，我發現我一點也不羨慕她們的生活。一旦浪漫激情過去，這些女人似乎都必須不斷伺候她們的丈夫。（要麼心甘情願，要麼心不甘情不願，但都是在伺候別人。）

我必須說，她們的丈夫對這種安排看起來也不是非常歡喜。

我完全不想跟她們交換生活。

好啦，好啦，說眞的，根本沒有人向我求婚。

自從吉姆・拉森之後就沒有了。

我可能在一九五七年的時候驚險躲過一次求婚，對方是華爾街私人銀行布朗兄弟哈里曼公司的資深金融專員，整個人籠罩在話不多說的謹慎與隆隆財富之中。那間公司是金錢的殿堂，而羅傑・艾德曼則是其中一位大祭司。妳能想像嗎？他有一台水上飛機。（一個人要水上飛機幹嘛？他是間諜嗎？他是要替他在小島上的軍隊空投物資嗎？眞是太可笑了。）我會說這男人擁有好幾套最神聖的西裝，穿上剛熨好合身西裝的帥哥會讓我慾望高漲到有點頭暈。

他的西裝讓我神魂顚倒，害我說服自己跟這位先生交往超過一年，不過呢，當我捫心自問我對羅傑・艾德曼到底有沒有愛時，我實在找不到任何愛的痕跡。然後，有天他開始說我們在長島海峽北岸的新羅謝爾該買哪種房子，還說我們有天終會離開這醜惡的紐約。這時我才驚醒。（先說一聲，新羅謝爾沒有什麼不好，只不過我很清楚，哪怕我在新羅謝爾只住上一天，我都會想要親手扭斷自己的脖子。）

這件事情之後，我就逐漸找藉口避不見面。

不過，我們交往的時候，我還是很享受我與羅傑的床第之事。那不是全世界最讓人全身通電或最有創意的性關係，但效果還是不錯。我因此達到我之前跟西莉亞所說的「超越巔峰」境界。安潔拉，我可以輕易在性愛過程中說服我的身體解放，就算對象是最沒有吸引力的男人我也可以，這點總是讓我詫異。當然，羅傑就外表來說很有吸引力。他很帥氣（雖然我有時希望自己不要這麼容易受到帥哥影響，但我實在沒辦法，我就是喜歡帥哥），但他沒有擄獲我的心。然而，我的身體還是歡喜地與他相會。沒錯，這麼多年來，我發現我總能在床上達到盛大終曲，不只跟羅傑・艾德曼這樣，幾乎跟每個人都這樣。無論我的腦袋與心靈對他們有多冷淡，我的身體總以激情與歡愉回應。

完事之後呢？我總會要男人回他自己的家。

❧

也許我該停頓一下，解釋我在戰後又重新開始我的獵豔行動，同時熱情不減。雖然我把一九五〇年代的自己形容得像是專穿男裝、短髮、獨善其身的老處女，但讓我解釋一下，我不想結婚不代表我不想做愛。

當然，我還是很美。（安潔拉，我短髮一直都很好看，我寫信可不是要來騙妳的。）我帶著前所未有的深層飢渴走出戰爭。妳知道，我厭倦貧乏了。在造船廠辛勞工作的三年（同時也是獨身的荒漠三年）讓我的肉體不只累，也得不到滿足。戰後，我覺得我的身體不是為了那種生活而存在，我不是生來只有勞動、睡覺，隔天繼續勞動、睡覺的，完全沒有樂趣或激情。人生一定不只賣力工作而已。

所以我的胃口與世界和平一起回來了。而且，隨著我的成長，我發現我的口味變得更獨特、更有意思、更有自信了。我想探索，男人不同的慾望讓我著迷，他們每個人在床上展現的方式也很不一樣。我總會在性愛過程中發現誰會羞怯誰不會，這種感覺特別親密。（提示：永遠不是妳想的那樣。）男人在放縱時發出來的驚人聲音讓我感動。他們無窮無盡的各種幻想讓我好奇。他們上一刻撲向我，蓄勢待發，但下一刻隨即變得溫柔、沒有把握，這樣的轉變也讓我驚喜。

但我現在有行為準則了，或該說，我只有一條規矩，那就是，我拒絕與已婚男人上床。安潔拉，我很確定我不用向妳解釋原因。（但也許我的確需要解釋一下，因爲在愛德娜・帕克・華生的慘案之後，我拒絕因爲自己的衝動再次傷害另一個女人。）

就算是宣稱自己會離婚的男人，我也拒絕，因爲誰知道他們到底會不會離婚？我見過很多男人，每個看起來都像要離婚的樣子，但都沒有完成手續。我曾與一個男人進行晚餐約會，吃到甜點時，他告訴我他的確已婚，但他說那不算，因爲那是他的第四任妻子，妳怎麼能說這叫**結婚**？

我某種程度明白他的觀點，但答案還是不。

安潔拉，如果妳好奇我都在哪裡釣男人，我必須告訴妳，綜觀人類歷史，如果一個女人夠**隨便**，她想找男人上床，就不是什麼難事。

所以，一般而言，我在哪兒都找得到男人。但如果妳想要精確一點的答案，我通常都在葛羅夫納飯店吧檯尋覓對象，這間飯店就在第五大道與第十街的轉角。我喜歡葛羅夫納，那裡很有歷史，穩重又不浮誇，優雅內斂。酒吧窗邊有幾張鋪著白色桌巾的位子。我喜歡在漫長一天的縫紉工作結束後過去，差不多五、六點，坐在窗邊的座位，讀本小說，同時享受馬丁尼。

十次裡有九次，我就只是乖乖看書，喝酒放鬆，吧檯的男客人卻會點酒送來。而我跟對方之間就要看事情進行得如何，說不定關係會進一步昇華。

我能在短時間內判斷出這個人是不是我想進一步的對象。我一旦知道，就會立刻行動。我從來不會玩弄對方或欲擒故縱。而且，我就實話實說了，我通常都覺得對話很煩。安潔拉，戰後的美國是個可怕的地方，男人的問題在於他們每個人都在自吹自擂。美國男人不止贏了戰爭，他們還贏得**全世界**，他們爲此覺得驕傲得不得了。而他們就喜歡講這種事。我擅長啓動上床模式，減少閒聊。（「我覺得你很迷人，想去可以獨處的地方嗎？」）而且，我喜歡看男人面對美女公然邀請所浮現的詫異與喜悅，他們每次都會立刻開朗起來。我喜歡這種時刻，彷彿是妳把聖誕節帶進孤兒院一樣。

葛羅夫納飯店的酒保叫小柏，他對我很好。只要他看到我跟飯店房客離開，也就是與我一個小時前才認識的男子去搭電梯，他就會慎重低頭看他的報紙，假裝沒事。妳知道，在瀟灑的制服與專業態度背後，他其實相當放蕩不羈。他住在格林威治村，每年夏天會去卡茲奇山的天體營藝術村裸身畫水彩兩個禮拜。不消說，小柏不是那種會批判別人的人。如果哪個男人不請自來騷擾我，小柏就會出動，請這位先生別打擾小姐。我喜歡小柏，這麼多年來，我大概有機會跟他一夜春宵，但我不需要他當我的情人，我比較需要他成爲我的哨兵。

至於飯店房間裡的男人？我們會一起冒險，之後我們通常不會再見。我喜歡在他們講自己那些我不想聽的事情之前離開。

❧

安潔拉，如果妳好奇我有沒有愛過這些男人，答案是沒有。我有情人，但沒有愛情。某些情人變成男朋友，一些罕見的男朋友成了朋友（這是最好的結局），但我們之間沒有更進一步發展到妳所謂的眞愛。也許我並沒有尋找愛情，也許愛情放我一馬。至少在我見證到的狀況裡，最能顚覆一個人生命的莫過於眞正的愛情了。

我通常都滿喜歡他們的。我一度跟一個年輕人玩得挺愉快，他眞的很年輕，來自匈牙利的畫家，我是在第七軍團槍械庫看藝術展的時候認識他的。他叫作博湯，眞的涉世未深。我認識他那天就把他帶回家，就在我們要展開行動的當兒，他說他不用保險套，因爲「妳是一個好女人，我相信妳很乾淨」。我在床上坐直身子，開了燈，對這個年紀可以當我兒子的人說：「博湯，你聽好了。我是一個好女人，但我必須告訴你一件重要的事情，你千萬不能忘記，那就是，如果一個女人願意在認識你一個小時之後就帶你回家上床，這就代表她之前做過這種事。千萬千萬千萬要記得戴套。」

可愛的博湯，臉圓圓的，還有那傻乎乎的髮型！

然後是休，帶著女兒來店裡做婚紗的慈祥鰥夫。我覺得他很可愛，很迷人，在我們的商業行爲結束後，我將私人電話號碼塞給他，說：「你隨時想跟我共度一夜都歡迎打電話給我。」

看得出來我讓他尷尬了，但我實在不想放他走！

差不多兩年後，某個週六下午，我接到一通電話，是休打來的！他重新自我介紹，緊張到講得結結巴巴，他顯然不曉得該怎麼繼續這場對話。我對著話筒微笑，立刻解救他，說：「休，接到你的電話眞是太好了。你不用覺得不好意思，我說過隨時都歡迎。你何不立刻過來呢？」

如果妳好奇這些男人有沒有愛上我，這個嘛，有時會這樣。不過，我總有辦法勸退他們。對剛體驗過美好性愛的男人來說，他們都會相信自己戀愛了。而安潔拉，這個時候，我對床笫之事已經非常在行。我顯然已經練習夠了。（有次我對瑪嬌莉說：「我這輩子就會兩件事，上床和縫紉。」她則回說：「哎呀，寶貝，至少妳選對了賺錢的天賦。」）當男人對我動情時，我只會跟他們解釋，他們愛的不是我，只是性行爲而已，這話通常能讓他們冷靜下來。

如果妳好奇與這些古怪陌生男子的夜晚邂逅裡，我有沒有受過肢體上的危險，誠實的答案是肯定的。不過，這也無法阻止我。我已經盡量小心了，但在選擇男人的時候，我就是憑直覺。有時，我會選錯人。這種事注定會發生。有時，關上門後，狀況變得比我偏好得更粗暴、更危險。不常發生，但偶爾會這樣。遇上這種事，我會跟經驗老到的水手開船駛過壞天氣一樣撐過去。我不曉得還能怎麼解釋。當我偶爾經歷這種不愉快的夜晚時，受傷的感覺都不會持續太久，危險的威脅也從未阻擋我。這是我願意承擔的風險，對我來說，自由比安全更重要。

如果妳好奇我混亂的男女關係有沒有讓我良心不安？我可以老實回答妳，答案是否定的。我相信我的行為讓我**與眾不同**，因為其他女人似乎不會這樣，但我不相信這樣我就成了**壞女人**。

提醒妳一聲，我之前覺得自己很壞。在戰爭困苦的那幾年裡，我還背負著愛德娜·帕克·華生那件事的恥辱，「淫蕩的賤貨」這五個字時常出現在我的心頭。不過，等到戰爭結束，我就徹底放下了。我覺得也許跟我哥的死有關，我痛苦相信華特死前根本沒有好好享受過他的人生。這場戰爭讓我明白，生命充滿危險，同時也倏忽即逝，因此趁妳還在的時候，何必拒絕享樂或冒險呢？

我可以花後半輩子的時間證明我是一個**好女孩**，但這樣背叛了我的本質。我相信就算我不是**好女孩**，我也算是好人。不過，我的胃口就是這樣。所以我放棄了剝奪自己眞正想要的東西，想辦法讓自己開心。只要我避開已婚男人，我覺得這樣我就不會造成傷害。

總之呢，在女人生命的某些時刻裡，她會厭倦一直沉溺在羞愧中。

之後，她才能解脫，活出她眞正的本質。

28

至於女性朋友，我有很多。

當然，瑪嬌莉是我最好的朋友，佩佩與奧莉永遠是我的家人，但我跟瑪嬌莉身邊還有很多其他的女人。

瑪蒂，紐約大學文學系博士候選人，聰明又風趣，我們有一次在免費的演唱會上認識她；凱倫，當代藝術博物館的櫃台接待員，想成爲畫家，也是瑪嬌莉在帕森學院的同學；羅雯，婦科醫生，我們都很佩服，也覺得她很好用；蘇珊，小學老師，對現代舞充滿熱情；街角花店老闆娘凱莉；家境富裕、什麼大事也沒幹過的阿妮塔，卻弄得到格拉梅西公園的盜版鑰匙，所以我們永遠感激她。

還有其他女性，她們出入我的生活。有時，我們會因爲婚姻而失去老朋友；有時，我們會因爲離婚而找到新朋友；有時，女人會搬離紐約；有時，她會搬回來。生命的潮水起起落落，朋友圈擴張又縮減，然後再次擴張。

不過，我們這些女人的聚會地點永遠是同一個地方，也就是我們位於第十八街的頂樓，要從我臥室窗外的防火梯才上得去。我跟瑪嬌莉拖了幾把便宜的摺疊椅上去，只要天氣好，傍晚就跟我們的朋友一起待在頂樓。一個個夏天過去，我們的女人聚會就在號稱是紐約市星空的燈光下展開，抽菸，喝品質不佳的葡萄酒，聽著電晶體收音機的音樂，向彼此分享生命裡大大小小的問題。

在一年無風的炙熱八月裡，瑪嬌莉想辦法拖了一台大型直立式風扇上來。她用工業用的超長延長線一路從我的廚房插座連上來。我們其他人認爲，此舉根本讓她成爲達文西等級的天才。我們坐在電扇的人工微風之中，拉起上衣，讓胸部出來透透氣，假裝我們是在什麼充滿異國情調的海邊。

這是一九五〇年代裡，我最快樂的回憶之一。

我就是在我們小婚紗精品店的屋頂學到這件事：當女人待在一起，周遭沒有男人的時候，她們可以不必費力去做什麼，她們可以做自己就好。

接著在一九五五年，瑪嬌莉懷孕了。

我一直擔心最後懷孕的人是我，顯然聰明的人都會把籌碼壓在我身上，但懷孕的人是可憐的瑪嬌莉。

凶手是瑪嬌莉已婚的老藝術教授，他們的婚外情已經長達好幾年。（雖然瑪嬌莉大概會說「搞出人命」的凶手是她自己，她白費這麼多青春在一個已婚男人身上，這位先生不斷承諾，如果瑪嬌莉「不要再表現得這麼猶太人」，他就會爲了她拋下妻子。）

一晚，大家都在屋頂時，她告訴我們這個消息。

「妳確定嗎？」婦科醫生羅雯問：「妳要不要來我診所檢查一下？」

「我不用檢查。」瑪嬌莉說：「我的月經已經翹頭了。」

「翹多久了？」羅雯問。

「呃……我的月經不是很規律，但應該也有三個月了？」

聽到她們的夥伴意外懷孕，在場的女人都陷入沉默。這是很嚴重的事情。我感覺得出來，在瑪嬌莉繼續說下去之前，大家都不想出聲。我們想知道她有什麼計畫，這樣我們才能支持她，無論這個計畫是什麼。不過，她只是靜靜坐著。丟下震撼彈後，她沒有提供進一步的資訊。

最後，我問：「喬治怎麼說？」喬治當然就是排擠猶太人的已婚藝術教授，顯然他很愛跟猶太女孩上床。

「妳怎麼會覺得是喬治的？」她打趣道。

我們都曉得孩子是喬治的，永遠都是喬治，當然是喬治。多年前她還是他當代歐洲雕塑課堂上天真的學生時，她就迷上他了。

然後她說：「不，我還沒有告訴他。我覺得我不會跟他講。我不想跟他繼續交往了，我要就此分手。如果沒別的原因，懷孕正好是別再跟喬治繼續上床的好理由。」

羅雯直接問到重點：「妳有考慮墮胎嗎？」

「不，我不墮胎，或該說，也許我該墮胎，但已經來不及了。」

她點起另一根菸，喝著另一杯酒，因爲一九五〇年代的懷孕就是這麼回事。

她說：「我在加拿大找到一個地方，有點像是未婚媽媽之家，但比較高級。妳可以有自己的房間什麼的。就我的理解是他們的客群年紀比較大，都是有錢人。快要生產，快瞞不住的時候，我就會去那裡。跟別人說我去度假吧，雖然我這輩子從來沒有度假過，大概沒有人會相信我，但我也只能這麼做。他們甚至說可以替孩子找到猶太人家庭，只不過他們在加拿大要去哪兒找猶太人家庭？誰知道呢？總之，我不在乎宗教，妳們都知道的。只要是個好家庭就夠了。那個機構看起來還不錯，滿貴的，但我花得起。我會拿巴黎基金出來。」

典型的瑪嬌莉，在找朋友求救前就已經想好解決方案，她的計畫聽起來挺不錯的。不過，我覺得心痛。瑪嬌莉完全不想要小孩。她跟我已經存錢存了好幾年，打算要一起去巴黎。只要錢存夠了，我們會在八月時休店整整一個月，搭上「伊利莎白皇后號」郵輪前往法國。這是我們共同的夢想。我們工作了這麼多年，週末也沒得休息，旅費已經存得差不多了，結果現在卻變成這樣。

我當下就知道我會跟她一起去加拿大。需要多久，我們就會關閉 L'Atelier 多久。無論她去哪，我都會跟她一起去。我會陪她一起把孩子生下來。我會把去巴黎的那一份錢拿出來買一輛車。她需要什麼我都願意做。

我把椅子拖到瑪嬌莉旁邊，牽起她的手，說：「親愛的，這個計畫聽起來很精明，我會陪妳一起過去的。」

「聽起來很精明，是吧？」瑪嬌莉又抽了一口菸，她望向周遭的朋友。每個人臉上都掛著同樣愛憐、同樣驚恐的神情。

然後，最出乎意料的事情發生了。瑪嬌莉忽然朝我笑了笑，露出看起來有點瘋癲、歪嘴的笑容，說：「眞他媽的，但我覺得我不會去加拿大。噢，天啊，薇薇安，我眞是腦子壞掉，但我剛剛決定了。我有更好的想法，不，不是更好，但是個不一樣的想法。我要留住這孩子。」

「妳要留住孩子？」凱倫的詫異寫在臉上。

「那喬治呢？」阿妮塔問。

瑪嬌莉抬起下巴，看起來像難搞的輕量級拳擊手，她一直都像輕量級拳擊手。「我不需要臭喬治。我跟薇薇安可以自己養這個孩子，對不對，薇薇安？」

我只考慮了一下。我了解我的朋友，一旦她做出決定，一切就定案了。她會想辦法繼續執行。而我會陪她一起執行，就跟平常一樣。

於是，我再次對瑪嬌莉．勞斯基說：「好，咱們就這麼做吧！」

我的人生也因此再次徹底轉變。

於是，安潔拉，我們就這麼決定。
我們有了個孩子。
這孩子就是我們漂亮、棘手、嬌弱的小奈森。

她懷孕期間還不算糟，但分娩時宛如恐怖電影。他們最後採用剖腹生產，但那是在她生了十八個小時還生不出來後決定的。過程中，他們眞的把她一刀剖開，然後她血流不止，他們擔心會失去她。手術時，手術刀戳到寶寶的臉，差點戳瞎他一隻眼睛。然後瑪嬌莉感染了，在醫院又待了將近一個月。

一切都很吃力。

我還是覺得醫院出這些亂子都是因爲奈森是他們所謂的「非婚生子女」（在一九五〇年代，這用詞是用客氣卻帶有惡意的方式指稱「雜種」）。結果呢？醫生在瑪嬌莉生產時並沒有特別用心，護理師也不太和善。

瑪嬌莉的產後恢復期都是我跟我們的女性友人在照顧她。瑪嬌莉的家人出於跟護理師同樣的理由，不想與她跟孩子有所牽連。也許這種狀況聽起來非常不友善（的確如此），但妳實在很難想像當時對於非婚生子女的母親汙名化有多嚴重，就算是在自由的紐約亦然。就連瑪嬌莉這種成熟的女人，有自己的事業，有自己的房子，懷孕時沒有丈夫就是**不知羞恥**。

我要說的是，她真的很勇敢，而且她都靠自己的力量。因此，我們的朋友圈盡力照顧瑪嬌莉與奈森，能有這麼多支持眞的很棒。我不能一直在醫院裡陪瑪嬌莉，因爲在她恢復期間，我必須照顧孩子。我根本不曉得我在幹嘛，一切也跟恐怖電影一樣。我從小的生活環境裡就沒有奶娃，我也根本不想要小孩。我沒有什麼照顧小孩的本能或才華。而且，瑪嬌莉懷孕期間，我根本懶得去了解小孩。我甚至不曉得他們吃什麼。在原定計畫裡，奈森不是我的小孩，他是瑪嬌莉的小孩，而我只要加倍努力賺錢養活我們三人就好。不過，在他生命的第一個月，他是我的寶寶，我必須道歉，抱他的這雙手一點也不會照顧小孩。

而且，奈森很難帶。他腸胃不好，常肚子痛，體重太輕，要讓他吃奶瓶非常困難。他有嚴重的乳痂和尿布疹（「從頭到尾都有災難。」這是瑪嬌莉說的），而我完全沒辦法消除他的症狀。我們在L'Atelier的助理們已經盡力打點店面，但時值六月婚禮季節，我多少必須回去工作，不然店裡就徹底停擺了。我也必須在瑪嬌莉缺席時完成她的工作，但我每次只要放下奈森開始工作，他就會尖叫，直到我再次把他抱進懷裡。

一天早上，一位準新娘的媽媽看到我的煎熬，便告訴我一位義大利老太太的資訊，這位太太在她的雙胞胎外孫出生時，幫忙照顧過她另一個女兒。上了年紀的老保母叫作帕兒瑪，她根本就是米迦勒及所有天使的化身。我們請帕兒瑪擔任奈森的保母好多年，她眞是救了我們一命，特別是壯烈的第一年。不過帕兒瑪很貴。事實上，關於奈森的一切都很花錢。他是一直生病的奶娃，他是一直生病的小小孩，然後他是一直生病的小男孩。我敢發誓，在他五歲前，他待在醫生診間的時間遠超過在家。任何小孩能夠染上的問題，他都發過。他呼吸系統不是很好，要經常使用青黴素，他的腸胃因此不舒服，然後他又不吃東西，惡性循環。

我跟瑪嬌莉必須額外努力工作才能應付開銷，現在我們有三個人，其中一人又常常生病。所以我們只能更賣力工作。

妳不會相信在這幾年裡，我們做出多少件禮服。感謝上帝這時結婚的人是史上最多。

我們再也沒有談起要去巴黎。

時間過去，奈森歲數長大，但身體沒有長大多少，還是一團小東西。他好可愛，心軟又溫柔，但容易緊張受驚。而且總是生病。

我們很愛他，不可能不愛他，他是個小甜心。妳不可能碰到比他更善良的小傢伙了。他永遠不惹事，也不會不聽話。問題在於他實在太脆弱了。也許我們抱他抱太久了，大概就是因爲我們抱他抱太久。咱們老實說吧，這個孩子在婚紗精品店長大，身邊總有一堆女人（客人和員工都是女性），這些女人都願意縱容他的恐懼與依戀。（「噢，薇薇安，他長大以後會變成酷兒啦。」有次瑪嬌莉看到他在鏡子前面比畫頭紗的時候這麼說。這話也許聽起來很嚴厲，但瑪嬌莉說這話也很公平，我們實在很難想像奈森長大之後成爲酷兒以外的人。我們都會開玩笑說，在他的生命裡，唯一的男性人物是奧莉。）

奈森快滿五歲時，我們才發現他沒辦法去上公立學校。他就算渾身濕透也不過十二公斤，周遭其他孩童都會讓他處於警戒狀態。他不是那種會打棍球、爬樹、丟石頭、擦破膝蓋的男孩。他喜歡拼圖，他喜歡看書，只要不是可怕故事就好。（《海角一樂園》：太可怕。《白雪公主》：太可怕。《讓路給小鴨子》：這本可以。）奈森這種孩子在紐約市的公立學校一定會遭人欺負。我們想像彪形城市惡霸把他當麵團捶打，眞是想到就覺得可怕。於是我們替他註冊了私立的友誼學校（一年學費兩千塊，謝謝），這樣溫和的貴格會教派才能賺我們的血汗錢，教我們的孩子如何成爲一個不暴力的人。是說這對他而言本來就不是什麼問題啊。

我們教奈森，如果其他孩童問起他爸，就說：「我爸死於戰爭。」這根本不合理，因爲奈森是一九五六年出生的，但我們覺得幼稚園小朋友的數學沒這麼好，所以這個答案還能擋住他們一陣子。等到奈森長大，我們就得想出新的說法。

在一個明亮的冬日，奈森差不多六歲了，我跟瑪嬌莉坐在格拉梅西公園看著他玩。我正在做禮服上衣的珠飾細活，瑪嬌莉想看一下《紐約書評》雜誌，但風一直吹打她的紙頁。瑪嬌莉穿了一件斗篷（令人眼花撩亂的紫紅色、芥末色格紋），還有鞋尖誇張上翹的土耳其鞋，頭上纏著白色飛行員絲巾，看起來像是牙痛的中世紀公會成員。

我們一度停下手邊的活動，看著奈森。他小心翼翼地在小路上用粉筆畫火柴人，但一些鴿子嚇到他，完全無害的鴿子，正在忙牠們自己事情的鴿子，距離奈森所坐位置好幾公尺外、正在啄地面的鴿子。他沒有繼續塗鴉，反而僵在原地。我們看著男孩睜大雙眼，害怕地望著那些鳥。

瑪嬌莉壓低聲音說：「看看他，他什麼都怕。」

「沒錯。」我同意，因爲這是眞的，他眞的什麼都怕。

她說：「我替他洗澡，他以爲我想淹死他。這種母親淹死小孩的說法他是打哪兒聽來的？他怎麼會有這種想法？薇薇安，妳沒有想過在洗澡時淹死他吧？」

「我應該可以確定沒有，但妳曉得我生氣的時候……」

我只是想逗她笑，但這招不管用。

「我不懂這個小孩。」她說，她滿臉憂愁。「他連他的紅帽子都怕，我猜是顏色的關係。我今早想讓他戴紅帽子，結果他哭了。我只好讓他戴藍色的帽子。薇薇安，妳知道嗎？他徹徹底底毀了我的人生。」

「噢，瑪嬌莉，別這麼說。」我大笑起來。

「不，這是眞的，薇薇安。他毀了一切。咱們老實說吧，我早該去加拿大，把他送給別人領養。這樣我們口袋裡還會有點錢，我還會是自由的。我晚上就能好好睡覺，不用聽他咳嗽。我就不會成了生下私生子的墮落女人。我就不會這麼累。也許我就有時間可以畫畫。我也還會有能見人的身材，也許我還能交男朋友。咱們打開天窗說亮話吧，我根本不該留下這孩子。」

「瑪嬌莉！別說了，妳不是認眞的。」

但她還沒說完。「不，薇薇安，我**是**認眞的。他是我這輩子做過最糟糕的決定。妳無法否認這點，誰都無法否認這點。」

我開始覺得很擔心，但她又說：「唯一的問題在於，我太愛他了，我實在無法忍受。我是說，**妳看看他**。」

他就在那兒，令人感動的瘦小男孩，想要躲開所有的鴿子（在紐約市公園這可不容易）。咱們的小奈森穿著他的防雪衣，嘴唇乾裂，滿臉因爲濕疹而紅通通的。他那張可愛、消瘦的小臉驚恐地張望，希望有人能夠保護他不受那些三百克重、無視他存在的小鳥傷害。他很完美，他是玻璃纖維打造的。他是一場小災難，而我愛他。

我望向瑪嬌莉，看得出來她哭了。這很不得了，因爲瑪嬌莉從來不哭。（哭哭啼啼是我的專利。）我從來沒有看過她這麼懊悔，這麼疲憊。

瑪嬌莉說：「妳覺得如果奈森不要這麼猶太人，他老爸會不會有天把他帶走？」

我捶了她手臂一下。「夠了，瑪嬌莉！」

「薇薇安，我只是好累，但我很愛這個孩子，我覺得這份愛要把我撕扯成兩半了。這是什麼鬼把戲？他們就是這樣用孩子毀了母親的一生嗎？用計讓媽媽這麼愛小孩？」

「也許喔，這招挺不錯的。」

我們又看了奈森，看著他勇敢面對無害、無視於他的休息鴿子。

過了長長的靜默後，瑪嬌莉說：「嘿，別忘了我兒子也毀了妳的人生。」

我聳聳肩。「算是有一點吧，但我不在乎。是說我也沒有什麼更重要的事情要做啦。」

❧

時光飛逝。

紐約持續改變。曼哈頓中城凋零發霉，邪惡又骯髒。我們再也不去時代廣場了，那裡根本就是公共廁所。

一九六三年，華特·溫切爾失去了他的報紙專欄。

死亡開始降臨我的生活圈。

一九六四年，比利姑丈在好萊塢驟逝，他在比佛利山莊飯店與一名小明星用餐時心臟病發。我們都認為這的確是比利·布威爾想要的死法。（「他隨著香檳之河飄走了。」這是佩佩說的。）

十個月後，父親過世了。恐怕我必須說他沒有死得那麼平靜。一天下午，他從鄉村俱樂部開車回家，因爲凍雨打滑，撞上一棵樹。他撐了幾天，但因緊急脊椎手術後的併發症而死。

父親死時相當憤怒。他不再是工業界的巨擘，他已經失去這個身分好幾年了。戰後他就失去了他的赤鐵礦礦場。他與工會激進分子陷入激烈纏鬥，讓公司一敗塗地，他幾乎花光所有家產，只爲了與他的工人對簿公堂。他對協商採取焦土政策的態度：*如果我不能掌控這門生意，那其他人也不行*。他死時沒有原諒美國政府送他兒子上戰場、工會奪走他的生意，或摩登世界在這幾十年間慢慢侵蝕摧毀他緊抓不放的老派狹隘信念。

我、佩佩、奧莉、瑪嬌莉與奈森，我們全都前往克林頓參加葬禮。我朋友瑪嬌莉古怪的打扮與古怪的孩子似乎默默嚇著了母親。母親在這幾年間成了非常不快樂的女人，她對任何人的善意都沒有反應。她根本不希望我們造訪。

我們只待了一個晚上就急忙趕回紐約。

反正現在紐約才是我的家，這麼多年來一直如此。

時光繼續飛逝。

安潔拉，過了某個年歲後，時間如同三月的細雨滴答流逝，等妳回頭，才會詫異發現光陰已經消逝這許多。

一九六四年的某一夜，我正在看傑克·帕爾的電視節目。我心不在焉，因爲我正在拆解一件比利時婚紗，還要費心在過程中不破壞古老的纖維。然後廣告了，我聽到一個熟悉的女聲，粗啞、莽撞、充滿嘲諷意味，道地紐約市口音的菸嗓。在我的腦子想到之前，那聲音就像深水炸彈，在我內心引爆。

我抬頭望向電視螢幕，看到一個粗壯的栗色頭髮女人，胸部挺立豐滿，用她滑稽的布朗克斯口音嚷嚷她關於地板蠟的煩惱。（「我要搞定我那幾個瘋小孩還不夠，現在還要面對這黏答答的地板!?」）從外表來看，她可以是任何一個深色頭髮的中年女子，但我到哪兒都認得出這個聲音，那是西莉亞·雷！

多年來，我常常想起西莉亞，出於愧疚，出於好奇，出於焦慮。我想像的她下場都很糟。在我最黑暗的幻想裡，故事是這樣的：被百合劇場趕出去後，西莉亞過著墮落又自毀的生活。也許最後死在街上，她原本不費力氣就能控制的男人殘忍殺害了她。其他的時候，我會想像她成了上了年紀的妓女。有時，當我在街上經過醉醺醺的中年女子身邊，而她看起來有如**一團爛泥**（實在沒有別的字眼可以形容），我就會想，這人是不是西莉亞？她會把頭髮漂得這麼金，看起來如此毛燥，還泛著橘色嗎？她是那邊那個踩著搖搖欲墜高跟鞋，雙腿暴露在外，腿上佈滿青筋的女人嗎？那個眼下帶著烏青的女人是她嗎？那個在翻垃圾桶的女人是她嗎？那個紅唇都垮掉的女人是她嗎？

但我錯了，西莉亞還好好的，不只好好的，她在電視上賣地板蠟！噢，那個固執、堅定的倖存者。她還努力想要站在聚光燈下。

我再也沒有看過那段廣告，我也沒有想要聯絡西莉亞。我不想介入她的生活，我曉得我不應該假設我跟她之間還有什麼共通點，我們從一開始就沒有眞正的共通點。無論有沒有那件醜聞，我都相信我跟她之間的友誼是短暫的，只是兩個年輕虛榮女孩在美貌的巓峰、智慧的谷底相遇，而兩人公然利用彼此換取身分地位，把男人迷得神魂顚倒。那一切僅此而已，那一切很完美，那一切就只需要是如此。我在之後的人生裡找到更深厚的女性友誼，而我希望西莉亞也能找到。

所以，不，我沒有找過她。

但那天晚上，我在電視上聽到她的聲音，實在說不出我有多歡喜、多驕傲。

我想要歡呼。

各位，二十五年後，西莉亞・雷還在演藝圈呢！

29

一九六五年夏末，佩佩姑姑收到一封有趣的信。

發信人是布魯克林造船廠的負責人，信內解釋造船廠很快就會永久關閉。紐約正在轉變，而海軍認為在如此昂貴的都會地區繼續經營造船工業實在不可行。關廠前，他們想舉辦一場紀念活動，再次拉開柵門，頌揚二戰時期英勇工作的布魯克林工人。因為正值戰爭結束二十週年，這種紀念活動似乎別具意義。

負責部門翻出檔案，在老舊文件中找到佩佩的名字，發現她列為「獨立娛樂承包商」。他們透過紐約的稅務紀錄找到她，好奇布威爾太太是否考慮在造船廠紀念活動上製作一場小小的表演節目，來頌揚戰時勞工的成就？他們想找懷舊的表演，大概二十分鐘左右，帶著戰時風格的老派歌舞表演。

好，佩佩一定樂得接下這份工作，唯一的問題在於，她健康狀況不佳。她那高大的身體已經開始衰敗。她有肺氣腫，她抽了一輩子的菸，這可不意外，而且她還有關節炎，視力也在退化。她是這樣解釋的：「小鬼頭，醫生說我沒什麼毛病，但我也沒有什麼沒有毛病的地方了。」

幾年前，她因爲健康惡化，已從高中退休，出門也不太方便了。瑪嬌莉、我和奈森一週會去找她及奧莉共度晚餐幾次，佩佩所謂的樂子，現在僅此而已。多數夜晚，她會閉著眼睛，躺在沙發上，努力喘息，而奧莉負責唸體育版新聞給她聽。所以，不幸的是，佩佩實在無法去布魯克林造船廠製作紀念節目。

但我辦得到。

❧

這比我想像中簡單，而且有趣得多。

過去我幫忙製作了幾百場節目，我猜我還抓得住訣竅。我花錢請奧莉高中戲劇社的學生來當我的演員與舞者。蘇珊（我那位熱愛現代舞的朋友）說她可以負責編舞，但舞蹈本身不用太複雜。我請街上教堂的管風琴手來幫忙，請他寫些簡單、老派的歌曲。當然，服裝由我負責，但也夠簡單了，男孩女孩只要穿上吊帶褲或連身工作服即可。紅色手帕綁在女孩頭上，紅色手帕繫在男孩脖子上，看！他們就是一九四〇年代的工廠工人。

一九六五年九月十八日，我們把所有的舞台道具通通拖來老舊殘破的造船廠，準備開演。那天水邊天氣清朗，風很大，港灣不斷吹起的風持續將人的帽子吹走。不過還是來了不少人，整個活動充滿嘉年華會般的氣氛。海軍樂隊演奏起老歌，婦女援軍機構還準備了餅乾與飲料。

幾位高級海軍將領聊起我們怎麼打贏那場戰爭，還有我們之後會如何贏得每一場戰役。二戰時期第一位得到焊接工證照的女性發表了簡短、緊張的談話，語氣之怯懦，妳根本不會想到她竟是如此了不起的人。膝蓋龜裂的十歲女孩唱起國歌，她所穿的洋裝此時不保暖，明年就不合身了。

接著就是我們的小節目。

❦

造船廠的負責人請我自我介紹，順便解釋一下我們的劇碼。我不是很喜歡公開發言，但我還是撐過來了，沒出什麼洋相。我告訴觀眾我是誰，戰時我在造船廠的角色爲何。我開了個小玩笑，說「阿三食堂」的東西很難吃，這話博得一些零星的笑聲，他們還記得。我感謝觀眾席裡的退伍軍人爲國服務，以及布魯克林做出犧牲的家家戶戶。我說我的哥哥也是一名海軍軍官，他在戰爭的最後幾天裡失去了生命。（我擔心我沒辦法好好講完這一段，但我還是沉著完成。）接著，我解釋起我們要重新打造典型的政令宣導戲碼，希望現場觀眾能夠像昔日午休工人一樣，覺得士氣高昂。

我所寫的節目是造船廠生產線上典型的一天，在布魯克林打造戰艦。扮演工人的高中生穿著連身工作服，爲了民主世界的安全歡快地又唱又跳。爲了贏得觀眾的歡心，我在劇本裡點綴了一下，加入一些我希望舊時造船廠工人還記得的俚語對話。

「將軍的座駕來了！」一個年輕女演員如是說，手裡還推著一輛獨輪小推車。

「別挑了！」一個女孩對著另一角色這麼說，因爲後者正在抱怨工時太長，環境太糟。

我的工廠經理叫高布雷克先生（Mr. Goldbricker），舊時的勞工一定會明白（goldbricker 這個字是大家都喜歡的造船廠俚語，意思是「工作馬虎的人」）。

聽著，這不是田納西．威廉斯[38]的劇作，但觀眾似乎滿喜歡的。而且，高中話劇社成員也演得很開心。不過呢，對我來說，最棒的是看到我那十歲的小甜心、我最心愛的男孩奈森跟他媽媽坐在第一排，用驚喜與讚嘆的表情看這齣戲，妳會以為他是在看馬戲團呢。

我們的大高潮結尾是一首名為〈沒時間喝咖啡〉的歌，強調造船廠必須不計一切代價按表操課。這首歌有一段讓人琅琅上口的歌詞：「就算有咖啡，也沒牛奶配，戰爭配給讓咖啡變好貴！」（我不想吹牛，但這俗氣又討喜的歌完全是我一個人寫的，所以柯爾．波特可以閃一邊去啦。）

然後我們幹掉了希特勒，這齣戲就結束了，大家都開心。

⁂

就在我們送劇組與道具上我們為了今天借來的校車時，一名身穿制服的巡警走了過來。

「女士，可以耽誤妳一會兒嗎？」他問。

「當然可以。」我說：「抱歉我把車停在這裡，但我們馬上就會走了。」

「可以請妳離開車輛嗎？」

他看起來相當嚴肅，我因此擔心起來。我們做錯了什麼？我們難道不該架舞台嗎？我以為我們獲准做這些事。

我跟著他走向他的巡邏車，他靠在車門邊，用相當沉重的目光盯著我看。

「我聽了妳早先的演講。」他說：「我有沒有聽錯，妳說妳是薇薇安・莫里斯？」他的口音證實他是在地的布魯克林人。從他的聲音聽來，他很可能就出生在這一塊泥巴地上。

「沒錯，先生。」

「妳說妳哥哥死於戰爭？」

「對。」

巡警摘下帽子，用手順了順頭髮。他雙手顫抖。我在想他是不是也是退役軍人，他年紀正巧。有時他們就會這樣發抖。我更仔細端詳他，高個子，約莫四十五、六歲，好瘦好瘦，小麥色的皮膚，還有大大的深咖啡色雙眼，眼睛下方的黑眼圈及眼周充滿擔憂的紋路讓他的眼珠子看起來顏色更深。然後，我注意到看起來像燙傷的痕跡，一路爬向他的右側頸部。一條一條的疤痕，紅色、粉紅色，帶點黃色的扭曲皮肉。現在我確定他是退伍軍人了。我覺得他會跟我分享他的戰爭故事，而且是相當駭人的故事。

但他接下來的話讓我震驚。

「妳哥哥是華特・莫里斯，對嗎？」他問。

此刻我驚覺自己才是在顫抖的人。我差點腿軟。我上台講話時完全沒有提到華特的名字。

在我開口前，巡警說：「女士，我認識妳哥哥，我跟他一起在『富蘭克林號』上服役。」

38　湯瑪斯・拉尼爾・威廉斯三世（Thomas Lanier Williams III, 1911—1983），以筆名田納西・威廉斯（Tennessee Williams）聞名於世，二十世紀美國最重要的劇作家之一。他的《玫瑰刺青》於一九五二年獲東尼獎最佳戲劇的殊榮。

我伸手掩口，想要阻止不由自主的微小嗚咽從我喉頭爬起。

「你認識華特？」雖然我極力控制自己的聲音，但我的話語仍哽咽破音。「你在那裡？」

我沒有進一步解釋我的問題，但顯然他懂我的意思。我是在問他：一九四五年三月十九日，當神風特攻隊的飛行員一頭撞在「富蘭克林號」航空母艦的飛行甲板上，引爆油艙，點燃甲板上的飛機，將整艘船化為一顆大炸彈的時候，你就在那裡？我哥哥與其他八百名軍人身亡的時候，你就在那裡？我哥哥葬身大海的時候，你就在哪裡？

他連忙點了好幾下頭，緊張、顫抖地點頭。

對，他就在那裡。

我要我的眼睛不能再次望向男人脖子上的燙傷痕跡。

我還是看過去了，眞該死啊。

我別過頭，現在我不曉得該聚焦何處。

男人看到我如此尷尬，他也變得更緊張。他的神情可以說是相當驚慌。他似乎心煩意亂。他要麼就是擔心自己惹我不高興，要麼就是重返了他的人生噩夢，也許兩者一起發生吧。我注意到他的神色，於是整理好情緒，深呼吸，接下這個任務，要讓這位可憐的男人舒暢一點。畢竟，相較於他所經歷過的一切，我的傷痛算得了什麼？

「謝謝你告訴我。」我用比較平穩的聲音說話：「抱歉我的反應太失禮了。我只是很詫異這麼多年之後還會聽到哥哥的名字，但能夠認識你眞是我的榮幸。」

我把手擺在他的手臂上，想輕捏他表示感激。他卻整個人畏縮起來，彷彿我剛剛攻擊了他一樣。我緩緩抽開手。他讓我想起媽媽很會應付的那種馬，容易激動的馬，容易提心吊膽的馬，膽小又不安的馬，只有她能處理牠們。我本能地稍微後退，將手放到身側。我想讓他知道，我不成威脅。

我換個方法。

「水手，你叫什麼名字？」我用更爲溫柔的語氣問，幾乎是在哄他。

「我叫法蘭克・格雷柯。」

他並沒有伸手想與我握手，所以我也沒有伸手。

「法蘭克，你跟我哥哥很熟嗎？」

他再次點頭，這次又是緊張地點頭。「我們都是飛行甲板的軍官。華特是我的分隊長。我們一起在預官學校受訓三個月，一開始分發到不同單位，但戰時最後都在同一艘船上。那時他的軍階已經比我高了。」

「噢，好。」

我不太確定這段話是什麼意思，但我希望他繼續說下去。站在我面前的男人認識我哥哥，我想徹徹底底了解這個人。

「法蘭克，你在這附近長大嗎？」我問，從他的口音已經曉得答案了，但我還是想盡量讓他覺得自在一點。我先問他幾個簡單的問題。

又來了，又是顫抖地點頭。「南布魯克林。」

「你跟我哥是好朋友嗎？」

他面露難色。

「莫里斯小姐，我要告訴妳一件事。」巡警再次摘下帽子，用顫抖的手指順過自己的頭髮。「妳不認得我了，對不對？」

「我爲什麼會認得你？」

「因爲我們老早就認識了。女士，請別走開。」

「我爲什麼要走開？」

「因爲我跟妳在一九四一年就見過了。」他說：「我就是開車送妳回妳父母家的人。」

過往席捲而來，彷彿是沉睡中的巨龍驚醒，其中的熱浪與力量讓我覺得頭暈。在令人眩目的閃光裡，我看到愛德娜的臉、亞瑟的臉、西莉亞的臉、溫切爾的臉。我看到自己年輕的面容出現在那輛破爛福特後座，充滿羞恥與憔悴。

這個人就是**司機**。

就是他，這個人當著我哥的面說我是淫蕩的賤貨。

「女士。」他說，現在他才是伸手拉我的人。「請別走開。」

「別再說這句話了。」我的聲音破音了。他爲什麼一直叫我別走開，我明明就沒有走開啊，我只是希望他不要再這樣講了。

但他又說：「女士，請留步，我必須跟妳談談。」

我搖頭。「我不能——」

「妳必須理解，我很抱歉。」他說。

「可以請你放手嗎？」

「抱歉。」他又道歉，但他放開了我的手。

我有什麼感覺？

厭惡，全然的厭惡。

不過，我實在分不清我是在厭惡他還是厭惡我自己。無論對象爲何，這種感覺都來自我以爲自己深埋已久的羞恥之中。

我恨這個人，我的感覺就是這樣，恨。

「我只是個蠢孩子。」他說：「我當時不曉得該怎麼應對。」

「我眞的必須走了。」

「薇薇安，請別走。」

他提高音調，這點讓我不安，但聽到他喊我的名字，感覺反而更糟。我恨他知道我的名字。我恨他今天看著我上台，全程清楚知道我是誰，對我有這種了解。我恨他看見我提哥哥時的哽咽。我恨他大概比我還了解我哥。我恨華特當時在他面前攻擊我。我恨這個男人曾說我是淫蕩的賤貨。他以爲他是誰，過了這麼多年之後，能夠這樣出現在我面前？憤怒與噁心的感覺全攪和在一起，這種感覺讓我挺直腰桿，我現在就必須離開。

「還有一車的孩子在等我。」我說。

我開始撤退。

「薇薇安，我必須跟妳談談！」他追著我喊：「拜託！」

但我走上校車，留他一個人站在他的巡邏車旁邊，帽子握在手裡，如同乞求救濟的男人。

而安潔拉，這就是我正式與妳父親認識的過程。

⁂

不知怎麼著，我還能夠完成那天需要做的一切工作。

我送孩子們回高中，幫忙將道具搬下車。我們把校車停回停車場。我跟瑪嬌莉與奈森一起散步回家，這小男孩一路上不斷說著他有多愛我們的節目，還說他長大後想去布魯克林造船廠工作。

當然，瑪嬌莉看得出來我心情不好。她一直越過奈森的腦袋望著我，但我只是對她點點頭，告訴她我沒事，但我明明就有事。

然後，等到我一能脫身，我就直直跑去佩佩姑姑家。

我從來沒有跟任何人說過一九四一年那趟回克林頓車程中發生的事情。

沒有人曉得我哥哥是怎樣徹頭徹尾地修理我，用斥責的話語將我開膛破肚，他的反感如同傾盆大雨，打在我身上，毫不留情。我顯然沒有告訴過任何人我的雙重恥辱，因爲這些話是當著一個目擊證人、一個陌生人講的，而這傢伙居然火上加油，給我致命的一擊，說我是淫蕩的賤貨。沒有人曉得華特將我從紐約市拯救出來，卻把我像垃圾一樣扔在父母家門口，他覺得我的行爲噁心至極，甚至無法多看我的臉一會兒。

但現在我急忙跑去薩頓廣場，要把這個故事說給佩佩聽。

我發現姑姑躺在沙發上，她這陣子都這樣，不是在抽菸就是在咳嗽。她正在聽收音機的洋基隊報導。我一進屋，她就說今天是洋基球場的米基·曼托日，他們要紀念這位明星在球場上的十五年生涯。我闖進公寓準備開口時，佩佩舉起一隻手，喬·迪馬喬正在致詞，她不希望我打擾他的談話。

「小薇，尊重點。」她一副公事公辦的模樣。

於是我閉上嘴，讓她好好聽。我曉得她寧可親赴球場，但她的身體已經撐不住這麼費勁的路途。佩佩在聽迪馬喬說曼托的好話時，如癡如醉的表情滿溢臉龐。等到致詞結束，豆大的淚珠從她臉頰滑落。（佩佩什麼都搞得定，戰爭、災難、失敗、親人死亡、偷吃的丈夫、鍾愛的劇場結束營業，這一切都沒讓她落一滴淚，但運動史上的偉大時刻總會讓她淚汪汪。）

我經常懷疑，如果她那天沒有因為洋基隊這麼情緒化，我們的對話會不會有所不同。實在沒辦法得知這個問題的答案。我依稀覺得在迪馬喬的致詞結束後，她關上收音機，全神貫注跟我講話，這樣的行為讓她有點沮喪。不過她是大方的人，所以她還是關上收音機專心跟我交談。她揉揉眼睛，擤擤鼻子，多咳嗽了幾下，又點了另一根菸。然後她全心全意聽我說起我那哀痛的故事。

我故事說到一半，奧莉進來了。她剛上市場採買。我沒說下去，忙著幫她收東西，然後佩佩說：「小薇，妳從頭再講一遍，把妳剛剛的話講給奧莉聽。」

我可不想這麼做。這幾年來，我已經學會去愛奧莉・湯普森，但如果我需要一個可以靠著哭的肩膀，我可不會第一個想到她。奧莉可不是那種柔軟、同情心氾濫的人。不過，她在，而隨著她們年紀愈來愈大，奧莉與佩佩已經成了類似我雙親的角色。

佩佩看到我的遲疑，便說：「小薇，告訴她吧。相信我，奧莉對這種事比我們都在行。」

於是我鼓起勇氣把故事從頭再說一遍。一九四一年開車回家的路上，華特羞辱我，司機說我是淫蕩的賤貨，我充滿恥辱的黑暗時刻，遭到驅逐，只能躲在紐約州北邊，現在司機又出現了，「富蘭克林號」上的軍人，是身上有燒燙傷的巡邏員警。他認識我哥，他知道一切。

兩位女士仔細聽著我的話，等到我說完後，她們依然全神貫注，彷彿還有續集一樣。

佩佩發現我已經說完後便問：「然後呢？」

「沒有然後了。我走了。」

「妳走了？」

「我不想跟他講話，我不想見到他。」

「薇薇安，他認識妳哥，他在『富蘭克林號』上。從妳的描述聽來，他在遇襲的時候受到嚴重的傷害。而妳不想跟他講話？」

「他傷害了我。」我說。

「他傷害妳？他二十五年前傷了妳的心，而妳就這樣拋下他？這個人認識妳哥，這個人是退伍軍人。」

我說：「佩佩，那趟路程是我這輩子最糟糕的事。」

「噢，是嗎？」佩佩沒好氣地說：「妳有沒有想過問問這位先生，他這輩子遇過最糟糕的事情是什麼？」

她激動了起來，這很不像她。這不是我來這裡的目的。我想要得到安慰，結果我卻挨罵。我開始覺得自己愚蠢又尷尬。

「算了。」我說：「這沒什麼。我今天不該來煩妳。」

「別傻了，這才不是沒什麼。」

她從來不會用這麼尖銳的口氣跟我說話。

「我根本不該提這件事。」我說：「我打斷了妳的球賽，所以妳才對我不耐煩。抱歉我莫名其妙跑來。」

「薇薇安，我一點都不在乎那該死的球賽。」

「對不起，我只是心情不好，想找人聊聊。」

「妳心情不好？妳拋下那位受傷的退伍軍人跑來找我，只因爲妳想聊聊妳艱苦的人生？」

「佩佩，拜託！別這樣唸我。忘了這件事吧，忘了我說的一切。」

「我怎麼忘得了？」

她開始咳嗽，一連串刺耳的可怕咳嗽聲。她的肺聽起來尖銳帶刺。她坐直身子，奧莉替她拍背好一會兒。然後奧莉又替佩佩點了一根菸，佩佩努力吸菸，點綴在其中的是好幾聲咳嗽。

佩佩冷靜了下來。我眞蠢，居然以爲她因爲對我太兇，打算跟我道歉。結果呢？她說：「聽著，小鬼頭。我累了，我不懂妳在這件事裡到底想怎樣。我現在完全不懂妳。我對妳非常失望。」

她從來沒有說過這種話，就連多年前我背叛了她的朋友，差點搞砸她的熱門大戲時，她也沒有講過這種話。

然後，她轉頭面向奧莉，說：「不曉得耶，老大，妳怎麼看？」

奧莉靜坐，雙手交疊在大腿上，低頭看著地板。我聽著佩佩吃力的呼吸聲，還有另一邊微風吹動百葉窗發出的些許聲響。我不確定我會想知道奧莉有什麼看法，但我馬上就會知道了。

終於，奧莉抬頭望著我。她的神情跟平常一樣嚴肅，但她彷彿是在篩選她的話語，我感覺得到她非常謹慎，不想要造成不必要的傷害。

「薇薇安，榮耀之地是痛苦之地。」她說。

我等著她繼續說下去，但她打住了。

佩佩開始大笑，又咳嗽。「哎喲，奧莉，謝謝妳的貢獻，這樣解決了所有問題。」

我們又靜坐了好一會兒。我起身，拿了一根佩佩的香菸，雖然我已經戒菸好幾個禮拜了，或該說算是有在戒菸啦。

「榮耀之地是痛苦之地。」奧莉終於再次開口，彷彿佩佩完全沒有講話一樣。「這是我小時候，我爸爸對我的教導。他告訴我，榮耀之地不是小孩能夠玩耍的所在。妳知道，孩子沒有所謂的榮耀，沒有人這樣期待他們，因爲榮耀對他們來說實在太困難，也太痛苦了，但身爲成人，我們一定要走入榮耀之地。現在所有的一切都會對妳有所期待，妳必須警惕妳的原則。別人會期待妳犧牲，還會評斷妳這個人。如果妳犯錯，就必須負起責任。妳在某些時刻必須拋開妳的衝動，比別人、比毫無榮耀之人站得更高更遠。這種時候也許會受傷，這就是爲什麼榮耀之地也是痛苦之地的原因。妳明白嗎？」

我點點頭。這些話我懂，但這跟華特、法蘭克·格雷柯與我有何關係，這我就不明白了。不過，我聽得仔細。我依稀覺得也許等我晚點多加思考之後，就會明白她的道理。不過，如我所說，我聽得很仔細。這是我聽奧莉說過最長的一段話，所以我曉得這一刻很重要。事實上，我覺得自己從沒這麼仔細聽人家講話過。

「當然，沒有人要求妳站在榮耀之地上。」奧莉繼續說：「如果妳覺得挑戰性太高，妳總是可以離開，妳可以繼續當個小孩。不過，如果妳希望成爲有風骨的人，恐怕這是唯一的方法，但也許會非常痛苦。」

奧莉擺在大腿上的雙手翻過來，露出掌心。

「而這一切是我的父親在我小時候教我的，我所知道的一切都來自這個觀點。我努力將這點應用在生命之中，不是每次都成功，但我盡力了。薇薇安，如果這席話對妳派得上用場，歡迎妳盡情使用。」

我花了一個多禮拜才聯絡他。

難的不是找到他，這部分簡單得很。佩佩門房的哥哥是警局小隊長，花不了他多少時間，他就證實，沒錯，在布魯克林的七十六分局的確有位巡警名叫法蘭克・格雷柯。他們給我分局辦公室的電話號碼，於是就這樣了。

拿起話筒才難。

總是如此。

我要坦誠，頭幾次打電話的時候，一聽到有人接起，我就立刻掛斷。隔天，我說服自己不要打過去。接下來幾天也是。等到我終於找到勇氣再次撥打，還等到電話接通，電話另一端的人卻說格雷柯巡警不在，他外出巡邏了。我要留訊息嗎？免了。

接下來幾天，我又打了幾通電話，得到的都是同樣的訊息：他外出巡邏。格雷柯巡警顯然沒有文書工作。終於，我同意留下口信，我提供了姓名以及婚紗店的電話。（就讓他的同事好奇為什麼婚紗店的緊張女子會這麼堅持要打電話找他好了。）

不到一個小時，電話響了，是他打來的。

我們尷尬地互打招呼。我告訴他，如果他願意，我想跟他見見面。他說可以。我問是我去布魯克林好，還是他方便來曼哈頓一趟？他說他可以來曼哈頓，他有車，他喜歡開車。我問他什麼時候有空。他說下午就有空。我建議我們五點的時候約在彼得小館，他猶豫了，然後說：

「抱歉，薇薇安，餐廳我不行。」

我不確定這話是什麼意思，但我不想讓他難堪。

我說：「那我們約在史岱文森廣場公園如何？約在公園的西側，這樣比較好嗎？」

他覺得這樣比較好。

「就在噴泉旁邊。」我說，而他同意，好，就在噴泉旁邊。

我不曉得該怎麼面對這一切，安潔拉，我真的不想再見到他，但我一直聽到奧莉對我說的話：**妳可以繼續當個小孩，小孩……**

小孩會逃避問題，小孩會躲。

我不想繼續當小孩了。

我忍不住回想起奧莉從華特．溫切爾手裡拯救我的那一刻。我現在清楚明白，一九四一年她救我一把是因爲她曉得我只是個孩子，她知道我還不能爲自己的行爲負責。奧莉告訴溫切爾，我是遭到誘惑的無辜女孩，這可不是她說服溫切爾的手段，她是認真的。奧莉看得出來我的本質——幼稚不成熟的女孩，還沒有人期待當時的我站在痛苦的榮耀之地上。我需要一位睿智、關心我的大人解救我，而奧莉最能勝任這個角色。她爲了我，站上了榮耀之地。

但我那時很年輕，現在的我已經不再年輕。這次我必須親自出馬，在這種狀況裡，一位成人，一位成熟、榮耀之人到底會怎麼做？

我猜應該就是面對現實吧。如溫切爾所說，替自己解圍。也許順便原諒某人吧。

但該怎麼做？

然後，我想起多年前佩佩告訴我的話，內容關於一戰時期的英軍工程師，她說：「無論成不成，我們都辦得到。」

最終，我們每個人都必須鼓起勇氣做這些不成的事。

安潔拉，這就是痛苦之地。

所以我才拿起話筒，撥出電話。

❧

安潔拉，我到公園的時候，妳爸已經到了，我明明已經早到，而且我距離公園只要走三個街廓。

他在噴泉前踱步。我相信妳記得他踱步的樣子。他穿了便服，咖啡色的羊毛褲，淺藍色的尼龍運動衫，以及一件深綠色的哈靈頓夾克。衣服在他身上鬆鬆的，他實在好瘦。

我走向他，跟他打招呼。

「妳好。」他說。

我不確定我該不該跟他握手。他似乎也不太確定該怎麼做，於是我們什麼動作也沒有，雙手插在口袋，站在原地。我從來沒有見過一個人這麼不自在。

我指向長椅，說：「你想坐著跟我聊一會兒嗎？」

我覺得很蠢，彷彿我是在提議請他坐在我家椅子上，而不是公園長椅。

他說：「坐著我不行。如果妳不介意，我們走走？」

「完全不介意。」

我們開始繞公園散步，就著菩提樹與榆樹走。他的步子很大，但這不成問題，因爲我也是。

「法蘭克。」我開口：「那天我跑了，我要向你道歉。」

「不，我才要道歉。」

「不，我該留下來聽你說，這樣才是成熟的做法。不過，你要知道，這麼多年過後又見到你的確讓我滿意外的。」

「我就知道在妳知道我的身分後，妳會轉頭就走。妳是該走。」

「聽著，法蘭克，那都是很久以前的事了。」

「我當時是個蠢孩子。」他說，他停下腳步，轉頭面對我。「我以爲我是誰，竟然跟妳那樣講話？」

「那不重要了。」

「我沒有權利那樣對妳。我眞他媽的蠢又幼稚。」

「如果我們要回歸到事情的本質，」我說：「那我當時也是又蠢又幼稚。我相信我是紐約那個禮拜最蠢的孩子。你也許還記得我牽扯進了什麼樣的事件裡？」

我原本是想讓氣氛輕鬆一點，但法蘭克還是很嚴肅。

「薇薇安，妳要相信我，我只是想讓妳哥對我刮目相看而已。在那天之前，他沒跟我說過話，根本沒有注意過我。他這麼受歡迎的人怎麼會想跟我交談呢？而忽然間，大半夜的，他把我搖醒。**法蘭克，我需要你的車**。我是預官學校裡唯一一個有車的人。他知道這點，大家都知道。那裡的人總想跟我借車。哎，問題在於那不是我的車，薇薇安，那是我老爹的車。我可以開車，但我不能把車借給別人。於是，大半夜的，我第一次與華特·莫里斯交談，我非常敬佩這個人，但我告訴他，我不能把我家老爹的車交給他。我想在睡眼惺忪的時候向他解釋這件事，而我根本還不知道他要車幹嘛。」

法蘭克講話的時候，他天生的口音變得更重了。彷彿是藉由回到過去，他也回到更深層的自己，回到他更深層的布魯克林特質之中。

「沒關係的，法蘭克。」我說：「都過去了。」

「薇薇安，妳必須讓我講完。妳必須讓我告訴妳我有多抱歉。多年來我一直想找到妳，告訴妳我真的很抱歉，但我沒有勇氣去找妳。拜託，妳必須讓我告訴妳當時發生了什麼事。妳看，我告訴華特，*抱歉，兄弟，幫不了你*。然後他把前因後果通通講給我聽，他妹妹出了事，惹了麻煩。他必須立刻把妹妹送出紐約。他說我必須幫他救救他妹妹。薇薇安，我能怎麼辦？拒絕他嗎？這可是*華特・莫里斯*啊，妳很清楚他是怎樣的人。」

我清楚，我曉得他是怎樣的人。

天底下沒有任何人拒絕得了我哥。

「所以，我告訴他，要我借他車的唯一辦法就是由我來開車。我心裡想的是，*我該怎麼跟我家老爹解釋車子的里程數*？我心裡想的是，*也許這件事情之後，我跟華特能成為朋友*。我心裡也想著，*我們要怎麼在這大半夜裡離開預官學校*？但華特都已經搞定了，他已經向指揮官替我們兩個人請了一天的假，只有二十四小時。天底下只有華特一個人能夠在半夜搞到准假，他辦到了。我不曉得他說了什麼、承諾了什麼，才讓我們請假成功，但他就是辦到了。接下來，我只知道我們到了中城，我把妳的行李箱扔進我老爹車上，準備好要開六個小時的車，爲了連我都不明白的原因，前往一個我聽都沒聽過的鎮。我甚至不曉得妳是誰，但妳是我這輩子見過最漂亮的女孩。」

他說這話的時候完全不帶挑逗意味。他只是在陳述事實，眞的是警察。

「於是我們上了車，我開車，華特開始懲罰妳。我從來沒有聽過誰講話那麼嚴厲。他責備妳的時候，我該怎麼做？我能去哪裡？我不能聽這一切的內容啊。我沒經歷過這種狀況。薇薇安，我來自南布魯克林，那裡的日子也許很辛苦，但妳要明白，我是書呆子，我是害羞的孩子。我不會跟人打架。我是那種一直低著頭的孩子。出了什麼事，有人大吼大叫，我就會逃離現場。但我無法離開那裡，因爲我是負責開車的人。而他並沒有大吼大叫，雖然我覺得也許他大吼大叫會比較好。他只是猛力抨擊妳，那麼冷酷。妳還記得嗎？」

噢，我記得。

「除此之外，我對女人完全不了解。他所講的那些事，他說妳所做的那些行爲，我完全不明白。妳的照片出現在報紙上，這是他說的，那張照片上的妳跟其他兩個人搞在一起？其中一個人是電影明星什麼的，另一人是歌舞女郎？我從來沒有聽說過這種事，但他一直唸妳一直唸妳，而妳就坐在後座，抽妳的菸，默默承受。我望向後照鏡，妳連眼睛都沒有眨一下，彷彿他所說的一切對妳毫無影響。我看得出來毫無反應的妳讓華特崩潰。所以他才繼續唸下去，但我向上帝發誓，我從來沒有見過像妳一樣冷靜的人。」

「法蘭克，我不是冷靜。」我說：「我是嚇傻了。」

「哎，無論那是什麼情緒，妳都很冷靜，妳好像不在乎一樣。同一時間，我緊張得要死，想說你們這種人都這樣講話嗎？有錢人都這樣嗎？」

我心想：有錢人。**法蘭克怎麼知道我和華特是有錢人？**然後我驚覺：**噢，對，當然了。就跟我們曉得他是窮人一樣。這種人完全不值得我們的注意。**

法蘭克繼續說：「而我當時想，他們甚至沒注意到我在場，我對這些人來說毫無意義。華特・莫里斯不是我的朋友，他只是在利用我。而妳，妳甚至沒有正眼看過我。在劇場的時候，妳對我說：『把這兩個行李箱拿下去。』彷彿我是門房還是什麼的。華特也沒有替我介紹。我是說，我曉得你們都是被迫走到這步，但在他眼裡，我好像什麼都不是，妳懂嗎？我只是他需要的工具，只是某個來開車的人而已。而我一直希望別人看見，妳懂嗎？所以我想說，**嘿，我就跳進來加入對話好了**。想辦法裝得跟他一樣，用他的方式講話，用他的方式對妳。所以我才講了那句話，當我說妳是那種人的時候，我才曉得這句話有什麼效果。我從後照鏡裡看到妳的臉，我看得出來我的話語對妳起了什麼作用，彷彿我殺死妳一樣。然後我注意到他的神情，好像有人拿棒球棒砸他一樣。我本來以為我講那種話無傷大雅，我以為講那種話會讓我看起來很酷，但不，那話就跟芥子毒氣一樣。因為無論場面多難看，無論妳哥怎麼說妳，他都沒有用到**那種**字眼。我看著他思索起該怎麼辦，之後我發現他決定不採取任何行動。這才是最糟的。」

「那的確是最糟的。」我同意。

「薇薇安，我必須告訴妳，老老實實告訴妳，我**這輩子**從來沒有對任何人講過那種話，在那之前完全沒有，之後也沒有。我不是那種人。那天那句話到底打哪兒來的？這麼多年來，我在腦海裡反覆重播那個場景。我看到自己講那句話，我心想，法蘭克，你到底有啥毛病？但我向上帝發誓，那句話是自動從我嘴裡冒出來的。然後華特就沉默了，妳還記得嗎？」

「記得。」

「他沒有替妳辯護，也沒有叫我閉嘴。然後我們就靜靜開了幾個小時的車。而我又不能道歉，因為我覺得我實在不該再對你們說話。好像我一開始來工作的目的就不是要開口講話一樣，是說我也沒有領薪水，但妳懂我的意思。然後我們到了妳父母家，我這輩子從沒見過那種房子，而華特甚至沒有向妳父母介紹我是誰，彷彿我不存在一樣。回到預官學校的路程上，他也沒有對我說話，接下來的訓練也沒有，好像一切不曾發生過，看我的眼神彷彿不認識我。然後我們畢業了，謝天謝地，我再也不用見到他了。不過，這件事肯定會糾纏我一輩子，我甚至沒有辦法糾正這個錯誤。兩年後，我運氣眞差，竟然轉到他的船上。他官階比我高，一點也不意外。他裝出不認識我的樣子，我也就吞了，我每天都必須一再嚥下苦果。」

講到這裡，法蘭克似乎無話可說了。

他滔滔不絕解釋自己的行爲時，讓我想起一個人。我恍然大悟，他讓我想起**我自己**。他讓我想起那天晚上，在愛德娜．帕克．華生的更衣室裡，我急著想要解釋某件永遠無法改變的事情。現在的他跟當時的我一樣，他想要用言語得到赦免。

在那一刻，我感覺到了無比的憐憫，不只是對法蘭克，更是對年輕時的自己。我甚至憐憫起華特，他的自尊，他的譴責。我一定讓華特覺得丟臉至極，他居然必須在他眼裡的下屬面前暴露出這一面，而華特覺得每個人都是他的下屬。他一定非常憤怒，必須在半夜替我收爛攤子。而我的憐憫爆發，就這一刻，我憐憫起每一位曾經牽扯進亂到不行狀況的人。我們人類發現自己陷入困境之中，那些從來沒有遇見的困境，讓我們手足無措，也無法挽救。

「法蘭克，你常想起這件事嗎？」我問。

「沒有忘過。」

「哎，聽到這話我很遺憾。」我說，出自眞心。

「薇薇安，妳不是應該覺得遺憾的人。」

「某種程度我很遺憾，關於那件事，我覺得非常抱歉，尤其是我現在又聽到你的說法。」

「妳會一直去想嗎？」他問。

「我有很長一段時間對那趟路途耿耿於懷。」我坦誠：「特別是你說的話，對我來說很難受。我不會假裝雲淡風輕，但多年前我已經把這件事放去一旁了，我已經很久沒有想起。所以，別擔心，法蘭克．格雷柯，你並沒有毀了我的人生什麼的。咱們一起忘了這整件悲傷的事情，如何？」

他忽然間停下腳步，轉過頭來，睜大雙眼望著我。「我不曉得辦不辦得到。」

「當然可以。」我說：「咱們就說那是年少輕狂吧，而且不曉得該怎麼做。」

我伸手按在他的手臂上，想讓他知道沒事了，那已經過去了。

結果他跟我們上次見面那天一樣，連忙把手臂抽開，動作可以說是相當激烈。

這次，我肯定嚇到退後。

我的解讀是：*他還是對我很反感，一日淫蕩賤貨，終身淫蕩賤貨。*

法蘭克看到我的表情，面露難色地說：「噢，老天，薇薇安，抱歉。我必須告訴妳，不是妳的問題。我就是不能……」他沒說下去，絕望地望著公園，彷彿是在尋求能在此刻解救他，或替他向我解釋的人。他勇敢地再試一遍：「我不曉得該怎麼說。我不喜歡講這種事，但薇薇安，我不能接受碰觸。我有問題。」

「噢。」我退了一步。

「不是因爲妳。」他說：「每個人都一樣，沒有人能碰觸我。*這個以後就這樣了。*」他用手比了比身體的右半邊，也就是燙傷傷疤爬上他脖子的部位。

「你受傷了。」我跟白癡一樣，他當然受傷了。「抱歉，我不懂。」

「對，沒事，妳怎麼會懂呢？」

「不，法蘭克，我*很*遺憾。」

「妳知道嗎？這不是妳害的。」

「但我還是很難過。」

「那天還有其他人受傷。我在醫療船上醒來，旁邊還有幾百人，有些人的燙傷跟我一樣嚴重。我們從燃燒的水中被撈起獲救，很多人現在已經沒事了。我不懂。他們沒有我這種問題。」

「這種問題。」我說。

「不能碰觸的問題，不能靜靜坐著，不能待在密閉空間，我都不行。在車裡，只要是我開車就沒問題，但不開車我就無法久坐，我辦不到。我必須一直站著。」

所以他才不想跟我約在餐廳見面，或陪我坐在公園長椅上。他不能待在密閉空間，他不能靜靜坐著，他不能讓人碰觸。難怪他這麼瘦，因爲必須一直走動。

天啊，他也太可憐了。

我看得出來他講得很激動，於是我問：「你願意陪我在公園裡多散散步嗎？今晚很舒適，我喜歡走路。」

「請便。」他說。

於是，安潔拉，我們就這樣。

我們就這樣一直走，一直走，一直走……

30

安潔拉，我當然愛上了妳的父親。

我愛上了他，我愛上他是很沒道理的事。我們實在太不一樣，但也許這樣愛才能滋長，就在兩個極端之間的空間。

我是一個出身安逸、養尊處優的人，因此我運氣很好，在生命裡總能滑翔過去。就算在人類歷史長河中最可怕的日子裡，我也幾乎沒有吃什麼苦，只有我因爲自己的疏忽而自找的麻煩而已。（只會自找麻煩的算是幸運的靈魂。）對，我認眞工作，但很多人也是如此，而我的工作相較之下無足輕重，只不過是爲漂亮女孩製作漂亮的衣服而已。除此之外，我是一個思想自由、放縱不羈的肉慾之人，將追求肉體享樂作爲驅動生命的前進能量。

然後是法蘭克。

他是一個好沉重的人，我的意思是說，他的存在本身就非常沉重。他從生命一開始，日子就很難過。他的人生沒有稀鬆平常，沒有不假思索，沒有粗心大意。他出生於貧窮的移民家庭，他負擔不起犯錯的後果。他是虔誠的天主教徒、警官，從軍時經歷過地獄場景的退伍軍人。他不是追求感官享受的人，連別人碰觸都無法忍受，但可不僅如此，他整個人完全沒有任何快樂開朗的感覺。他的服裝就是方便實用，他吃東西只是爲了替身體增加燃料。他不社交，他不會去找娛樂，他這輩子沒有看過一齣戲劇表演。他不喝酒，他不跳舞，他不抽菸。他從來沒有跟人家打架過。他非常節省，非常負責。他不會諷刺、奚落，也不會幹無聊的蠢事。他只說眞話。

而且，他也忠於婚姻，還有他以上帝的天使（angel）所命名的女兒安潔拉（Angela）。

在理智或說得通的世界裡，法蘭克・格雷柯這麼嚴肅的人怎麼可能會認識我這麼輕浮的人？讓我們相遇的是什麼？除了與我哥哥華特的連結之外，我們根本沒有其他共同點，而華特可是讓我們兩人都覺得渺小、害怕的對象。我們共有的過往則是一個哀傷的故事。我們在一九四一年度過了一個可怕的白日，那天讓我們覺得羞恥，留下傷疤。

那天為什麼會在二十年後讓我們愛上彼此？

我不知道答案。

安潔拉，我只知道我們這個世界根本一點也不理智，一點也說不通。

❧

於是，發生了這件事。

在我們首次見面後幾天，法蘭克．格雷柯巡警打電話來問我要不要去散步。

當時已經晚上九點多了，電話打到婚紗店。聽到店裡電話響起還嚇了我一跳。我剛好在店裡，因為我剛完成一些修改。我覺得身體疲憊，兩眼昏花。我原本的計畫是上樓跟奈森、瑪嬌莉一起看看電視，然後就要上床睡覺了。我差點不想接電話，但我還是接起，電話另一端是法蘭克，他問我要不要一起去散步。

「現在？」我問：「你要**現在**去散步？」

「如果妳願意的話。我今晚覺得好焦躁。我反正都會去走路，想說問問妳要不要一起？」

這件事讓我覺得很有趣，也打動了我。我經常在這種時刻接到男人的來電，但他們都不是因為想散步。

「當然。」我說：「有何不可呢？」

「我二十分鐘後可以到。我不走快速道路，我走市區。」

那晚，我們一路走到東河，穿過幾個當時不太安全的地區，繼續沿著惡水前進，直到我們抵達布魯克林大橋。我們迅速過橋，外頭很冷，但沒有風，運動讓我們保持溫暖。那晚有一輪新月，還能隱約看到一些星星。

就是這一晚，我們把自己的生命故事告訴彼此。

這天晚上我才知道，法蘭克成爲巡警是因爲他沒辦法坐定。他說，他需要的就是一天八個小時到處巡邏，這樣他才不會渾身不對勁。所以他才排這麼多班，總是自願替請假的同事補班。如果他運氣好，一天能排到兩個班，他也許就能連續走動十六個小時，也許就能累到晚上得以入睡。每次警隊讓他升遷，他都拒絕了。升遷意謂著要在辦公室做文書工作，他辦不到。

他告訴我：「擔任巡邏員警是除了掃街人員外我唯一能做的工作。」

但這份工作遠低於他的心智能力。安潔拉，妳的父親是個相當聰明的人。不曉得妳是否知道這點，因爲他實在太謙虛了，但他已經稱得上是天才。他的父母是文盲，在一堆兄弟姊妹之中，一般人也不會注意到他，但他的確是數學天才。他小時候也許跟其他一千個在聖心堂的孩子看起來差不多，這些孩子的父母都是泥水匠或碼頭工人，而他們長大也會成爲泥水匠或碼頭工人，但法蘭克不一樣，他聰明絕頂。

修女在法蘭克小時候就發現他天賦異稟。他的父母認爲上學讀書是浪費時間，**能夠工作，幹嘛讀書？**等他們終於讓他去上學後，還非常迷信地在他脖子上綁了大蒜，要驅趕惡靈。不過，法蘭克在學校綻放。教他的愛爾蘭修女雖然常常分身乏術，又很兇，而且經常對義大利籍的孩子有所歧視，但她們察覺這個孩子的天分。她們讓他跳級，給他額外功課，讚嘆他對數學的天賦。他在各個方面都相當傑出。

他輕鬆進入布魯克林高職，以全班第一名的成績畢業。接著他在古柏聯盟學院讀了兩年的航空工程，進入預官學校，加入海軍。他爲什麼加入海軍？他明明就很喜歡飛機，還做了相關的研究，任誰都覺得他應該會想成爲飛行員吧？但他加入了海軍，因爲他想看海。

安潔拉，想像一下，想像一個孩子，出生在周遭都是海的布魯克林，而他長大後卻希望有一天能夠看海。因爲，他從來沒有好好看過海。他眼裡的布魯克林都是骯髒的街道與廉價公寓，不堪的紅鉤碼頭，他的父親在這裡與一群碼頭工人共事。不過，法蘭克對於船隻、海上的英雄充滿浪漫憧憬，所以他休了學，加入海軍，就跟我哥哥一樣，那時甚至還沒有宣戰呢。

「眞是浪費人才。」那晚，他告訴我：「如果我想看海，大可走去康尼島。我根本不曉得那裡這麼近。」

他原本打算在戰後回學校完成學業，找個好工作，但他的船遭到襲擊，差點命喪火海。聽他說身體的傷痛還是最輕微的。他在珍珠港的海軍醫院治療大半身的三級灼傷時，收到了軍事法庭的傳票。「富蘭克林號」的萊斯理．蓋瑞斯艦長向軍事法庭控告遇襲當天每一個落水的船員。艦長宣稱這些人抗命，怠忽職守。這些人，多數都跟法蘭克一樣，在烈火中被炸下船，結果現在有人指控他們是懦夫。

這對法蘭克來說最難忍受。對他來說，「懦夫」的烙印遠比火的烙印傷痛更深。雖然海軍最後撤銷了指控，釐清事實眞相（無能艦長只是想轉移焦點，藉由卸責給無辜之人，掩飾自己當天做的各種錯誤決策），但心理的創傷已經造成。法蘭克曉得攻擊時留在船上的很多人仍然認爲落水者是逃兵。其他活下來的人得到英勇勛章，大眾稱死者爲英雄，但落水的人什麼也不是，在火海中跳水的人什麼也沒有。他們是懦夫。這份恥辱一直沒有放過他。

戰後他回到布魯克林，因爲他的創傷與傷勢（當時他的問題被稱爲「神經精神症狀」，無藥可醫），他再也不是昔日的自己了。他現在沒辦法回學校，沒辦法好好坐在課堂裡。他想過完成學業，但他必須一直跑去室外換氣。（「我沒辦法跟其他人同處一室。」他是這樣說的。）而就算有辦法完成學業，他又能找到什麼樣的工作呢？他沒辦法坐辦公室，他待不住一場會議，他甚至沒辦法撐過一通電話，因爲他的胸腔會因慌亂與害怕而內爆。

而我，在我舒適安逸的生活裡，又怎麼能理解這種痛苦呢？

我無法理解。

但我能夠傾聽。

⁂

安潔拉，我現在告訴妳這一切，是因爲我答應過自己，必須把一切老老實實告訴妳。也因爲我相信法蘭克從沒跟妳說過。

妳讓妳的父親非常驕傲，他很愛妳，但他不希望妳得知他人生的細節。他沒有繼續早年的學術願景，他覺得很丟臉；做了一份遠低於他智識能力的工作，讓他覺得自己很不堪。沒辦法完成學業的他內心很痛苦，他的心理問題也持續讓他蒙羞。他厭惡自己無法坐定，晚上無法好好睡覺，不能讓人碰觸，不能找到好工作。

他這一切都沒有跟妳說，因爲他希望妳能走出自己的人生，不受他蒼涼過往的影響。他認爲妳是乾淨無瑕的生物。他覺得他還是要跟妳保持一點距離，這樣妳才不會受到他陰影的影響。總之，他是這麼說的，我沒有任何理由不相信。安潔拉，他不希望妳太了解他，因爲他不希望他的人生波及妳的人生。

我常在想妳會作何感想，擁有一個這麼在乎妳，卻故意從妳日常生活中消失的父親？當我問他，妳是否會渴望得到他更多的關注時，他說大概吧，但他不希望因爲太接近妳而傷害妳。他覺得自己會造成破壞與傷害。

反正他是這樣告訴我的。

他覺得，妳最好還是由妳母親照顧。

安潔拉，我至今還沒有提到妳的母親。

我要妳知道，我不是不尊重她，恰恰相反。我只是不確定該怎麼談她或妳父母的婚姻。我會小心一點，不會冒犯妳，也不會讓妳受傷。不過，我也會盡量解釋得詳細一點，至少妳值得知道我所聽到的一切。

我必須先說，我從來沒有見過妳的母親，我連她的照片都沒有看過，所以除了法蘭克的描述之外，我對她毫無認識。我傾向相信他對她的描述是眞實的，因爲他只會說眞話，但他對妳母親眞實的描述不代表他能正確描述她。我只能假設她跟我們所有人一樣，是個複雜的人，組成遠遠超過另一個人對她的印象。

妳認識的母親也許與妳父親口裡的人相差甚遠，我要說的就是這個。如果我的故事與妳的認知有所衝突，我必須道歉。

但我還是會一五一十告訴妳。

❧

我從法蘭克口中得知他妻子名叫蘿賽拉，住在他家附近，父母是法蘭克長大那條街上的雜貨店老闆（他們也是西西里移民）。因此，蘿賽拉家族的地位高於法蘭克他家，他們家只是做粗活的工人。

我知道法蘭克在八年級時開始替蘿賽拉的父母打工，負責送貨。他一直都很喜歡妳的外祖父母，也很崇拜他們。他們比他自己的家人要溫文有禮。他就是在雜貨店認識妳母親的。她比他小三歲，工作非常認真，是個嚴肅的女孩。他們結婚時，他二十歲，她十七歲。

我問他與蘿賽拉結婚時是否相愛，他說：「附近的人都出生在同一個街廓，生長在同一個街廓，最後與來自同一個街廓的人結婚。大家都這樣。她是好人，我很喜歡她的家人。」

「但你愛她嗎？」我再次問起。

「娶她是正確的選擇。我信任她。她知道我會好好養家。我們不會深究愛這種奢侈品。」

他們在珍珠港遇襲後立刻結婚，就和許許多多其他的情侶一樣，理由也一樣。

當然，安潔拉妳在一九四二年出生。

我知道法蘭克在戰爭最後幾年沒辦法休假，所以他好一陣子沒有看到妳與蘿賽拉。（海軍要把人一路從南太平洋送回布魯克林可不是什麼簡單的事情，大部分人都好幾年沒見到家人。）連續三年，法蘭克都在航空母艦上過聖誕節。他會寫信回家，但蘿賽拉鮮少回覆。她沒有完成學業，很在意自己的字跡與拼字。法蘭克的家人也不識字，所以他就成了航空母艦上從來沒有收過家書的其中一個水手。

「你這樣不痛苦嗎？」我問他：「從來沒有收過家裡的信？」

「我不怪任何人。」他說：「我家人不是那種會寫信的人，但就算蘿賽拉不曾寫信給我，我也知道她的忠誠，她會好好照顧安潔拉。她不是那種會跟其他男孩亂來的人。船上很多人都無法這樣說他們的妻子。」

然後就是神風特攻隊的攻擊，法蘭克身上有超過六成的燒燙傷。（他只說船上還有很多人跟他一樣重傷，事實在於，燒燙傷跟他一樣嚴重的人最後都沒能活下來。安潔拉，那個年代，燒燙傷超過六成皮膚面積的人是不可能活下來的，但妳父親辦到了。）他在海軍醫院待了漫長痛苦的幾個月。等到他終於能夠回家時，已經是一九四六年了。他變了，殘破不堪。妳當時已經四歲，而妳對他的認識只來自於一張照片。他說在這麼多年後又遇見妳，妳可愛開朗大方，他實在不敢相信妳屬於他，不敢相信他的生命裡居然有這麼純潔的存在。那時，妳有點怕他，但其實他更怕妳呢。

他的妻子也感覺是個陌生人。錯過這麼多年，蘿賽拉已經從年輕貌美的女孩變成婦女，發福又嚴肅，總是一身黑。她每天早上會去做彌撒，然後整天向聖人禱告。她想多生幾個孩子，但因爲法蘭克完全不能碰觸他人，所以這事也就不可能了。

那天晚上，我們一路走到布魯克林，法蘭克告訴我：「戰後，我開始睡在我們家後面的棚屋小床上。我爲自己打造了一個小房間，用煤爐取暖。我已經在那裡睡了好幾年，這樣比較好。這樣我才不會因爲不正常的作息吵醒別人。有時，我會尖叫醒來什麼的。我的太太與女兒，她們不需要聽到。而對我來說睡眠的整個過程都是一場災難，我還是自己睡比較好。」

安潔拉，他很尊重妳的母親，我希望妳知道這點。

他從沒說過她的一句壞話。他反而全力贊成她養育妳的方式，欽佩她淡然接受生命裡的各種失望。他們從不吵架，從來不會互相攻擊，但戰爭之後，他們除了安排家裡的事情外，已經很少對話了。他順從她的一切安排，毫不質疑就把薪水支票交給她。她接下了父母的雜貨店生意，也繼承了雜貨店的那棟房子。他說，她很有生意頭腦，安潔拉，他爲妳開心，因爲妳在雜貨店長大，能跟任何人聊天。（他說妳是「社區的光明」。）他總是在妳身上尋找會讓妳有一天也可能成爲古怪隱士的跡象（因爲他是這樣看自己的），但妳似乎很正常，也很外向。總之，法蘭克完全信任妳母親對妳的安排。不過，他總是必須外出巡邏，或晚上在城裡走路，蘿賽拉則在雜貨店忙，或照顧妳。他們只是名義上的夫妻。

他告訴我，他一度提議離婚，這樣她才有機會去找更適合她的男人。因爲他無法盡夫妻間的義務，也無法提供陪伴，他覺得他們可以離婚。她還年輕，跟別的男人也許還能組織她一直夢寐以求的大家庭。不過，就算天主教教會允許離婚，蘿賽拉也不肯。

「她比教會還教會。」他說：「她從來沒有打破任何誓言過。而且，薇薇安，就算狀況很差，我們的鄰居還是沒有人離婚。而我跟蘿賽拉的狀況並不差，我們只是各過各的。妳要理解，南布魯克林本身的街坊就是一個大家庭。妳不可能跟這個家庭劃清界線，眞的，我的妻子其實是嫁給了這個大家庭。我服役的時候，是街坊照顧了她，現在這些街坊持續照顧她與安潔拉。」

「但你喜歡這些街坊嗎？」我問。

他給了我一個哀傷的微笑。「薇薇安，這沒得選。這些街坊就是我，我永遠是這裡的一分子。不過，戰後，我也不算這裡的一分子了。你回來，大家都期待你是被轟炸之前的那個人。我之前也跟別人一樣有過熱情，棒球、電影什麼的。教堂在第四街上舉辦慶典，盛大的節日，但我再也沒有那種熱情了。我無法融入。這不是街坊的錯，他們是好人，他們想要照顧從戰場上回來的人，像我一樣的人。如果你得到紫心勛章，大家就會買啤酒請你，向你行禮，給你免費的門票去看表演，但這些活動我都無法參加。一陣子之後，大家就知道要跟我保持距離了。現在，我走在那些街道時，彷彿是一縷幽魂。話雖如此，我還是屬於那個地方。妳不是那裡出生的，我實在很難解釋。」

我問他：「你有沒有考慮過搬離布魯克林？」

他說：「過去二十年來沒有一天不這麼想，但這樣對蘿賽拉及安潔拉不公平。反正，我不確定我在別的地方會比較好。」

❧

那天晚上，我們沿著布魯克林大橋往回走時，他問：「薇薇安，那妳呢？結過婚嗎？」

「差點，但戰爭救了我。」

「這話什麼意思？」

「珍珠港事件發生，我的未婚夫入伍，我們解除婚約。」

「眞是遺憾。」

「別這麼說。他不適合我，我也會是他生命裡的災難。他是個好人，値得更好的對象。」

「而妳再也沒有找其他男人？」

我沉默了一會兒，思索該如何回答這個問題。最後，我決定說實話。

「法蘭克，我找過很多其他男人，遠超過你數得清的數量。」

「噢。」他說。

之後換他沉默了，我不確定他到底對這種資訊有何感想。這種時候，其他女人也許會想謹慎一點，但我的固執堅持要把話說得更清楚。

「法蘭克，我的意思是我跟很多男人上過床。」

「對，我明白。」他說。

「而我猜未來我應該會跟更多人上床。跟男人上床，很多很多男人，這或多或少是我生活的方式。」

「好。」他說：「我明白。」

他的情緒沒有因此起伏，他只是陷入沉思，但我覺得很緊張，居然分享自己眞實的狀況。而不曉得什麼原因，我無法就此打住。

「我想告訴你這點。」我說：「因爲你應該要知道我是什麼樣的女人。如果我們要當朋友，我不希望聽見你的任何評斷。如果我這方面的生活會成爲我們之間的問題……」

他忽然停下腳步。「我爲什麼會評斷妳？」

「法蘭克，想想我們怎麼會走到這一步，想想我們一開始認識的時候。」

「對，我懂。」他說：「我明白，但妳不用擔心這種事了。」

「很好。」

「薇薇安，我不是那個人了。那本來就不是我。」

「謝謝。我只是想坦誠以對。」

「謝謝妳報以坦誠。」他說，我當時覺得這是我這輩子聽過最優雅的話了，至今仍這麼想。

「法蘭克，我年紀不小了，不想躲躲藏藏。我也已經過了別人會讓我覺得丟臉的年紀了，你明白嗎？」

「明白。」

「但你有什麼感覺？」我問。不敢相信我繼續追著這個話題，我實在忍不住想知道。他的態度，他沒有因此產生詫異的反應，讓我很不解。

「我對妳跟很多男人上床有什麼感覺？」

「對。」

他想了一會兒，說：「薇薇安，我年輕時對世界不懂的地方，現在我懂了。」

「那是什麼？」

「這個世界不是非黑即白。人在長大的時候會這麼想，覺得有什麼法則。妳以爲世間萬物有什麼法則。妳努力想過上正直的人生，但世界才不在乎妳的法則，或妳相信什麼。薇薇安，這個世界不是非黑即白，永遠也不是。我們的規矩根本什麼也不是。人生在世有時就會讓妳遇到一些事情，我是這樣想的。而人類只能想辦法盡力應對。」

「我覺得我從不相信世界非黑即白。」我說。

「哎呀，我之前是這麼想的，但我錯了。」

我們繼續前進，腳下是黑暗冰冷的東河，穩穩地朝大海流去，水流裡帶著整個紐約的汙染。

「薇薇安，我可以問妳一件事嗎？」一會兒後，他問。

「當然。」

「那會讓妳快樂嗎？」

「你是說跟很多男人上床？」

「對。」

我認眞思索這個問題。他沒有用指責的口氣問我，我覺得他是眞的很想理解我。而我不確定我之前想過這個問題，也不希望用輕率的方式回答。

「法蘭克，這麼做讓我滿足。」我終於回答：「感覺好像是，我相信我內在有一片黑暗，別人都看不見。黑暗永遠都在，碰觸不到。而跟不同的男人在一起就能滿足這片黑暗。」

「好。」法蘭克說：「我想我也許能夠理解。」

我從來沒有提過自己這脆弱的一面，我從來沒有想過要把自己的經驗轉化爲語言。不過，我覺得我的話語還是說不清楚。我解釋那片「黑暗」的時候，並不是指「罪過」或「邪惡」，我只是在說，我的想像裡有一片無底的深處，眞實世界的光亮永遠照不進去。只有性愛能夠抵達那裡，我內在的這個地方幾乎可以說是存在於人類之前，顯然也是存在於文明之前。那裡超越語言。友誼無法觸及，我的創意工作無法觸及，讚嘆與喜悅也無法觸及。我內在隱藏的這一塊只能透過性交碰觸。而當男人進入我內在那片黑暗隱密的地方時，我會覺得我好像抵達了存在的源頭。

有趣的是，在那個黑暗流放之地是我覺得最純淨、最眞實的所在。

「但至於快樂呢？」我繼續說：「你問我那樣是否會讓我快樂。我不這麼想。生命裡的其他事物讓我開心，我的工作讓我開心，我的友情及我找到的家人讓我開心，紐約市讓我開心，現在跟你一起在這座橋上漫步讓我開心，但，法蘭克，跟那些男人在一起，我卻得到了滿足。而我慢慢理解，我需要這種滿足，不然我就會不開心。我沒有說這樣是對的。我只是說，我就是這樣，而這點永遠不會改變。我已經接受了這樣的自己。如你所說，世界不是非黑即白。」

法蘭克點頭傾聽，他想理解，他能理解。

沉默了好久，法蘭克終於說：「哎，那我覺得妳很幸運。」

「怎麼說？」我問。

「因爲很多人都不曉得要怎麼滿足自己。」

31

安潔拉，我愛的對象從來不是我該愛的人。

替我安排的一切從來不會按照計畫進行。我的父母替我指出一個特定的方向——聲名卓越的寄宿學校與菁英學院，在這種地方我可以遇見應該隸屬的群體。不過，顯然我不屬於那裡，因爲時至今日，我的朋友沒有一個是來自那些地方，我也沒在那些學校舞會裡邂逅我的丈夫。

我對父母一點歸屬感也沒有，我不想住在我長大的小鎮裡。我跟克林頓的人斷了聯繫。我的母親與我只維持最表面的關係，直到她過世都是如此。至於我的父親，當然，他也只是坐在餐桌盡頭滿口牢騷的政治評論員罷了。

但後來我搬到紐約市，認識了我的佩佩姑姑，她這個人不循常規，不負責任，還是個女同性戀；她酗酒無度，花錢如流水，只想在生命裡歡快地跳來跳去，而**我愛她**。她給我的是我的整個世界。

我也認識了奧莉，她似乎不夠可愛，但我也學會愛她。我愛她的程度遠超越我對父母的愛。奧莉不是溫暖的人，沒有感情氾濫，但她忠誠也正直。她有點像是我的保鑣。她是我們的隱士。她教會我依循自己內心的道德準則。

然後我認識了瑪嬌莉・勞斯基，古怪的地獄廚房少女，她的移民爸媽做的是二手服飾的生意。她不是我該當成朋友的那種人，但她不只成了我的合夥人，還成了我的妹妹。安潔拉，我全心全意愛她，我願意爲她做任何事，她對我亦是如此。

然後是瑪嬌莉的兒子奈森，這位虛弱的小男孩，對生命本身過敏。他是瑪嬌莉的兒子，也是我的孩子。如果我按照父母的計畫前進，我肯定也會有自己的孩子，強壯、高大，騎著馬的未來工業鉅子；我現在有了奈森，這樣更好。我選擇奈森，奈森選擇我。我也愛他。

安潔拉，這些看似隨機出現的人是我的家人，這些人才是我**真正**的家人。我告訴妳這些是希望妳明白，在接下來幾年裡，我也像愛這些人一樣愛妳的父親。

我的內心無法給他更高的讚美。他與我的親密程度，就如同我這些隨機出現、美好、眞實的家人一樣。

這種愛是一口深井，周遭無比陡峭。一旦陷入，妳就永遠無法自拔。

❧

接下來幾年，妳父親會在每週的某幾個深夜打電話來，說：「我睡不著，想散步嗎？」

我會說：「法蘭克，你一直都睡不著。」

他會說：「對，但今晚失眠特別嚴重。」

無論是什麼季節，或晚上幾點，我都會答應。我一直都很喜歡探索紐約，特別喜歡夜晚。一直以來我都不需要很長的睡眠，而且，最重要的是我喜歡跟法蘭克在一起。所以他會打電話給我，我會答應見面。他會從布魯克林開車來接我，我們會一起去某個地方散步。

要不了多久，我們就走遍了曼哈頓，所以我們開始探索曼哈頓周遭的地區。我從來沒有見過對於紐約市如此瞭若指掌的人。他會帶我去我從來沒有聽說過的街區，我們會在凌晨時分探索這些地方，一邊走，一邊聊天。我們走過所有的墓園與工業區，我們去濱水區，我們穿過一排排住宅與工地。我們最後也跨過紐約大都會區的每一座橋，而紐約有很多橋。

從來沒有人來打擾我們，這點最怪。當時紐約還不是很安全，但我們走在紐約，彷彿人家動不了我們一根寒毛一樣。我們通常會深陷在對話之中，不會留意周遭狀況。神奇的是，街道保護我們，其他人則放任我們。我偶爾會想他們到底看不看得見我們，有時警察會攔下我們，問我們在幹嘛，而法蘭克會亮出他的警徽，說：「我要送這位小姐回家。」明明我們在王冠高地的牙買加人街坊裡。他總是要送我回家，這是他一貫的說法。

有時，深夜了，他會開車帶我去長島，去他認識的店家買炸牡蠣，這是一間二十四小時營業的簡餐店，可以把車開到窗口，在車上點餐。不然我們會去羊頭灣吃蚌蠣。我們把車停在碼頭，一邊看著漁船出海，一邊享用美食。春天的時候，他會帶我去紐澤西的郊區，在夜光下摘蒲公英的葉子，要做苦味沙拉用的。他告訴我，西西里人就喜歡這口味。

開車與走路，這是他唯二能做且不會焦慮的事情。

他也會聽我說話。他成了我生命裡最可靠的密友。法蘭克有一種透徹的質感，深刻、不可撼動的正直。跟一個男人在一起，從沒聽過他吹噓自己（就那個年代的男人來說，真的很罕見），而且他從來不占這個世界任何便宜，感覺很舒服。如果他做錯什麼，或犯了錯，他會在妳發現之前先從實招來。我所告訴他的一切，他從不批評，從不評斷。我閃閃發亮的黑暗特質沒有嚇跑他，他自己本身就是一片黑暗，任何人的陰影都嚇不著他。

最重要的是，他會傾聽。

我告訴他一切。遇到新情人，我會告訴他；恐懼，我會告訴他；贏得勝利，我會告訴他。安潔拉，我不習慣男人聽我講話。

至於妳父親，他不習慣女人大半夜陪他在雨裡、在皇后區走上八公里的路，只是爲了要在他睡不著的時候陪他。

安潔拉，我很清楚他永遠不會拋下妻女。他不是那種人。我也永遠不會勾引他上床。不說他的傷勢與創傷讓他永遠無法有性生活，我不是那種會跟已婚男人搞婚外情的人，我不是這種人，再也不是了。

而且，我不能說我想像過嫁給他之後的生活。整體來說，想到婚姻會讓我覺得綁手綁腳，我不想跟任何人結婚，特別是不想跟法蘭克結婚。我無法想像我們早晨坐在餐桌旁，就著報紙聊天，計畫休假。這種畫面太不適合我跟他了。

最後，就算性能夠成爲我們生活裡的一部分，我都難以確定我跟法蘭克對彼此會有同樣深情的愛與柔情。性通常只是作弊的手法，親密感的捷徑。性是直接向肉體下手，跳過了解對方眞心的方法。

所以我們以各自的方式對彼此忠誠，但保留自己個別的生活。我們唯一一塊沒有一起探索的紐約市土地是他的南布魯克林。（或房仲口裡的卡羅爾花園，雖然妳爸從沒用過這個詞。）這個街坊屬於他的家人，他的族人。出於尊重，我們的腳步默默繞過這塊土地。

他從來不認識我的家人，而我也不認識他的家人。

我曾簡單向瑪嬌莉介紹他，我的朋友當然也都知道他，但法蘭克不是善於社交的人。（我該怎麼做？搞個晚餐派對，帶他到處展示？期待這位先生的神經狀況能讓他站在一屋子人面前，拿著雞尾酒跟陌生人閒聊？別傻了。）對我的朋友來說，法蘭克是散步的幽靈。她們接受他對我很重要，因爲我說他對我很重要，但她們對他了解不深。她們怎麼會了解他呢？

我坦誠，我一度幻想他有一天認識奈森，能成爲咱們這親愛小男孩父親般的人物。不過，這樣也不成。安潔拉，他幾乎都無法勝任妳的父親一職了，妳還是他眞正的孩子，他全心全意愛著的女兒。我爲什麼要讓他擔起另一個孩子的責任，又爲此感到內疚呢？

安潔拉，我對他沒有所求，他對我也沒有要求。（除了一句：「想去散步嗎？」）

所以我們對彼此來說到底是什麼？妳會怎麼說？我們不只是朋友，這很確定，但他是我的男朋友嗎？我是他的情婦嗎？

語言文字都派不上用場。

語言文字只能形容我們不是的狀態。

不過，我可以告訴妳，在我內心角落有一處寂寞、荒無人煙的所在，我甚至不曉得這個地方存在，但法蘭克住了進去。在心裡捧著他，讓我覺得自己屬於愛。雖然我們從未同居，從未上床，但他永遠都是我的一部分。我會儲藏起一個禮拜的新鮮事，這樣我才有好事情可以告訴他。我會尋求他的意見，因爲我敬重他的倫理觀念。我特別珍惜他的臉，因爲這是他的臉，就算是他的傷疤，我都覺得特別美麗。（他的皮膚看起來像古老神聖的書籍，歷經風霜。）我們的對話內容及紐約本身，我們共度的時光與一同探索的神祕所在，通通都讓我著迷不已。

感覺我們共度的時光遠在世界之外。

我們之間的一切都不正常。

我們都在車上吃東西。

我們算什麼？

我們是法蘭克與薇薇安，在大家進入夢鄉時，一同走在紐約市裡。

法蘭克通常只有晚上才會來找我，但在一九六六年一個非常炎熱的白天裡，下午兩、三點，我接到他的電話，他問能否立刻與我見面。他的口氣聽起來很慌張，當他抵達婚紗店的時候，他跳下車，在店門口踱步，我從來沒有看他這麼緊張過。我立刻把手裡的工作交給助理，跳上車，說：「法蘭克，咱們走，現在就出發。快開車。」

他開到布魯克林的弗洛伊德·班奈特機場，一路狂飆，沒有說話。他把車子停在機場跑道盡頭的泥地上，我們可以看到海軍的飛機降落。我曉得他的情緒一定非常激動，他只有在其他事物無法讓他冷靜的時候，才會跑到弗洛伊德·班奈特機場看飛機起降。隆隆的引擎聲能夠撫慰他的神經。

我曉得現在不用問他怎麼了。等到他呼吸平順，他自然會告訴我。

於是我們坐在七月高溫的熄火汽車裡，聽著引擎發出滴答聲，慢慢冷卻。靜默，飛機降落了，繼續靜默。我搖下車窗換換氣，但法蘭克似乎沒注意到。他甚至還沒把因爲用力而泛白的指節從方向盤上移開。他穿著巡警的制服，他一定汗流浹背，但他似乎也沒有注意到。另一架飛機降落，撼動地表。

「我今天出庭了。」他說。

「好。」我說，只是要讓他知道我有在聽。

「我替去年一樁私闖五金行的案子作證。幾個孩子吸了大麻，想找點東西銷贓。他們打傷店主，以傷害罪起訴。我是第一個到現場的員警，所以。」

「我明白。」

安潔拉，妳父親經常因警務需要出庭。他不喜歡（當然，坐在人多的法庭裡讓他不舒服），但出庭從來不會像今天一樣讓他這麼激動。一定是有讓他更心神不寧的事情發生。

我慢慢等他說。

「薇薇安，我今天見到以前認識的人。」他終於說出口。他的手還緊握方向盤，他持續盯著前方。「海軍的人，南方人。他跟我都在『富蘭克林號』上，湯姆．德諾。我好幾年沒有想起這個名字。他來自田納西州，我甚至不曉得他住在紐約。那些南方人，妳總以為戰後他們就回家了，對吧？但我猜他沒有。搬來紐約，一路爬到第十一大道。他現在是律師。他今天出庭，代表其中一個闖入五金行的孩子。我猜那孩子的家長一定很有錢，請得起律師，這麼多人偏偏找湯姆．德諾。」

「你一定很意外。」我只是要讓他知道我還有在聽。

「我還記得湯姆剛上船的模樣。」法蘭克繼續說：「我不記得日期，誰會記得？但他應該是在一九四四年年初上船的。他從農場跑來，鄉下男孩。妳以爲城市孩子很強悍，但妳眞該看看那些鄉下男孩。他們大多出身貧寒，妳沒看過窮成這樣的人。我以爲我們家已經很窮了，但跟這些孩子完全不能比。他們從來沒有見過船上那麼多的存糧，他們吃飯的時候跟鬧饑荒一樣，我都記得。這是他們這輩子第一次不用跟其他十個兄弟一起搶飯吃。他們有人根本沒穿過鞋。操著聽都沒聽過的口音，完全不懂他們在講什麼。不過他們在戰場上堅強得像鬼一樣。我們沒有遭到砲火轟擊的時候，他們就很強悍，動不動就打架，或當艦隊司令在船上時，朝護衛司令的海軍陸戰隊隊員大放厥詞。妳知道嗎？他們就只懂得正面迎戰生活。湯姆・德諾是其中最慓悍的一人。」

我點點頭。法蘭克很少這麼鉅細靡遺談起船上的生活，或他在戰時認識的人。我不曉得這個話題將延伸到何處，但我曉得很重要。

「薇薇安，我從來就不像他們那麼強悍。」他還緊握著方向盤，彷彿那是救生圈，彷彿那是世界上唯一一件能夠讓他不沒入水中的東西一樣。「有一天，在飛行甲板上，我的一個小兵，來自馬里蘭的年輕人，他稍微閃神了一下，就走錯一步，腦袋就被飛機螺旋槳給吸了進去。就在我面前，他的腦袋捲了進去。我們甚至沒有遇襲，只是在進行甲板上的例行公事。現在甲板上有一具無頭屍體，最好快點清掉，因為每兩分鐘會有新的飛機飛進來。飛行甲板必須時時刻刻保持淨空。不過，我愣住了。接著，湯姆・德諾過來，他拉著屍體的雙腿，把屍體拉開，大概跟他在農場拖死豬的方式差不多吧。他沒有畏縮，他曉得該怎麼做。同一時間，我甚至仍動彈不得，湯姆還回來把我拉開，不然下個死掉的人就是我了。我，堂堂一個軍官！他，只是入伍的小鬼。薇薇安，這小鬼可能從來沒看過**牙醫**。他最後是怎麼當上曼哈頓律師的？」

「你確定你今天看到的人是他嗎？」我問。

「是**他**。他認得我，還過來跟我交談。薇薇安，他是七〇四俱樂部成員，老天！」法蘭克用痛苦的神情望了我一眼。

「我不懂那是什麼意思。」我盡量溫和地說。

「我們遇襲那天留在『富蘭克林號』上的人總共有七百零四人。蓋瑞斯艦長說那些人叫作七〇四俱樂部。他把他們打造成英雄。見鬼了，也許他們的確是英雄。蓋瑞斯說他們是『英勇的存在』，就是沒有棄船的人。他們每年會聚在一起慶祝，重新體驗那份榮耀。」

「法蘭克，你沒有棄船。就連海軍都知道，你是被大火炸下船的。」

「薇薇安，這不重要。」他說：「在這之前，我就是懦夫了。」

不安已經從他的語氣裡消失，現在他說起話來平靜得可怕。

「不，你不是。」我說。

「薇薇安，這沒什麼好吵的，我就是懦夫。在那天之前，我們已經承受了好幾個月的轟擊。我無法面對，我一直都無法面對。一九四四年七月，關島被炸得亂七八糟。我實在無法想像我們炸完之後，那座島上還能有一根不倒的草。我們把那個地方炸成地獄。然而，七月底我們的部隊上岸時，迎接我們的竟然是日本士兵和坦克車。他們是怎麼活下來的？我實在無法想像。我們的海軍陸戰隊很勇敢，日本軍人很勇敢，我一點也不勇敢。薇薇安，我根本無法忍受槍砲聲，槍口甚至不是對準我。那時我就開始這樣了，精神焦躁，顫抖。大家開始叫我『抖抖』。」

「他們眞丟臉。」我說。

「但他們沒說錯，我就是神經敏感。一天，有顆飛彈沒有從飛機上投出去，四十五公斤的大飛彈就卡在已經打開的彈艙上。駕駛員用無線電通知我們，他的飛彈卡在彈艙上，他必須夾著飛彈降落，妳能想像嗎？就在降落的時候，飛彈鬆脫，掉了出來，現在飛行甲板上有一顆四十五公斤的飛彈滾來滾去。你哥跟其他人直接跑上去，把飛彈從船邊推下去，彷彿沒事一樣，我則再次愣住了。沒辦法幫忙，沒辦法行動，什麼都做不了。」

「法蘭克，那不重要了。」我說，但他彷彿又沒有聽到我說話一樣。

「然後是一九四四年八月。」他繼續說：「我們遇上一場颱風，但我們正在突擊，大浪打在飛行甲板上，飛機還是要降落。狂風暴雨中，那些飛行員就如同降落在太平洋中央的一張郵票上，他們卻完全不畏縮。而我呢？我的雙手不停顫抖，薇薇安，那該死的飛機甚至不是我駕駛的。人稱我們的部隊為『殺手隊伍』。我們應該是最強悍的部隊，但我一點也強不起來。」

「法蘭克。」我說：「沒關係的。」

「然後十月的時候，日本人開始自殺攻擊。他們曉得他們要輸了，所以決定死得轟轟烈烈，能帶多少美國人陪葬是多少。薇薇安，他們一直來一直來。十月的某一日，他們飛了五十架飛機過來，一天就有五十架神風特攻隊的自殺飛機。妳能想像嗎？」

「不。」我說：「我不能。」

「我們的人一一把他們打下來，但隔天他們派出更多飛機。我知道其中一架飛機砸中我們只是遲早的事。大家都知道我們是活靶，距離日本海岸不過八十公里，但大家完全不怕。彷彿這沒什麼，依舊趾高氣昂。每晚，日本人派出搞心理戰的東京玫瑰，那些女播報員告訴全世界『富蘭克林號』已經沉沒。從那時候開始，我無法睡覺了，食不下咽，夜不成眠。分分秒秒都提心吊膽。至此之後我就沒有辦法睡覺。我們打下自殺攻擊的飛行員後會把他們從水裡打撈出來作為戰囚。其中一位日本飛行員被押著穿過飛行甲板去禁閉室，但他掙脫出來，跑到船邊，寧可跳水自殺，也不願成為俘虜。就在我眼前，死得光榮。薇薇安，他跑向船緣的時候，我看著他的臉，我向上帝發誓，他看起來一點也不像我這麼害怕。」

我感覺得到法蘭克迅速陷入過往，這可不妙。我必須拉他回來，拉他回到自己，回到現在。

「法蘭克，今天怎麼了？」我問：「湯姆．德諾今天在法院怎麼了？」

法蘭克吐了口氣，抓著方向盤的手握得更緊了。

「薇薇安，他今天過來找我，就在我上台作證之前。他還記得我的名字，問我在做什麼，跟我說他現在是律師了，住在上西區的哪邊，讀了哪所大學，他的孩子讀哪裡。長篇大論地告訴我，他過得有多好。他就是在遇襲後把『富蘭克林號』開回布魯克林造船廠的少數船員之一，妳知道，我猜之後他就沒有離開紐約，但他還操著農場的口音。他穿的西裝大概比我住的地方還貴。他打量起我的制服，說：『巡警？海軍軍官現在都幹起巡警來了嗎？』老天，薇薇安，我能說什麼？我只能點點頭，然後他又問『他們讓你佩槍嗎』，我說了一些像是『我有槍，但我沒開過槍』的蠢話，他又說『哎呀，抖抖，你永遠都這麼軟弱』。然後他就走了。」

「他可以直接下地獄去。」我說。我感覺到自己握緊拳頭。一股憤怒衝上腦門，我耳裡只聽得到熱血的憤怒沸騰，這聲音一度遠超過在我們面前降落的飛機引擎聲。我想找到這個湯姆．德諾，劃開他的喉嚨。**他怎麼敢講這種話**？我也想把法蘭克攬進懷裡，搖晃著他，安慰他，但我辦不到，因為這場戰爭嚴重傷害了他的心靈與身體，連愛他的女人想要擁抱他都辦不到。

一切都這麼可惡，**這麼邪惡**。

我想起法蘭克曾告訴我，當他從船上被炸入水中再浮起來時，他進入到一個徹底著火的世界。就連他周遭的海水都有火，因為整片海面全是燃燒的汽油。遇襲的航空母艦引擎一直在助長火焰，將水裡的人燒得更嚴重。法蘭克發現，只要他用力打水，他就能把火撥開，在太平洋上打造出一個沒有著火的微小空間。所以他帶著全身燒燙傷，持續打了兩個小時的水，直至獲救。他一直把火焰推開，想要在煉獄裡保留住自己世界的微小方寸。多年後，我覺得他還在做一樣的事，還是想在世界上保留一個安全的半徑範圍，在這裡他才不會繼續燒傷。

「薇薇安，湯姆・德諾說得沒錯。」他說：「我一直都很軟弱。」

安潔拉，我真的很想安慰他，但我能怎麼做？我除了坐在車裡，聽他說這個可怕的故事之外，我能提供他什麼？我想告訴他，他很勇敢，很堅強，很英勇，而湯姆・德諾跟其他那些七〇四俱樂部的人都錯了，但我曉得這不會管用。他根本聽不進這些話，他根本不相信。不過，我還是必須說點什麼，因為他陷在如此痛苦之中。我閉上雙眼，乞求我的腦袋讓我說些什麼有幫助的話，然後我開口，盲目相信命運與愛能讓我說出正確的話語。

「如果那是真的呢？」我問。

我的語氣比我想像中還要嚴厲。法蘭克詫異轉頭看我。

「法蘭克，如果你真的很軟弱呢？你的確不是作戰的料，你根本無法面對戰爭，如果這些敘述是真的，那又怎樣？」

「的確是真的。」

「對，好，咱們為了理論下去，姑且說這些都是真的，但這意謂什麼？」

他沒有說話。

「法蘭克，這代表什麼？」我質問道：「回答我。然後把你的手從那該死的方向盤上移開。我們沒有要去什麼地方。」

他放開方向盤，將手輕輕擱在大腿上，然後低頭望著雙手。

「法蘭克，如果你很軟弱，那又代表什麼？告訴我。」

「那代表我是懦夫。」

「這又代表什麼?」我繼續追問。

「這代表我是一個失敗的人。」他的聲音好小,我差點聽不見。

「不,你錯了。」我說,我這輩子從來沒有這麼肯定過。「法蘭克,你錯了。這不代表你是失敗的人。你想知道這些到底代表什麼嗎?代表這些什麼也不是。」

他不解地愣看著我。他從來沒有聽過我講話這麼嚴厲。

「法蘭克.格雷柯,你給我聽清楚了。」我說:「如果你是懦夫,咱們爲了繼續理論,姑且說你是好了,而這種標籤一點意義也沒有。我的佩佩姑姑,她是酒鬼,她酗酒無度,酒精毀了她的生活,把她搞得一團糟,而你知道這意謂什麼?什麼也不是。你覺得無法控制酒精會讓她成爲壞人?失敗的人?當然不會。這就是她,就這樣而已。法蘭克,她剛好遇上酒精中毒而已,大家都會遇到不一樣的事情。我們就是這樣,沒辦法改變。我的姑丈比利,他沒有辦法遵守承諾,沒有辦法忠於一個女人。這意謂什麼?什麼意義也沒有。法蘭克,他是一個很棒的人,但他完全不可靠。他就是這種人,而這不能代表什麼。我們還是很愛他。」

「但男人就應該要勇敢。」法蘭克說。

「那又怎樣!」我幾乎大吼:「女人就該純潔,但你看看我。法蘭克,我跟數不清的男人上床,你知道這對我來說算什麼嗎?什麼也不算。就只是這樣而已。法蘭克,你自己說的,這個世界不是非黑即白。這是我們認識的第一晚你說的,用你自己的話語來了解你的人生。世界不是黑白分明。人都有某種天性,就這麼簡單。而人會遇到各種事情,各種他們無法控制的事情。你遇到了戰爭,但你的本質就不適合戰場,那又怎樣?這一切都他媽的算不了什麼。別再這樣折磨自己了。」

「但湯姆.德諾那種堅強的——」

「你根本不了解湯姆・德諾。我向你保證，他也有問題。一個成年人跑來跟你講那種話？這麼刻薄？噢，我敢發誓，他也遇到生命裡的問題了。然後他成了殘缺的人。我是不在意那個混蛋啦，但，法蘭克，他的世界也不是非黑即白的。這件事你可以打包票。」

法蘭克開始哭，看得我也差點哭出來，但我忍住淚水，因爲他的眼淚更爲重要，更爲罕見。這一刻，我願意用幾年壽命換得擁抱他的機會，安潔拉，這一刻，我眞的好想抱他，但實在不可能。

「這不**公平**。」他一邊說，一邊顫抖啜泣。

「對，親愛的，這不公平。」我說：「不公平，但就是**這樣**。法蘭克，事情就是這樣，而這**不能代表什麼**。你是一個很棒的人，你不失敗。你是我見過的人裡最棒的一個。這才是重要的事。」

他一直哭，跟平常一樣，他跟我保持一段安全距離，但至少他沒有緊握著方向盤。至少他能告訴我發生了什麼事。在他這輛悶熱小車的隱私範圍裡，他世界的這個角落此時沒有著火，至少他能說出眞相。

我會陪他在車裡直到他平靜下來。我曉得他需要多少時間，我都會陪他。我能做的只有這樣。這是我今天唯一的工作——陪伴這個善良的人。從車子另一邊看顧他，直到他穩定下來。

等到他終於能控制自己，他用哀傷到不行的目光望向窗外，說：「那我們到底能怎麼辦？」

「法蘭克，我不知道，也許不怎麼辦，但我就在這裡。」

這時，他才轉頭看我，說：「薇薇安，沒有妳，我活不下去。」

「很好，你永遠都不會失去我。」

安潔拉，這是我跟妳父親對彼此說出最接近「我愛你」的話。

32

一如往常，時光飛逝。

我的佩佩姑姑於一九六九年因肺氣腫過世。她抽菸抽到生命最後一刻。她走得很辛苦，肺氣腫是很可怕的死法。遭受如此痛苦與不適之下，病人都無法保持原本的自己，但佩佩努力維持住自己，她依舊樂觀、熱情、不怨天尤人。不過，她慢慢喪失呼吸的能力，看著一個人掙扎呼吸眞的很可怕，彷彿見證了一個人緩緩淹死一樣。最後，雖然悲傷，我們還是很慶幸她終於安詳離世。我們實在受不了看她繼續受苦。

我發現，活出豐富人生的長者過世，臨走前還有幸由所愛之人送她最後一程，對於這樣的「悲劇」，我們的哀傷是有限度的。畢竟，不堪的活法有很多種，不堪的死法也有很多種。佩佩從出生到死亡都非常幸運，這點，沒有人比她更清楚。（「我們運氣可好的。」這話她總掛在嘴上。）不過，安潔拉，她是我生命裡最重要、影響我最深的人，失去她讓我心痛。直到今日，就算過了這麼多年，我都相信，少了佩佩．布威爾，這個世界失色了不少。

她的死帶來的唯一好處是我終於戒菸了，這大概是我還活到今天的原因。

這是那位好女人慷慨送我的另一份禮物。

佩佩死後，我非常擔心奧莉。這麼多年來她都負責照料我的姑姑，現在她有時間了，她該做什麼？但我實在不用操心。薩頓廣場附近有一間長老教會，一直缺志工，所以奧莉找到了自己可以派上用場的地方，她在那邊主持主日學課程，籌備募款活動，告訴大家該做什麼。她好得很。

奈森長大了，個子卻沒長多大。他所有的教育都是在貴格派學校完成，只有這個環境對他來說才夠溫和。我和瑪嬌莉想要讓他發掘自己的熱情（音樂、藝術、劇場、文學），但他這個人跟熱情就是無緣。他喜歡感受到安全、舒適。所以我們讓他活在溫和的世界裡，用我們和平的小宇宙覆蓋他整個人。我們對奈森沒有太多要求，他只要做自己就已經夠好了。有時，我們會因爲他撐過了一天而替他感到驕傲。

瑪嬌莉會說：「不是每個人都要提著長矛進攻世界。」

我會說：「沒錯，瑪嬌莉。提著長矛進攻這種事留給妳就好。」

雖然一九六〇年代社會巨變，結婚的人變少了，但L'Atelier的生意還是很好。我們有一點倒是非常幸運，我們從來就不是「傳統」婚紗店，所以當傳統式微的時候，我們還是走在時尚的尖端。早於「古著」這個詞成爲流行之前，我們販售的靈感就已經來自古著禮服。所以當反文化來襲時，所有的嬉皮都穿著瘋狂的老舊服飾，我們可沒有遭到排斥。事實上，我們找到新的客戶群。我成了許多口袋滿滿花之子的裁縫。我替菁英銀行家的嬉皮女兒製作婚紗，衣服讓她們看起來像是從草原冒出來的，而不是出生於上東區，讀布萊利女子中學。

安潔拉，我愛六〇年代。

平心而論，我不該愛這年代的任何一刻。就我的年紀來說，我應該是那種滿口牢騷、到處抱怨社會敗壞的老屁股，但我從來就不是社會的熱中分子，所以看到社會面臨挑戰，我倒是不覺得怎麼樣。事實上，我樂見所有的反抗、譁變與創意的表達。當然，我也愛這時代的服裝。

多棒啊！這些嬉皮把我們的街頭變成了一座馬戲團！一切無憂無慮，充滿歡樂。

一九六〇年代也讓我覺得驕傲，因為某種程度上，我身邊的人已經預言了所有的轉變與動盪。

性愛革命？我早就開始了。

如同夫妻同居的同性戀伴侶？這基本上是佩佩和奧莉發明的吧？

女性主義及單親媽媽？瑪嬌莉已經搶先進行了。

憎恨衝突，愛好非暴力運動？哎呀，我要向您介紹一位名叫奈森·勞斯基的可愛小男孩。

我可以非常驕傲綜觀一九六〇年代所有的文化動盪與轉變，因為我知道：

我們這群人走在時代的前面。

然後，一九七一年，法蘭克請我幫忙。

安潔拉，他問我能不能替妳製作婚紗。

這件事讓我產生各種層次的驚訝。

首先，我是真的很意外妳就要結婚了。這跟妳父親嘴裡說的妳不太像。他很驕傲妳在布魯克林學院完成碩士學位，還在哥倫比亞大學得到博士，而且專攻心理學。（「有我們家這種家族史，她還會讀什麼？」這可是他說的。）妳不自行執業，反而去貝爾維尤醫院工作，這點讓妳爸覺得很有意思。因為選擇貝爾維尤意謂妳每天都要面對最嚴重、最棘手的精神病患。

他說，妳的工作已經成了妳的生活，他非常贊同。他很高興妳不像他，年紀輕輕就結婚。

他曉得妳不是傳統女性，妳是知識分子。他很驕傲妳的才識。他很高興妳開始以壓抑回憶的創傷作為博士後研究的主題。他說你們父女倆終於找到可以溝通的話題，而他有時也會幫妳整理資料。

他之前會說：「安潔拉心思太細膩，太優秀，沒一個男人配得上她。」結果，一天，他忽然告訴我，妳交了男朋友。

法蘭克沒料到這點。妳這時已經二十九歲了，也許他以為妳會永遠單身。別笑，但我懷疑他覺得妳是同性戀！而妳邂逅了妳喜歡的對象，想帶他回家一起共進週日晚餐。妳男友原來是貝爾維尤醫院的保全組長。他是剛從越戰退伍的軍人，布魯克林布朗斯維爾土生土長的孩子，現在回到紐約市立學院研讀法律。他是黑人，名叫溫斯頓。

安潔拉，法蘭克對於妳跟黑人交往，他一點異議也沒有，一點也沒有。我希望妳知道這點。而且，他敬佩妳將溫斯頓帶去南布魯克林的勇氣。妳爸看到鄰居的神情覺得非常滿意，妳讓他們尷尬不安，而且那些批判完全沒有影響妳。不過，最重要的是，他喜歡也尊重溫斯頓。

「她真棒。」他說：「安潔拉總是知道自己要什麼。她不會害怕走出自己的路。她做出很棒的選擇。」

而就我的理解，妳母親對妳與溫斯頓的事情好像沒有這麼樂觀。

根據妳父親的說法，他跟蘿賽拉就只有針對溫斯特吵過架。法蘭克一直都順從妳母親的意見，她覺得怎樣對妳最好就好，但是，在這件事情上，他們有了不同的意見。我不曉得他們爭論的細節，那不重要。不過，到頭來，妳母親也改變態度了，至少我是這樣聽說的。

（安潔拉，再說一次，如果我告訴妳的一切有什麼不正確的地方，我向妳道歉。我注意到我此時開始說起妳的人生故事，我覺得不安。妳顯然比其他人更清楚這些事，還是，也許妳沒有那麼清楚。我實在不曉得妳對父母爭執的內容知情多少。我只是不想漏掉任何妳也許沒有注意到的事情。）

然後，一九七一年早春，法蘭克告訴我，妳要與溫斯頓結婚了，舉行簡單的儀式。妳爸請我幫妳製作禮服。

「安潔拉希望這樣嗎？」我問。

「她還不知道。」他說：「我會說服她的。我會請她過來找妳。」

「你要安潔拉來見我？」

「薇薇安，我就這麼一個女兒。依我對安潔拉的了解，她這輩子只會結這一次婚。我要妳幫她製作禮服，這對我來說意義重大。所以，對，我希望安潔拉來見妳。」

❧

某個星期二早上，妳早早來到店裡，因爲妳九點還要趕去工作。妳父親的車就停在店門口，你們一起走進來。

「安潔拉。」法蘭克說：「這是我的老朋友薇薇安，之前跟妳說過了。薇薇安，這是我女兒。好，我就讓妳們聊聊了。」

語畢他就出去了。

見客戶從來沒有讓我這麼緊張過。

更糟糕的是，我立刻注意到妳的抗拒。妳不只抗拒，我看得出來妳非常不耐煩。我注意到妳不懂爲什麼妳的父親這輩子完全沒有干涉過妳的人生，卻堅持要帶妳來這裡。我看得出來妳不想來。我看得出來（因爲我對這種事的直覺很準），妳根本不想穿禮服。我敢打賭，妳覺得禮服很土，很老派，是在看不起女人。我敢打包票妳計畫穿妳身上這身衣服結婚：鄉村風格罩衫、牛仔裙，還有木屐鞋。

「格雷柯醫生，很高興見到妳。」我說。

我希望妳滿意我稱呼妳的頭銜。（請原諒我，但因爲我聽了很多年關於妳的事蹟，妳這頭銜讓我都覺得很驕傲！）

妳的禮貌無懈可擊。「薇薇安，我也很高興認識妳。」妳說，臉上掛著已經是妳最大限度的溫暖笑容，畢竟妳顯然希望妳在別的地方。

安潔拉，我發現妳是個讓人敬畏的女人。妳沒有妳爸的身高，但妳有他的專注。你們有同樣不斷探尋的深色雙眼，透露出好奇與狐疑。妳似乎散發著智慧的氣息。妳的眉毛濃密嚴肅，我喜歡妳顯然沒有修過眉毛。而妳跟妳父親一樣，都有源源不絕的精力。（當然，沒有他那麼躁動，妳眞是太幸運了！但還是引人注意。）

「聽說妳要結婚了。」我說：「恭喜。」

妳直接切入重點。「我不是很喜歡婚禮……」

「我完全明白。」我說：「信不信由妳，但我也不是很喜歡婚禮。」

「那妳的職業選擇倒是挺怪的。」妳說，我們都笑了。

「聽著，安潔拉。妳完全不用來這裡。如果妳不打算買婚紗，完全別擔心會傷我的心。」

妳現在倒是看起來退卻了，也許是擔心自己冒犯了我。

「不，我很高興來到這裡。」妳說：「這對我父親來說很重要。」

「這倒是。」我同意。「妳父親是我的好朋友，也是我認識的人裡最了不起的一個人。不過，在我這行裡，我不在乎父親怎麼說，也不在乎母親怎麼說，我只在乎新娘的想法。」

聽到「新娘」這兩個字，妳稍微面露難色。就我的經驗來說，天底下只會有兩種女人結婚——愛當新娘的女人，以及不愛當新娘但還是硬著頭皮上場的女人。我眼前這位小姐是哪一種人，答案顯而易見。

「安潔拉，讓我告訴妳一件事。」我說：「稱呼妳安潔拉，妳可以接受嗎？」

當著妳的面叫妳的名字感覺實在好怪，這名字我很熟，我已經聽了好幾年了！

「沒問題的。」妳說。

「我可以假設妳對傳統婚禮覺得厭惡反感嗎？」

「沒錯。」

「如果妳能作主，妳會希望趁著午休時間，去郡書記官那邊登記結婚就好？或是根本不要有形式，只是持續投入關係，根本不用一紙政府文書？」

妳微笑，我再次感覺到妳的智慧。妳說：「薇薇安，妳看透我了。」

「那一定是妳生命裡有人希望替妳舉辦體面的婚禮，是誰？令堂嗎？」

「是溫斯頓。」

「啊，妳的未婚夫。」妳又面露難色。我真是選錯字眼。「也許我該說妳的伴侶。」

「謝謝。」妳說：「對，是溫斯頓。他想要婚禮。他說他想站在全世界面前宣揚我們的愛。」

「眞甜蜜。」

「我猜是吧。我很愛他。我只是希望婚禮當天能夠派替身上場，替我完成任務。」

「妳不喜歡成爲目光的焦點。」我說：「妳父親老跟我這麼說。」

「我討厭成爲目光的焦點，我甚至不想穿白色。我都這把年紀了，也太荒謬。不過，溫斯頓倒是很想看我穿白色禮服。」

「多數新郎都會這麼想。白色禮服有一個特點，暫且撇開貞操這令人不快的問題，也暗示了新郎，這天不是普通的日子。顯示出他是獲選之人。這是我這幾年來學到的經驗，能夠看著新娘穿白色禮服走向他們，這對男人來說意義非凡。能夠協助他們壓下不確定感。而妳會非常驚訝男人眞的很沒安全感。」

「眞有意思。」妳說。

「哎呀，只是看多了。」

此時，妳放鬆了下來，可以看看周遭的東西。妳走到我的樣品架，上頭滿滿都是克里諾林裙撐、緞子跟蕾絲。妳開始用受苦的神情翻起這些樣本。

「安潔拉。」我說：「看得出來妳不會喜歡這些禮服。事實上，妳會討厭它們。」

妳無奈地放下雙手。「是嗎？」

「聽著，我這邊現在沒有適合妳的禮服，我甚至不會讓妳試穿這邊的樣品，妳不適合，妳是十歲就能修理自己腳踏車的女孩。親愛的，我是老派的裁縫，我只注意一件事，那就是，我相信洋裝不只要襯托女人的身材，還要烘托她的智慧。展示間裡的衣服都配不上妳的智慧，但我有個點子。來我的工作室坐坐吧？如果妳有時間，咱們一起喝杯茶？」

❧

我從來沒有帶過新娘來我的工作室，我的工作室位於店鋪後方，裡頭是一團混亂。我寧可讓客人留在我跟瑪嬌莉打造出來的前方店面，那才是漂漂亮亮、充滿魔法的空間，奶油色的牆面搭配上精緻的法國家具，還有從街道櫥窗透照進來的斑爛陽光。妳知道，我喜歡把我的新娘留在女性的幻想之中，多數新娘都喜歡這樣。不過，我看得出來妳不想沉溺在這種幻想裡。我覺得妳來我實際工作的空間可能會比較自在。而我知道在工作室裡有一本書，我想讓妳看看。

所以我們前往工作室，我替我們泡了兩杯茶，然後我把書拿給妳看，那是瑪嬌莉某年聖誕節送我的圖鑑，裡面有很多古董婚禮照片。我翻到一張一九一六年的法國新娘照片。她穿了一襲簡單的圓柱形禮服，長度剛好到腳踝，完全沒有裝飾。

「我覺得妳可以穿類似的禮服，不要傳統的西式禮服。不要荷葉邊，不要太多誇張的裝飾。妳可以自由活動，穿起來很舒適。上方看起來會有點像和服，軀幹的部分是兩條簡單的布料繞過胸部？這種風格在青少女之間風行過一陣子，特別是在法國，爲了要讓禮服的設計帶有一點日本色彩。我一直覺得這種衣服的輪廓很美，說眞的，沒比浴袍複雜到哪兒去。很優雅。對多數人來說太簡單了，但我喜歡。我覺得這種禮服會適合妳。妳有沒有注意到腰線很高？然後腰際旁邊綁了一條寬寬的緞帶？有點像和服的寬腰帶？」

「寬腰帶？」妳現在興趣來了。

「日本正式的腰帶。事實上，做給妳穿的禮服我會選奶油白，這樣才能滿足婚禮現場的傳統人士，而腰上我會幫妳配一條眞正的日本寬腰帶。我會建議用紅色和金色的腰帶，鮮明又大膽，暗示了妳人生選擇了不落陳套的道路。咱們就跳過什麼『舊的、藍的』這種陋習，好嗎？我會教妳兩種不同的綁帶方法。傳統上，已婚和未婚日本女性會有兩種不同的打結方式。我們會先打未婚女子的結，然後在婚禮上，溫斯頓可以幫妳解開，妳再打已婚女性的結。也許這可以算是整個儀式。當然，以妳的意願爲主。」

「聽起來非常有趣。」妳說：「我喜歡這個想法，非常喜歡。謝謝妳，薇薇安。」

「我唯一的遲疑是也許這樣會讓妳爸不高興，看到日本的設計元素。因爲他過去參戰的歷史什麼的，但我不確定。妳覺得呢？」

「不，我不覺得他會怎麼樣。如果眞的有關的話，他應該會欣賞這種關聯性。彷彿是我穿了能夠代表他過去一小段歷史的服裝一樣。」

「我可以想像他這麼想。」我說：「不管怎麼樣，我會先跟他說一聲，這樣他才不會覺得措手不及。」

但妳似乎分神了，妳的神情變得緊繃銳利，妳說：「薇薇安，可以問妳一件事嗎？」

「當然。」

「妳跟我爸到底是怎麼認識的？」

安潔拉，上帝幫幫我，我實在不曉得這一刻我臉上走漏了什麼神情。如果要我猜，我想大概看起來像結合了內疚、恐懼、哀傷及驚恐的表情吧。

妳看到我的不安，連忙說：「妳肯定可以明白我的困惑。因爲我爸根本不認識任何人，他不與人交談。他卻說妳是他的密友，這根本不合理。他完全沒有朋友。就算是他在街坊的老朋友，現在也不跟他往來了。而妳甚至不是我們街坊的人，但妳對我了解這麼多，甚至曉得我十歲的時候會修腳踏車。妳怎麼會知道這種事？」

妳坐著等待我的答案。我居於劣勢。安潔拉，妳是受過訓練的心理學家，隱藏內心眞實感受是妳的專業。妳在工作上遇過各種瘋狂行徑與謊言。我覺得妳有全世界的時間可以等我回答，而妳當下就會知道我是否說謊。

「薇薇安，妳可以跟我老實說。」妳說。

妳臉上的神情不帶敵意，目光卻令人生畏。

但我怎麼能告訴妳眞相？我根本沒有立場告訴妳什麼，我也不能侵犯妳父親的隱私，或在妳婚禮前夕惹妳不高興啊。而且我該怎麼解釋法蘭克與我的關係？就算我告訴妳眞相，妳會相信我嗎？也就是，「我跟妳爸過去六年來一週會有好幾晚一起共度，但我們就是一邊散步一邊聊天」而已？

「他是我哥哥的朋友。」我終於開口：「法蘭克和華特一起在戰時服役。他們是預官學校的同梯，最後一起上了『富蘭克林號』。航空母艦遇襲那天，妳爸受傷，我哥命喪大海。」

安潔拉，我說的都是眞話，除了我哥和妳爸是朋友之外。（他們的確認識，但稱不上朋友。）我一邊說，一邊感覺到熱淚盈眶，不是爲了華特哭，甚至不是爲了法蘭克哭。只是爲了現在**這個狀況**落淚，坐在我深愛男人的女兒面前，我這麼喜歡她，卻不能把話說清楚。此刻的淚水，如同我生命裡其他時刻的眼淚一樣，都是因爲發現自己身處於棘手困境的兩難之中。

妳的神情柔和了起來。「噢，薇薇安，我很抱歉。」

這一刻妳有很多問題可以問我，但妳都沒有問。妳看得出來哥哥這個話題讓我難過。我相信妳是有同理心的人，不會繼續追問。總之呢，妳已經得到了一個答案，這個答案也**說得過去**。我看得出來妳懷疑事情沒有這麼單純，但因爲妳的善良，妳選擇相信我告訴妳的話，或至少沒有繼續追問更多的資訊。

所幸妳沒有繼續問，我們回去討論妳的禮服。

那的確是一件很美的禮服。

接下來兩個禮拜我都在忙這件禮服。我親自在紐約尋找最漂亮的古董寬腰帶（又寬又長，紅底加上金色的鳳凰刺繡）。價格貴得要命，但全紐約沒有第二條。（放心，我沒跟妳爸算錢。）

我用奶油色的合身軟緞製作禮服。爲了讓妳覺得支撐力比較夠，我在禮服內加了底裙，還有固定的胸墊。我不讓助理，甚至瑪嬌莉，碰這件禮服。每一針、每一線都是我親手縫紉，俯首在工作上的態度如同虔誠的靜默。

雖然我曉得妳不喜歡裝飾，卻實在忍不住。在妳心臟部位兩條帶子交會之處，我縫了一顆小小的珍珠，這是從昔日我奶奶的項鍊上取下來的。

安潔拉，這是一份小小的禮物，從我的家族傳到妳的家族。

33

一九七七年十二月，我收到妳的信，妳父親過世了。

我先前已經察覺到事情非常不對勁。我已經快兩週沒有法蘭克的消息，這很不尋常。事實上，在我們十二年的關係裡，這種事從來沒有發生過。我愈來愈擔心，非常擔心，但實在不曉得該怎麼辦。我從來沒有打電話去法蘭克家，而且因爲他已經從警隊退休，我也不能打電話去分局找他。我不認識他的任何朋友，所以我不能聯絡任何人，詢問他是否安好。我更不可能跑去敲起他位於布魯克林的家門。

然後，我接到了妳寄來L'Atelier的信。

這麼多年過去，我一直留著這封信。

親愛的薇薇安：

我抱著沉重的心情寫信通知妳，我的父親在十天前過世。他走得突然。那晚他跟平常一樣在我們家附近散步，人卻倒在人行道上。他可能心臟病發作，但我們沒有要求驗屍。他的死震驚了我與母親，我相信妳能夠想像。我的父親有其脆弱，這點毋庸置疑，但他的身體一直都很好。他的精力如此旺盛！我以為他會永生不死。我們在他受洗的教堂舉行了簡單的儀式，他與他的父母一同長眠在綠蔭公墓。薇薇安，我要向妳致歉，一直到葬禮結束後，我才驚覺我該立即與妳聯絡。我曉得妳與我父親是很好的朋友，他顯然也會希望能通知妳一聲。請原諒這封遲來的信。抱歉我必須傳達這麼悲傷的消息，我也抱歉沒有早點聯繫妳。如果有任何我或我家人能夠替妳做的事情，請務必讓我知道。

誠摯的，

安潔拉・格雷柯

妳保留了妳的閨名。

早在我徹底意識到他過世之前，我立刻就注意到了妳的名字，別問我爲什麼。

我心想：**安潔拉，妳真棒！妳沒有改夫姓**。

然後法蘭克過世的消息襲擊了我，就跟妳想像的一樣：我跪倒在地，大哭起來。

沒有人想聽別人的哀傷（不管怎麼說，每個人的哀傷程度其實都是差不多的），所以我就不細數我的哀傷。我只能說，接下來幾年我過得很煎熬，我從來沒有感受過這種煎熬與寂寞。

安潔拉，妳父親在世時相當特別，他死後也非常奇特。他的存在還很鮮明。他會造訪我的夢，紐約的氣味、聲音與感官帶他來到我身邊。曼哈頓春天銀杏花酸奶般的味道、打在炙熱碎石路上的夏雨氣味、冬日街邊小販賣的蜜糖堅果香氣讓他來到我身邊。歐息鴿子的咕咕叫聲、警車的尖銳聲響讓他來到我的身邊。整個紐約都是他的身影，但他的缺席卻在我心頭留下沉重也深刻的寂靜。

我繼續過我的日子。

就算他離開了，我的每日例行公事似乎還是保持原樣。我住在同一個地方，做同樣的工作，和同樣的親朋好友在一起。法蘭克從來就沒有踏入我的日常生活之中，所以怎麼會有改變呢？我的朋友都曉得我失去了一個很重要的人，但他們不認識他。沒有人曉得我愛他愛得這麼深（我該怎麼解釋他這個人呢？），我並沒有寡婦這種公開哀悼的權利。再怎麼說，我也不覺得自己是未亡人。那是妳母親的角色，不屬於我。我從來不曾當過人家的妻子，又怎麼能成為寡婦呢？本來就沒有正確字眼能夠形容我與法蘭克的關係，所以在他死後我所感覺到的空缺私密又無可名狀。

最貼近的形容是：我半夜醒來，躺在床上，等待他的來電，等著他說：「妳醒著嗎？想出去散步嗎？」

法蘭克死後，紐約市似乎縮小了。所有我們一同用雙腳探索過的遙遠街區都不再對我敞開。那些地方不是形隻影單女人該去的，就算是像我一樣獨立的女人也不該去。而在我想像的地圖裡，許許多多親密的「街區」，現在也通通關閉。我有些話題只能對法蘭克啓齒，我內心深處有些地方只有他能藉由聆聽進入，我自己一個人卻再也無法碰觸這些所在。

就算如此，我想讓妳知道，少了法蘭克，我還是過得很好。我已經從傷痛中走出來了，人最後都會走出來的。我發現我又回到歡樂之中了。安潔拉，我一直都很幸運，特別是我天生就不是絕望陰鬱的人。就這方面，我總是有點像我的佩佩姑姑，謝天謝地，我們都不會憂鬱。在法蘭克過世後的幾十年間，各種美好的人出現在我的生命裡。令人興奮的情人、新朋友、我選擇的家人。我從來不缺陪伴，但我也一直沒有停止想念妳的父親。

別誤會，其他人也很善良慷慨，但沒有人是*他*。沒有人像那個男人，彷彿是一口深不見底的黑井，他也像走動的懺悔室，能夠吸收妳告訴他的一切話語，但不批判，不擔憂。

再也沒有人能夠成爲那美好又黑暗的靈魂，似乎永遠跨立在生與死兩個世界之間。

再也沒有人，因爲法蘭克獨一無二。

所以，安潔拉，我對於妳父親來說，到底是什麼人，或該說，他之於我有什麼意義，妳等這個答案已經等很久了。

我已經盡量誠實也完整回答妳的問題了。我要抱歉解釋了這麼久，但如果妳眞的是妳父親的女兒（我相信妳是），我知道妳會是好聽眾，妳會是那種想要聽到故事全貌的人。而且，讓妳知道關於我的一切，對我來說相當重要，這樣妳就能自行評斷我這個人，無論妳覺得我是好是壞，是忠誠或墮落。

但，安潔拉，我必須再重申一遍：我跟妳父親從來不曾擁抱、親吻或上床過。雖然他是世界上唯一一個我眞心愛過的男人，而他也愛我。我們不明說，因爲不用說，我們再清楚不過。

儘管如此，我想告訴妳，在這麼多年相處的歲月裡，妳的父親在我面前終於能夠放鬆到把手背放在我的掌心裡，而且他不會痛苦畏縮。我們能夠坐在他的車裡，很長一段時間，享受這無聲碰觸帶來的慰藉。

我這輩子看過最多日出的歲月，都是和他一起度過的。

隨著太陽升起，全程握著他的手，如果這麼做，我是在剝奪妳或妳的母親，那我乞求妳的原諒。

但我並不覺得我剝奪了誰。

所以呢，安潔拉。

我很遺憾聽到妳母親過世的消息。我向妳表示哀悼之意。我很高興聽到她活到如此高壽。我希望她活得精彩，走得平靜。我希望妳在哀傷之時，心靈強大有力。

我同時也想說，我很高興妳找到了我，所幸我還住在L'Atelier樓上！我猜這就是永遠不改名、不換地方住的好處吧。大家都曉得要去哪裡找妳。

不過我必須告訴妳L'Atelier已經不再是婚紗精品店了，而是奈森·勞斯基經營的咖啡與果汁鋪。樓房倒是我的，十三年前，瑪嬌莉過世時將房產留給了我，曉得我比奈森還會經營地產。所以她把房子完全交給我，讓我好好照顧這個地方。我也協助奈森做起他的小生意，協助他營運。相信我，所有找得到的幫手，他都需要。奈森，可愛討喜，卻不會有什麼驚人之舉。不過，我很愛他。他總說我是他的「另一個媽」。我很高興能夠有他的愛與關懷。事實上，可能是因爲他的照料，我這把年紀還是健康到讓我尷尬。而我也照顧他。我們彼此互相關照。

因此，我還在這裡，還住在一九五〇年住的地方。

安潔拉，謝謝妳聯絡我。

謝謝妳要我說出眞相。

我把一切都告訴妳了。

⁂

我就要擱筆了，但我還有一件事想說。

多年前，愛德娜·帕克·華生說我永遠也不會是有趣的人。她也許說對了，這我無法評斷，我也不會知道。她也說我是最糟糕的女人，也就是說，我無法跟別的女人交朋友，因爲我「玩的都不是我的玩具」，就這件事上頭，愛德娜錯了。這麼多年來，我跟許許多多女人成爲好友。

我說過，我這輩子就會兩件事：上床與縫紉，但我根本是妄自菲薄，因爲，事實上，我也善於當別人的好朋友。

安潔拉，我告訴妳這點是因爲，如果妳願意，我想向妳伸出友誼的雙手。我不曉得妳是否在乎我的友情。讀完這封信，妳也許永遠都不想與我有任何瓜葛，妳也許認爲我是個卑劣的女人。這些都可以理解。我並不覺得自己卑劣（我再也不覺得任何人卑劣了），不過是否眞是如此，這點就留給妳來評斷。

但我非常希望妳可以思考一下我的提議。

妳知道，在我寫這些紙頁給妳時，我腦海裡的妳是一位年輕姑娘。對我來說，妳永遠都是一九七一年走進婚紗店裡那個堅定、聰明、廢話不多說的二十九歲女權主義者。不過，我現在才想到妳也不是小姑娘了。就我估算，妳快七十歲了，而我顯然也不年輕。

隨著年紀漸長，我了解生命就是這麼回事：安潔拉，妳會開始失去別人。這可不是說人類曾經少過，噢，才沒這種事。只不過，隨著光陰飛逝，屬於妳的人只會愈來愈少——妳愛過的人，認識妳所愛之人、同時也愛著他們的人，知道妳完整故事的人。

死亡開始一一擰走他們，一旦他們離開，就很難找其他人取代。過了某個年紀，要交新朋友就不容易了。世界變得寂寞空蕩，儘管它充斥著剛出現的清新年輕靈魂。

我不確定妳是否已經開始有這種感覺，但我有。而妳說不定有一天也會感同身受。

這一切就是我想這樣結束這封信的原因，雖然妳什麼也不欠我，我也完全不期待什麼，但妳對我來說相當珍貴。如果妳發現妳的世界寂寞空蕩，而妳需要一位新朋友，請記得我在這裡。

當然，我不曉得我還會待上多久，我親愛的安潔拉，但只要我還存在於世界上，我就屬於妳。

謝謝妳的傾聽，

薇薇安・莫里斯

致謝

諸多（昔日或現在）慷慨紐約人分享自己的生命故事協助我完成這本書。

布魯克林土生土長的瑪格麗特・寇帝（Margaret Cordi），她是我長達三十年來聰明、親愛的朋友，是她帶領我研究，陪著我到處探勘，尋找資料來源，還在極短時間內校對完這麼多紙張。她也在我受到截稿日巨大壓力下，激起我對本書的歡樂與欣喜。基本上沒有她，這本書就不可能完成。咱們再一起寫本小說，妳覺得如何？

我永遠感激諾瑪・阿米歌（Norma Amigo），她是我見過最棒、最有個人魅力的九旬女子，謝謝她和我分享她在曼哈頓擔任歌舞女郎時的日日夜夜。多虧了諾瑪不加掩飾的肉慾追求與獨立（以及她對「爲什麼妳不想結婚」這個問題不宜出版的答案），才得以讓薇薇安成爲完整、自由的存在。

爲了更多一九四〇、五〇年代紐約市的娛樂世界，我也要感謝演員佩姬・溫斯洛・包恩（Peggy Winslow Baum）、已故音樂家兼製作人菲莉絲・威斯騰曼（Phyllis Westermann）、舞者波莉特・哈伍德（Paulette Harwood），以及替齊格菲俱樂部（Ziegfeld Club）把薪火保存下來的蘿莉・山德森（Laurie Sanderson）。

爲了協助我理解且挖掘永遠將不復存在的時代廣場，大衛・弗利蘭（David Freeland）是不可或缺也相當迷人的導遊。

夏倫・米歇爾（Shareen Mitchell）對婚紗、時尚及如何放低姿態服務緊張的新娘有絕佳的見解與敏感度，她打造出薇薇安這方面的故事。同時感謝莉雅・卡希爾（Leah Cahill）的縫紉與裁縫課程。感謝傑西・梭恩（Jesse Thorn），當我對男性時尚有疑問時，他就是我寶貴的緊急聯絡人。

感謝安德魯・古斯塔夫森（Andrew Gustafson）爲我揭示布魯克林造船廠的美妙奇景。伯納・威倫（Bernard Whalen）、瑞奇・康特（Ricky Conte）、喬與露西・迪卡羅（Joe and Lucy De Carlo）協助我理解布魯克林巡邏員警的生活。謝謝卡羅爾花園達米歌咖啡館（D'Amico Coffee）的常客，帶我走進最多采多姿的時光旅程。也謝謝瓊妮・達米歌（Joanie D'Amico）、蘿絲・庫斯馬諾（Rose Cusumano）、丹尼・考科特拉（Danny Calcaterra）、保羅與南西・珍提爾（Paul and Nancy Gentile）向我分享你們的故事。你們讓我希望自己早年在南布魯克林長大。

感謝我的父親約翰・吉兒伯特（John Gilbert，「約翰斯頓號」驅逐艦，退休海軍中尉），協助我把海軍的細節寫對。我也感謝我的母親卡洛・吉兒伯特（Carole Gilbert），她教我如何拚命工作，在面對人生困境時堅毅不拔。（媽，我這一年非常需要堅強。）感恩凱瑟琳與詹姆士・莫達克（Catherine and James Murdock）精細的校對，因爲你們，這本書少了五千個不必要的逗點。

少了紐約公共圖書館的比利・羅斯劇場典藏（Billy Rose Theatre Division of the New York Public Library），我就無法讀到凱瑟琳・康奈爾（Katharine Cornell）的文章，沒有讀過她的報導，愛德娜・帕克・華生就不可能存在。

感謝我的洛莉姨婆（Lolly），送給我亞歷山大・伍爾考特的舊書，讓我開始走上這個故事的道路。不過，最重要的是，洛莉，謝謝妳做出特別樂觀、歡樂、堅強的示範，讓我也想成爲一個更好、更勇敢的女人。

我要感謝我在Riverhead出版社特別傑出的團隊，傑夫・克勞斯克（Geoff Kloske）、莎拉・麥克葛斯（Sarah McGrath）、珍恩・馬汀（Jynne Martin）、海倫・揚特斯（Helen Yentus）、凱特・史塔克（Kate Stark）、莉迪亞・赫特（Lydia Hirt）、夏琳・塔維拉（Shailyn Tavella）、艾莉森・費爾布拉德（Alison Fairbrother），以及已故也親愛的莉茲・霍恩納戴爾（Liz Hohenadel），謝謝他們放膽把我的書做得這麼好。感謝馬可斯・多利（Markus Dohle）與麥德琳・麥金托許（Madeline McIntosh）對我的投資，也信任我。同時感謝我在英國Bloomsbury出版社的朋友與同仁——雅莉山卓・普林格（Alexandra Pringle）、段簪英（Tram-Anh Doan，音譯）、凱瑟琳・法瑞（Kathleen Farrar）、羅斯・艾利斯（Ros Ellis），謝謝他們在大西洋另一端把工作做得如此亮眼傑出。

戴夫・卡希爾（Dave Cahill）和安東尼・柯瓦西・阿德傑伊（Anthony Kwasi Adjei）：沒有你們，我的世界無法繼續，希望永遠都沒有這一天！

感謝瑪莎・貝克（Martha Beck）、凱倫・傑德（Karen Gerdes）、羅雯・曼根（Rowan Mangan）在過去幾年裡，讀了我好幾千頁的寫作內容，還用妳們集體的愛之羽翼包裹著我。謝謝格倫儂・道爾（Glennon Doyle）那些夜裡坐在我的門邊。我需要妳的陪伴，由衷感謝。

感謝我的摯友吉吉・曼朵（Gigi Madl）、史黛西・溫伯格（Stacey Weinberg），感謝她們在最痛苦與失落的季節提供我愛，做出犧牲。少了妳們，我撐不過二〇一七年。

感謝雪莉・莫勒（Sheryl Moller）、珍妮・威林克（Jennie Willink）、強尼・邁爾斯（Jonny Miles）、安妮塔・史瓦茲（Anita Schwartz），感謝你們成爲本書最熱情的首批讀者。

謝謝比利・布威爾（Billy Buell），讓我把他美妙的名字用進書裡。

莎拉・沙芬特（Sarah Chalfant）：一如往常，妳是我翅膀下方乘著的風。

米莉安・弗耶羅（Miriam Feuerle）：一如往常，我喜歡跟妳一起面對困難。

最後，給芮雅・俄萊亞斯（Rayya Elias）的一段話：我知道在我寫這本書的時候，妳非常想待在我的身邊。寶貝，我只能告訴妳，妳並沒有缺席。妳永遠都在我身邊。妳就是我的心，我永遠愛妳。

City of Girls

Elizabeth Gilbert

【Echo】MO0066

女孩之城

City of Girls

作　　者❖伊莉莎白．吉兒伯特（Elizabeth Gilbert）
譯　　者❖楊沐希
美術設計❖莊謹銘
內頁排版❖HAMI
總 編 輯❖郭寶秀
責任編輯❖遲懷廷
協力編輯❖聞若婷
行　　銷❖許芷瑀

發 行 人❖涂玉雲
出　　版❖馬可孛羅文化
10483臺北市中山區民生東路二段141號5樓
電話：(886)2-25007696
發　　行❖英屬蓋曼群島商家庭傳媒股份有限公司城邦分公司
10483臺北市中山區民生東路二段141號11樓
客服服務專線：(886)2-25007718；25007719
24小時傳眞專線：(886)2-25001990；25001991
服務時間：週一至週五9:00～12:00；13:00～17:00
劃撥帳號：19863813　戶名：書虫股份有限公司
讀者服務信箱：service@readingclub.com.tw
香港發行所❖城邦（香港）出版集團有限公司
香港灣仔駱克道193號東超商業中心1樓
電話：(852)25086231　傳眞：(852)25789337
E-mail：hkcite@biznetvigator.com
馬新發行所❖城邦（馬新）出版集團
Cite (M) Sdn. Bhd.(458372U)
41, Jalan Radin Anum, Bandar Baru Seri Petaling,
57000 Kuala Lumpur, Malaysia
電話：(603)90578822　傳眞：(603)90576622
E-mail：services@cite.com.my
輸出印刷❖前進彩藝有限公司
初版一刷❖2020年6月
初版三刷❖2021年2月
定　　價❖460元

ISBN：978-986-5509-19-4（平裝）

城邦讀書花園
www.cite.com.tw

國家圖書館出版品預行編目(CIP)資料

女孩之城／伊莉莎白．吉兒伯特（Elizabeth Gilbert）著；楊沐希譯. -- 初版. -- 臺北市：馬可孛羅文化出版：家庭傳媒城邦分公司發行, 2020.6
面；　公分. --（Echo；MO0066）
譯自：City of Girls
ISBN 978-986-5509-19-4（平裝）

874.57　　109004740